O Tempo que Nunca Foi

Ecos de um mundo que nunca existiu

KELLY MOORE • TUCKER REED • LARKIN REED

O Tempo que Nunca Foi

Ecos de um mundo que nunca existiu

Tradução:
MARTHA ARGEL
HUMBERTO MOURA NETO

JANGADA

Título do original: *Neverwas*.
Copyright © 2014 Kelly Moore, Tucker Reed e Larkin Reed.
Copyright da edição brasileira © 2014 Editora Pensamento-Cultrix Ltda.
Texto de acordo com as novas regras ortográficas da língua portuguesa.
1ª edição 2014.

Todos os direitos reservados. Nenhuma parte desta obra pode ser reproduzida ou usada de qualquer forma ou por qualquer meio, eletrônico ou mecânico, inclusive fotocópias, gravações ou sistema de armazenamento em banco de dados, sem permissão por escrito, exceto nos casos de trechos curtos citados em resenhas críticas ou artigos de revistas.

A Editora Jangada não se responsabiliza por eventuais mudanças ocorridas nos endereços convencionais ou eletrônicos citados neste livro.

Esta é uma obra de ficção. Todos os personagens, organizações e acontecimentos retratados neste romance são produtos da imaginação do autor e usados de modo fictício.

Editor: Adilson Silva Ramachandra
Editora de texto: Denise de C. Rocha Delela
Coordenação editorial: Roseli de S. Ferraz
Produção editorial: Indiara Faria Kayo
Editoração eletrônica: Fama Editora
Revisão: Maria Aparecida A. Salmeron e Vivian Miwa Matsushita

Dados Internacionais de Catalogação na Publicação (CIP)
(Câmara Brasileira do Livro, SP, Brasil)

Moore, Kelly
  O tempo que nunca foi : ecos de um mundo que nunca existiu / Kelly Moore, Tucker Reed, Larkin Reed ; tradução Martha Argel, Humberto Moura Neto. — 1. ed. — São Paulo : Jangada, 2014.

  Título original: Neverwas.
  ISBN 978-85-64850-70-5
  1. Ficção juvenil I. Reed, Tucker. II. Reed, Larkin. III. Título.

14-07441 CDD-028.5

Índices para catálogo sistemático:
1. Ficção : Literatura juvenil 028.5

Jangada é um selo editorial da Pensamento-Cultrix Ltda.

Direitos de tradução para o Brasil adquiridos com exclusividade pela
EDITORA PENSAMENTO-CULTRIX LTDA., que se reserva a propriedade literária desta tradução.
Rua Dr. Mário Vicente, 368 — 04270-000 — São Paulo, SP
Fone: (11) 2066-9000 — Fax: (11) 2066-9008
http://www.editorajangada.com.br
E-mail: atendimento@editorajangada.com.br
Foi feito o depósito legal.

PARA LORE MOORE

Gramma, nossa mãe e avó, que sempre deu valor às vozes do passado,
que falam conosco nas coisas que foram deixadas.
Que nunca hesitou em incentivar nossos sonhos.
Que deu a cada uma de nós nossa primeira "antiguidade".

Liam O'Malley ♥ Sorcha O'Shea
1651-1702   1653-1703

    Cathleen O'Malley ♥ Padraig Brennan
    1680-1737   1674-1733

        Teague Brennan ♥ Cora Abernathy
        1698-1758   1703-1750

Thaddeus Dobson ♥ Moira Brennan
1715-1757   1722-1759

    Deirdre Dobson ♥ Capitão Joseph Foster
    1743-1776   1730-1797
                    (Casamento anterior
                    com Lydia Crawley)

        Matthew Foster
        1762-1775

Famílias de
AMBER HOUSE

Compiladas por Fiona Campbell Warren, em 1933

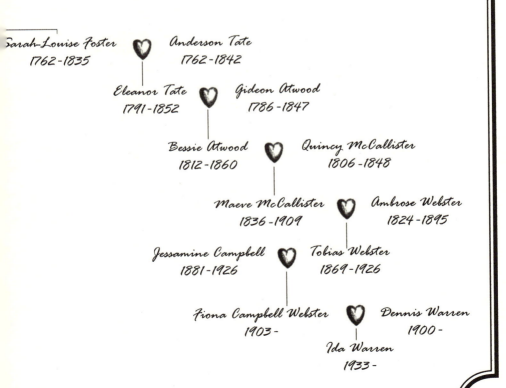

Uma aranha da cor do âmbar tecia uma teia diante de mim. Seus filamentos formavam um labirinto que, eu sabia, precisava desemaranhar para encontrar o tesouro oculto em seu coração.

Segui o caminho tortuoso, os pés calçados com sapatilhas douradas, da cor do outono, a escuridão da noite dissipada por lanternas com velas, o tecido de meu vestido enganchando-se nos galhos repletos de folhas que formavam as paredes. À minha volta as sebes cresciam e se transformavam em uma floresta, mas eu sabia o caminho que a teia de aranha havia revelado.

Direita, passa, direita, esquerda, passa, esquerda.

Uma garotinha de branco me observava, seus olhos – olhos verdes – cheios de esperança.

No centro do labirinto, encontrei o baú dentro da casa da aranha, coberto de arabescos que formavam palavras que sussurravam. A aranha ou a garotinha me tentou:

— Não quer ver o que tem lá dentro?

Ajoelhei-me no chão preto e branco diante do enigma da caixa, alisando suas faces para decifrar o segredo de como abri-la. Mas quando o fecho finalmente se soltou e a caixa se abriu, criaturas negras horríveis escapuliram, correndo apressadas com suas oito pernas.

As criaturas escuras correram para as pessoas congeladas no centro do labirinto – Sam, mamãe e papai, Maggie, Jackson, Richard. Usei uma vassoura para afastar para longe as criaturas. Então peguei toda aquela gente que eu amava e coloquei em minha bolsa. Mas as criaturas correram e cobriram a garotinha de branco e ela desapareceu na minha frente, uma picada de aranha de cada vez.

Fiquei olhando e chorando, e as lágrimas escorreram da barra de meu vestido.

Ainda não podia pegar o tesouro. Precisava resolver o enigma de novo.

Capítulo Um

Eu tinha 16 anos da segunda vez que dei meu primeiro beijo.

Talvez todos nós tenhamos mais do que um primeiro beijo, talvez um número infinito deles, e simplesmente não nos lembremos. Primeiros beijos. Primeiros amores. Primeiras mágoas. Até acertarmos. Até nos tornarmos quem devemos ser.

Mas desse primeiro beijo não quero me esquecer nunca.

Então eu me obrigo a me lembrar de tudo. Do começo ao fim. O enfarte de minha avó no meio de outubro. Seu funeral, quando a enterramos ao lado de meu avô no cemitério da família, na colina acima do rio. As conversas secretas de meus pais, que eu escutava sem eles saberem: se poderiam voltar para "lá" agora, para Maryland, se as coisas tivessem mudado o suficiente. Os acontecimentos que nos levaram de volta, e nos lançaram para adiante. De novo.

A bonita casa vitoriana amarela na qual eu tinha crescido, à beira-mar, no lado oeste de Seattle, foi vendida apenas duas semanas depois que a corretora colocou no jardim a placa "Vende-se". Trinta dias depois, papai, mamãe, meu irmão e eu estávamos a caminho da casa de minha avó, *Amber House*, que agora era nossa.

No primeiro dia, quando chegamos em nossa *van*, eu dormindo no banco de trás, senti o lugar mesmo antes de vê-lo. Acordei com a sensação de que todos os pelinhos de meu braço se arrepiavam. Papai entrou com o carro pelo portão da frente, deixando no caminho coberto de neve um par solitário de sulcos de pneu. A casa erguia-se sobre a ribanceira do rio Severn, na borda de pastos circundados por bosques. Ela esperava lá, sob o céu cinzento do fim da tarde, observando com olhos vazios enquanto nos aproximávamos.

A propriedade era famosa. Era uma das mansões mais antigas da América do Norte, tendo pertencido desde meados do século XVII a uma única família, a *minha*. Jardins dormentes rodeavam a casa, toda de madeira branca e tijolos, com pilastras e acabamento em verde. Mais do que majestosa, ela era sólida. Repleta de tempo.

Minha avó costumava me contar como meus ancestrais, ao longo de trezentos e cinquenta anos, foram aumentando Amber House: uma ala aqui, uma varanda ali, uma sacada, uma torre. Década após década, geração após geração, século após século. Quando era criança, eu tinha uma vaga impressão de que a casa havia lentamente brotado da terra.

Um lugar lindo. Uma casa notável, sem dúvida. Só que eu não queria morar ali. Eu me lembrei daquela vez em que, percorrendo seu labirinto de sebes, o pensamento de me tornar parte de Amber House me encheu de felicidade; mas naquele dia de dezembro em que nos mudamos para lá, já não me lembrava por quê.

Não era só a saudade da casa que tínhamos deixado. Era como se algo estivesse fora de lugar, faltando, e só eu percebesse. Como a dor que se sente em um membro fantasma, que não dá para atenuar.

A sensação tinha ficado mais forte ao cruzar a porta da frente. Eu havia estacado, olhando para todas as coisas de minha avó que eu conhecia tão bem, mas que agora já não eram familiares porque ela se fora. Foi como se eu as visse pela primeira vez como elas de fato eram: não só as *coisas* da minha avó, mas da avó *dela*, e da *bisavó*. Como se alguma espécie de fio, formado por lugares e pertences, nos unisse a todas através das gerações, nas duas direções. Uma linha da vida. Uma corrente.

Vi o passado em tudo. O piso reluzente de tom dourado, polido pelos pés ao longo dos séculos. As cadeiras Windsor largas o suficiente para acomodar saias armadas e volumosas. O relógio alto de carrilhão, com estrelas pintadas em seu mostrador, ainda marcando os minutos entre o antes e o agora. Castiçais, livros encadernados em couro, porcelana frágil como folhas secas, o baú de viagem que havia dobrado o Cabo Horn, e uma parte de mim o acompanhara, no homem que o trouxera para Amber House.

Tudo isso de algum modo exercia uma atração sobre mim. Como se eu *devesse* algo à casa. Como se as faces de meus ancestrais, pintadas a óleo e olhando-me a partir de todas as paredes, estivessem esperando. E, dia a dia, à medida que nos acomodávamos, a sensação aumentava.

Do lado de fora não era melhor do que de dentro. O estábulo com o cheiro agridoce dos cavalos; a casa da árvore escondida nos galhos do velho carvalho; o píer no rio, onde o veleiro de meus avós, o *Liquid Amber*, repousava sobre blocos até a primavera; os corredores silenciosos do labirinto de sebes. Já não pareciam os lugares onde sempre adorei brincar, em todas as minhas visitas desde pequena. Mas eles não tinham mudado. Devia ter sido eu. Não me encaixava. Sentia-me incompleta, deficiente.

Mais além das cercas que delimitavam a propriedade, porém, essa sensação diminuía. Então senti uma necessidade cada vez maior de fugir. No sábado seguinte à mudança, tentei convencer meu irmãozinho, Sammy, a ir de novo até Severna, a única cidade aonde podíamos ir caminhando.

— Não. Estou ocupado, Sarah — ele respondeu.

Estava sentado diante de um rádio desmontado, boa parte de suas entranhas espalhadas sobre a mesa. Ele tinha feito 6 anos um mês antes; esse Sammy mais crescido já não tinha o mesmo entusiasmo sem limites por meus vários planos e propostas.

— Te compro um sorvete — eu disse.

Ele deu um suspiro e observou o que era evidente:

— Tá nevando.

— Então um chocolate quente — insisti. — Você gosta de chocolate quente.

Por fim ele concordou. Não porque quisesse o chocolate, mas porque tinha percebido que eu estava implorando.

Já estávamos saindo pela porta da frente, quando minha mãe apareceu, vinda da sala de estar.

— Vocês vão *de novo* para a cidade? — perguntou.

Pelo visto, ela estava ficando preocupada com minha obsessão em ir a algum outro lugar. Encolhi os ombros.

— Preciso comprar uma coisa.

— O quê?

Pensei em lhe dizer que precisava sair da casa, mas sabia que não ia conseguir explicar.

— Chocolate — respondi. — Prometi para Sammy um chocolate quente.

Os lábios dela se franziram de leve. Desde o diagnóstico de Sammy, ela havia alçado o conceito de "criação responsável" a uma forma de arte. Era quase um talento sobrenatural. Eu sabia que ela sabia que eu estava omitindo informação, mas decidiu deixar para lá.

— Não solte a mão de Sammy... — ela começou, com seu costumeiro tom de voz agudo de nervosismo.

— Não solte a mão dele na rua principal — concluí, concordando com a cabeça.

Fechei a porta antes que ela pudesse pensar em mais algum conselho.

Era uma caminhada de quinze minutos, a maior parte por um parque que se estendia entre Amber House e a cidade. Quando chegamos a Severna, retribuí a gentileza de Sammy em me acompanhar, levando-o à loja de ferragens. Meu irmão era fascinado por lojas de ferragens. Ele adorava conectar coisas, e os milhões de peças eram um tesouro para ele. Percorria os corredores como as pessoas percorrem um zoológico, olhando para as coisas estranhas e de vez em quando tocando alguma. Nessa visita, ele parou na seção de tubulações. Fiquei olhando-o por alguns minutos, enquanto ele construía um mapa de ruas no chão, usando tubos de cobre e cotovelos.

Do outro lado do corredor dos tubos, uma dezena de Sarahs em uma dezena de espelhos de maquiagem me olhava. Cada superfície mostrava uma garota um pouquinho diferente: mais alta, mais larga, mais angulosa, mais rosada. Um dos espelhos tinha raias douradas. Sua Sarah refletida numa teia metálica. Encarei as imagens. Nos últimos meses, alguma coisa no meu reflexo me surpreendia, o tempo todo.

Uma voz soou atrás de mim.

— Aqui não é uma loja de brinquedos.

Virei-me, assustada e envergonhada. Era o dono.

— Desculpe, vou colocar todas as peças de volta no lugar, agora mesmo — garanti.

— Tenho certeza de que vai — ele respondeu, afastando-se.

Arrumamos tudo e saímos de fininho, emergindo no meio de uma multidão em movimento. As calçadas tinham ficado cheias de pessoas que iam para o centro da cidade.

— O que é isso, Sarah? — perguntou Sammy.

— Não sei, carinha.

Alguém gritou meu nome.

— Parsons!

Busquei entre rostos desconhecidos e finalmente vi Richard Hathaway com o olhar cravado em mim. Cabelos cor de trigo sobre a pele bronzeada, olhos azul-topázio, um rosto quadrado que emoldurava um sorriso quadrangular, só um pouquinho torto. Era sem sombra de dúvida o rapaz mais bonito que eu já conhecera. E ainda por cima atlético, divertido, charmoso e inteligente. O filho de velhos amigos de meus pais, que também eram nossos vizinhos. Do meu ponto de vista, Richard talvez fosse a única vantagem verdadeira de morarmos em Maryland.

— Hathaway — respondi.

— Precisando de pregos? — perguntou.

Devo ter feito cara de quem não entendeu nada, porque ele indicou a loja com a cabeça.

— Ah, não, é que o Sam adora lojas de ferragens — exclamei.

— Sério? Não brinca! — exclamou para Sam. — Eu também!

O rosto de Sam se iluminou.

Não consegui pensar em nada para dizer, então puxei Sam na direção em que a multidão se movia, e comecei a andar. A rua principal de Severna, um trecho curto de prédios comerciais mais antigos, a maioria de madeira, ficava uma quadra para o norte.

— Estamos indo para a drogaria.

— Seção de doces? — adivinhou Richard, passando a nos acompanhar. — Aliás, parabéns por ter sido aceita na S. I.

S. I., ou Academia Saint Ignatius, era a escola superexclusiva à qual meus pais haviam *exigido* que eu me candidatasse. Dei de ombros.

— Acho que minha mãe não deu a eles muita escolha.

Ele sorriu.

— Acho que meu pai também não.

O senador está mexendo os pauzinhos para mim? Fiquei imaginando por quê. Claro que eu sabia que uma escola classe A como a S. I. precisava um bom motivo para aceitar uma estudante classe B como eu, mas ninguém tinha me falado que aquilo era coisa do senador. *Então tinha sido isso.*

A massa de gente logo adiante havia se aglomerado numa multidão que lotava a calçada e transbordava para a rua. Parecia que todos olhavam para algo acontecendo debaixo da marquise do Cinema Palace. À medida que nos aproximamos da drogaria da esquina, ouvi uma cantoria, e a voz metálica de alguém soando num alto-falante.

Richard nos deteve na porta da farmácia Lane.

— Vocês não estão indo para aquela confusão, estão?

Sorri, porque a voz dele tinha o mesmo tom bem-intencionado de preocupação que a da minha mãe.

— Não, vamos entrar para obter minha dose de chocolate — respondi.

— Sua viciada. — Ele sorriu e se afastou, acenando, indo juntar-se à "confusão" contra a qual tinha acabado de nos alertar. Sam e eu, parados na porta da drogaria, vimos quando ele se fundiu com a multidão. Então Sam disse:

— Quero ver.

Ele avançou e eu o segui. Também queria ver.

Quando chegou à multidão, Sammy executou uma de suas clássicas manobras de desaparição, enfiando-se por entre as pernas das pessoas.

— Sam, pare! — ordenei, mas por milímetros não consegui agarrar o capuz do casaco dele. Comecei a empurrar para passar, pedindo desculpas, espremendo-me entre casacos de inverno e cachecóis.

— Com licença, posso passar? Tenho que pegar meu irmãozinho.

Encontrei-o na fila da frente, as pontas dos pés se projetando para fora do meio-fio. Segurei com firmeza o capuz do casaco.

— Sam, você não pode sair correndo desse jeito.

Ele apontava para a cena do outro lado da rua.

— Está vendo ele, Sarah?

— Quem? — Ergui os olhos, tentando ver, no instante exato em que um policial parou bem na minha frente, suas costas formando uma parede sólida. Usava coturnos pretos, capacete e uniforme, e por seu corpo robusto concluí que usava colete à prova de balas. Na mão direita, segurava um cassetete preto e brilhante.

— Quem, Sam? — repeti, esticando-me para olhar pela lateral do corpo do policial.

Sam tornou a apontar.

— Lá!

Um homem veio correndo pela rua, diante da multidão, gritando algo que só consegui ouvir em parte: *algo, algo,* movam-se, *algo, algo,* "*spray* de pimenta". O policial deu meio passo à frente, e por um instante tive medo de que fosse acertar o homem com o cassetete. Mas o homem seguiu em frente, ainda gritando.

— O que foi que ele disse? — perguntei em voz alta, sentindo que devia pegar Sam e ir embora. — O que está acontecendo?

O policial virou a cabeça para me fitar, anônimo dentro da casca rígida de seu capacete.

— Uma manifestação. — Sua voz saiu de dentro do capacete, eletronicamente. — Não é lugar para uma mocinha.

Eu detestava esse papo de "você não está fazendo o que uma boa menina devia fazer".

— Se eu encontrar alguma mocinha, aviso a ela — eu disse, com um sorriso.

Senti os olhos dele se apertando por trás do visor escuro; deu uma sensação de frio na barriga, mas continuei sorrindo para ele. Felizmente, Sammy me deu uma desculpa para desviar o olhar.

— Jackson! Jackson! — ele dava pulinhos, sacudindo um braço no ar.

A multidão recuou para a esquerda, abrindo caminho para um policial a cavalo, e finalmente consegui ver o que todo mundo olhava: duas fileiras de pessoas, os braços entrelaçados, estavam de pé em frente ao cinema. Examinei os rostos até encontrar Jackson no lado direito, entre dois outros homens. O homem à esquerda dele parecia aterrorizado. Vi a respiração quente saindo de

17

sua boca em rápidas nuvens, o punho cerrado apertando um lenço amarelo que destoava pela cor alegre. Jackson parecia calmo, determinado.

— JACK-SON! — Sam gritou com toda a força.

A cabeça de Jackson virou depressa. Ele olhou em volta, confuso, preocupado, tentando localizar aquela voz de passarinho. Seus olhos encontraram os meus e se arregalaram.

Os sons da multidão aumentaram e ficaram mais agudos. Ouvi rosnados e vi três pastores alemães fazendo força para se soltar de suas correntes. Soaram alguns estampidos abafados, e objetos arredondados de metal passaram num arco sobre nossas cabeças, deixando rastros de fumaça, e caíram na rua, espalhando uma nuvem cada vez mais densa.

Foi quando as pessoas começaram a gritar e a correr. Ao meu redor, a multidão se agitou, espalhando-se em todas as direções. O capuz de Sammy soltou-se de minha mão. A nuvem de fumaça nos alcançou e meus olhos arderam. Comecei a tossir e me dobrei, com o espasmo se prolongando e prolongando até que fiquei sufocada, incapaz de respirar.

Dedos firmes agarraram meu pulso. Olhei para cima e, através de uma cortina de lágrimas, vi Richard com Sammy sobre um dos ombros, erguido acima da maior concentração do gás.

— Vocês não deviam estar aqui — ele disse. — Vamos!

Ele me puxou bem na hora em que uma horda de policiais de uniformes pretos correu pela rua. Dois policiais seguravam o bico de uma mangueira de bombeiros, jorrando água nos manifestantes em frente ao Palace. Corri atrás de Richard, aos tropeções, perguntando-me como alguém podia achar que aquelas pessoas mereciam levar um banho de mangueira naquela temperatura abaixo de zero, em pleno mês de dezembro.

Corri, cambaleando, por todo o longo quarteirão, de volta à loja de ferragens, onde precisei parar. Apoiei-me numa parede e vomitei.

Um lenço apareceu em meu campo de visão.

— Você aguenta, Parsons? — perguntou Richard.

— Acho que sim — respondi, recusando o lenço com a mão. — Não posso aceitar.

— Pode sim. Saiu limpinho de minha gaveta, onde tenho outros quinhentos.

Pegando minha mão, colocou o lenço nela e a apertou. Limpei os olhos e a boca.

— O que foi aquilo? — consegui dizer, entre acessos de tosse. — Por que fizeram isso?

— Um protesto — Richard respondeu. — O chefe de polícia leva para o lado pessoal.

Ele colocou meu irmão no chão e pôs a mãozinha de Sam na minha.

— Leva sua irmã para casa, tá, Sammy? Eu preciso voltar lá.

— Contra o que estavam protestando? — perguntei.

— O Palace ainda obriga os negros a ficarem só no mezanino.

Senti náuseas de novo. Severna podia ser parecida com qualquer cidadezinha de Astoria, mas fazia parte de uma sociedade que para mim era totalmente estranha. Eu estava num país que ainda justificava espaços "separados mas iguais" para as raças. Não que "separado" tivesse um dia sido realmente "igual".

Nunca antes eu vira toda a extensão daquela barbárie; não de forma tão marcada, tão violenta. Eu não conseguia acreditar que havia lugares no mundo que ainda praticavam o racismo institucionalizado, em pleno século XXI. Que isso ainda acontecia naquele lugar, a terra natal de minha família. Que agora era meu lar: a Confederação dos Estados Americanos.

Capítulo Dois

A caminhada de volta para casa foi horrível. A nuvem de gás me deu uma dor de cabeça monstruosa na parte de trás do crânio. Meus olhos ardiam e a garganta raspava como um joelho esfolado. E meus pés, mãos e orelhas estavam ficando dormentes de frio.

Na maior parte do trajeto, seguimos a trilha que cruzava o parque da parte sudoeste da cidade, até um ponto bem em frente à estrada que passava na extremidade nordeste de nossa propriedade. Ali, um portão escondido entre as árvores nos permitiu cruzar a cerca. Já do lado de dentro, outro acesso de tosse me fez tropeçar. Parei para me curvar para diante, respirando com dificuldade.

Mãozinhas enluvadas rodearam meu rosto.

— Você está bem, Sarah? — Os olhos de Sam estavam arregalados.

— Estou, sim — respondi, ainda sem ar. A tosse tinha sido tão forte que as lágrimas escorriam por meu rosto. Recuperei o fôlego e limpei as lágrimas. — Obrigada.

— De nada. — Ele sorriu.

Ele tinha uma coisa com *obrigados* e *de nadas*. Era um ritual social que sem dúvida tinha conseguido dominar. Notei que a ponta de seu nariz estava rosada e suas faces pareciam queimadas pelo frio. Eu queria levá-lo para dentro, para algum lugar quente. E seguro. Algum lugar em nosso antigo lar, em Astoria.

— E *você*, carinha, está bem? — mentalmente me xinguei por não ter me preocupado com ele antes.

— Você não viu? — Ele rodopiou o corpo, empolgado de repente. Ergueu os braços para cima. — O moço que gosta de lojas de ferragens me levantou bem, bem alto. Ele era muito forte, Sarah. Aquela fumaça não me pegou.

Puxei seu capuz para cobrir-lhe a cabeça.

— Então que bom que o moço estava lá, não é?

Sam fez que sim com a cabeça e correu na frente para quebrar com um pisão o gelo de uma poça congelada. Ele se virou e esperou que eu o alcançasse para seguirmos juntos pela trilha de terra que cruzava o pasto rumo aos estábulos.

— Sarah, por que todas aquelas pessoas estavam tão *bravas*?

— É meio difícil de explicar, carinha, e mais difícil ainda de entender. Muita gente por aqui acha que as pessoas que não são brancas não são tão boas quanto os brancos, e não merecem os mesmos direitos, nem o mesmo respeito.

— Até *Jackson*? — ele perguntou, a voz carregada de indignação.

— Até Jackson, até Rose. Até o doutor Chen e a senhora Jimenez, lá de Astoria.

— Isso é muito louco, Sarah. Por que eles acham uma coisa assim tão maluca?

— Eu não tenho uma resposta para isso. Você sabe que o Sul lutou em uma guerra contra a Inglaterra, muito tempo atrás, para que eles pudessem continuar tendo escravos? E que este país ainda tinha escravos até um pouco antes que a vovó nascesse? — Ele fez que sim com a cabeça. — Acho que quando você força outra pessoa a ser escrava, precisa inventar um motivo para justificar o fato de você se achar tão melhor do que ela a ponto de poder *possuí-la*. Você tem que acreditar que *ela* tem algo errado, que faz dela uma pessoa pior. — Eu sacudi a cabeça. — Acho que as pessoas aqui pensaram isso por tanto tempo, que agora não conseguem... não conseguem pensar diferente. Isso faz parte do que eles são. Não vão mudar de ideia.

A escravatura fora abolida havia menos de um século. Os infames "códigos negros" do Sul, limitações oficiais das liberdades básicas dos cidadãos negros, só tinham sido abolidos na década de 1980. Nos trinta anos desde então, as raças continuaram sendo mantidas separadas e a desigualdade continuou grande. Não era fácil fazer as pessoas mudarem suas crenças; gerações teriam que morrer e levar os velhos ódios junto com elas para o túmulo.

— Eles são bem burros, Sarah.

Eu ri. Não era sempre que Sam criticava alguém, mas quando fazia isso, era bem direto.

— É, carinha. São mesmo. E, sabe, eles acham mais ou menos a mesma coisa das mulheres. Que nós não somos tão espertas nem tão boas quanto os homens.

Sam, abençoado seja, só sacudiu a cabeça, enojado.

— O moço que gosta de lojas de ferragens não acha isso, acha?

— Não, tenho certeza de que não. E nem o pai dele. Nem todo mundo por aqui pensa desse jeito. Mas tem muita gente que pensa.

Sam ficou imóvel por um instante, uma ruga de perplexidade na testa.

— Por que tudo está tão pior agora, Sarah?

A pergunta me atingiu com uma força incomum. Por um breve instante, me pareceu que ele não falava de Astoria. Sacudi a cabeça e encolhi um pouco os ombros.

— Não sei, carinha. O lugar de onde viemos parecia melhor.

— Mas Maggie está aqui. E nós amamos Maggie.

— É, nós amamos Maggie — concordei.

Ele confirmou com a cabeça e voltamos a caminhar.

Sam não tinha conhecido Maggie de verdade antes do enterro de vovó. Ela tinha morado na América do Sul por vários anos, trabalhando como professora em uma escola especializada em ajudar adolescentes com dificuldades cognitivas. Assim, a primeira vez que ela e Sam se encontraram, desde que ele era um bebê, foi durante o enterro, e tinha sido esquisito, bem ao estilo de Sam.

— Essa é sua tia Maggie — mamãe lhe disse.

Sammy olhou para Maggie com olhos bem arregalados e exclamou:

— Ah, mas você ficou grande.

Isso me fez pensar que mamãe não devia ter se referido a Maggie como "minha irmãzinha" com tanta frequência.

Mas Maggie apenas acenou a cabeça, muito séria, e respondeu:

— Fiquei grande.

Então Sam colocou sua mão na dela e disse.

— Mas ainda podemos ser amigos.

— Ainda podemos ser amigos — respondeu Maggie, e sorriu.

E eles se tornaram amigos. Eles se deram bem desde o primeiro instante. Fiquei com um pouco de ciúmes, na verdade. Sammy sempre tinha sido meu companheirinho.

Saímos do pequeno bosque que ficava logo a nordeste de Amber House. Parei por um instante para olhar meu novo lar. Árvores e arbustos desfolhados pelo inverno formavam uma barricada de pernas de aranhas ao redor dela. Do lugar que ocupava, acima do rio, a silhueta da casa, recortada contra o horizonte ao sul, fazia parecer que era a última estrutura sólida entre nós e tudo o que estava além.

Quando entramos, meu pai estava no saguão de entrada, dando corda no relógio de carrilhão.

— Como estava Severna? — perguntou, sorrindo.

Pensei em contar que Severna era o tipo de lugar que soltava os cães em cima de manifestantes e jogava gás em criancinhas que eram só observadores inocentes, mas minha garganta doía demais. Eu lhe contaria mais tarde.

— Bem — respondi.

— Nós fomos... — começou Sammy, empolgado.

— Me deixa adivinhar — interrompeu papai. — Até a loja de ferragens. — Sam fez que sim. — Parece que vocês se divertiram, então. Vocês têm ido bastante à cidade. Já foram quatro vezes em três dias, não é?

— Não tem mais nada para fazer por aqui. — Para evitar uma conversa mais longa, fui empurrando Sam em direção à escada. — Por que não me mostra o rádio que você desmontou, carinha?

Na maior parte do tempo eu gostava mesmo de meu pai, sempre de bom humor e sem nenhuma arrogância, embora fosse um cirurgião famoso, que tinha promovido mudanças na forma como a medicina era praticada em toda a América do Norte. Mas naquele momento eu achava que ele era um tremendo irresponsável por ter afastado Sam e a eu de Astoria.

No andar de cima, fui atrás de Sam até seu quarto, cheio de objetos antigos de navegação e de aparelhos eletrônicos desmontados. O Quarto Náutico, como ele era chamado. Esse era mais um dos estranhos detalhes pretensiosos de Amber House: vários dos aposentos tinham nomes. Não os nomes comuns como "o cantinho" ou "a sala de jantar", mas nomes que começavam com maiúsculas, como "Quarto Branco" ou "Quarto Chinês". Eu sempre tinha a impressão de que devia estar usando um vestido de *chiffon* cor-de-rosa cada vez que escovava os dentes no Banheiro das Prímulas.

— Obrigada por me acompanhar hoje — eu disse a Sam.

— De nada. Você quer mesmo ver meu rádio?

Então olhei para o aparelho destripado, pegando uma ou duas peças e depois colocando-as de volta no lugar, com cuidado.

— Isso já não tem cara de rádio. Você vai conseguir montar de novo?

Ele fez uma expressão de desdém.

— Estou fazendo algo *melhor*. Algo para ouvir *lugares* diferentes.

Quase perguntei a ele que lugares, mas pensei melhor, e só assenti com a cabeça.

— Muito legal, Sam.

Ele escolheu uma chave de fenda e voltou ao trabalho.

Meu quarto ficava além do arco da entrada para a ala leste. Era o Quarto Florido, um nome bem recente, porque foi minha mãe quem pintou as flores. Ela tinha 11 ou 12 anos quando decidiu transformar o quarto, cobrindo as paredes verde-claras com um jardim que era uma fantasia infantil. Rosas, hortênsias, glicínias, íris e até abelhas e caracóis.

Eu usaria o Quarto Florido de minha mãe como padrão de comparação para qualquer outro quarto do mundo, com sua cama de dossel toda bordada e o *quilt* antigo, herança de família, o assento sob a janela e as estantes, repletas de primeiras edições, que flanqueavam a casa de bonecas. Essa era uma réplica de Amber House, com todos os detalhes, até mesmo a mobília e a pequena rosa dos ventos incrustada no assoalho no alto da escada.

Notei que Sam devia ter brincado de novo com a casa de bonecas, porque o fecho estava aberto e as duas metades da parte anterior, dotadas de dobradiças, estavam ligeiramente fora do lugar. Abri-as por completo para me certificar de que o conteúdo estava todo ali, a salvo. As únicas coisas com as quais ele parecia ter mexido eram as bonequinhas de porcelana. O pai e a garotinha loira tinham sido postos juntos no quarto da frente, enquanto a mãe e as duas crianças de cabelos escuros estavam sentadas em círculo no andar de cima, no quarto de brinquedos. Deixei-os como ele queria e fechei as duas metades da parte da frente.

O jantar ainda ia demorar uma ou duas horas para ficar pronto; assim, peguei algumas folhas de papel, planejando escrever uma carta para Bethanie, minha amiga de Astoria. Eu adorava Bee, e adorava sua família. Eram o tipo de pessoas que reciclavam todo o lixo, só compravam produtos de produtores locais e faziam piquetes na frente da embaixada da Alemanha, exigindo toda a verdade sobre o que havia acontecido com os judeus da Europa. Eram astorianos legítimos. Eu sentia falta deles.

Sentei-me à escrivaninha e comecei:

Querida Jecie...

Parei para olhar o que havia escrito. *Jecie? Quem é Jecie?*

Perturbada, amassei o papel numa bola e comecei de novo. Enquanto escrevia, percebi que alguém estava cantarolando uma música.

O som vinha do outro lado da cama, mas não havia ninguém ali. Era uma voz suave, aguda, cantando seis ou sete notas, sem um ritmo em particular, como se alguém estivesse simplesmente fazendo companhia a si mesmo enquanto se concentrava em alguma tarefa. Fiquei ali, confusa, olhando para o canto vazio, e então os sons foram sumindo.

Meus olhos se fixaram na grade do aquecimento central, na parede. A música devia ter vindo por ali. Podia ter sido Maggie em seu quarto, que ficava bem embaixo do meu.

Voltei para a carta. Contei um pouco a Bee sobre a exposição de Amber House que meus pais estavam preparando. Praticamente no instante em que nos mudamos para a casa, eles tinham começado a recolher material sobre toda a história da casa, que tivesse a ver com "mulheres e minorias do Sul", para uma exposição que os Hathaway, pais de Richard, tinham ajudado a organizar no Metropolitan Museum de Nova York. Eu achava tudo aquilo meio constrangedor. Não me parecia que minha família fosse tão interessante assim. Mas eu sabia que Bee ia ficar tão espantada quanto eu com o fato de meus pais estarem entrando nessa coisa de ativismo. Ela ia adorar, porque achava que *todo mundo* devia ser ativista. Mas também ia ficar espantada.

Um barulhinho chamou minha atenção. Levei um susto, mesmo conhecendo o som: uma pedrinha na janela. Sorri.

Da janela, vi Jackson no piso de pedras lá embaixo. Ele estava se preparando para arremessar mais uma pedrinha, mas me viu e deteve-se. Acenou com a mão e eu acenei de volta. Ele apontou para a outra extremidade da casa.

Assenti com a cabeça, virei-me e fui para a ala oeste.

Capítulo Três

Amber House era um lugar estranho a qualquer hora, mas era ainda mais estranha quando começava a ser invadida pela penumbra no fim do dia. Em especial os aposentos e corredores que quase já não eram usados, como todo o segundo andar da ala oeste.

Quando eu era pequena, minha mãe me falava para não ligar para as "esquisitices" da casa, como ela chamava. Ela disse que Amber House tinha envelhecido, da mesma forma que as pessoas envelhecem: os joelhos começam a estalar, e elas gemem baixinho quando se acomodam numa poltrona. Dizia que os suspiros de uma casa velha fazem você imaginar coisas: ouvir vozes nos rangidos, transformar sombras em vultos. Eu deveria tentar ignorar. Virar as costas. Então aprendi a fazer isso. Ainda assim, não gostava de Amber House no escuro.

Percorri apressada o corredor da ala oeste, passando as seis portas que davam para quatro quartos e dois banheiros. Felizmente todas estavam fechadas naquele final de tarde, mas nem sempre isso ocorria. Era muito fácil imaginar pessoas meio escondidas nas sombras densas de um cômodo. Eu tentava manter as portas fechadas; não sabia quem estava sempre abrindo-as.

No final do corredor, saí pelas portas francesas que davam para um patamar de metal decorado, no alto de uma escada em espiral. Fiquei um instante parada ali, tentando recobrar o fôlego e me acalmar. Não queria que Jackson visse meu estado de quase pânico; ele iria rir da minha cara.

As copas das pequenas árvores formavam uma nuvem de folhas entre mim e o mundo congelado do lado de fora das paredes de vidro da estufa. Esse sempre tinha sido meu lugar preferido em Amber House. Construída por volta de 1920 como um presente para o aniversário de 16 anos de minha bisavó Fiona, era uma estrutura metálica, como uma teia, que se erguia desde o nível do chão até o alto da ala oeste, repleta de árvores e plantas delicadas demais para sobreviver ao inverno de Maryland. Por cima de mim, do lado de fora, grandes flocos brancos materializavam-se da escuridão e pousavam sobre o teto transparente, mas do lado de dentro da teia, aves cantavam e orquídeas floresciam.

Muitos invernos atrás, Jackson e eu havíamos declarado aquele lugar como nosso. Tínhamos brincado de tudo ali, de esconde-esconde a aventuras imaginárias. Tínhamos até inventado uma amiga para brincar conosco, uma garotinha que chamávamos de Amber. Tentei me lembrar que idade eu tinha quando finalmente paramos de fingir que ela existia.

Encontrei Jackson esperando ao lado do lago de carpas, junto à estátua de pedra que tomava conta dele: uma Pandora cega, chorando lágrimas que escorriam silenciosas por seu vestido.

Sentei-me no beiral de pedra do laguinho e Jackson se juntou a mim.

— Vi você no protesto — ele disse. — Quis ter certeza que você e Sam estavam bem. O que deu em você, Sarah, para levar seu irmão até lá?

Estava me dando uma bronca. De novo. Ultimamente parecia que ele estava me dando broncas o tempo todo, mas não costumava ser assim antes de a vovó morrer.

— Eu não "levei" ele lá — retruquei. — Estávamos indo para a drogaria, e ele fugiu.

— "Fugiu", hein? E por acaso a sua curiosidade não teve nada a ver, não é?

Ele disse aquilo sorrindo, mas machucou porque era verdade. Eu não conseguia enganá-lo: ele me conhecia bem demais. Enganar meus pais, talvez, mas Jackson, nunca. Ele sacudiu a cabeça.

— Isso aqui não é Astoria. Sam poderia ter se machucado de verdade. E você também. Você precisa...

— O Sam está ótimo — interrompi. Cruzei os braços e as pernas. — Olha, você tem razão. Eu devia ter levado Sam pra casa assim que vi o que estava acontecendo, mas... — Tive a sensação de estar falando com meu pai. Não gostava que ele me desse lição de moral, agindo como se fosse muito mais velho. Tínhamos praticamente a mesma idade. — Sam está ótimo. Eu estou ótima. Minha garganta dói, mas estou ótima.

— Ia esquecendo.

Como num passe de mágica, Jackson colocou a mão no bolso e tirou exatamente o que eu precisava: uma pastilha roxa para a garganta, ainda na embalagem. Revirei os olhos e dei um sorrisinho; ele estava sempre fazendo coisas assim. Peguei a pastilha, desembrulhei e enfiei na boca.

— Sei que você não gosta quando alguém tenta te parar ou dizer o que deve fazer, Sarah, nem mesmo eu. E, em geral, isso é legal. Mais pessoas deveriam se rebelar contra a autoridade. Mas esse tipo de atitude pode te meter numa boa encrenca por aqui. Você precisa ter cuidado. Precisa ser *responsável*. As pessoas estão contando com você.

— Entendi — eu disse. Foi quando notei que a pele de Jackson estava com um tom azulado. Ele parecia meio feito de gelo.

— Cadê seu casaco?

— Uma das senhoras estava encharcada. Achei que ela precisava do casaco mais do que eu.

Fui até os bancos que havia atrás de uma parede de arbustos e voltei com uma manta, que sacudi e coloquei em volta dele.

— Não consegui *acreditar* naquela mangueira — eu disse, lembrando-me da cena. — É o tipo de coisa que os nazistas fariam.

— Usar a mangueira é um procedimento padrão. Além de machucar, humilha. Nós já esperávamos isso.

— "Nós"? Nós quem?

— Ah, as pessoas que estavam lá — ele respondeu, sacudindo a cabeça. — As pessoas que compareceram.

Essa era outra coisa que ele tinha começado a fazer depois da morte de vovó: ele não respondia a perguntas. Tinha ficado todo *misterioso*, diferente de como éramos antes. Pensei no lenço amarelo amarrado ao passador do cinto dele. Tinha visto vários outros lenços amarelos na manifestação. Imaginei que poderia ter algo a ver com a identidade do "nós". Mas, se Jackson não queria explicar, eu sabia que não adiantaria perguntar.

— Escuta, pode me fazer um favor e não dizer à minha avó que me viu no protesto? — ele pediu.

— Claro, J.

Eu fiquei com um pouco de raiva por ele me pedir para guardar um segredo do qual eu não fazia parte. Mas é claro que guardaria. Sempre guardei os segredos de Jackson, e ele sempre guardou os meus.

Não me lembrava muito de quando era pequena, mas recordava do dia em que conheci Jackson. Doze anos antes, ele tinha vindo morar na propriedade de Amber House com a avó, Rose Valois, a governanta de minha avó. Quando ela nos apresentou Jackson, ele ficou meio escondido atrás dela. Era um menino calado, coberto de curativos. Seus pais tinham morrido num acidente de carro que queimou a metade esquerda de seu corpo e fez com que ele começasse a ter convulsões. Mas naquele momento eu não sabia de nada disso. Só sabia que ele era triste. Então eu, pequena, o peguei pela mão do mesmo jeito que Sammy poderia ter feito, e fomos lá fora para brincar.

Desde então, ele era uma espécie de irmão mais velho em tempo parcial para mim, me mostrando quais as melhores árvores para subir e aonde ir para pegar caranguejos, guiando-me para todos os lugares especiais que havia descoberto na propriedade de minha avó. O tempo que passei com ele era uma das melhores coisas das visitas a Amber House. Até o enterro de vovó, quando finalmente percebi que Jackson na verdade não era como um irmão mais velho.

Aquele foi um dia estranho. Durante a recepção após o funeral, eu andara de um lado para o outro, com a sensação de que não havia ar suficiente para respirar. Como se o espaço entre este mundo e o além tivesse de alguma forma rareado e o oxigênio estivesse vazando. Também tinha tido uma sensação constante de *déjà-vu*. E então tinha esbarrado em Jackson e...

Foi como se, pela primeira vez, eu percebesse que ele não era só um menino mais velho e simpático, com o qual sempre podia contar. Ele era... bem, era praticamente um homem. Todos os ângulos longos e esguios de sua silhueta — aquela fase desajeitada pela qual a maioria dos rapazes passa, mas que foi pior para Jackson porque ele ficou muito alto — haviam sido preenchidos com músculos. O rosto também tinha mudado; de alguma forma, seus traços haviam ficado mais robustos. Mais firmes. Ele era... atraente. Bonito. Aquilo me deixou mesmo fora de prumo.

Quando o encontrei naquele dia, enquanto conversávamos ele tocou uma lágrima em meu rosto. E, por um momento, imaginei, com uma sensação esquisita no peito, como seria se ele deslizasse a mão pelo meu queixo, inclinasse minha cabeça, chegasse mais perto...

Como eu disse: fiquei mesmo fora de prumo.

Percebi que ele examinava meu rosto enquanto estávamos sentados na beira do laguinho, como se pudesse saber o que eu estava recordando. Então afastei a ideia, da mesma forma que afastava as esquisitices da casa. Arregalei os olhos, toda inocente: *não tem nenhum pensamento aqui dentro*.

— Você não gosta muito de Amber House — ele disse. Uma pergunta feita como se fosse uma afirmação. Outra coisa que ele fazia o tempo todo.

— Com certeza eu gostava mais quando só vinha de visita. Mas não vou ficar por aqui muito tempo. Provavelmente vou voltar para Seattle para cursar a faculdade.

Ele sacudiu a cabeça e olhou para baixo, como se tivesse ficado desapontado de novo. *Puxa vida*, pensei, irritada, ele só tinha quatorze meses a mais do que eu. Não precisava me tratar como criança; eu também tinha crescido.

— Você não sente que deve algo a este lugar? — perguntou. — Pouca gente tem um lar como Amber House.

— Não é o meu lar — respondi, meu tom imitando o dele. — Eu sou de Astoria, lembra?

Ele contraiu de leve o rosto, numa expressão de tanto faz. Me senti julgada de novo. Era frustrante. Por que eu não conseguia estabelecer uma conexão com ele como antes?

— A verdade é que eu também não quero continuar aqui — ele disse. — Eu não me *encaixo*. Este não é meu lugar. Mas não sei como chegar ao lugar ao qual pertenço.

Ele disse as mesmas palavras que eu usava em minha cabeça para me descrever. *Estranho*. Num impulso estiquei a mão.

— Se eu puder ajudar de algum jeito...

Mas foi um erro. Eu havia tocado a mão dele marcada pelas cicatrizes. Ele a retirou, enfiando-a no bolso. Então percebeu o que tinha feito e ergueu o olhar para o meu, com um sorrisinho triste.

— Sério, acho que não é possível chegar lá a partir daqui.

Uma voz dentro de minha cabeça disse: *É possível, sim.* Talvez fosse uma fala que tivesse ouvido em algum filme. Ou em algum sonho.

— Preciso ir — Jackson disse. — Quero ter a janta pronta para quando vovó chegar.

Fiquei vermelha e senti alívio por ele não poder ver meu rubor na penumbra da estufa. Sua avó chegaria em casa depois de sair do trabalho: fazer o jantar para a *minha* família, um jantar do qual ela não participaria. Ele começou a tirar a manta branca dos ombros. Eu sacudi a cabeça, severa.

— É melhor você ir com isso para casa e só me trazer amanhã, senhor — eu disse.

Ele sorriu e apertou mais a manta em volta de si.

— Obrigado, Sarah.

E quase soou igual a antes, quando éramos grandes amigos.

— Até mais, J. — eu disse.

O andar térreo da ala oeste me separava do resto de minha família, um túnel de trevas noturnas. Tateei a parede procurando o interruptor. Não ia andar no escuro. Já era ruim o bastante ter que passar por todas as bocas escancaradas das portas escuras.

No final, o corredor virava à direita e terminava em uma galeria que se estendia por toda a largura da casa principal. A porta de trás da biblioteca se abria para a galeria, bem como o corredor que levava à porta de vaivém da cozinha e, mais além, ao saguão de entrada. Mergulhei na cozinha, com sua iluminação suave e o calor de lareira. Rose estava preparando os pratos do jantar.

Senti outra ponta de vergonha. Nunca me incomodou muito o fato de Rose trabalhar para vovó; ela havia contratado Rose como cozinheira e governanta depois da morte do avô de Jackson, e eu tinha a impressão de que existia por trás alguma história que nunca tinham me contado. Mas, quando vovó morreu, mamãe sugeriu que Rose se aposentasse com seu salário integral; nós não estávamos, de jeito nenhum, acostumados a ter serviço doméstico. Rose tinha recusado, dizendo que não ia aceitar caridade.

— Posso ajudar a levar algo para a mesa, senhora Valois? — perguntei.

Quase consegui vê-la sacudindo a cabeça mentalmente. Ela não tinha nenhuma paciência com nossa compulsão astoriana de "ajudar os ajudantes". Mas disse:

— Claro, Sarah. Só um instante. — Pegou uma colher e começou a colocar porções de vagem em cada prato. — Você foi de novo à cidade hoje?

— Fui — respondi, e na mesma hora fiquei nervosa, tentando evitar dizer o que Jackson tinha pedido que eu não dissesse. Foi um erro. Rose tinha a habilidade quase sobrenatural de uma avó para detectar o nervosismo.

— Você não esteve lá perto do cinema, esteve?

— Nããão — falei, prolongando a negativa sem querer. — Levei Sam à loja de ferragens.

— Você viu o Jackson?

— Não. — Saiu apressado demais. — Quer dizer, não vi ele na *cidade*, mas vi faz pouco... faz um *tempinho*, quando passou pela estufa para me dizer um oi.

Rose ficou olhando enquanto eu me atrapalhava, a desconfiança estampada em seu rosto. Mas ela deixou o assunto morrer.

— Pode levar estes dois pratos?

— Claro — respondi, louca para sair de lá.

Ela pegou outros três pratos.

— Obrigada, Sarah. Você é uma boa menina. — Virou-se para a outra porta de vaivém que dava para a sala de jantar. — Às vezes com uma conexão tênue com a verdade, mas uma boa menina.

Ela empurrou a porta de costas, e eu a segui. Mamãe estava dando a volta à mesa com uma jarra de água, enchendo os copos. Sorriu para mim quando entrei. Eu adorava o sorriso de minha mãe. Era parte de sua elegância — a maneira como se movia, o tom de sua voz, a forma de suas palavras, o sorriso sempre esboçado. Quase devolvi o sorriso. Mas então me lembrei de minha raiva por estar nesta casa e neste país.

O quinto lugar, na cabeceira da mesa, estava vazio. Sammy disse:

— Ela vai chegar já, já.

33

"Ela" queria dizer Maggie.

— Achei que já estava aqui — eu disse.

— Não — respondeu Sam.

Quem teria estado cantarolando no quarto embaixo do meu? Rose, provavelmente, ou talvez mamãe, ou quem sabe Sammy.

Sentei-me à mesa e comecei a remexer a comida. Mamãe se sentou em frente a Sammy.

— Estou gostando tanto das fotos de Maeve! — ela disse, em minha direção. — Ela conseguiu registrar como era viver no final do século XIX. Você devia me ajudar, querida. É fascinante.

Maeve McCallister foi a bisavó de minha avó, que alcançou alguma fama póstuma pelos milhares de ferrótipos que fez da vida cotidiana: mulheres, crianças, criados e escravos. Temas que a maioria dos outros pioneiros da fotografia não considerava dignos de captar nas placas de metal tão caras. Mamãe estava buscando, na obra de Maeve, as melhores peças para a exibição do Metropolitan.

— Não tenho interesse na história deprimente da CEA, mãe — eu disse, com um sorrisinho forçado. — Sou astoriana.

Ela piscou os olhos, um tanto surpresa com meu tom irritado. Papai, sempre perspicaz, perguntou:

— Aconteceu alguma coisa hoje, Sarah?

— Tinha uma multidão na rua principal de Severna. Sam correu para ver o que estava acontecendo e, quando consegui alcançá-lo, a polícia estava jogando bombas de fumaça e encharcando os manifestantes com uma mangueira de incêndio na frente do cinema.

— Ah, meu Deus! — disse minha mãe, empalidecendo.

— Saímos de lá o mais depressa possível — eu disse, acrescentando —, e Sam não se feriu.

— O moço que gosta de lojas de ferragem me levantou acima do gás — contribuiu Sammy, feliz.

— Quem? — perguntou papai.

— Richard Hathaway — expliquei.

— Graças a Deus por Richard — ele disse. — Vocês não deviam estar lá.

— Não — retruquei. — *Nós* não devíamos estar *aqui*.

Eu não conseguia entender como meu pai tolerava viver na CEA; mamãe pelo menos havia crescido aqui. Mas ele era da Nova Inglaterra, nascido na Nova Escócia. Tinha conhecido mamãe quando estava na universidade Johns Hopkins; na época, ela estudava no colégio feminino de Notre Dame, em Baltimore. Depois que papai terminou a residência, os dois quiseram ir embora do sul. Mas mamãe se recusou a ir para o norte, porque não queria viver em um país que ainda aceitava a realeza. Eles foram então para o oeste, para a nação construída sobre os alicerces dos entrepostos comerciais de John Jacob Astor. Um país de pensadores livres que haviam emigrado de toda a bacia do Pacífico e da América do Norte. Meu verdadeiro lar, Astoria.

Meu pai começou a responder, mas então Maggie finalmente apareceu, sorridente, tirando o casaco e as luvas. Mamãe se levantou, uma felicidade genuína estampada no rosto. Abraçou a irmã tão forte que ela gemeu.

— Magpie, estou tão feliz por você estar aqui! — disse mamãe.

Maggie fez o circuito completo, devolvendo o abraço entusiasmado de Sammy, beijando o rosto de papai, e me dando um abraço.

— *Outra* Sarah — ela disse.

Depois do enterro de vovó, Maggie tinha ido rumo ao noroeste, para a Louisiana, logo a sul da província neoinglesa de Ohio, para supervisionar o uso dos recursos da fundação da família no combate a um surto de meningite. Estávamos todos felizes e aliviados por tê-la de volta.

Havia em torno de Maggie uma aura de fragilidade que fazia a gente querer protegê-la. Era muito parecida com Sammy: suave, generosa e gentil. Ela também estava dentro do espectro do autismo, só que um pouco mais além do que ele. Era linda e de feições delicadas como minha mãe, mas enquanto mamãe era pura energia e perfeccionismo direcionado, Maggie tinha um toque tênue que beirava a tristeza. Ela quase tinha morrido quando pequena — havia caído da casa na árvore no velho carvalho que se erguia no jardim da frente, e ficara em coma por várias semanas. Talvez isso explicasse o ar ligeiramente sonhador e distante que a envolvia.

A partir daí, o jantar transcorreu mais tranquilo, já que minha falta de participação se tornou menos evidente. Quando mamãe cortou o enorme bolo de chocolate que Rose havia deixado no aparador, Sam foi buscar o calendário do Advento, uma folhinha especial em que cada dia tinha uma janelinha de cartolina que, quando aberta, revelava pequenos brindes. Ele estava abrindo as janelinhas, a cada dia, diligentemente.

— Olha, Maggie, o dia especial está quase chegando — ele disse.

Ele permitiu, generoso, que ela quebrasse o lacre da janelinha do dia, revelando uma bússola de plástico minúscula.

— Que bom! — ele disse, entusiasmado. — Estava precisando disso.

Maggie olhou nos meus olhos por cima da cabeça dele e sorriu. Era difícil continuar com raiva perto dela e de Sammy, mas continuei tentando. Depois de comer meu bolo, lavei meu prato e subi. Pensei em me forçar a abrir um dos livros velhos de mamãe.

Quando deu nove horas, o silêncio na casa era quase total. Podia ouvir o tique-taque do relógio na entrada e o som débil e distante de vozes — a televisão ainda ligada na galeria. No meu fuso horário, hora do Pacífico, mal passava das seis, mas mesmo assim vesti o pijama. Queria colocar um ponto final em meu sofrimento ao menos por aquele dia.

E eu devia estar mesmo muito cansada. Meus olhos me pregavam peças, criando sombras nos cantos e me dando visão dupla enquanto ia pelo corredor até o banheiro. Tive a impressão muito estranha de que a garota que escovava os dentes no espelho se movia uma fração de segundo mais devagar do que eu.

Quem sabe eu estivesse precisando de óculos.

De volta ao quarto, enfiei-me embaixo da pesada colcha decorada com a Árvore da Vida que cobria minha cama e desliguei o abajur. Pela janela, eu via os grandes flocos de neve que ainda caíam do lado de fora, fazendo-me sentir confortável e aquecida. Eu queria gostar desse lugar. Mas parecia simplesmente que havia alguma coisa errada com ele.

Amber corria diante de mim pelos corredores verdes da estufa. Eu entrevia lampejos de seu vestido claro por trás das folhas. Ela diminuiu o ritmo para que eu a alcançasse.

— *Vamos brincar* — *ela disse.*

– Esconde-esconde? – perguntei.

– Não – respondeu, penetrando mais em meio aos galhos. – Caça ao tesouro.

Ela desapareceu num corredor de sebes cheio de portas. Era interminável, e ergui a barra de meu vestido dourado e corri mais rápido. Sabia que tinha de escolher. Mas qual era a porta certa?

Parei e abri a porta a minha esquerda. Amber me esperava lá dentro. Era uma biblioteca sem teto, construída ao redor de uma única árvore alta que tinha um lado morto, resultado de uma catástrofe muito antiga.

Ela esticou a mão, e peguei o objeto que me ofereceu: uma noz banhada a ouro. Eu odiava ter que quebrar uma coisa tão bonita, mas certas coisas precisam ser quebradas. Coloquei-a no chão e pisei nela, e a noz se partiu em duas. Dentro dela encontrei um papelzinho enrolado.

Havia palavras escritas nele, mas eu não consegui lê-las. Eu precisava me concentrar, precisava fazer com que elas entrassem em foco. E então elas me disseram:

Procure o ponto onde passado e futuro se encontram.

Capítulo Quatro

Às sete da manhã do dia seguinte, antes do nascer do sol, minha mãe enfiou a cabeça dentro de meu quarto para me acordar.

— Levante e vamos agitar, querida!

Ela abriu a porta um pouco mais, deixando entrar mais luz do corredor. Cobri a cabeça com o travesseiro.

— Vamos, se mexa. Primeiro vamos à igreja, e depois temos uma tonelada de coisas a fazer para nossa festa do solstício, amanhã. Sem a vovó aqui... — A voz dela falhou. Ela respirou fundo e soltou o ar. — A decoração de Natal está tão atrasada! Você vai ter que ajudar.

Descobri o rosto, esfregando os olhos com os nós dos dedos. E fiquei olhando, espantada, para a roupa que ela usava. Ali estava mamãe, com a mão na maçaneta, iluminada por trás, usando um terninho preto, elegante e severo, com a saia pouco acima do joelho, ao estilo astoriano.

— *Onde* você conseguiu essa roupa? — perguntei.

— Estava na mala — minha mãe respondeu, um pouco confusa, puxando para baixo a barra do *blazer*. — Com toda minha roupa. Você não vai dormir de novo, vai? Cubra os olhos, vou acender a luz.

Ela apertou o interruptor. Fiquei cega por um instante enquanto meus olhos se ajustavam à claridade súbita. Quando minha visão retornou, vi que mamãe usava seu conjunto de sempre, cor-de-rosa, de corte quadrado e conservador. Não era mais aquele preto, bonito. Transformação em um piscar de olhos. Como em um filme em que o cara encarregado de garantir que tudo esteja perfeitamente igual de uma tomada de cena para a seguinte tivesse cometido um grande erro. Ou talvez meu cérebro tivesse se deixado iludir por meus desejos inconscientes. Esfreguei os olhos de novo.

— Eu... Deixa pra lá — disse eu. — Um truque de luz.

— Vamos lá — ela repetiu, e virou-se para ir embora.

— Hã, mamãe... — Deixei os pés caírem pela lateral da cama, para que o peso me puxasse para a vertical. — Você já teve algum terninho preto?

— Preto? — Ela franziu o nariz perfeito. — Muito deprimente. Você sabe que eu gosto de cores mais alegres. Além do mais, o preto não me cai bem.

Eu não sabia se concordava.

Vinte minutos mais tarde, eu estava quase pronta para sair, exceto pelos acessórios que pretendia usar. Em vez do colar que buscava, encontrei uma anotação rabiscada em um bloquinho de notas que eu tinha deixado na mesa de cabeceira. Imaginei que eu tivesse escrito aquilo durante a noite, enquanto estava meio dormindo. As palavras eram quase ilegíveis, mas consegui decifrar o que estava escrito.

"Procure o ponto onde passado e futuro se encontram."

Fiquei olhando o papel em minhas mãos, lendo e relendo as palavras. *Onde passado e futuro se encontram? Será algum conselho existencial sobre viver o momento?*

Por impulso, rasguei da folha uma tirinha com o que estava escrito, do tamanho de uma daquelas frases da sorte chinesas. Abri a casa de bonecas e coloquei o papelzinho em sua minúscula biblioteca. Eu não sabia por quê, mas me pareceu que ali era o lugar certo para ele.

— Sarah? — chamou minha mãe, junto à escada, no térreo. — Estamos esperando você, querida.

— Estou indo! — berrei, encontrando o colar, pegando-o, e também meu casaco de lã.

Desci correndo a escada, enfiando os braços nas mangas. Papai, mamãe, Maggie e Sam já tinham vestido seus casacos. Minha mãe e minha tia pareciam ambas arrumadinhas e comportadas em seus conjuntos combinando, com chapeuzinhos arredondados, sem abas, presos de forma idêntica. Infeliz, Sam puxava o colarinho, tentando afrouxar sua gravata riscada. Ele odiava qualquer coisa apertada em volta do pescoço.

Minha mãe tirou um fio de cabelo de minha gola.

— O que você vai usar na cabeça?

Tirei do bolso um véu minúsculo redondo, todo rendado. Estava meio amassado, mas ia daquele jeito mesmo. Eu odiava chapéus do mesmo jeito que

Sammy odiava gravatas. Eu odiava especialmente que a igreja exigisse que só as *mulheres* cobrissem a cabeça durante a missa. Aquela rodelinha rendada era o máximo que eu aceitava.

Annapolis estava situada na foz do rio Severn, pouco acima de sua desembocadura na baía de Chesapeake. Havia sido uma cidade portuária valiosa para a Coroa antes da secessão da Confederação, na década de 1830, e exibia uma mistura de influências do norte e do sul: uma abundância das linhas retas do norte puritano, com um pouco das cores suaves e dos detalhes em arabesco do sul decadente. As casas mais antigas tinham sido construídas em meados do século XVII, e a maioria dos edifícios do governo datava da era colonial. Na Confederação sobreviviam muitas comunidades bem preservadas, cheias de casas graciosas e prédios públicos com fachadas de mármore, mas Annapolis era uma verdadeira pérola. Eu precisava lembrar a mim mesma para não deixar que aquela beleza adorável me distraísse dos problemas que se ocultavam por trás daquela superfície imaculada.

Descemos rumo ao porto antigo, onde a igreja de St. Mary erguia-se no alto de uma colina. Os Hathaway já tinham chegado, e guardaram lugares para minha família, o que foi providencial, já que estávamos atrasados por minha culpa, e a igreja estava lotada nesse último domingo do Advento. Percorremos apressados o corredor até o banco da frente, que o senador Hathaway havia escolhido. Sua esposa, Claire, fez um gesto silencioso para que eu me sentasse ao lado de Richard. Ela era loira, esguia e elegante, e usava um conjunto muito parecido com o que eu tinha imaginado em minha mãe, justo e sofisticado, de um jeito nada conservador. Ela obviamente não achava que o preto a deixava com aparência deprimente. E eu também não. Eu não podia deixar de admirar o senso de estilo de Claire, mas havia algo nela — algo que eu não conseguia definir com palavras — que sempre me incomodava. Talvez eu só me sentisse malvestida ao lado dela.

Richard pareceu feliz de verdade ao me ver. Ele chegou mais perto e murmurou em meu ouvido:

— Gostei do seu véu, Parsons.

Olhei feio para ele, e ele sorriu.

Eu me sentia pouco à vontade ali espremida ao lado dele. Estava ciente demais de cada vez que ele roçava em mim; era uma sensação de estar sendo espetada por agulhas. Encolhi-me o máximo que pude e me esforcei para não pensar em Richard.

Desviei a atenção para a igreja, uma construção em que cada detalhe tinha sido planejado para fazer com que o olhar se elevasse para o alto. O altar com seus cinco pilares dourados vazados e delicados; os arcos ogivais, elevados, repetindo-se interminavelmente; e lá no alto, por cima de tudo, o teto estrelado, sugerindo a abóbada do Céu. Eu contemplava essa abóbada, imaginando os andaimes que deviam ter sido armados para pintá-la, quando Richard se aproximou para sussurrar de novo, em tom divertido.

— Você está irritando o padre Flaherty.

Saí de meu devaneio e me concentrei enquanto o padre Flaherty se aproximava da conclusão de sua homilia.

— ... nos ensina que o Advento é uma época de novos inícios, um tempo de esperança e promessa. Nós... todos nós... temos uma chance de abraçar a mudança, e ajudar um novo presidente a trazer um recomeço fundamental para nossa nação e nosso continente.

O padre então acenou com a cabeça, de modo sugestivo, na direção do senador Hathaway, sentado a poucos lugares de mim. Quando todos os olhos se voltaram para nosso banco, fiquei feliz, *muito* feliz, por não estar mais olhando para o teto.

Depois da missa, a maioria dos paroquianos se dirigiu para o Hotel Carvel Hall para o *brunch*. Richard veio para o meu lado no caminho para a saída.

— Quer dar uma volta?

— Com você? – perguntei, como uma idiota.

Ele deu uma risadinha.

— É, comigo.

Ele exibia um dos sorrisos que eram sua marca registrada. Abaixou a cabeça, como se estivesse meio hesitante, e então ergueu os olhos, olhando bem nos meus, por entre uma cortina densa de cílios dourados. Será que ele fazia ideia de como parecia irresistível? *Provavelmente*.

— Claro — respondi.

Eu estava usando saltos e minhas pernas estavam bem expostas, e isso faria com que fosse um passeio gelado e desconfortável. Mas eu estava preparada para ser estoica.

Percorremos a rua principal, olhando as vitrines. Um homem de avental, apoiado ao batente de uma tabacaria e fumando, claro, saudou Richard com a cabeça.

— Quando seu pai vai lançar a candidatura?

Richard sorriu.

— Assim que ele me disser, pode ter certeza de que lhe conto.

— Apostei com Jimmy Nealy uma garrafa da boa que vai ser durante a inauguração da exposição. — O homem deu um sorriso. — Beleza de jogada política, essa. *Amber House: As Mulheres e as Minorias do Sul*... Atrai os votos dos liberais. Adoça o bico dos aliados.

Eu realmente não fazia a mínima ideia do que o homem estava falando. Era a primeira vez que eu ouvia dizer que Robert Hathaway esperava qualquer tipo de benefício político da exposição de meus pais. Ainda assim, eu não gostava do jeito cínico dele ao falar sobre isso, como se meus pais fossem parte de algum golpe sujo de propaganda.

Richard também não gostou. Ele franziu as sobrancelhas.

— Esta é Sarah Parsons — disse, com um gesto em minha direção. — A filha dos proprietários de Amber House.

O homem me olhou envergonhado.

— Eu quis dizer — emendou —, que... ideia genial, dar visibilidade internacional ao senador Hathaway desse jeito. Estamos todos muito agradecidos a seus pais.

Dei-lhe um sorriso seco.

— Vou dizer a eles.

Ele fingiu não notar minha frieza.

— Posso pegar este cavalheiro emprestado por um instante? — disse, com um amplo sorriso, e sem esperar resposta fez sinal para que Richard o seguisse para dentro da loja. — Tenho algo para seu pai. Cubanos novos. Você poderia entregá-los?

Richard, educado, olhou para mim, pedindo permissão. Fiz sinal de que esperaria ali. Porque, claro, uma jovem de 16 anos não era bem-vinda em uma tabacaria. Alguns locais ainda eram considerados território masculino.

— Já volto — ele prometeu, e disse, só com a boca, em silêncio, *Desculpa*.

Fiquei lá parada, no frio, batendo os pés um pouquinho para forçar a circulação do sangue quente. Havia muita gente na rua, fazendo compras, mães e pais segurando pelas mãos crianças empolgadas com o Natal. O mesmo tipo de agito que eu teria visto em Seattle, a não ser pelo fato de que lá as multidões seriam uma mistura de hispânicos, asiáticos e caucasianos. Aqui, todos eram brancos.

A rua terminava nas águas agitadas e cinzentas do porto, onde balançavam barcos de todos os tipos. Mas meus olhos estavam fixos no edifício simples azul, localizado à beira d'água, onde funcionava o clube de iatismo da região.

Uma onda de *déjà-vu* me invadiu, tão forte que me deixou zonza. Minha visão chegou a ondular.

Eu *sabia* como o clube era por dentro. Carpetes azuis e frisos de madeira dourada. Eu podia ver, em minha mente, um belo veleiro de dois mastros emoldurado na vidraça do saguão. Conseguia imaginar o velho de chapéu de capitão que administrava o lugar. Mas eu nunca havia entrado no edifício. Nunca. Era como ter uma lembrança de algo que eu sabia nunca ter feito.

Parei, curvada para a frente, as mãos apertadas contra os olhos.

— Você está bem? — disse Richard, a meu lado.

— Estou — respondi, endireitando-me. Apontei para o clube. — Você já esteve lá dentro?

— Claro.

— De que cor é o carpete?

— Não tem carpete. O piso é de madeira, com tapetes de temas náuticos. — *Hã.* — Você tem certeza de que está bem?

— Só... preciso comer, acho. Vamos para o Carvel antes que os bolinhos de batata acabem.

Ele sorriu.

— Uma garota com apetite. Ganhou pontos, Parsons.

Pontos? pensei. *Ele estava me avaliando?*

— Eu não devia ter deixado você esperando. Me desculpa, de verdade. Demorou mais do que eu pensava. Nunca gostei daquele sujeito. Ele é do tipo que acha que todo mundo é tão desonesto quanto ele. Mas é parte de meu trabalho, fazer pequenas tarefas para papai.

— Tudo bem. Sobre o que ele estava falando? Seu pai vai mesmo lançar a candidatura na exposição?

— Ei, não me pergunte. Sou apenas o garoto de recados de meu pai. Ninguém me conta nada.

Lancei-lhe um olhar de irritação fingida.

— Qual é, Hathaway? Você me deixou aqui de pé no frio. Você me *deve*. Me conta.

— Tudo bem, tudo bem — ele disse. — Mas não fale para ninguém. Faz anos que papai vem trabalhando para construir uma relação com os pesos-pesados da política nas Américas, e muitos deles vão estar na festa de inauguração. Então é, sim — ele chegou mais perto para sussurrar. — É bem provável que ele se lance como candidato lá. A exposição é a oportunidade perfeita, com o tema perfeito. Foi uma ideia brilhante, papai ficou muito agradecido por seus pais terem pensado nisso. Ela vai solidificar a imagem dele como alguém que quer trazer a Confederação para o século XXI.

Uau, pensei. *Hathaway vai se lançar como candidato na exposição de meus pais.* Isso era algo bem importante. Isso explicava por que mamãe estava tão obcecada com aquele evento.

No fim não teve nada de bolinhos de batata. Quando Richard e eu entramos no salão de festas, minha mãe me interceptou.

— Por que você demorou tanto? Eu estava preocupada. — Ela me entregou um saco de papel. — Pedi uns ovos para viagem, querida. Vamos lá, temos que agitar.

Esse parecia ser o lema do dia.

Quando chegamos em casa, Jackson estava no saguão de entrada, ajudando outro homem, que imaginei ser o entregador, a acomodar um abeto no U formado pelas escadas. O relógio de carrilhão e duas poltronas tinham sido removidos para abrir espaço para a árvore.

Assim que mamãe atravessou a porta, ela entrou no modo ditadora-organizadora de festas. Embora conseguisse disfarçar muito bem na maior parte do tempo, ela era uma perfeccionista detalhista, como a mãe dela também tinha sido. Algo que eu não tinha herdado, por sorte. De braço dado comigo, puxando-me para que eu acompanhasse seu passo, ela dava ordens.

— Vista uma roupa de trabalho, coma o lanche que trouxemos e então volte aqui para começar a cobrir os arames que seguram o festão com laços feitos com aquela fita. — Ela apontou para uma pilha de carretéis de veludo vermelho. — Corte a fita em pedaços de um metro. Tudo bem?

— Tudo ótimo. — Suspirei.

Ela assentiu com a cabeça e saiu apressada para seu quarto, os saltos altos ressoando no piso de madeira.

Subi as escadas arrastando os pés, como uma condenada, a cabeça jogada para trás, os olhos fechados. Todo ano, quando vínhamos visitar minha avó, a maior parte da decoração de Natal já estava pronta. A única coisa em que minha família costumava ajudar era na decoração da árvore de Natal. Este ano, estávamos trabalhando em jornada dupla para tirar o atraso. Parecia que ia ser um longo dia.

— Aguenta firme, Sarah — disse Jackson, olhando-me divertido. — É Natal. A época mais maravilhosa do ano.

— Tenho certeza de que odeio o Natal — disse eu, olhando-o com o canto do olho ao passar por ele e dando meu menor sorriso.

Quando voltei com uma tesoura e uma trena, os homens já tinham ido embora, mas Jackson ainda estava ali, ocupado em desenrolar os fios das luzinhas brancas para a árvore. Havia muitos deles.

— Caramba, vai demorar um tempão — exclamei.

— Uma hora — ele deu de ombros. — Tenho alguns anos de prática.

— Parece que você vai terminar antes de mim, então — resmunguei.

Desenrolei um metro de fita e cortei. Então amarrei meu primeiro laço sobre o fio no balaústre mais baixo da escada.

— Sarah — disse Jackson.

— Que foi?

— Os laços... — ele sacudiu de leve a cabeça. — Eles precisam ficar retos.

Olhei para minha pobre obra, caída para um lado, como se estivesse bêbada, uma das fitas mostrando só o avesso do tecido. Quem disse que eu me importava?

— Você acha que *alguém* vai notar os meus laços horrorosos?

Ele me olhou apertando os olhos.

— Qual é? Você não tinha nem que perguntar. Quando você faz algo, faz bem-feito e ponto final.

— Você leu isso em algum livro?

Ele sorriu de meu sarcasmo.

— Ué, não ensinam isso para as crianças naquelas escolas particulares caríssimas?

Ele desfez meu laço, ajustando o nó.

— Olha só — explicou, enquanto trabalhava. — Deixe a parte de cima um pouco mais comprida, então use a de baixo para fazer a primeira alça. — Fiquei olhando seus dedos, suas mãos. Eram dedos longos e mãos quadradas. Como as de meu pai. — Passe por *cima*, e então por baixo com a parte de cima, e vá virando para que o lado de veludo fique para fora...

Ele puxou as alças, apertando-as; um belo laço *nivelado* agora pendia do balaústre, exibindo apenas veludo.

— Tesoura — disse, estendendo a mão como um cirurgião à espera do bisturi.

Coloquei-a com força em sua mão. Ele fez dois cortes rápidos.

— Termine aparando as pontas para ficarem iguais. Sua avó fazia questão disso.

Ele ergueu os olhos para mim e deu seu sorriso de sempre, o sorriso suave e generoso com o qual eu me acostumara e sabia que podia contar. Mais uma vez me perguntei por que agora ele parecia sempre tão irritado comigo.

Eu estava tão perto dele que podia sentir todos os seus aromas: o sabonete favorito de Rose, a resina de abeto em seus braços, um indício de feno de verão dos estábulos, onde ele devia ter ido antes de vir para cá. Enquanto estava ali, refleti que o sentido do olfato, mais do que qualquer outro, tinha a capacidade de anular o tempo. Que uma fragrância podia nos carregar de volta a outro momento, com tanta força que parecia que seríamos capazes de abrir a porta para aquele instante e entrar nele de novo. O passado pressionava à minha volta, quase tangível, enquanto eu estava ali de pé junto a Jackson e inspirava seu perfume, e eu desejei esse passado. Desejei que fosse como Jackson e eu costumávamos ser.

— Você está acordada? — ele perguntou.

Saí do transe de repente. Desenrolei outro pedaço de fita de um metro e estendi para ele.

— Pode me mostrar de novo, por favor?

Mantivemos uma conversa cordial, embora superficial, enquanto íamos avançando com nosso trabalho — ele na árvore e eu na balaustrada da escada. Eu estava pouco à vontade, mas pelo menos tinha os laços nos quais podia me concentrar; eles iam melhorando à medida que eu subia.

— Vovó disse que você foi aceita em Saint Ignatius, é verdade? — ele perguntou.

— Eles não queriam me aceitar, mas Hathaway os forçou.

— O senador?

— Ele e mamãe são velhos amigos. Acho que ele é meu padrinho, na verdade.

— Imagino que seja bem útil ser a afilhada do próximo presidente.

Eu também achava que sim, talvez fosse.

— Você gosta de estudar na...

— Severna High? É decente. Ela é integrada desde os anos oitenta.

— Você se forma este ano. O que vai fazer depois? — Perguntei a mim mesma o motivo de eu não saber por que e Jackson queria da vida.

— Não gosto de falar sobre o futuro — ele respondeu.

— Não é mais o futuro. É o próximo passo. Onde você vai tentar ser admitido?

Ele hesitou, como se estivesse decidindo se queria me contar. Magoou-me perceber que ele não confiava em mim.

— Quero fazer medicina na Hopkins — ele respondeu por fim, baixinho.

— Hopkins? — eu não deveria ter soado tão surpreendida, mas era como se ele tivesse dito que queria ir para a Lua. Um garoto negro e pobre saído do nada sendo aceito na Universidade Johns Hopkins? A escola tinha um corpo discente internacional, composto pelos melhores e mais brilhantes alunos, mas no quesito diversidade, havia uma maciça supremacia de homens brancos. No fim das contas, estávamos na Confederação.

— Seu pai disse que tentaria me ajudar a entrar.

— Uau! — respondi, forçando-me a parecer entusiasmada.

Uma recomendação de papai, ex-aluno da Hopkins, membro respeitado de seu quadro de professores e um cirurgião conhecido internacionalmente *talvez* pudesse superar o preconceito que Jackson enfrentaria. *Talvez.*

— Suas notas devem ser espetaculares. Você quer ser médico?

— Eu vou ser médico — ele afirmou. — Um dia.

Mas ele olhou para baixo e para dentro de si ao dizer isso.

— Você vai — disse eu, sendo sincera. — A Hopkins não vai nem saber o que a atingiu.

Os olhos dele se suavizaram em um sorriso discreto.

— Obrigado. — Ele ficou ali em silêncio por um breve instante, como se houvesse algo mais que quisesse dizer. Mas então limpou as mãos nas pernas da calça e disse, seco: — Preciso ir pegar a escada. A gente se fala depois.

Já tinha quase terminado os laços quando Maggie e Sam chegaram com uma cesta de ursinhos de pelúcia de quinze centímetros e uma braçada de florzinhas brancas secas. O festão da escada de minha avó *sempre* era decorado com sua coleção de ursinhos antigos aninhados em meio a uma "nevasca" dessas florzinhas minúsculas.

Eu queria ficar e ajudar, porque essa era a parte divertida, mas mamãe tinha outros planos. Ela me entregou um maço de folhagens sempre-verdes variadas e orientou-me a enfeitar a mesa de jantar e a parte de cima da lareira. Pus mãos à obra acomodando os ramos ao longo das bordas do caminho de mesa de brocado vermelho, enquanto escutava, morta de inveja, Sam, Maggie e Jackson conversando e rindo no saguão de entrada. Quando estava acabando, Maggie e Sam entraram com uma antiga arca de Noé repleta de animais de madeira, para colocá-los em meio a mais florzinhas brancas. A mesa de jantar de vovó *sempre* era decorada com três dúzias de animais marchando através da folhagem sempre-verde rumo à arca aberta.

Quando estendi a mão para pegar as girafas, tive a sensação de gerações e gerações de mãos fazendo o mesmo movimento. Gerações de minha família de pé ali, naquele mesmo lugar, desempenhando a mesma tarefa. Fiquei pensando se eles também teriam pensado sobre aqueles que viriam e que ficariam ali onde eles estavam. Família. Parte de mim se ressentia do fardo daquela história. Mas parte de mim percebia que era algo venerável. Primordial.

— Sarah? — A voz de mamãe.

Ela entrou com mais ramos para a mesa ao lado da porta de entrada, e para o alto das lareiras tanto da sala de estar quanto da biblioteca. Suspirei de novo. Era só uma da tarde e eu já estava exausta.

Mas já estava começando a parecer que era Natal.

Em seguida, tivemos que trabalhar na árvore. Nós quatro — Jackson, Maggie, Sam e eu — fomos até o depósito no terceiro andar para buscar a montanha de caixas de enfeites que vovó mantinha muito bem organizadas.

Quando era mais nova, eu sempre evitava subir até o terceiro andar. A maioria das crianças acredita que em alguma parte de sua casa mora um monstro. Eu sempre tinha essa impressão incômoda quanto ao longo sótão no alto da escada.

49

Dois cômodos menores abriam-se para o corredor do terceiro andar. O primeiro quarto da esquerda tinha sido o ateliê de minha mãe quando ela era criança. Vi uma tela nova fixa a um cavalete, riscada com os traços de carvão habituais de mamãe. Ela pintava em um estilo que eu descrevia como realismo intensificado; as cores eram um pouco mais vívidas do que seriam na vida real, criando uma espécie de efeito de sonho. Às vezes eu ficava imaginando se ela na verdade via o mundo daquele jeito. Meio encaixada atrás dessa tela havia uma obra menor, mais serena, de um gato lambendo a pata. Era de Maggie. Minha tia não tinha a voracidade obsessiva de minha mãe por pintar, mas tinha talento. Ela se contentava em fazer algumas das ilustrações para os livros infantis que escrevia.

O aposento à direita era um escritório abandonado, com uma mesa para escrever e uma estante com portas de vidro. Notava-se que no passado tinha sido usado por uma mulher; detalhes de conforto e decoração atestavam isso, como uma almofada florida, um espelho de moldura dourada, um retrato de uma criança com covinhas. Eu tinha a impressão de que aquele tinha sido o refúgio de minha bisavó Fiona para escrever sua estranha poesia.

O último cômodo ocupava a maior parte daquele andar. Era usado agora como depósito, mas vovó sempre o chamou de "antigo quarto de brinquedos". A pilha de caixas que procurávamos erguia-se no meio do aposento.

Detive-me por um instante à porta, relutando em entrar.

Podia sentir os pelinhos dos braços arrepiando-se e ficando em pé. Eu já não era uma criança, mas meu monstro ainda morava naquele sótão. Frestas e fendas nas paredes deixavam o vento entrar, e o aposento todo parecia suspirar. Até Sam e Maggie tinham ficado em silêncio. Jackson era o único que não era afetado.

Entrei e depressa peguei a menor caixa para Sam carregar, pois eu queria que ele visse onde estava pisando ao descer a escada.

— Tome, Sammy.

Ele veio pegá-la, de cabeça baixa. Murmurava alguma melodia, tão baixinho que quase não ouvi. Uma variação simples de umas poucas notas. Achei familiar. *A música que vinha pela grade do aquecimento central.*

— Que música é essa, carinha?

Ele sacudiu a cabeça sem erguer os olhos.

— Uma música que eu costumava saber. Mas eu não canto mais ela.

Naquele instante Maggie entrou, abaixou-se e apanhou uma pilha de três caixas.

— Vamos, Sam, vamos sair daqui.

— Eu também vou — minha voz soou muito mais nervosa do que eu pretendia. Peguei minha pilha de três caixas e notei que ainda ia sobrar mais meia dúzia depois que Jackson pegasse as dele.

Ele viu minha cara e deu uma risadinha discreta.

— Eu levo o resto. Faço mais duas viagens.

— Sério? — perguntei.

— Sério — ele disse. Começamos a descer a escada. — Desde que te conheço, Sarah, você sempre odiou o terceiro andar. Acho que algumas coisas nunca mudam.

Algumas coisas? Pensei. *Nada* muda em Amber House. Só ele.

Uma de minhas antepassadas tinha sido obcecada por anjos, e o pai dela, que viajara pelo mundo, trazia-lhe anjos a cada viagem. De todos os continentes, de dezenas de países. Desde anjos incrustados de joias e ornamentados a primitivos entalhes em madeira. De todos os tons de pele e todos os formatos de olhos. Quando as árvores de Natal entraram de moda, em algum momento do final do século XIX, minha família usou a coleção de anjos para decorar a primeira árvore de Natal de Amber House. E, claro, cada geração havia aumentado a coleção. Olhei, infeliz, para as caixas abertas. Todas as hostes do céu, e teríamos que pendurar um por um.

Jackson desceu com a última leva de caixas, e fui ajudá-lo a acomodá-las.

— Você fica? — perguntei, esperançosa.

— Não, não posso.

— Por que não? — Eu estava acostumada com ele nos ajudando com a árvore.

— Nós... *eu...* tenho que fazer uma coisa.

— Ah, é? — disse eu, esperando uma explicação.

Ele não deu nenhuma. Ou pelo menos não deu a verdadeira.

— Minha avó... me pediu para fazer uma coisa para ela em casa.

— Ah.

Ele se despediu de todos e saiu pela porta da frente. Fui até a janela e vi quando ele se virou, não para o oeste, na direção de sua casa na beira do rio, mas para norte, rumo à estrada para a cidade. Jackson não estava só mantendo segredo de mim, mas também estava mentindo.

— Sarah? — chamou minha mãe. — Nós precisamos...

— ... agitar — completei, e me afastei da janela.

Capítulo Cinco

Conseguimos terminar a árvore do saguão antes do jantar. "Jantar de domingo", foi como Rose o chamou, servindo um banquete sulino, completo com frango frito e uma espécie de polenta.

Toda a história com Jackson tinha me deixado irritada.

— Então, quando é que vocês iam me contar? — disse eu, enquanto passava o cestinho de pão para meu pai.

— Contar o quê, querida? — ele perguntou, passando o cestinho adiante.

— Me contar que essa tal de exposição Amber House é muito importante. Que o senador Hathaway na verdade vai *anunciar* a candidatura na festa de gala. Vocês acham que eu não consigo guardar um segredo? Por que ninguém acha que eu posso guardar um segredo?

— *Talvez* tivéssemos achado que você podia começar a falar na frente de seu irmão, a quem não podemos pedir que guarde um segredo tão grande — respondeu minha mãe.

Sam pôs a cabeça entre as mãos.

— Ah, não, *mais um* segredo para eu guardar!

— *Talvez* se vocês tivessem me contado a sós quando *deveriam* ter contado, eu soubesse não trazer o assunto à baila. Não sou mais uma criança. Não deveria ter que ouvir coisas sobre minha própria família da boca de um estranho.

— Estamos fazendo o que pod... — começou minha mãe, mas papai ergueu ligeiramente a mão, e ela parou no meio da frase. Era muito raro que papai interviesse na questão das relações pais-filhos, então imagino que mamãe tenha ficado tão surpresa quanto eu. Ele levou um instante para organizar as ideias.

— Sua mãe e eu tivemos boas razões para nos mudar para Astoria depois que me formei em Hopkins. — Ele olhou para mim. — Ela já estava grávida de você. Queríamos que você crescesse num lugar onde as mulheres... — ele escolheu as palavras — ... participassem ativamente na definição de *si mesmas*. Um lugar, aliás, que tinha acabado de eleger uma mulher presidente quando nos mudamos para lá. Mas quero que você saiba, querida, que parte de mim tem vergonha por ter ido.

Ele parecia mesmo estar envergonhado, e isso era doloroso para mim.

— Estou feliz de ter crescido em Astoria.

— Não devíamos ter fugido — ele disse. — Deveríamos ter ficado e lutado para melhorar as coisas. É o que as pessoas boas devem fazer. Mesmo quando é difícil. Mesmo quando você tem filhos. Talvez então mais até, para que possa ensiná-los a fazer a coisa certa, através do exemplo. Talvez, se não tivéssemos ido embora, as coisas estivessem melhores agora. Talvez as coisas que estamos tentando realizar na última hora tivessem sido mais possíveis.

Ele olhou para minha mãe, que deu um sorriso triste.

— O senador Hathaway está tentando fazer algo realmente necessário — disse minha mãe. — Está tentando acelerar a mudança aqui para poder unificar as Américas. O Sul da América do Norte é uma peça-chave, porque temos a língua e os hábitos em comum com a Nova Inglaterra e o oeste, mas ao mesmo tempo somos uma ponte para a Louisiana e o México, e através deles para toda a América do Sul.

— Voltamos para tentar ajudá-lo — disse meu pai.

Meu professor de História havia falado sobre algo assim: um movimento de unificação das Américas, de modo que seríamos um poder mundial tão grande quanto o Reich ou o Império. Fiquei um pouco espantada com a ideia de que meu vizinho e meus pais estavam trabalhando juntos para tentar tornar isso uma realidade.

— Você se lembra de quando os Hathaway vieram ao funeral de sua avó? — papai perguntou. Eu me lembrava deles, sim, parados a um canto porque haviam chegado um pouco tarde, os três bonitos e solenes, vestidos de preto, combinando entre si. Mais um detalhe surreal naquele dia bizarro e perturbador. — Não ficaram muito tempo, mas Robert veio para conversar conosco. Pediu-nos que voltássemos para a CEA. Discutimos a questão com Maggie.

— Eu disse que deviam voltar. A casa é de sua mãe, de qualquer maneira.

Mamãe olhou para Maggie com ternura.

— É grande o bastante para *todos* nós.

— E então retornamos — meu pai concluiu.

— Por que o senador iria querer sua ajuda?

— Ele achava que poderíamos ser úteis para o movimento. Não só porque nossa família e Amber House são proeminentes nesta região; Robert também sabia que eu tenho laços com os conselheiros do presidente em Astoria. — Acho que meu queixo caiu um pouco, porque papai deu um sorrisinho. — Ajudei o ministro da Saúde a estabelecer novas diretrizes para procedimentos cirúrgicos, e supervisionei alguns assuntos para o Departamento de Controle de Doenças. — Ele encolheu os ombros.

Eu não tinha ideia de que meu pai já havia feito coisas para o governo. Quer dizer, eu sabia que ele salvava vidas: era médico. Mas daí a ter conexões políticas importantes... Era um daqueles momentos quando era forçada a ver meus pais como pessoas totalmente separadas de mim. Pessoas *interessantes*. Pessoas que *seriam* interessantes mesmo se não tivessem tido o bom senso de me trazer ao mundo. E o mais impressionante não era que papai fosse importante, mas que nunca tivesse falado disso antes. Para ele, não era importante o suficiente para espalhar aos quatro ventos. Era só parte do ofício.

Assim, senti um pouquinho de vergonha por ter ficado tão infeliz com a mudança.

— Gostaria que tivessem me contado antes — eu disse.

— Acho que devíamos ter contado — respondeu minha mãe.

O Natal com certeza era mais agradável quando eu não estava tentando castigar meus pais. Decoramos a árvore menor na sala de visitas, o aposento que vovó sempre reservava para nós quando vínhamos fazer nossa visita de inverno. A árvore da sala de visitas também seguia as tradições, mas eram tradições que pertenciam somente à minha pequena família. Não a Amber House. Havia uma sensação reconfortante nisso.

Mamãe e Maggie envolveram a árvore com espirais de contas de vidro, enquanto Sam e eu desembrulhávamos enfeites. Era uma coleção totalmente aleatória de enfeites, uma mistura de peças novas e de heranças de família, mas eram todos velhos amigos. Quando as espirais estavam terminadas, nós cinco penduramos enfeites em cada espaço disponível. A árvore se tornou uma nuvem brilhante.

Estava remexendo o material de embalagem no fundo da caixa, quando encontrei uma pequena noz de vidro, tão antiga que a pintura dourada estava gasta. Senti a cabeça latejar com outra onda de *déjà-vu*.

Quase podia ver um par diferente de mãos pegando o mesmo enfeite e erguendo-o, a luz refletindo em sua superfície enquanto ele girava na ponta da fita. Ouvi vozes, distantes, mas tornando-se mais altas.

Ela, rindo:

— Visco, Edward? Pelo que sei, ele não fica indo de um lado para o outro, sabia?

E ele:

— Se a dama não vai ao visco, Fee, então o visco terá que ir à dama.*

Minha visão estava falhando nas laterais, como se algo estivesse tentando dominá-la, tentando entrar dentro de minha cabeça. E então, perto de meu ouvido, tão perto que me deixou envergonhada, ouvi o som inconfundível de um beijo. Prendi a respiração e o enfeite escorregou de meus dedos e caiu. Atingiu o assoalho de madeira e se espatifou com uma única nota cortante.

— Ah, Sarah, por favor, tenha mais cuidado, querida — disse minha mãe, chateada.

Assenti em silêncio e fui buscar a vassoura e a pazinha de lixo na despensa da cozinha. *O que tinha sido aquilo? O que é que tinha acabado de acontecer comigo?* Uma bolha de pânico subia por minha garganta, e eu lutava para engoli-la de novo. *Será isso o que acontece com os esquizofrênicos?* Coisas imaginadas na mente começam a tomar o lugar da realidade? Minha bisavó tinha ficado internada em um hospício. *Pode ser que eu esteja enlouquecendo.* Abaixei-me para catar os pedaços.

Dentro do pedaço maior de vidro, vi um pedacinho de papel enrolado. Puxei-o até soltá-lo. Estava amarelado e quebradiço, transformado num "O" permanente, a parte de trás marcada pelo padrão de casca da noz do enfeite es-

---

* Em muitos lugares da Europa e da América do Norte, faz parte da tradição natalina que um homem beije uma mulher (em geral no rosto), caso ambos se encontrem debaixo de um ramo de visco. [N. dos T.]

patifado. Alguém o enfiara pela abertura do vidro dourado fazia muito tempo. Consegui desenrolá-lo o suficiente para ler cinco palavras escritas numa caligrafia bonita e elaborada.

Faz assim todas as reparações.

— O que foi, querida? — perguntou minha mãe.

Me dei conta de que eu tinha o olhar fixo e a respiração presa.

— É só um pedaço de papel — eu disse, num tom casual, e joguei-o na pazinha de lixo. Mas, no caminho para a lata de lixo da cozinha, voltei a pegá-lo.

Fomos todos dormir depois que papai ergueu Sammy para que ele coroasse a árvore com uma estrela. Sorri e participei do brinde, feito com canecas de chocolate quente, a um "trabalho bem-feito", como se tudo estivesse normal e eu não duvidasse de minha sanidade. Então abracei todo mundo, desejando boa-noite, mas fiquei para trás por um instante para tirar o pedacinho de papel da gaveta onde eu o tinha enfiado.

Uma vez no andar de cima, coloquei-o na biblioteca da Amber House em miniatura, junto com o outro pedaço de papel. Não sabia dizer por quê, mas me parecia que as duas frases estavam relacionadas. De alguma forma elas me *atraíam*. Como se houvesse algo que eu precisava compreender. Fechei a porta da casa de bonecas. Não queria pensar naquilo.

Quando voltava do banheiro para o quarto, fiz um desvio e parei no patamar do segundo andar. Fiquei na balaustrada do balcão, aspirando o ar que cheirava a Natal, olhando e ouvindo.

Minha família estava toda acomodada em seus quartos. Podia ouvir a respiração suave de Sammy dormindo. Amber House agora estava iluminada apenas pelo brilho cálido das luzinhas nas árvores e nos festões de folhagens. Reis magos entalhados à mão adoravam um bebê aninhado em galhos de cedro na mesa do saguão de entrada. Abacaxis coroavam as folhagens sobre cada lareira, ao estilo colonial. Por toda a parte, velas esperavam, prontas para serem acesas. As tradições de minha avó, persistindo sem ela. O Natal da forma como sempre foi, da forma como eu me lembrava.

Mas, de alguma forma, senti que estava tudo... *errado*.

Amber House estava decorada até o pescoço, mas, pensei comigo mesma de forma um pouco estranha, era tudo superficial. A casa parecia estar encolhida sob o verde e o brilho.

Separada. Paciente. Esperando.

Ela – eu – estava sentada no canto, com os joelhos dobrados sob a camisola. Papai entrou com a nova criada, Lizzy, que trazia uma pequena árvore de Natal. Eu podia ver que ela tinha medo de mim. Todos tinham medo de mim. A moça colocou a árvore no chão, junto ao pé da cama e se retirou rápido.

Papai se abaixou para pegar alguns dos papéis que eu tinha amassado. Alisou um deles.

– Escolher tudo outra vez – ele leu. Esticou o seguinte: – Escolher tudo outra vez. – Abriu um terceiro. – São todos exatamente iguais?

Ele suspirou. Sacudiu a cabeça, a voz uma mescla de raiva e pesar.

– Você precisa parar com isso, querida.

– Quero parar. Estou tentando parar, papai, só que não sei o que deu errado.

– "O que deu errado"? – ele estava perplexo.

– Com o tempo – eu disse. Era óbvio. – Como posso parar quando não sei o que deu errado, o que mudou?

– Nada deu errado, criança. – Ele amassou meus papéis e os atirou no fogo. – Tudo está do jeito que deveria ser. Da única forma que pode ser.

Coloquei-me de pé num repente, sacudindo a cabeça, as costas ainda contra a parede.

– Não – eu disse. – Você não consegue sentir? As coisas não são como deveriam ser. Algo deu errado, e aquela menininha tem algo a ver com isso.

– Que menininha?

– A menininha que é metade escura e metade clara. Preciso descobrir quem ela é e de onde veio.

Ele parecia tão triste! Sabia que ele achava que eu tinha enlouquecido, e eu não podia provar o contrário. Como poderia provar a verdade de algo que só eu podia sentir?

Mas mesmo se só eu, em todo o mundo, soubesse a verdade, como poderia parar de tentar consertar as coisas? Mas eu estava com medo.

Ele se aproximou e alisou meu cabelo.

— Você precisa tentar se controlar, Fee, ou vamos precisar dar o próximo passo. Por favor, tente, querida.

Procurei palavras para explicar.

— Tudo parece tão errado, papai. É como se eu tivesse formigas por baixo da pele. Preciso fazer com que ela conserte o que aconteceu. Que escolha tudo de novo.

— A menininha?

— Não, não — respondi, impaciente. — Aquela que está sempre ouvindo.

— Ninguém está ouvindo! Nada deu errado! — A face dele se contorceu em linhas amarguradas. — Lamento tanto, criança! — disse, e saiu.

Pude senti-la então. Pude senti-la ouvindo meus pensamentos. Talvez eu não estivesse sozinha no mundo. Talvez ela entendesse.

Fui até a árvore e arranquei uma noz dourada de um dos galhos. Tirei a tampinha de lata do enfeite, que duas hastes de metal mantinham no lugar, enrolei uma tirinha de papel e a enfiei pela abertura. Recoloquei a tampa e pendurei o enfeite de volta.

Então me sentei diante do espelho e procurei-a em meus olhos.

— Você está vendo? — eu — ela — quis saber.

Capítulo Seis

Acordei recordando o sonho, a sensação estranha e ao mesmo tempo familiar que ele me causava. Quase como se eu tivesse estado lá. Havia sonhado que eu era Fiona Campbell Warren, a mãe de minha avó. Fiona, a maluquinha. No sonho, eu havia colocado o papelzinho no enfeite de noz para alguém — *eu?* — achar. O que um intérprete de sonhos diria disso? Talvez que a parte caótica de meu subconsciente estava tentando me dizer para... quais eram as palavras? *Escolher tudo outra vez.*

Escrevi a nova frase em outro pedaço de papel, que coloquei junto com o papelzinho da noz — "*Faz assim todas as reparações*" — e a frase que tinha rabiscado na outra noite: "Busque o ponto onde passado e futuro se encontram". Todas as três estavam escondidas e em segurança na biblioteca da casa de bonecas. As frases flutuaram em minha mente como se devessem se unir em algum ritmo, como um poema ou uma canção. *Algo que eu já tinha ouvido antes?* Fiona tinha sido poeta, e quem sabe eu tivesse lido ou ouvido algo escrito por ela e guardado essa lembrança em algum canto oculto da mente. Imaginei que faltavam palavras que transformariam aquelas frases no poema que me parecia estar ali.

Talvez o sonho tivesse tentado dizer isso, que eu era como aquele poema: formada pela junção de peças, com algumas delas faltando. As palavras que faltavam eram essas peças. Talvez fossem as peças que Jackson tão claramente desejava ver: responsabilidade, maturidade.

Sorri ao perceber como eu havia traído a mim mesma. Quem sabe até meu subconsciente concordasse que eu precisava crescer.

Às oito em ponto, mamãe, Maggie, Sam e eu entramos no carro e saímos para passar o dia em Baltimore. Mamãe tinha uma longa lista de tarefas, que incluíam desde preparativos para a exposição até a colaboração com o planejamento de uma visita do "Papai Noel" a alguns dos pacientes mais jovens de Johns Hopkins. Sam estava com sorte: ia passar parte do dia com papai, e o resto no Aquário de Anchor Bay. Já eu seria obrigada a passar o dia todo com mamãe.

Nossa primeira parada foi a galeria onde mamãe ia deixar um lote dos ferrótipos de Maeve para serem emoldurados.

Perto do Porto Antigo, na área de Baltimore conhecida como Fell's Point, seguimos por uma rua estreita de paralelepípedos, formada por prédios comerciais de tijolos, datados do século XIX. A área tinha sido transformada em um distrito de arte superdescolado: lojas de antiguidades, cafés e galerias de arte, lado a lado. Mamãe parou em frente a um lugar tão discreto que nem nome tinha, só um número de três dígitos grandes em aço escovado que, deduzi, eram a forma de o dono dizer, "se você não sabe quem somos, seu lugar não é aqui".

Um homem alto e esguio, vestido de modo casual mas caro, recebeu mamãe na porta com beijinhos em que um rosto apenas encostava no outro. Ele pediu a uma assistente que trouxesse para ela e para Maggie xícaras minúsculas de café expresso, e se derreteu todo com a caixa de fotos de Maeve.

— Estou tão honrado pela oportunidade de fazer isso por você, Anne! McCallister foi uma pioneira tão importante do fotorrealismo! — Ele conduziu mamãe e Maggie até um escritório nos fundos. — Você *precisa* ver o lote de quadros que acabei de receber.

Sammy e eu fomos atrás deles, parecendo invisíveis.

Ao cruzar a porta, minha mãe soltou uma exclamação. Maggie disse baixinho, com admiração na voz:

— Um Klimt!

O quadro que chamara a atenção delas era bonito: cores em tons pastéis com muito dourado e umas formas geométricas meio bizantinas aplicadas por toda a pintura. As demais obras eram "modernas", e estavam além de minha capacidade de apreciação, mas minha mãe estava deslumbrada.

— Ah, Oskar! Pechstein. Dix. Schiele. Bechmann. Onde, pelo amor de Deus, você conseguiu tudo isso? Tantos artistas proibidos!

Minha mãe havia me contado que o governo nazista tinha, desde havia muito tempo, a política de destruir as obras de artistas judeus e quaisquer outros que eles considerassem "depravados" ou "subversivos". A obra da vida inteira de muitos de seus artistas preferidos, gente como Picasso, Braque e Miró, praticamente só existia em reproduções fotográficas.

— Vai saber como conseguiram sair do continente — disse Oskar. — Mas um colecionador particular de Nova York as ofereceu a mim. Ele está precisando vender sua coleção para fazer caixa.

— Mande-me a lista quando já tiver colocado preço neles — disse minha mãe. — Estou muito interessada.

Nossa próxima parada foi o Johns Hopkins. Encontramos papai no saguão, bem quando uma guia de turismo terminava de apresentar a biografia do fundador do hospital.

— Todos nós nos beneficiamos das dificuldades pelas quais o senhor Hopkins passou e que superou. De certo modo, somos os filhos que ele e sua amada Elizabeth nunca tiveram.

O grupo de visitantes subiu as escadas enquanto nós seguimos por um corredor, dirigindo-nos para outro prédio.

— É meio triste quando a gente pensa por esse lado — comentei.

— O quê? — perguntou mamãe.

— Bom, que Johns Hopkins teve que sofrer para que todos os demais pudessem se beneficiar.

— É isso que faz de alguém um herói — explicou meu pai. — Reunir a força necessária para se sacrificar por outra pessoa.

Pensei com meus botões que ser herói era uma droga.

Papai e Sam saíram "atrás de aventura", enquanto mamãe, Maggie e eu fomos para a ala do hospital batizada em homenagem à vovó: a Clínica de Pesquisa Neurológica Warren. Parte do trabalho conduzido lá dizia respeito ao estudo e ao tratamento terapêutico de crianças com anomalias neurológicas. Algumas eram autistas, como Maggie e meu irmão, só que um pouco mais presas dentro de si mesmas por seus estranhos circuitos cerebrais.

A ala havia recebido o nome de minha avó porque fora financiada com dinheiro da família. Vovó tinha condições de fazer a enorme doação necessária para construir aquelas instalações graças a dois de nossos antepassados que tinham sido navegantes: um homem chamado Dobson, que fez fortuna com o comércio de escravos, e seu genro, o capitão Joseph Foster, que também traficou escravos, mas que conseguiu fortuna e poder ainda maiores por meio de cargos de influência no governo colonial. Sempre imaginei que, junto com a quantidade imensa de dinheiro que herdou, vovó também tinha herdado uma quantidade imensa de culpa. Aquela clínica fora apenas uma de suas obras filantrópicas, todas as quais agora *nós* tínhamos herdado, junto com as responsabilidades correspondentes. Como, por exemplo, comparecer a uma festa para as crianças em tratamento na unidade Warren. O senador e a senhora Hathaway também iriam aparecer para uma visita.

Não me surpreendeu ver que Richard também tinha vindo. Estava bem claro que ele era uma parte valiosa do pacote Hathaway. Fiquei olhando enquanto ele brincava com as crianças, sentado no chão junto com elas, ajudando-as a desembrulhar os presentes e a encontrar algo que as deixasse felizes. Isso nem sempre era fácil com aquelas crianças: nem sempre elas conseguiam entender o propósito de um determinado brinquedo.

Richard era um mistério para mim. Não me parecia possível que pessoas tão atraentes fossem generosas e capazes de empatia. Seria fácil demais para elas fazerem as coisas só com base em seu charme. Mas Richard parecia disposto a se esforçar. Eu não conseguia imaginar um cara mais perfeito. Então por que sentia como se o tempo todo estivesse à espera de descobrir seu defeito secreto?

Já no fim da festa, ele me puxou de lado para perguntar se eu queria voltar para Severna de carro com ele. Tive que recusar; ainda tinha tarefas a fazer.

— Mamãe e eu precisamos de vestidos para o Ano-Novo.

— Caramba, Parsons, não vai dizer que sua mãe ainda ajuda você a escolher as suas roupas?

Recusei-me a deixar que ele me perturbasse.

— Claro que não, Hathaway, eu é que ajudo a escolher as roupas dela.

Ele riu e se despediu, pois o assistente de seu pai o chamava com um aceno. Fiquei olhando as letras de latão que informavam que aquele era o Instituto de Pesquisa F. C. Warren. Fiquei confusa.

— F. C.? — perguntei em voz alta.

Uma voz feminina aveludada respondeu:

— Fiona Campbell.

Claire Hathaway tinha se aproximado por trás de mim.

— Mas pensei que tinha sido minha avó quem o construiu, depois do coma de Maggie.

— Ah, não. O edifício é várias décadas anterior a Maggie. Parece que Fiona se interessava muito por anomalias neurológicas. — Claire me deu seu sorrisinho contido de sempre.

Por quais tipo de "anomalias" minha bisavó teria se interessado?, perguntei-me.

— Você sabia que ela foi tratada aqui? Bem, não exatamente "aqui" — Claire se corrigiu. — Como condição para a doação generosa que tornou possível esta unidade, ela exigiu a demolição do prédio que existia aqui antes e a demissão da maior parte dos funcionários.

— Acho que ela não gostou *mesmo* da forma como foi tratada — comentei.

Claire brindou-me com sua risadinha musical.

— Acho que não, e quem poderia condená-la? A medicina psiquiátrica ainda era tão primitiva na década de 30! Drogas primitivas. Tratamento de eletrochoque. Lobotomias. Tenho a impressão de que Fiona recebeu um pouco de tudo.

A garota de meu sonho, que implorou ao pai para que acreditasse, pensei.

— Ela deve ter sido uma mulher notável, não acha? — disse Claire. — Depois de tudo o que sofreu, ainda teve sanidade suficiente para construir esta ala de hospital. Não cheguei a conhecê-la, mas meu pai sim. Ele me contou que ela era linda, e de uma coerência surpreendente para alguém considerada completamente louca.

— Por que as pessoas achavam isso dela?

— Parece que ela tinha delírios. Durante toda a vida afirmou que o tempo tinha... — Claire fez sinal de aspas com os dedos — ... "dado errado". Também tinha obsessão por uma suposta parente que ao que tudo indica não existia.

Ela apontou uma pequena placa sob as letras de latão: "*In memoriam*: A. M.".

— Quem foi A. M.? — perguntei.

Claire ergueu as sobrancelhas.

— Exatamente. Ninguém sabe.

— Sarah? — era a voz de minha mãe, com certo tom de preocupação. Como se de algum modo soubesse que Claire estava contando fofocas sobre a avó dela. — Precisamos ir, querida.

— Foi bom conversar com você — disse eu a Claire, despedindo-me.

— Sim, foi muito bom — ela concordou com o mesmo sorrisinho.

Fui embora atrás de mamãe e de Maggie, que iam agora para a última reunião do ano do conselho da Fundação de vovó. Ou era de Fiona? Que agora era de mamãe e Maggie. E um dia seria *minha*. Quisesse eu ou não.

A presidente do conselho, a senhora Abbot, parecia bastante ansiosa para esclarecer quem estaria no comando agora que vovó havia morrido.

— Trabalhamos por tanto tempo com a senhora McGuiness, e de maneira tão íntima, que vocês podem ter certeza de que estamos fazendo todo o possível, tudo o que ela desejava, pelos pacientes da fundação dela.

— Alunos — disse Maggie.

A mulher se voltou, com um sorriso condescendente nos lábios.

— Como, querida?

— Alunos — repetiu Maggie. — As crianças que ajudamos não estão doentes. Não são "pacientes".

A senhora Abbot arregalou os olhos e disse, tolerante:

— Não é só uma questão de semântica?

Minha mãe se manifestou então.

— Na verdade, não é. Minha irmã está fazendo uma distinção muito importante. Nossos clientes não estão doentes e nem precisam de cuidados médicos. São alunos aprendendo habilidades que os ajudarão a lidar com o mundo. Acredito que esta mudança de atitude será uma das melhorias que minha irmã e eu traremos para esta fundação.

Ela surpreendeu tanto a mim quanto à senhora Abbot. Eu não sabia que minha mãe podia ser tão calma e cortês. E implacável. Informando a senhora Abbot, com suavidade, sobre *quem* exatamente estaria no comando agora que vovó se fora.

Depois da reunião, Maggie nos deixou para pegar Sammy e irem visitar o aquário perto do porto. Mamãe, em seu modo padrão superansioso, despediu-se com inúmeros conselhos sobre como se deslocar pela cidade, antes que sua irmã caçula conseguisse escapar, como se Maggie não tivesse viajado sozinha por meia dúzia de países. Mamãe parecia não conseguir deixar de ser superprotetora, a ponto de se tornar chata; sempre achei que isso podia ser uma reação ao acidente quase fatal da irmã. Talvez eu sentisse a mesma compulsão a controlar meus entes queridos se quase tivesse perdido Sammy.

Mas Maggie aceitava todas as sugestões de mamãe com um sorriso. Desejei poder ir com ela e com Sam, mas mamãe e eu iríamos para o centro, para a loja de departamentos Stewart. Um estabelecimento da região, mas parecido o bastante com as lojas de Astoria às quais eu estava acostumada para que tivesse esperança de encontrar algo adequado para usar na festa de gala.

Tomamos um elevador de cobre e vidro até o departamento de moda feminina e fomos direto para a seção de trajes de festa. Uma vendedora se materializou do nada quando ficou evidente que minha mãe e eu estávamos examinando a seleção de vestidos de grife. Ela levou minha mãe de uma opção a outra: inúmeros vestidos de cetim com cintura justa, que exigiam o uso de corpete. Moda típica da Confederação. Mas então notei uma silhueta familiar. Um modelo de *chiffon* vermelho vivo que descia em linhas simples e elegantes até o chão. Mais justo na frente, mais rodado atrás, tomara que caia, com decote em forma de coração.

— É um Marsden? — perguntei à vendedora.

— A senhorita tem um olho excelente. Esse vestido é uma de nossas peças mais recentes. É importado.

Sim, pensei, eu reconhecia um Marsden quando via um: a mescla fluida de *vintage* e moderno, a atenção extrema aos menores detalhes. Os modelos dela percorriam regularmente os tapetes vermelhos de Astoria, e apareciam nas revistas. E refletiam nossas tendências atuais: nada de corpetes.

— Vou levar este — eu disse.

Minha mãe fez um movimento involuntário, como se quisesse se interpor fisicamente entre mim e o vestido.

— Você não acha que pode... sentir frio?

Esse era o código de minha mãe para excesso de ombros de fora e de decote. Dei um sorriso inocente e decidi interpretá-la ao pé da letra.

— Não vai ter problema. Quando entramos, vi uma capa vermelha de veludo que vai combinar direitinho com ele. Vai ficar perfeito.

Minha mãe sabia que não valia a pena discutir. Quando se tratava de roupas, eu tinha opiniões tão firmes e obstinadas quanto ela.

Encontramos Maggie e Sam em um café perto do aquário. Já havia escurecido quando saímos de volta para casa. A neve fina que vinha caindo desde que tínhamos chegado a Maryland salpicava o para-brisa com plumas brancas. Paramos em um cruzamento num bairro decadente e vimos as luzes de vários carros de polícia acesas do outro lado da rua.

Inclinei-me para diante para ver o que ocorria, mas minha mãe ergueu a mão.

— Não olhe!

O que, claro, me fez tentar com mais empenho.

A polícia estava aglomerada ao redor de um homem negro caído. Um policial parecia prestes a golpear o homem com o cassetete. Mas algo o fez parar.

Saindo da escuridão, aparecendo uma a uma nos limites da área iluminada pela luz azul e vermelha, pessoas postavam-se para ser testemunhas da agressão ao homem. Algumas traziam os filhos pelas mãos. Percebi que muitas usavam alguma peça amarela. Ficaram em pé em silêncio, um círculo de rostos escuros, amargos e determinados.

A polícia pareceu chegar a um acordo tácito. Levantaram o homem e o colocaram na parte de trás de uma viatura. O círculo de observadores se abriu ligeiramente, para permitir que os policiais se fossem.

Segurei com força a mão de papai enquanto caminhávamos pelo cais em Spa Creek. Os marinheiros e estivadores todos pararam o que estavam fazendo para saudar papai com a cabeça e abrir caminho para ele. Papai era dono dos dois barcos atracados lá, e de muitos outros. Era o patrão de todos eles.

E também era o patrão do homem seboso que caminhava conosco, o senhor Carruthers. Eu não gostava do senhor Carruthers.

— Já vendi uma dúzia por um bom preço — disse Carruthers, como se papai devesse fazer-lhe um afago por ser um bom menino. — Já mandei limpar os outros para irem a leilão. Perdi 23 na travessia. Ainda tenho...

Papai ergueu a mão para interrompê-lo. Abriu o livro que carregava debaixo do braço. Anotou tudo cuidadosamente, com sua bela caligrafia. Eu adorava a letra de papai: como um pé de ervilha crescendo e espalhando suas curvas sobre o papel.

— Ainda tenho 87 machos, 71 fêmeas, e 26 crianças com mais de 5 anos — Carruthers concluiu. — Vamos ter um bom lucro.

Na beira do cais, entre caixotes empilhados e barris, uma pilha esfarrapada de panos de vela usados movia-se quase imperceptivelmente. Soltei a mão de papai e cheguei mais perto. Havia um cheiro desagradável que se tornou mais intenso à medida que me aproximei.

— Vamos, saia daí — me disse o senhor Carruthers, mas limitei-me a olhá-lo friamente. Não aceitava ordens dele. — Desculpe, senhorita, perdão, mas é melhor não olhar o que tem aí.

Se fosse qualquer outra pessoa que não o senhor Carruthers, eu teria dado ouvidos, mas em vez disso, e mesmo sob o olhar vigilante de papai, abaixei-me depressa e levantei o pano.

— Deus do céu! — exclamei, horrorizada, e fiz o sinal da cruz para manter afastado o mal.

Uma escrava jazia lá, jogada de qualquer jeito, o rosto desfigurado e ensanguentado.

– Está vendo, senhorita, deveria ter-me ouvido. – O senhor Carruthers divertia-se com meu horror. – Essa aí está morta, senhor capitão Dobson.

– Eu vi o pano se mexer – eu disse, apertando os olhos.

– Foi o vento – ele retrucou.

O braço dela estendeu-se e seus dedos roçaram minha bota. Olhos inchados abriram-se, formando fendas, e vi que ela me enxergava. Seus lábios entreabertos mexeram-se e uma palavra escapou, tão débil que só eu ouvi.

– Dí-da-ra – ela disse. O meu nome.

Ela tinha tocado minha bota e sabia meu nome.

– Eu quero ela, papai – anunciei.

– Deirdre, vou conseguir uma menina para você, que seja sorridente e linda – disse papai num tom ponderado, persuasivo. – Essa já está além de nossa ajuda.

– Eu quero esta – eu disse, batendo o pé. E papai deu um suspiro e consentiu.

Eles a colocaram num estrado improvisado na parte de trás de nosso barco a remo. Quando chegamos em casa, eu disse a Absalom para tratá-la com muito cuidado, e ele sorriu e disse que faria isso. Insisti para que a levassem para o quartinho ao lado do meu.

– Quero ter certeza de que ela será bem tratada.

E papai deu um suspiro e consentiu.

Capítulo Sete

Acordei ainda assombrada pela imagem daquela mulher no cais. Estava envergonhada por ter tido antepassados que foram mercadores de escravos. Um deles tinha uma filha chamada Deirdre. Estranho que eu tivesse sonhado especificamente com ela.

Dentes escovados, cabelo penteado, dirigi-me para a escada. Um pouco antes de chegar ao balcão, notei um retângulo de luz do sol onde não deveria haver nenhum. Alguém tinha deixado aberta a porta dos aposentos do capitão, de novo. Era irritante. Não sabia quantas vezes, ao longo dos anos, eu tinha pedido a todo mundo que, *por favor*, deixassem fechada aquela porta.

Fui até a porta aberta, com passos decididos que foram ficando cada vez mais lentos. A sensação desagradável de que eu era uma invasora, de que não devia seguir adiante, foi crescendo. Parei no umbral e olhei para dentro.

O capitão tinha sido um de meus dois antepassados mercadores de escravos, casado com a mulher em que a garotinha de meu sonho se transformara. De algum modo, o aposento era adequado como quarto de dormir de um escravagista. Era bem masculino, em tons verde-escuros e bordô. Sobre a lareira havia um quadro a óleo de um navio em uma tempestade. Pelas paredes havia uma coleção de espadas, sabres e cimitarras, trazidas de todos os lugares do mundo. E cada superfície plana estava repleta de dentes de baleia entalhados pelos marinheiros que as caçavam para retirar seu óleo.

Fiquei ali, hesitante, querendo fechar a porta mas relutando em estender a mão. E então ouvi um *tunc* que parecia ter vindo do centro do quarto. Ouvi de novo. Metal batendo na madeira.

Tunc.

Mudei de ideia. Não tinha vontade nenhuma de dar mais um passo à frente, de estender a mão dentro do quarto para pegar a maçaneta. Ia deixar a porta do jeito que estava.

Fui para a escada. Mas um lampejo de movimento atraiu meu olhar. Uma aranha dourada cruzava o tapete do corredor. Era uma Boa Mãe. Ela correu e passou por baixo da porta do quarto ao lado.

Estremeci, um tanto nauseada. Eu detestava insetos e qualquer outro bicho rastejante, mas detestava as aranhas acima de tudo, e principalmente as boas mães. Elas eram venenosas e sua picada nunca sarava de verdade. Eu tinha a idade de Sammy quando vi uma pela primeira vez. Jackson e eu queríamos ir pisar nas poças d'água no caminho de acesso a Amber House. Peguei minhas botas e enfiei a mão em uma delas, para ter certeza de que não tinha esquecido uma meia lá no fundo. Meus dedos roçaram em umas palhinhas quebradiças que comecei a puxar para fora, quando Jackson gritou para que eu largasse a bota. Ela bateu no chão e uma Boa Mãe caiu de dentro. Ainda me lembrava da sensação ruim que senti, olhando a aranha que tentava se arrastar para longe com as perninhas quebradas, até que Jackson a esmagou com seu sapato.

Se eu deixasse aquele pequeno monstro escapar, talvez no dia seguinte eu o encontrasse dentro de meu sapato ou em minha cama ou, pior ainda, na de Sammy. Tirei um chinelo e forcei-me a abrir a porta sob a qual ela passara.

O quarto era mais um daqueles onde eu raramente entrava. Era simples quando comparado com o resto de Amber House; uma cama, cômoda, um crucifixo acima da cama, um quadro de duas crianças. Aquele quarto sempre me parecera frio, talvez por ter tão poucos móveis. Ninguém o usava. Ele esperava, envolto em sombras, as cortinas sempre fechadas.

A aranha estava no centro do leque de luz que entrava através da porta, em posição e pronta para correr. Prendi a respiração e ergui o chinelo.

Como se pudesse pressentir minhas intenções, ela saiu correndo, com uma velocidade impressionante. Fui atrás dela, encurvada, batendo no chão com o chinelo, errando, errando de novo, apertando os dentes para não gritar de medo. Ela se lançou para baixo da sombra da cômoda, e então saiu, correndo pelo assoalho ao lado da cama. Bati com o chinelo de novo, mas ela pulou em um dos pés da cabeceira da cama e percorreu suas curvas, escalando-o. Quando chegou ao alto, quase ao nível de meus olhos, ela se deteve. Estava me olhando.

Ergui de novo o chinelo.

A aranha pulou para a parede e continuou subindo, escondendo-se detrás do largo crucifixo de madeira pendurado sobre a cama. Ficando o mais longe que podia, cutuquei a parte de baixo da cruz com meu chinelo.

Duas coisas caíram por trás da cabeceira da cama. Uma era a Boa Mãe. Agachei-me e a vi correndo para o lado oposto da cama. Corri, dando a volta ao móvel, a tempo de ver a aranha subir pela parede e entrar no meio das cortinas da janela. Desisti. Eu não ia examinar as cortinas em busca de uma aranha venenosa. Era capaz que eu encontrasse várias.

Parei enquanto ia para a porta, e voltei até a cama. Abaixei-me para ver a outra coisa que tinha caído da parte de trás do crucifixo. E encontrei uma tira de papel com uma letra familiar.

O destino está em tuas mãos.

Fiquei olhando aquilo. Um quarto fragmento de frase.

E de novo a sensação de um poema me veio à mente, como uma cantiga de ninar que eu não podia ouvir de fato. "*Percorremos... movidos... rumo ao mistério... silencioso... desperta*" e "*levanta-te para buscar.*" Parecia que meus fragmentos também deveriam estar ali. Eu quase conseguia ouvi-lo.

Voltei para meu quarto e abri a casa de bonecas. Espalhei as tiras de papel que já estavam lá, ordenando-as em uma coluna, acrescentando a que tinha achado atrás da cruz. Mudei a ordem delas, e mudei de novo, até que fiquei satisfeita com a sequência:

Busque o ponto onde passado e futuro se encontram

o destino está em tuas mãos

faz assim todas as reparações

escolher tudo outra vez.

Faltavam peças. Elas pairavam como o nome de alguém na ponta da língua, quase no ponto de serem ditas, mas de algum modo sempre me escapando. Por que todos aqueles fragmentos tinham vindo até mim? Não podia ser só coincidência, podia? Tinha que haver algum significado naquilo.

Mas então revirei os olhos. *Você está maluca? Alguém está te mandando uma mensagem? Cai na real.*

Fechei a casa de bonecas com o trinco e fui para a cozinha. E notei que agora a porta para os aposentos do capitão estava fechada.

Ao descer a escada e percorrer o saguão de entrada, notei o estranho silêncio, sem o tique-taque constante do relógio de carrilhão, banido para a ala leste. Era como se faltassem as batidas de coração da casa. Quanto mais eu escutava, mais o silêncio se acumulava a minha volta, como se o mundo tivesse se esvaziado enquanto eu dormia.

Somos só a casa e eu, pensei, de forma irracional.

Parei de novo na porta de vaivém da cozinha, as mãos apoiadas na madeira, desejando que Sam estivesse do outro lado.

Então a porta bateu em mim e eu guinchei.

— Deus do céu, criança! — exclamou Rose, recuando um pouco. — Não fique parada atrás de uma porta de empurrar.

— Desculpa — disse eu, me recuperando do susto.

Ela segurou a porta aberta para mim.

— Entre. Guardei umas panquecas para você.

Ela foi até o forno, tirou um prato e o colocou sobre uma toalhinha em cima da mesa.

— Obrigada, é muita gentileza sua.

Ela fez uma careta de pouco caso.

— Eu não queria que você fizesse bagunça em minha cozinha limpa.

— Sempre tento deixar tudo em ordem, senhora Valois. Espero que eu não...

Ela sacudiu a cabeça e apoiou-se na bancada, sem me olhar mas falando com uma suavidade repentina:

— Você é boazinha, criança. Sempre foi. Eu não devia ter dito isso.

Era outro daqueles momentos em que eu via uma pessoa por um ângulo totalmente diferente. Como se a Rose irritada que eu pensava conhecer não fosse quem de fato ela era. Como se todo mundo tivesse um elenco inteiro de personagens dentro de si, mas mostrasse apenas um ou dois à maioria das pessoas.

Eu não sabia o que dizer. Sem pensar em nada melhor, decidi mudar de assunto.

— Onde estão todos?

— Seus pais foram para Annapolis, comprar as últimas coisas de que precisam para a festa de hoje à noite. Sammy saiu com sua tia.

Acenei com a cabeça.

— Obrigada.

Ataquei as panquecas, cheia de ciúmes. *Sam está sempre com Maggie.*

Um barulhão me sobressaltou. Rose tinha derrubado o prato que estivera secando. Ergui-me de um salto.

— Precisa de ajuda?

Ela se debruçou sobre os cacos como se sentisse uma pontada do lado do corpo, as lágrimas rolando por seu rosto. Eu me sentia atordoada, inútil. A porta de fora se abriu e Jackson entrou com uma braçada de lenha. Quando viu Rose, ele deixou a lenha na lareira e passou o braço pelos ombros dela, tentando guiá-la para uma cadeira.

— Sente-se, vovó, eu limpo tudo.

Constrangida, ela o afastou.

— Só preciso descansar um instante. Não se esqueça de limpar os cacos com um pano úmido. — Ela virou o rosto e saiu pela porta de vaivém.

Ele ficou ali por um instante, vendo a porta descrever arcos cada vez menores. Então foi até a despensa pegar a vassoura de palha e a pá de lixo.

Abaixei-me para pegar os pedaços maiores. Ele se acocorou a meu lado.

— Eu faço isso.

Voltei para minha cadeira e, meio sem jeito, coloquei na boca uma garfada que não sabia se conseguiria engolir. Os pedaços de louça tilintavam enquanto Jackson os varria para a pá.

— Não foi por causa do prato, foi? — perguntei.

Ele sacudiu a cabeça.

— Vinte e um de dezembro — ele disse. — O dia em que meu avô... morreu.

Os cacos de louça soaram de novo quando ele os jogou na lata de lixo.

— Ah.

Ele ficou lá por um instante, observando os cacos do prato.

— Sua avó costumava ficar tão aborrecida quando algo se quebrava... Ela dizia, "Cada coisinha tem sua própria história para contar, mesmo que não possamos ouvi-la. Quando se quebra, essa história se perde para sempre". — Ele colocou a lata de lixo de volta sob a pia. — Alguém já te contou como meu avô morreu?

Fiz que não com a cabeça.

— Nos anos 70 ele fazia parte do movimento Igualdade. Ele tinha vivido no exterior a maior parte da vida, e estava acostumado a ser tratado com respeito. Ele não conseguia viver pelas regras daqui.

— Por que ele voltou?

— Ele disse a minha avó que era o pagamento de uma dívida que ele tinha para com a mãe de Ida. Foi na época em que seu bisavô ficou doente.

— Uma dívida?

— É tudo que vovó sabe. Foi só isso que ele disse.

Mais segredos, pensei.

— O que aconteceu com ele?

— Ele falava alto demais, e dizia coisas que as pessoas não queriam ouvir. Vovó viu quando ele foi levado para fora por uma multidão de brancos. Ela não pôde fazer nada para impedir. Nunca mais o viu de novo. Então, sem ele, ela e minha mãe não tinham para onde ir. Acontece que Fiona tinha transferido para meu avô, uma década antes, a posse de nosso terreninho dentro da propriedade, com a única condição de que ele ficasse na família. Ele não poderia ser vendido. Então minha avó ficou, e sua bisavó lhe deu um emprego.

As panquecas caíram mal em meu estômago. Eu ouvira falar dos linchamentos, claro, mas em minha cabeça nunca tinha conseguido ver esse tipo de brutalidade como algo real. E ali estava. Muito real.

— Horrível. É inacreditável que esse tipo de coisa realmente tenha acontecido.

— Esse tipo de coisa ainda está acontecendo — ele disse, e sacudiu a cabeça de leve, como se estivesse tentando entender. — Algo deu errado.

As mesmas palavras que Fiona usou em meu sonho.

Ele estava me olhando com curiosidade.

— Como... como a casa está te tratando?

Parecia uma pergunta sem sentido, mas eu sabia que não era. Ela tinha algum significado para ele que eu não conseguia entender. *Segredos demais.*

— Bem. Está tudo bem.

Talvez aquela fosse a resposta errada. Jackson pareceu desapontado. Então ele disse de repente:

— Sua mãe deixou uma lista de coisas que preciso fazer. Estou juntando dinheiro para a faculdade. Vejo você mais tarde.

Lavei e limpei tudo com cuidado depois de terminar as panquecas, fazendo o possível para deixar impecável a cozinha. Em algum lugar da casa, achei que podia ouvir Rose chorando.

Capítulo Oito

Meus pais não demoraram muito a voltar depois disso. Mamãe estava toda entusiasmada com a perspectiva de exibir parte da história da família na "pré-exposição" daquela noite, e no próprio museu dali a dez dias. Sam e Maggie também entraram, as faces rosadas por terem estado lá fora no ar frio. Lembrei-me de que aquele era, na verdade, o primeiro dia oficial de inverno, o solstício — o dia mais curto e a noite mais longa.

— Aonde vocês foram? — perguntei.

— Fazer uma visita — Sam respondeu. — E brincamos com a menininha.

— Menininha? É alguma vizinha nossa?

Maggie fez que sim, sorrindo.

— Ela é daqui da região.

— Puxa, queria que vocês tivessem me levado junto — disse eu, meio triste. — Da próxima vez, me acordem e me levem com vocês.

— Se a menininha disser que pode — respondeu Sammy, e então segurou a mão de nossa tia e a puxou para longe.

Fui atrás deles, tentando não soar patética demais.

— Aonde vocês vão?

— Embrulhar presentes — disse Sam.

— Posso ajudar?

Devo ter soado patética, porque Sam concordou, generoso.

— Você pode ajudar.

Mas primeiro ele precisava esconder meus presentes. Saiu correndo na frente e subiu as escadas, indo para seu quarto. Ouvi uma gaveta deslizando e depois ele pôs a cabeça para fora da porta:

— Pode entrar agora!

Sentei-me e contemplei os outros presentes de Sam: um travesseiro para mamãe, decorado com uma guirlanda pintada, composta pelas impressões das mãos pequeninas de Sam; uma foto emoldurada de Sam e de mim para o escritório de papai; quatro suportes de panela trançados à mão para Rose. Ergui um estetoscópio, obviamente de muito tempo atrás.

— Para quem é isto, Sam?

— Esse é para Jackson. Maggie me ajudou a encontrar na loja de coisas velhas.

— Hã, como você sabia que ele quer ser médico, carinha?

— Só me lembrei — respondeu ele, sem ajudar muito. — Você embrulha esse, tá?

— Claro, Sam. É um ótimo presente — respondi, com um pouco de inveja. — E eu acho que tenho uma caixa perfeita para ele. Já volto.

Caprichei ao embrulhar o estetoscópio, forrando uma caixa comprida com papel de seda, fazendo todas as dobras do papel bem retas e precisas. Deixei que Sam escolhesse a fita, e então me empenhei em fazer um laço impecável, seguindo as instruções do destinatário do presente.

— É estranho não ter a vovó conosco este ano — eu disse.

— É. Estranho — disse Maggie com uma ponta de tristeza.

Desejei não ter dito aquilo. Tinha sido insensível. Era óbvio que Maggie sentia mais falta de vovó do que eu.

— Você conheceu a *sua* avó? — perguntei a ela.

— Conheci. Mas ela já tinha cabelo branco, e estava mudada. Ela não era como costumo pensar em Fiona, uma mulher bonita de cabelos avermelhados, cheia de vida.

Percebi que eu também pensava em Fiona como uma mulher jovem. Era meio estranho. Ela já era uma senhora de idade quando pediu a Rose que ficasse em Amber House.

— Vocês eram amigas da mãe de Jackson, do mesmo jeito que sou amiga dele?

— Cecelia? — Maggie deu um sorrisinho e sacudiu a cabeça. — Ela era muitos anos mais velha que sua mãe e eu. E a gente tinha um pouco de medo dela. Ela era tão segura de si...

— Você a conheceu bem?

— Um pouco, não bem. Rose nunca deixou que ela trabalhasse aqui na casa. Dizia que o pai de Cece se reviraria na cova. E de qualquer modo, Cece estava sempre ocupada, treinando. Ela sabia que seria uma bailarina.

— Em Nova York — disse eu.

— Sim. Onde era o lugar dela. Ela era uma moça muito graciosa. Ensinou sua mãe a se portar como uma princesa. Annie era tão desajeitada quando pequena!

— Mamãe? — Eu não podia crer.

— Ah, sim. Ela passou por uma fase de patinho feio quando tinha 10 ou 11 anos. Andava toda curvada. Cece fez com que ela ficasse mais ereta e acreditasse em si mesma.

— Eu não sabia disso. Vocês nunca falam dela.

— Bom, depois do acidente, Rose não falou mais sobre ela, e a gente só fez o mesmo.

Era uma pena, pensei. Eu apostava que Jackson teria gostado de ver sua mãe através dos olhos dos outros. Como eu acabava de ver a minha. Mamãe tinha sido um patinho feio. Não tinha sido sempre um cisne.

— Você está se ambientando bem? — perguntou Maggie. — Aqui em Amber House?

Retornei ao momento presente.

— Eu preferia ter voltado para casa — confessei, percebendo tarde demais que devia ser grosseiro dizer aquilo sobre a casa de Maggie. Apressei-me em consertar. — Sinto falta dos amigos e da minha escola, sabe?

— Sei — ela concordou com a cabeça. — Você se sente bem? Nada... estranho?

— Não — respondi, sorrindo. — Nada muito fora do normal. Tenho tido uns sonhos bem intensos e um bocado de *déjà-vu*. Deve ser a diferença de fuso horário que mexeu um pouco com a minha cabeça.

— O que é *deixavu*? — perguntou Sam.

— Dé-jà-vu — corrigiu Maggie. — Alguns dizem que é tipo um curto-circuito no cérebro, que faz você achar que está se lembrando de algo que não aconteceu. Mas tem gente que diz que talvez você esteja se lembrando de algo que todas as outras pessoas esqueceram.

Terminamos de embrulhar todos os presentes que estavam sobre a mesa. Sam ficou me olhando. Demorei um pouco para compreender.

— Você precisa ir embora agora — ele disse, com toda a paciência.

O *presente na gaveta*, pensei.

— Entendi — respondi. Saí do quarto, ainda me sentindo deslocada. Queria me sentar em algum lugar tranquilo, de preferência junto a uma lareira. Entrei na biblioteca, planejando me enrodilhar em alguma das poltronas.

Depois da estufa, a biblioteca era meu lugar favorito em Amber House. Era exatamente como uma biblioteca devia ser. Estantes repletas de livros erguiam-se para além do alcance, com escadas deslizantes que permitiam chegar às prateleiras mais altas. Plaquinhas de latão identificavam os assuntos em cada prateleira. Ao lado de um antigo globo terrestre, um pesado dicionário estava aberto sobre um suporte, com mais livros de referência em uma prateleira logo abaixo — tesauro, atlas, lista telefônica, almanaque. Sentei-me no chão ao lado do suporte e tirei um livro de citações.

Levei alguns minutos para entender como usá-lo, mas logo peguei o jeito. Vasculhei o índice, procurando palavras-chave das tiras de papel que tinha na casa de bonecas. Mas não encontrei nenhuma das frases. Elas eram familiares para mim, mas não por serem famosas.

Ao passar pelo saguão de entrada, vi mamãe na sala de jantar, arrumando sobre o aparador as xícaras de prata para o ponche. Fui até lá. A mesa já estava posta com talheres, pratos e bandejas para servir durante a festa, esperando apenas a comida que seria trazida só na hora.

— Mamãe, onde está Jackson?

— Jackson? — Ela fez uma cara intrigada. — Como vou saber?

— Ele não estava fazendo algumas coisas para você?

Ela fez que não com a cabeça.

Hum. Outra mentira. Achei que não iria aguentar aquilo por muito mais tempo. *Quem sabe*, pensei, *não vou atrás dele para descobrir por que todo esse mistério?*

Quando Jackson e eu éramos pequenos, nossa brincadeira favorita era esconde-esconde. Quando todo o resto ficava um tédio, íamos para fora ou para a estufa e nos revezávamos, um procurando o outro. Nunca soube como Jackson sempre conseguia me encontrar. Toda vez que eu perguntava, ele só encolhia os ombros e dizia, "Eu sei onde você vai estar".

Mas eu sempre o encontrava com meu truque secreto. Eu o chamava "quente, frio". Ele só funcionava com pessoas que eu conhecia muito bem, como mamãe ou papai, ou Jackson, ou Sammy. Primeiro, eu fixava uma imagem da pessoa na mente, e então eu a enchia com os pensamentos e sentimentos certos, até que a imagem se transformava numa pessoa completa, até que tivesse *calor*. Então tudo o que eu tinha que fazer era seguir aquele calor. *Mais quente, mais quente, mais quente* — eu sempre as encontrava.

Fazia anos que eu não tentava com Jackson.

Eu o imaginei. Com cuidado. Era uma coisa estranha, desconfortável, imaginá-lo como um rapaz, crescido e musculoso. Imaginei o que ele estava pensando e sentindo, sua seriedade, sua determinação. Vi seu rosto, escutando, concentrado, com uma leve ruga entre as sobrancelhas. *Ah, pronto.* O calor.

Fui para o saguão de entrada, calcei as galochas de mamãe, peguei suas luvas e vesti o casaco dela.

— Vai a algum lugar? — chamou minha mãe.

— Só vou dar uma volta. Já volto.

— Bom, tenha cuidado — ela respondeu, evidentemente incapaz de dar algum conselho mais específico assim tão de repente. — E, por favor, volte com tempo suficiente para se arrumar para a festa desta noite.

Estava frio lá fora, o ar deixando o meu rosto corado. O sol já estava se pondo rumo às colinas a oeste. Anoiteceria às cinco. Coloquei as luvas de mamãe e ergui o capuz do casaco, cobrindo a cabeça, enquanto escolhia minha rota.

Como no dia anterior, Jackson não tinha virado para a esquerda, na direção do rio, mas para a direita, rumo à cidade. Eu podia ver suas longas pegadas na neve meio derretida. Seguindo-as, passei em frente aos estábulos e através do campo, e fui até o portãozinho no canto nordeste de Amber House. Ali, as pegadas desapareciam no barro da margem da estrada. Mas a sensação de calor me atraía para diante.

Nos arredores de Severna, fui puxada para a parte oeste da cidade, para onde eu não esperava. Encontrei mais algumas pegadas de Jackson cruzando um terreno vazio até uma rua estreita sem calçadas. Eu havia entrado em um bairro de negros. Os moradores me olhavam, como se eu estivesse perdida. Mas continuei em frente, fingindo saber exatamente aonde estava indo.

Fui em direção a uma pequena igreja branca de madeira. Em seu gramado congelado e bem aparado estava fincada uma placa bem feita: Igreja Batista Bom Pastor.

Subi ansiosa os degraus da frente. Finalmente eu ia conseguir algumas respostas.

Mas o que quer que eu tivesse vindo ver havia terminado. Quando empurrei a porta da frente para abri-la, vi uma porta nos fundos da igreja fechando-se. As poucas pessoas que estavam nos bancos abotoavam seus casacos, colocavam as luvas e despediam-se umas das outras.

Localizei Jackson. Uma garota asiática bonita o abraçou e então saiu apressada, me olhando de alto a baixo quando já tinha passado por mim e achava que eu não ia notar.

Ah, pensei, com uma sensação esquisita e desconfortável no peito. *O segredo dele.*

Ele veio até mim, o rosto sereno, mas a voz levemente acusadora.

— O que você está fazendo aqui, Sarah?

Acho que fiquei um pouco vermelha. Um homem mais velho, com um colarinho clerical, juntou-se a nós. Ele sorriu e estendeu a mão.

— Sou o pastor Howe.

— Esta é Sarah Parsons, pastor — disse Jackson, quando apertei a mão do homem.

— Gostaria de se juntar a um grupo de estudos da Bíblia, Sarah? Nós nos reunimos uma vez por semana, e todos são bem-vindos.

— Não, hã, eu só estava procurando Jackson.

O pastor me olhou com atenção, ainda sorrindo, seus olhos me avaliando.

— E como você sabia que tinha que vir procurar aqui?

Fiquei olhando por um instante, sem nenhuma boa resposta para dar. Vi Jackson esconder um leve sorriso, esperando que eu dissesse algo. Não estava me ajudando.

— Eu... eu segui as pegadas das botas dele. E então perguntei para algumas pessoas. Elas apontaram para cá.

— Tudo bem, então — disse o pastor. Ele me convidou de novo para me juntar aos estudos da Bíblia e se despediu.

Do lado de fora, Jackson me olhou torto.

— "Quente, frio" ainda funciona?

— Funciona.

— Você não acha que talvez não devesse se meter na minha vida?

Percebi então como eu tinha sido mal-educada e indiscreta.

— Hã, é. Pode ser.

Ele deu uma risada, mas sacudiu a cabeça.

— De repente, Sarah, você podia pensar um pouco nisso. Promete que não vai fazer de novo.

Fiz que sim com a cabeça e ele parou de me dar bronca. Caminhamos de volta para Amber House. Eu queria perguntar sobre a garota que o abraçara, mas me segurei. Decidi tentar ser menos curiosa e respeitar mais a privacidade de Jackson. Afinal de contas, ele não me pertencia só porque costumávamos ser amigos. Esse pensamento, percebi, era doloroso.

Quando ele tirou as luvas do bolso, vi que empurrou de volta para dentro algo amarelo. Então lembrei que o pastor tinha um lenço amarelo dobrado no bolso da camisa; aquele detalhe colorido era meio esquisito em um pastor todo vestido de preto. Lenços amarelos no protesto em Severna. Lenços amarelos na multidão em Baltimore.

Na mesma hora esqueci minha decisão. Aquilo me fez refletir.

Capítulo Nove

Minha avó sempre partia do princípio de que qualquer dia festivo e qualquer comemoração de família — noivados, casamentos, nascimentos, batismos, até funerais — eram motivo para confraternizar com os membros da comunidade e levar adiante uma ou outra de suas ações filantrópicas. Assim, a maior parte das famílias ricas tradicionais entre o rio Potomac e a fronteira com a Nova Inglaterra, e muitos dos novos ricos também, estava acostumada a se reunir em Amber House a cada inverno para a comemoração do solstício e o bufê de sobremesas.

Neste ano, o motivo oficial da festa era dar uma prévia da exposição no Metropolitan Museum de Nova York, com uma pequena parte dos itens que tinham sido selecionados. Ela incluía roupas de época, arte têxtil, pinturas e fotografia, poemas e bordados emoldurados, móveis, arte popular, retratos, entre outros. Mamãe tinha distribuído pequenos mostruários com os itens pelos aposentos e corredores do térreo da ala principal, para que as pessoas pudessem percorrer e vê-los.

De resto, a festa seguia os rituais de vovó para o evento. Os convidados começaram a chegar pouco depois das oito. Cada grupo que chegava era recepcionado à porta, onde minha mãe recebia os presentes e também entregava suas próprias lembranças: um enfeite de Natal e uma dúzia de velas de cera de abelha feitas à mão, à maneira colonial, para evocar (na tradição do solstício) a volta da luz. Na sala de jantar, segunda porta à esquerda, a mesa estava repleta de sobremesas, com champanhe e *eggnog** dispostos nos aparadores laterais.

Fiquei fora do caminho, na escada, enquanto observava o comitê de boas-vindas deste ano, mamãe, papai e Maggie, e o senador e a senhora Hathaway. Para além deles, os arcos descritos pelos faróis dos carros através dos vidros em

---

* Bebida tradicional de Natal nos Estados Unidos, feita com leite, ovo e açúcar, à qual em geral é adicionado conhaque ou rum. [N. dos T.]

ambos os lados da porta da frente indicavam que um fluxo constante de convidados continuava chegando.

Tive outro daqueles momentos fugidios de *déjà-vu* enquanto estava ali de pé, a mão apoiada no corrimão. Pensei, desconsolada e sem qualquer razão, que eu devia estar usando um vestido longo dourado em vez do vestido curto e preto, e que eu devia estar ao lado de minha mãe. E então o momento se foi, e o rosto sorridente de Richard Hathaway entrou em meu campo de visão.

Ele se deteve no degrau abaixo do meu. Com isso, meu rosto ficou mais ou menos no mesmo nível que o dele.

— Ainda se ajustando à diferença de fuso horário, Parsons? — ele brincou. — Ou você tem provado *eggnog* demais?

Pelo visto eu tinha ficado com cara de quem estava em transe. Afastei os resquícios da perplexidade que havia sentido um momento antes e deixei que um sorriso animasse minha expressão.

— Isso depende, Hathaway — respondi, erguendo as sobrancelhas de modo inocente. — Quanto é "demais"?

Ele sorriu.

— Você viu meu velho trabalhando? Ele é muito bom em lidar com as pessoas.

— Não — respondi. — Ele é *fantástico* em lidar com as pessoas.

Essa era a mais absoluta verdade. O fato de que Robert Hathaway estivesse sendo cotado para ser o próximo presidente ajudava, mas seu carisma tinha mais a ver com a forma como ele parecia fazer as pessoas se sentirem. Como se ele se sentisse encantado em ver cada uma delas. Como se se *importasse* com todos, até o último homem ou mulher. Ele *precisava* de cada um deles a seu lado. Juntos, ele e os demais poderiam conseguir *grandes coisas*. Além do mais, ele era realmente bonitão e atlético, qualidades que ele portava com uma modéstia indiferente. Era tudo perfeito; as pessoas o adoravam.

— Realmente fantástico — repeti.

— É — concordou Richard. — Queria eu ter herdado um pouco disso.

Ele ficou ali parado, em sua perfeição dourada, a cabeça meio de lado, desconsolado. Ele a sacudiu com uma humildade cativante, e isso me fez rir.

— O que foi? — ele disse.

— Acho que você recebeu a sua parte, Hathaway. — Os olhos dele se apertaram de satisfação, de modo que eu tratei de sair dali antes que ele pudesse assimilar o elogio. — Tenho que salvar Sammy. Duas senhorinhas o encurralaram.

Então caí fora.

Afastei Sam das duas senhoras de idade que escutavam o que ele dizia, mas que não entendiam muito bem aquilo. Provavelmente era um monólogo sobre dinossauros, pensei. Ele tinha um conhecimento quase enciclopédico.

— Ei, carinha, que tal se a gente pegar um pouco de cada um dos doces mais apetitosos para você experimentar sentadinho na frente da televisão?

— Seria legal, Sarah — ele respondeu, agradecido. — Falar com essas pessoas dá trabalho.

Enchi um prato com meia dúzia de doces — tortas de frutas, pequenos *cheesecakes*, biscoitos de gengibre, uma colherada de *trifle*.*

— É muito — protestou Sam.

Abaixei-me para sussurrar em seu ouvido.

— Guarda metade para mim. Vou fugir e ficar com você assim que puder.

Quando voltei da ala oeste, vagueei entre a multidão, prestando atenção no que as pessoas conversavam. Meu pai sempre dizia que bisbilhotar a conversa alheia era um mau hábito que eu tinha, mas na verdade era mais um instinto. Talvez não fosse totalmente ético, mas eu não saberia metade do que sabia sobre os fatos importantes da vida se não tivesse bisbilhotado uma vez ou outra.

Os convidados pareciam meio perdidos naquela comemoração que, pela primeira vez, acontecia sem a anfitriã original. Poucos prestavam atenção aos mostruários que minha mãe havia preparado; a maioria das pessoas se agrupava e reagrupava para fofocar e especular. Alguns dos convidados recordavam vovó; alguns falavam da casa e de sua fama de ter fantasmas. A maioria das pessoas especulava sobre a candidatura de Robert e quando ele iria anunciá-la. Eu achava bacana ter aquela informação privilegiada.

Algumas batidas na porta assinalaram a chegada de convidados atrasados. Maggie estava mais perto e foi receber os recém-chegados. Mas ao abrir a porta recuou um passo.

---

* Doce composto por camadas de pão de ló umedecido em xerez, gelatina com frutas e creme de leite, servido em taças transparentes. [N. dos T.]

Um casal mais velho entrou, sorrindo, seguido por um homem loiro, bonito, vestido com um sobretudo preto que tinha duas marcas de prata nas pontas do colarinho. Fiquei olhando, confusa. O homem parecia...

Claire Hathaway correu para abraçar o casal.

— Agatha, Harold, é tão bom ver vocês! — Ela estendeu a mão para o terceiro membro do grupo. — Reichsleiter,* prazer em conhecê-lo.

... um nazista.

Minha mãe chegou logo atrás de Claire.

— Senhor e senhora Wexler, sejam bem-vindos. E... — ela se interrompeu, desconfortável, esperando que alguém preenchesse a lacuna.

O nazista estendeu a mão, fazendo uma breve saudação com a cabeça.

— Karl Jaeger, senhora Parsons. Adido da República Socialista Alemã. Por favor, perdoe-me por intrometer-me em sua celebração. Estou hospedado com os Wexler, e eles garantiram que a senhora não se incomodaria com um convidado a mais.

Ele disse isso em um inglês com sotaque, mas perfeito, acompanhado de um sorriso humilde.

A voz de minha mãe tinha uma animação fingida.

— Claro que não, senhor...

O senhor Wexler a interrompeu.

— Reichsleiter Jae...

Mas o nazista o interrompeu por sua vez.

— Karl — disse, novamente com uma breve saudação com a cabeça. — Por favor. É mais fácil.

Percebi que minha mandíbula estava travada, meus dentes cerrados. Eu estava furiosa, realmente *furiosa*, por aquele homem estar na casa de minha avó. Em 75 anos, os nazistas haviam varrido da Europa todos os judeus, ciganos, homossexuais e pessoas com deficiência, exceto aqueles que tinham fugido para as Américas. Haviam invadido todos os países do continente, exceto uma pequena porção da Rússia. Fazia apenas 25 anos que tinham bombardeado Londres e arrasado a cidade, finalmente forçando o resto da nação a render-se.

---

* "Líder do Reich", ou "líder da nação". Durante o governo nazista da Alemanha, segundo cargo político mais alto, abaixo apenas do Führer Adolf Hitler. [N. dos T.]

Pelas duas décadas anteriores, haviam se esforçado para dar uma face humana à "nova" República Socialista Alemã, mas ninguém que eu conhecia estava pronto para perdoar e esquecer.

Exceto, evidentemente, os Wexler.

Minha mãe pediu licença e se afastou, e eu podia ver pelas linhas contraídas de sua boca que ela também não estava feliz com aquela adição à festa. Fiquei imaginando por que é que ela não tinha pedido que ele se retirasse. Talvez porque fosse grosseiro demais. Claire continuou conversando com o convidado dos Wexler, e então levou-o até o marido para apresentá-los.

Examinei o resto dos convidados. Algumas pessoas pareciam desaprovar, mas a maioria estava indiferente, ou até o cumprimentava com a cabeça. O senador Hathaway exibiu uma polidez formal, mas não se mostrou especialmente amigável ao nazista. Imaginei que, como um representante do governo, ele havia adotado a postura apropriada. Eu não sabia se conseguiria ser tão educada.

Era hora de ficar com Sammy.

O corredor que passava pela cozinha exibia uma pequena coleção de insetos e aracnídeos de montar: borboletas, mariposas, besouros iridescentes e aranhas de todos os tamanhos. Eu já tinha visto algumas dessas coleções de bichos aqui em Amber House, mas nunca havia parado para pensar de onde teriam vindo ou quem os reunira. Parei para ler o cartão branco pregado ao lado deles. "Parte do extenso trabalho da entomóloga pioneira Sarah-Louise Foster Tate."

Sarah-Louise, pensei, *e seu irmão gêmeo Matthew*, os nomes vieram à minha mente com estranha facilidade.

Minha mãe tinha pendurado na galeria colchas em *patchwork*, inclusive uma com detalhes e borda em apliques verdes, formando um labirinto simétrico, que me pareceu uma homenagem ao labirinto de verdade que existia atrás de Amber House. *O tesouro em seu coração*, pensei, estendendo a mão para tocá-la.

Richard apareceu por trás de mim.

— Você vem de uma linhagem de mulheres talentosas.

Fiquei surpresa e um pouco envaidecida. *Ele me seguiu.*

— Pena que não chegou nada até a minha geração.

— Tenho certeza de que um ou dois dons conseguiram abrir caminho até seus cromossomos. Você só precisa esperar para descobrir quais são. — Ele acenou com a cabeça na direção do saguão de entrada. — Vem, precisamos ir para lá.

Ah, ele não me seguiu, só veio me buscar, pensei, desapontada. Fui atrás dele, imaginando o que é que iria acontecer agora.

O saguão transbordava de gente, que afluía dos demais aposentos. Richard pegou minha mão e me puxou alguns degraus escada acima, até junto de nossos pais. Hora do discurso, e Richard e eu éramos parte do cenário do senador Hathaway.

O senador falou sobre a exposição de Amber House que seria inaugurada em Nova York na véspera do Ano-Novo. A fala dele foi curta, e pontuada por algumas piadinhas até que engraçadas. Eu me sentia extremamente desconfortável fazendo parte do grupo oficial, mas coloquei um sorriso fixo no rosto e tentei não prestar atenção em nada nem em ninguém em particular.

Ele concluiu o discurso:

— Sei que todos estavam esperando que eu anunciasse hoje meus "planos" para o ano que vem, mas decidimos guardar as novidades para a inauguração em Nova York. — A plateia resmungou e vaiou, e o senador riu. — Bom, todos vocês devem aparecer por lá e participar da festa. Parece que vai ser das boas.

Uma muralha de mãos estendeu-se para o senador quando ele terminou. Todos queriam desejar-lhe boa sorte. Retirei-me discretamente escada acima até o primeiro patamar, para passar o tempo, e sentei-me no banco sob o espelho. Estava louca para ir ficar com Sam e os doces e a televisão, mas não sabia como atravessar aquela massa de gente. *Posso dar a volta e ir pela escada que desce até a estufa*, pensei, erguendo-me, virando-me para ir embora e quase conseguindo.

— Você deve ser a jovem senhorita Parsons de quem me falaram — ele falou, no inglês perfeito que eu já ouvira antes.

Voltei-me e dei de cara com nosso convidado indesejável, sorrindo para mim de forma amigável e natural. Devia ter uns 35 ou 36 anos, e era o perfeito garoto-propaganda do ideal ariano: queixo forte, nariz longo, cabelo loiro revolto. Usava calças de montaria, de lã preta e mais largas nos quadris, típicas do uniforme da SS, por dentro de botas bem lustradas, em conjunto com gravata preta e camisa social branca de seda, que ressaltava os ombros musculosos.

— Por que eu "devo" ser a jovem senhorita Parsons? — Percebi que todo meu rosto estava tenso de repugnância, mas não fiz nada para mudar isso.

Ele continuou a sorrir, como se minha aversão fosse totalmente apropriada. Ou totalmente irrelevante. Ele foi contando nos longos dedos seu raciocínio lógico.

— Membro do grupo do senador, mas não filha dele, pois ele tem apenas um filho. Por outro lado, os proprietários da famosa Amber House, o doutor e a senhora Parsons, têm uma filha mais ou menos da idade que você aparenta ter. Portanto: senhorita Parsons.

— Famosa? — perguntei.

— Ah, sim — ele disse, inclinando-se para a frente, como se fizesse uma confidência. — Diga-me, as coisas que as pessoas falam sobre este lugar são verdadeiras?

Como a onda empurrada pela proa de um navio, seu perfume me envolveu, uma mistura de couro, fumo e colônia masculina adocicada. Contra minha vontade, senti uma certa atração, e isso me deixou ainda mais brava.

— Não sei — retruquei. — Por que não me diz o que foi que ouviu?

Ele pareceu achar graça em minha raiva.

— Amber House tem uma certa... *reputação*, vamos dizer. Talvez você saiba que a ciência alemã está interessada em alguns dos ramos mais *esotéricos* do conhecimento. Energias etéricas. Anomalias temporais. Foi aventada a hipótese de que esta casa esteja situada em uma confluência de linhas de energia, e que por isso tem o potencial para uma enorme amplificação das capacidades energéticas.

Dei um sorriso incrédulo.

— *Quem* aventou essa hipótese?

Ele ignorou minha pergunta.

— Você não sente a eletricidade no ar? — disse, estendendo a mão. Seus gestos eram graciosos e tranquilos, como uma serpente capaz de hipnotizar a presa.

Cerrei os dentes e fiz que não com a cabeça. Ele baixou as mãos e juntou-as por trás das costas.

— Suponho, então, que *você* não tenha sentido nenhuma expansão de suas capacidades? — Ele sorriu, como se compartilhasse minha descrença, mas pareceu de repente... faminto, um predador.

Pelo canto do olho vi que Claire Hathaway observava toda a conversa com o Reichsleiter. Ela virou a cabeça um pouco de lado, intrigada, quando nossos olhares se cruzaram.

— Não, não senti nada disso — respondi. — Mas pode deixar que eu lhe conto quando começar a levitar ou a mover objetos com a força da mente.

Ele riu com gosto.

— Muito bom, senhorita Parsons. Gostei muito de nossa conversa. — Ele se despediu com uma promessa. — Voltaremos a nos falar.

Então pediu licença e se foi. Fiquei feliz ao vê-lo se afastar.

Claire subiu a escada enquanto ele descia. Ela parou junto à balaustrada do patamar, admirando a árvore. Alta e esguia, trajando um vestido-suéter cor de creme, de gola rulê, ela ficava linda contra o fundo da folhagem verde iluminada com as luzinhas brancas, como se um enfeite de anjo tivesse escapado de um dos galhos. Perguntei-me se ela esperava que eu ficasse a seu lado na balaustrada ou se seria intromissão de minha parte. Ela olhou para mim por cima do ombro e sorriu.

— Sempre adorei as festas de solstício de sua avó, e sua mãe com certeza está mantendo muito bem a tradição. Acho tão apropriado... — ela acrescentou, olhando-me de frente — ... que nossas famílias possam finalmente se unir em um mesmo ideal, você não acha?

— Ahã — respondi, enquanto repetia em minha cabeça: *finalmente? Apropriado?*

Ela fez menção de se afastar, e então virou-se de novo, de forma casual.

— A propósito, querida, o que o adido alemão tinha a dizer? Foi algo que o senador deveria saber?

Então era por isso que ela tinha vindo falar comigo, para ter a resposta a essa pergunta. Eu não sabia por quê, mas não tinha nenhuma intenção de dar a Claire o que ela queria. Fiz uma cara neutra e sacudi a cabeça.

— Não, ele só queria saber quem eu era, já que estava junto com vocês na escada.

— Ah — exclamou Claire, olhando-me por mais um instante. — Imagino que devíamos ter apresentado você formalmente, para que ele não tivesse que sair caçando informações.

Caçando, era isso mesmo que ele estava fazendo, pensei.

— Ainda bem que vocês não fizeram isso. Assim não precisei sorrir e ser educada.

Vindo da sala de estar, ouvimos o som grave de algumas notas do piano de cauda, chamando a atenção das pessoas. Alguém devia ter decidido que era hora das músicas de Natal.

— Vamos nos juntar aos outros? — sugeriu Claire.

— Eu não — respondi, fingindo pesar. — Não tenho ouvido musical, e não me deixam cantar.

Não era exatamente verdade, mas Sammy, a TV e os doces estavam todos me esperando.

Ela parecia meio confusa, como se a inabilidade para cantar fosse algo esquisito demais para ser verdade, mas então deu um sorriso.

— Foi tão bom conversar com você, querida! — Ela acariciou de leve meu cabelo e afastou-se deslizando com graça.

Quase todos tinham migrado para a sala de estar, e decidi cortar caminho pelo saguão de entrada, agora vazio. Foi um erro. Minha mãe, que estava na sala de jantar ajudando Rose a recolher a louça e os talheres usados, me viu e me chamou para dar uma mão. Peguei uma pilha de pratos e fui atrás dela, até a cozinha.

— Eu estava imaginando... — disse eu, com a voz um pouco animada demais — ... por que é que você deixou um nazista entrar em casa.

— Os Wexler o trouxeram como convidado deles — ela respondeu, enquanto colocava a louça na pia cheia de água quente com sabão. — Ele é um representante político da RSA, um emissário estrangeiro. Expulsá-lo de casa não seria a melhor coisa a fazer, pelo bem de Robert. E, inclusive... — ela completou — ... pelo seu bem, e pelo de Sammy.

— Pelo nosso bem?

Ela se virou para me olhar.

— Aqui nós ficamos mais em evidência, Sarah. Não quero que vocês dois se tornem alvo de nenhuma... animosidade.

Fiquei pensando nos níveis de significado daquela afirmação, todos eles horríveis. Em Astoria, tudo bem toda a família ser publicamente antinazista, mas aqui na CEA, nossa posição política tinha que ser... disfarçada? Para garantir que Sam e eu ficássemos em segurança?

Ao longe, uma interpretação coletiva e um tanto fora de tom de *Noite feliz* chegou ao fim, e ouvi os acordes iniciais de uma nova música. Então alguém começou a cantar em um tenor puro e seguro: "O Tannenbaum, O Tannenbaum, *Wie treu sind deine Blätter!*"*.

Sem conseguir acreditar, atravessei o saguão e me enfiei por trás da multidão que rodeava o piano. O Reichsleiter estava de pé ao lado do pianista, cantando a versão alemã de "*O Christmas Tree*". A plateia estava embevecida; o homem tinha uma voz maravilhosa. Quando terminou, os espectadores irromperam em aplausos. Sorrindo, o nazista recebeu os elogios com modéstia, e voltou a misturar-se com a multidão, que agora demonstrava muito menos hostilidade a ele do que antes.

Ele me viu observando-o e acenou com a cabeça. Virei-me e saí correndo, de volta para a galeria vazia nos fundos da casa. Richard me alcançou bem quando eu virava a esquina e saía de vista.

— Parsons.

Parei e olhei para trás, tentando suavizar minha expressão de fúria e abrir um sorriso. Ele parecia um pouco inseguro, um pouco tímido. Era... charmoso. O sorriso veio espontâneo.

— Vim só para desejar boa-noite — disse. — Papai vai ter que acordar amanhã às cinco para uma entrevista na tevê. Meus pais já devem estar no carro.

— Graças a Deus — disse eu, sem pensar.

— Ei! — Ele deu uma risadinha triste. — Pega leve, Parsons. Essa doeu.

— Ah, não! — exclamei. — Eu só quis dizer... Se vocês estão indo embora, o resto do povo também vai. — Pensei no Reichsleiter, mas preferi não mencioná-

---

* Em alemão no original, "Ó, abeto, ó, abeto, como são fiéis suas folhas". [N. dos T.]

-lo. Afinal de contas, não era culpa de Richard que o nazista tivesse vindo. — Estou exausta, só isso.

— Ah, fico feliz que não seja nada comigo.

— Não é nada com você, Hathaway.

— Nesse caso... — Ele chegou mais perto. — Permita-me observar que...

Seu dedo apontou para algo acima de minha cabeça. Olhei. Estávamos parados debaixo de um arco que havia sido decorado com um ramalhete de visco atado com uma fita.

Ele se inclinou para me dar um beijo. Sorrindo, virei o lado do rosto para ele, um dedo indicando o ponto onde ele deveria beijar. Ele hesitou, e então seus lábios roçaram minha face com suavidade.

— Boa noite, Parsons.

Depois me ocorreu que a maioria dos garotos ia se sentir rejeitado depois de uma manobra como aquela, mas eu não acreditava que o ego de Richard fosse ficar muito ferido. Eu tinha certeza de que ele sabia como era absurdamente atraente. Devia ter achado que eu só estava bancando a difícil. Mas não era nada disso.

Eu não sabia o motivo, mas em algum ponto do passado comecei a criar tanta expectativa quanto ao momento de meu primeiro beijo que até agora ele não tinha acontecido. Nos últimos anos do ensino fundamental, os namoros tinham sido tão bobos e infantis que foi fácil evitar. Mas ao entrar no ensino médio, eu havia aceitado sair com alguns caras até que bem legais... mas sempre desistia no último segundo, quando vinham para me beijar. Em minha cabeça, já fazia tanto tempo que eu esperava, que tinha que ser um momento especial. Nada de um lance apressado no banco da frente de um carro, com a alavanca do câmbio machucando minhas costelas. E nem um beijo de mentira, dado por causa de um pedaço de planta parasita, com meus pais talvez observando de longe.

Para dizer a verdade, eu não tinha certeza de que queria que fosse com Richard Hathaway. Quer dizer, o cara era lindo e ainda por cima muito legal, mas era só que... havia *algo* nele que me deixava pouco à vontade. Eu não fazia ideia do que era.

Minha previsão sobre o rápido final da festa revelou-se correta; depois que os Hathaway se foram, as pessoas começaram a debandar, inclusive os Wexler e seu hóspede. Fui chamada para ajudar a encontrar os casacos e ficar à porta. Quando finalmente consegui me juntar a Sam no solário, ele estava dormindo no sofá diante da tela da televisão cheia de estática. Apoiado em Maggie, que tinha cumprido a promessa que eu ignorara.

Ela sorriu para mim.

— Eu levo ele para cima e coloco na cama.

Enorme pontada de ciúmes.

Atravessei o saguão de entrada atrás deles. Todos os convidados já tinham ido embora. Garçons vestidos de preto, contratados para servir durante a festa, terminavam de recolher os últimos restos em suas bandejas. Meus pais estavam jogados no sofá da sala de estar, parecendo muito aliviados e totalmente exaustos.

— Detesto festas — declarou papai.

— Detesto saltos altos, sorrisos forçados e ficar vigiando a senhora O'Brien para ter certeza de que ela não ia passar a mão em nenhum dos bibelôs — respondeu mamãe.

— É sério isso da senhora O'Brien? — perguntei.

— Ah, sim. Sua avó sempre fazia visitas surpresa a ela depois das festas, para roubar as coisas de volta. — Mamãe se colocou de pé, gemendo baixinho. — Vou me trocar e colocar algo velho e confortável.

— Eu também — disse papai, erguendo-se para ir com ela.

— Boa noite — despedi-me.

— Durma bem, querida — disse papai, dando-me um beijo na testa. — Você estava linda esta noite. Notei que o filho de Robert seguia você por toda a parte.

Revirei os olhos.

— Eu era a única outra pessoa na festa da mesma idade que ele.

Como eu tinha passado quase toda a festa na escada, durante alguns minutos percorri todas as salas para ver o que estava em exibição: entomologia, poesia, costura, séculos de proeminência na comunidade. *Parece uma família muito boa na qual ter nascido*, pensei, desejando de novo ter algum talento com que contribuir.

Uma mostra de fitas e troféus enchia uma mesa perto da entrada, ao lado de uma foto de minha avó. Ela tinha sido campeã de equitação e criadora de cavalos. Mamãe me contou uma vez que vovó não se conformava por não ter podido montar nas Olimpíadas, antes que tivessem terminado com esses jogos, após a Segunda Guerra Europeia. Dois longos painéis revestidos de tecido, parecidos com quadros de avisos, tinham sido colocados diante de algumas estantes na biblioteca, e neles haviam sido colocados os ferrótipos de minha trisavó Maeve McCallister. Os esforços de Maeve em documentar a vida de mulheres, crianças e negros que viviam nessa região tinham sido a inspiração para a exibição no museu, *As Mulheres e as Minorias do Sul*.

Examinei as fotos. Pessoas de rostos congelados me olhavam, capturadas de forma pouco natural pelo longo tempo de exposição da câmera de minha antepassada distante. O último ferrótipo na pequena mostra era um retrato da própria Maeve, com uma garotinha. *Maeve McCallister e uma criança não identificada*, dizia o cartão. Curvei-me para olhar Maeve de perto. E fiquei paralisada.

A garotinha de vestido branco nos braços de minha trisavó me lembrava alguém que eu tinha visto antes. Alguém que eu conhecia. A mesma face suave, o mesmo halo de cabelo encaracolado.

Ela era igualzinha a Amber, minha amiga imaginária de infância. Era perturbador. Como se eu tivesse brincado com um fantasma, durante todos aqueles anos.

Tentei organizar meus pensamentos desencontrados: talvez eu tivesse visto essa foto quando era pequena. Talvez tivesse visto a menininha com Maeve, adotando-a como minha pretensa amiga. Essa era a explicação racional. Era a única explicação.

Hora de ir para a cama, pensei. *E cobrir a cabeça com as cobertas*.

Maggie estava saindo do quarto de Sam quando subi.

— Aconteceu alguma coisa — ela disse, mais uma afirmação do que uma pergunta.

— Não, só estou... cansada.

Tive a impressão de que Maggie queria dizer algo mais, mas desistiu. Em vez disso, disse:

— Você me lembra muito sua mãe quando ela tinha sua idade.

Escovei os dentes e troquei de roupa, colocando o pijama, mas não tive coragem de apagar a luz. Fiquei sentada por um bom tempo apoiada à cabeceira da cama, olhando para a porta fechada de meu quarto até perceber que estava esperando que ela se abrisse. Nesse momento me levantei, peguei a manta verde com estampa Paisley que estava dobrada na cadeira junto à escrivaninha e fui para o quarto de Sammy.

A luz estava apagada no Quarto Náutico, claro, mas a luzinha noturna em forma de estrela que Sam mantinha ligada, em conjunto com os sons suaves da respiração dele, era suficiente para tornar as coisas mais suportáveis. Sentei-me com as pernas dobradas de encontro ao peito na cadeira ao lado da cama de Sam, e ajeitei compulsivamente a manta a minha volta. Esperei pelo que pareceu ser uma eternidade, incapaz de cair no sono. Pouco depois do que calculei serem mais ou menos umas onze, ouvi meus pais e Maggie dando boa-noite. Por um instante, ouvi o som distante de portas, vozes murmurando. Então tudo ficou em silêncio. Até o som da respiração de Sam parou.

Quando eu era mais nova, recusava-me a dormir sem uma luz acesa. Não era tanto por ter medo, mas sobretudo por perceber o efeito que a escuridão tinha sobre minha percepção das coisas, e sobre meus sentidos. Minha audição ficava aguçada demais, meu sentido do tato sensível demais. Se eu pensasse naquilo, começaria de repente a ter coceiras em mil lugares e a ouvir o bater de meu coração dentro do peito.

Sentada toda enrodilhada na cadeira, naquela noite, foi como quando eu era criança. Mas não foram meus ouvidos ou minha pele que de repente ficaram ligados. Foi outra parte de mim, uma parte que não tinha nome. Uma parte que esperava em silêncio, ali na escuridão.

Ela caminhava descalça e silenciosa como um fantasma, pelo corredor que a luz do instante anterior ao amanhecer banhava de cinza-azulado. Fazia frio suficiente para transformar em nuvens seu hálito; ninguém acordara ainda para colocar mais carvão nas lareiras e criar novas chamas. Ela apertou mais a manta Paisley a seu redor e por cima de seus cachos ruivos. A boca formava palavras silenciosas; os dedos apertavam com força a pena de escrever que ela carregava.

Ela entrou em um quarto com paredes de um tom pálido de lavanda e sentou-se no chão, do outro lado da cama. Então começou a riscar as paredes com a pena, dando forma a letras, formando palavras. Ela sussurrava enquanto escrevia:

— Mágoas... feridos... mistério... passado e futuro... o destino está em tuas mãos... Cura assim a ferida...

Ela escrevia mais rápido, murmurando um pouco mais alto.

— Se tiveres... a chance... de escolher tudo... outra vez... toma então... o caminho... que conduz a...

Despertei quando falei em voz alta as palavras finais.

— Outro Tempo.

Capítulo Dez

Abri os olhos para a mesma luz cinza que havia banhado meu sonho, a escuridão se desfazendo em dia. A noite mais longa do ano tinha terminado.

Por um momento, a desorientação de acordar no lugar errado dominou meus pensamentos, até que me lembrei de ter adormecido na cadeira do quarto de Sammy. Forcei-me a permanecer ali, sentada e imóvel, para conseguir reter os fragmentos de meu sonho. Uma mulher louca caminhando. Escrevendo na parede. Cabelos ruivos. *Fiona?* Então pude vê-la claramente, e o resto do sonho tomou forma ao redor dela. Escrevendo um poema em um quarto lavanda.

Levantei-me, seguindo meu sonho, os pés descalços pisando sem sentir as tábuas frias. Passei a rosa dos ventos e fui para a ala oeste. Encontrei a porta à direita pela qual *ela* havia entrado. Girei a maçaneta.

Mas o quarto não era lavanda. *Claro que não*, pensei. *É branco, todo branco, exceto pelo padrão do papel de parede de pequenos ramalhetes de flores.* Fui até o trecho de parede onde Fiona tinha escrito, pouco acima do piso e junto à janela dupla que deixava entrar a luz cada vez mais intensa. Passei os dedos pela superfície, desejando poder, de algum modo, sentir as palavras através do papel de parede. Precisava saber o que estava ali. Precisava saber se meu sonho era verdadeiro.

Uma ponta erguida do papel, logo embaixo da janela, atraiu minha atenção. A umidade infiltrada devia ter dissolvido a cola, despregando uma pequena área. Puxei a ponta do papel. E, de fato, havia uma parede lavanda por baixo. E marcas. Puxei um pouco mais, e debrucei-me mais para perto. Eram frases. Um pouco borradas, mas ainda legíveis. Um poema, repetido e repetido e repetido.

Percorremos as voltas de um labirinto, confusos
Movidos pela esperança, perseguidos pela história.
Pela boa fortuna somos apaziguados, pelas mágoas feridos,

Seguimos avante, aos tropeços, cegos, rumo ao mistério.

O Tempo, porém, se apressa a tua volta, silencioso, pés descalços,

Caso o ouças, desperta para Ele, e levanta-te

Busque o ponto onde passado e futuro se encontram.

Embora as escolhas pareçam fortuitas, e embora o acaso iluda,

Persiste, descobre que o destino está em tuas mãos.

Descobre a junção onde o Tempo se parte, que curva

Seu fluxo, seus desejos inconsequentes, ao teu comando.

Cura assim a ferida; faz assim todas as reparações.

    Se tiveres a chance de escolher tudo outra vez,

    Toma então o caminho que conduz a Outro Tempo.

Todas as minhas frases aleatórias se encaixaram nos devidos lugares, no poema que eu sempre soube que existia. As palavras se aninharam em meu cérebro como um vírus, instalando-se, contagiando-me, multiplicando-se, expulsando qualquer outra coisa.

Meus pensamentos sussurravam, um por cima do outro, crescendo, até que um vento começou a uivar dentro de minha cabeça. O meio de minha mão doía, e senti que meu corpo foi se esgarçando, dissolvendo-se, ficando tão tênue que poderia até desaparecer. Lembrei-me de um vestido dourado, lindo demais para ser verdade, e de correr pelo labirinto, os ramos agarrando o vestido de seda como se fossem dedos. Um garoto estava lá, no centro do labirinto, esperando por mim. Eu o conhecia. Quase podia vê-lo.

Cobri os olhos com as palmas das mãos e tentei trazer de volta aquela visão. Mas ao meu redor o vento fustigava, um funil de som, um dilúvio se avolumando, um trem vindo em minha direção, imobilizando-me com seu rugido. Memórias disforme falando com vozes que se sobrepunham, clamando, rugindo, arrastando-me para dentro, arrastando-me para baixo. E então, uma calmaria súbita e abençoada quando uma pedrinha atingiu o vidro. Levantei a cabeça, abri os olhos, quase surpresa com a luz do dia penetrando pela janela. Olhei lá para fora.

Ela estava de pé na neve debaixo de um carvalho, seus pezinhos descalços, o vestido de algodão seu único agasalho. Mas compreendi que o frio não podia afetá-la.

Era Amber. Minha amiga imaginária. E estava olhando para minha janela.

Corri para a escada mais próxima, os degraus em espiral da estufa. Meus pés marcavam o ritmo da frase do poema: *a chance de escolher, a chance de escolher*. O que eu sentia? Não era medo. Era algo mais sequioso. Uma fome que continha uma ponta de terror. O que quer que Amber fosse, era minha única esperança de ter respostas.

Saí pela porta da estufa, meus pés descalços sofrendo ao pisarem a pedra fria. Corri para a parte da frente da casa, os pés reclamando cada vez menos, aos poucos ficando anestesiados. Quando cheguei à árvore, Amber já não estava mais lá.

Um movimento.

A menina estava na outra ponta dos degraus da varanda da frente. Quando a vi, ela se moveu de novo, correndo na direção da cozinha e desaparecendo ao dobrar a esquina do corpo principal da casa.

Corri atrás dela e percebi que ela não tinha deixado pegadas sobre a fina camada de neve que recobria o caminho de pedras.

Virei onde ela havia feito o mesmo e prossegui até o ponto onde o caminho virava de novo ao longo da fachada da ala leste. E me vi sozinha.

Não havia pegada alguma. Menina alguma. Resposta alguma.

De repente senti o frio. Como água gelada, por dentro e por fora. Aos tropeções, os pés dormentes, entrei pela porta mais próxima, a da cozinha.

Jackson estava sentado à mesa, escrevendo.

— Estava escrevendo um bilhete para avisar que minha avó não pode vir... — Olhou para mim e interrompeu a frase. — Mas o quê...? — Tirou o casaco e me envolveu nele, e depois me levou para o banco de alvenaria que fazia parte da parede, junto à lareira. Fiquei ali, imóvel, enquanto ele punha a chaleira no fogo. Pegou uma caneca e um saquinho de chá, pôs um pouco de açúcar e trouxe a bebida para me aquecer.

— Bebe — ele mandou, e obedeci.

— Você viu? — perguntei, numa voz apática. Meus pés ardiam com o fluxo do sangue que retornava. Podia sentir uma centelha de calor irradiando-se a partir do centro de meu corpo.

Ele se ajoelhou a meu lado, pegando minhas mãos nas suas para aquecê-las.

— Vi o quê?

— A menininha. Amber.

Ele se ergueu de um salto, batendo a cabeça com força contra o lintel da lareira. Levou a mão à têmpora e seus dedos se tingiram de sangue. Então sua cabeça tombou para trás e ele caiu no chão.

— Jackson?!

Ele gemeu e suas costas se arquearam, erguendo-se do chão. Os músculos de seu pescoço se retesaram. Seu braço e perna esquerdos começaram a tremer, e um filete de sangue escorreu de seu nariz.

— Ah, *meu Deus!* — gritei. Abri a porta para o corredor e gritei a todo pulmão: — *Papai!*

O corpo de Jackson estremeceu e aos poucos se imobilizou. Debrucei-me sobre ele, sem saber o que fazer. Ouvi alguém correndo. Meu pai, ainda de pijama, parou na soleira da porta e praguejou baixinho. Então correu e se abaixou ao lado de Jackson, que abriu os olhos ligeiramente e moveu a cabeça um pouco, soltando um gemido débil.

— Tem tanto sangue... — eu disse, com uma voz fraca.

Meu pai me olhou muito sério.

— Está tudo bem — afirmou. — Está tudo bem, Jackson. É um corte pequeno. Ferimentos na cabeça sangram muito, mas está tudo bem.

Então por que o nariz dele está sangrando?, pensei, mas tive o cuidado de não falar em voz alta.

Mamãe abriu a porta e estacou de imediato, com um leve gemido. Emergências médicas faziam com que se sentisse mal.

— Volte para a cama, Anne — ordenou meu pai. — Sarah e eu podemos cuidar disto. Está tudo bem.

Ela assentiu com a cabeça, e voltou a sair.

Papai ajudou Jackson a se levantar e se sentar numa cadeira colocada perto do fogo.

— Traz um copo com água para ele.

Entrei em ação e apressei-me em entregar um copo d'água a meu pai, que o segurou para que Jackson pudesse tomar um gole. Então ajudou-o a se levantar e o levou ao sofá da sala de estar. Fez Jackson se deitar e tirou suas botas.

— Pegue minha maleta no saguão de entrada — disse.

A maleta de médico. Claro. Fui correndo buscar.

Papai começou seus procedimentos médicos, ajustando o aparelho de medir pressão ao redor do braço de Jackson. Voltei para a cozinha, para dar privacidade a eles.

Era absolutamente necessário que eu ficasse ocupada, para garantir que nem o mais breve momento de reflexão sobre qualquer um dos acontecimentos daquela manhã conseguiria se infiltrar em meus pensamentos. O sangue de Jackson tinha espirrado nas pedras e madeiras ao redor da lareira. Peguei uma vasilha de água com sabão e um pano. Comecei com o lintel, e fui limpando a fachada de pedra até embaixo. Foi difícil remover o sangue das frestas das pedras, mas persisti, metódica e estoica. Troquei a água da vasilha e tornei a me abaixar para limpar o que faltava — algumas manchas deixadas sem querer pelos dedos de Jackson nas tábuas do assoalho.

Mas, quando me debrucei sobre elas, me ocorreu que talvez não tivessem sido nem um pouco sem querer. Talvez ele tivesse *escrito* alguma coisa. Se eu preenchesse mentalmente os lugares onde as linhas sumiam — uma curva aqui, outra linha ali — eu podia imaginar letras.

JANO. Na cor marrom-escura do sangue já quase seco.

Senti a palavra dentro de mim como um nó no meio da garganta. Não conseguia suportar a visão dela, a sensação que me transmitia. Fiquei olhando por um instante mais, depois esfreguei com força até as manchas sumirem por completo.

Papai voltou para a cozinha.

— São oito e meia. Vou mudar de roupa e levar Jackson à clínica na cidade, para ele receber alguns pontos no corte e ser examinado com mais cuidado.

— Quero ir junto.

— Seria melhor você ficar, querida. Ele estará perfeitamente b...

— Quero ir junto — repeti.

Subi correndo e vesti calças de brim e um suéter grande demais. Fiquei olhando minha cama arrumada. Entendi o que tinha acontecido. *Meu Deus, é claro.* Eu tinha dormido sentada no quarto de Sammy. Devo ter andado dormindo. Papai era sonâmbulo; Sammy também. Isso explicava tudo. Eu não tinha acordado até o frio finalmente penetrar em meu sono. Senti-me melhor, mais sã, mais calma. Agora só precisava me preocupar com Jackson.

Quando desci de novo, papai o ajudava a ir até a porta da frente, o braço de Jackson passado ao redor do ombro de papai. Calcei as botas, coloquei um casaco e fechei a porta ao sair. Um belo conversível neoinglês *vintage* vinha a toda pelo caminho de acesso à casa, dirigido por Richard Hathaway. Apesar do frio, a capota estava baixada.

— Parsons! — ele gritou, acenando. Seu sorriso brilhante falhou um pouco quando viu papai amparando Jackson.

— Fique e fale com ele — disse Jackson, com voz pastosa.

— Quero ir com...

— Não quero você lá — ele me cortou.

Aquilo doeu. Pouco antes ele tinha sido tão bom comigo, tão doce... Por que não me deixava ajudá-lo? Acho que eu simplesmente não era necessária. Não para Jackson. Afastei-me e deixei papai dar partida no carro e arrancar sem mim.

Richard estava apoiado na porta aberta do carro, esperando paciente. Lembrei-me então de que eu nem tinha penteado o cabelo. Devia estar parecendo uma maluca. Eu me *sentia* uma maluca. Passei os dedos pelo cabelo emaranhado, prendendo-o num nó atrás da cabeça, e forcei-me a andar até ele.

— Me desculpa — ele disse, humilde. — Sou um idiota. Detesto visitas surpresa, especialmente... — Olhou para o relógio. — Meu Deus! É tão cedo! Mil perdões. Eu estava tão empolgado, e queria te mostrar...

Tentei sorrir. Toquei a superfície reluzente do carrinho vermelho de curvas elegantes.

— Belo carro, Hathaway.

— Presente de Natal. O cara da loja veio trazer — respondeu. — Estou saindo para o passeio inaugural e queria te convidar para vir junto, mas... — Ele se interrompeu. — Outra hora, certo?

— Outra hora — concordei.

— Ele está bem?

— Está — respondi. — Ele só... bateu a cabeça com muita força. Vai precisar dar pontos.

— Cortes na cabeça doem demais — ele disse. — Ele parecia zonzo.

— Papai diz que ele vai ficar bem — afirmei, com segurança.

No rosto de Richard havia uma pequena ruga de hesitação.

— Posso...? Aquele era Harris, não? Jackson Harris?

— É.

— Não tenho nada contra ele... Nunca ouvi nada de ruim a respeito dele, fora... — Ele fez uma pausa, e em seguida foi direto ao ponto. — Fora que uma vez ouvi minha mãe dizendo que tinham lhe dito para tomar cuidado com ele. Que ele representava um perigo. Não sei por quê.

Ele parecia constrangido, como se pedisse desculpas.

— Eu não tenho medo de Jackson.

Ele encolheu de ombros.

— Como eu disse, não tenho nada contra ele. Só achei que você devia saber. — Um sorriso voltou a seu rosto. — Então, só para ficar claro: você está me devendo uma volta de carro, certo?

Fiz que sim e tentei imitar o sorriso dele.

— Certo. Estou te devendo.

— Genial! — ele disse, e então pareceu perceber que meu entusiasmo não era tão genuíno quanto o dele. Ficou em silêncio, um pouco constrangido. Novamente inseguro quanto a si mesmo.

— É melhor você entrar — disse finalmente, com gentileza. — Você também parece um pouco zonza.

Concordei de novo, o sorriso ainda plantado em meu rosto. Richard entrou de novo no conversível, acelerou e se foi.

Deixei meu rosto perder toda expressão e subi os degraus da entrada, as pernas quase não me obedecendo. Pelo visto, o sonambulismo não permitia muito descanso.

Os pensamentos pareciam vespas em minha cabeça. Mil questões não resolvidas zumbindo enlouquecidas. E por trás delas, por baixo delas: *Ele não quis que eu fosse com ele.* Ele de fato não gostava mais de mim. De alguma forma, em algum ponto do caminho, eu tinha me tornado alguém de quem Jackson não gostava.

Eu estava tão cansada... Esgotada. Confusa. E, me dei conta, ainda com medo. Girei a maçaneta, gelada ao toque. Minha mão pousou na mesa ao lado da porta, procurando apoio, e fiquei ali de pé no saguão de entrada, oscilando.

Então vi alguém subindo as escadas.

Era uma jovem vestindo uma calça de brim azul-escuro, diferente de tudo o que eu já tinha visto. Ela estava um caos total: roupas e pele cobertas de pó e sujeira, o cabelo coberto por um véu de teias de aranha.

— Ei! — gritei.

Ela não se voltou. Suas pernas continuaram subindo mecanicamente. Ela me assustava.

Obriguei-me a segui-la. É como nadar contra a corrente, pensei. *Como penetrar em uma massa de ar que rejeita a sua presença.* A garota à minha frente olhou para o espelho no primeiro patamar, mas não parou. Então vi seu rosto.

Cinzento, com um ar de doença. Todo marcado por lágrimas. Assustado.

Eu conhecia aquele rosto. Eu conhecia a garota.

Suas feições estavam invertidas, desiguais, distorcidas. Não era a garota do espelho — não era a garota que eu sempre tinha visto. Senti-me virada do avesso.

A garota era eu.

Capítulo Onze

Ela era uma Sarah que eu nunca tinha sido. Eu nunca tinha subido aquela escada com aquela aparência. Esgotada para além de suas forças, curvada para a frente, a pele branca como giz.

Fui atrás dela, acompanhando o ritmo de seus passos, as pernas entorpecidas curvando-se e endireitando-se, curvando-se e endireitando-se. Seguindo-a. A outra Sarah parou no alto da escada, como se escutasse algo, e então virou-se para subir até o terceiro andar. Quando cheguei ao corredor de cima, ela estava cruzando a porta mais distante, que dava para o grande sótão dos fundos.

Detive-me. Não queria seguir adiante. *Claro que ela ia me levar para o antigo quarto de brinquedos. O lugar onde mora o monstro.*

A escuridão se adensava no corredor, e as janelas dos cômodos menores brilhavam prateadas com a luz de uma lua cheia. Era noite aqui, embora fosse de dia em meu mundo. *Então que mundo é este?*, perguntei-me.

O quarto de brinquedos parecia iluminado por velas, mas eu não via nenhuma. A outra Sarah estava ajoelhada diante de um baú, falando em voz baixa.

Forcei-me a entrar no aposento, para ver melhor. Minha pele se arrepiava, como se eu estivesse perdendo todo o calor do corpo. Parei atrás da garota para poder ouvir o que ela dizia:

— Consegue se ver no espelho?

Ela tinha tirado uma caixinha de madeira polida de dentro de uma mochila, colocando-a em cima do baú. Ela estava sacudindo a cabeça.

— Você está dormindo — ela disse devagar, com a língua espessa. — Você tem que acordar.

Senti alívio. *Sim, é claro*, falei para mim mesma. *É só isso. Eu não acordei. O quarto lilás. A garotinha. O poema, o sangue, o carro vermelho. Um sonho. Um pesadelo.*

A outra Sarah fez de novo um esforço para falar.

— Eu vim buscar você, Sam — disse.

As palavras me sobressaltaram. Algo pareceu deslizar para um lado. E de repente consegui ver: duas crianças, sentadas lado a lado atrás do baú. Sammy, seu rostinho bonito sem expressão. E uma garotinha não muito mais velha, com as feições delicadas que compartilhava com sua irmã, minha mãe. Maggie.

Eu sabia o que ia acontecer em seguida. Sammy ia se levantar de um pulo e correr para fora do sótão, e então Maggie ia dizer...

— Está escuro no espelho.

Sim. Sim. Uma vez eu tinha visto o rosto de Sam preso no espelho. Não tinha? Até que o encontrei em um sonho. E Maggie estava com ele.

Dei um gemido, o tipo de som que você faz quando quer gritar num sonho, mas não consegue.

O sótão e a noite desapareceram. Cambaleei e quase caí, tendo que me apoiar em um pilar. Estava sozinha em um depósito empoeirado e mal iluminado pela luz da manhã de inverno.

Nada do que eu tinha visto fazia qualquer sentido. Agarrei-me ao pilar, tentando entender. Se eu tinha sonhado tudo isso — o quarto lilás, a garotinha, Jackson, Richard, a outra Sarah — então quando tinha tirado o pijama? Por que estava usando suéter e calça de brim?

Não era sonho. Eu tinha tido uma espécie de... visão... de *mim mesma*, fazendo algo que eu podia jurar que não tinha feito, apesar de ter uma espécie de lembrança daquilo. Mas como poderia eu me lembrar de algo que não tinha acontecido? Ou me esquecer de algo tão maluco? Meu irmãozinho... preso dentro de um espelho.

Eu *estava* maluca. Essa era a única explicação.

A luz pareceu diminuir. Tive a sensação nauseante de que havia mais alguém ali no sótão comigo, alguém parado no canto mais distante, nas sombras.

Virei-me e corri.

Ao pé da escada, agarrei-me ao corrimão para me equilibrar. *A mãe de vovó era maluca. Está nos meus genes.* Eu respirava pesado, como se tivesse prendido a respiração por muito tempo.

Ouvi Sammy vir correndo em minha direção, rindo. Lutei para me controlar, para recebê-lo com um sorriso. Mas quando me virei, não era Sam.

Vi uma criança de cabelo castanho-avermelhado passar correndo por mim e através do arco que dava para a ala oeste, o vestido azul-claro esvoaçando atrás de si.

Fechei os olhos com força.

— Por favor — murmurei. — Por favor, faça ir embora.

Mas podia ouvir os passos da menina diminuindo a velocidade e parando. E vozes no corredor, mais além.

Aproximei-me devagar da entrada do corredor. Alguns metros adiante, a garota estava de costas para mim, ouvindo uma mulher que lhe implorava, abaixada à sua frente. A mulher se parecia com minha avó três décadas antes.

— Você me prometeu que ia parar de fazer isso. Você não entende, querida? Quase perdi você. Achei que tinha perdido. Eu podia vê-la nos espelhos, mas não sabia como tirar você de lá.

— Nos espelhos — a menina repetiu, e eu também, em silêncio.

— É perigoso demais. Não devemos mais dar ouvidos a eles. Eles não precisam de nossa ajuda. — Ela estendeu a mão e segurou o queixo da menina com os dedos. — Você tem que me prometer... *me prometer*... que vai parar de ver, vai parar de ouvir. Prometa, Magpie.

— Maggie — disse eu.

A mulher e a criança desapareceram e outra mulher penetrou no espaço onde elas estiveram.

— *Outra* Sarah — respondeu minha tia adulta.

Maggie me levou até um banco e me fez sentar. Ela se acocorou diante de mim, como sua mãe tinha feito com ela.

— Conte-me o que você viu.

Percebi que eu estava chorando em silêncio. Limpei o rosto. Tentei encontrar um ponto de partida para responder à pergunta de minha tia.

— Vovó. Muito tempo atrás. Dizendo para você... parar de "ver".

Minha tia acenou a cabeça.

— Sim.

— Sim, o quê? Você quer dizer que isso aconteceu? Na vida real?

— Sim, aconteceu.

Não dava para aguentar a confusão em minha cabeça. Eu estava atingindo níveis cada vez mais altos de... incompreensão.

— Não estou entendendo — disse eu. — Você não parece estar *surpresa* por eu ter visto aquilo. Por quê?

— Eu também vejo. Sua avó chamava de ecos.

Ecos. A palavra em si parecia ressoar em minha mente como se eu a tivesse ouvido antes.

— Era isso que vovó queria que você parasse de ver?

— Sim. Ela achava que foi por culpa deles que eu fiquei em coma. E pode ter sido, em parte.

Maggie também conseguia vê-los. Tudo tinha acontecido de verdade. Eu não tinha inventado nada. Não estava maluca.

— Espera, como vovó sabia sobre eles?

— Ela também podia vê-los. Muitas antepassadas nossas podiam.

Maravilha, pensei. *Finalmente descobri o dom de família que herdei. Tenho que contar a Richard.* Uma parte de mim queria dar risada. Em vez disso inspirei fundo, com dificuldade.

— Você vai ter que explicar um pouco melhor, Maggie, porque estou ficando assustada. "Ecos." O que são?

— É como uma repetição de parte do passado. Um momento que é exibido de novo, como uma cena de um filme. Mas só algumas pessoas conseguem ver.

Era como se eu tivesse caído em uma espécie de toca do coelho da Alice. As palavras não pareciam ter mais o mesmo significado que tinham antes. Mas ainda assim tudo parecia terrivelmente *familiar*, como se eu sempre tivesse sabido disso, tivesse passado por isso antes. O passado, exibindo-se de novo.

— Por que eu nunca vi um eco antes? Você podia ver quando era criança.

— Não acontece do mesmo jeito com todo mundo. — Ela encolheu os ombros. — E sua mãe se esforçou bastante para convencer você a não vê-los de forma alguma.

As esquisitices, pensei comigo mesma, e então disse, chocada:

— Mamãe pode vê-los?

— Ela costumava poder, antes que sua avó a fizesse prometer parar. Talvez ela ainda possa, mas simplesmente não diz nada. Como eu.

— Por que vovó fez vocês duas prometerem?

— Eu fiquei presa — ela disse. — Até que você me lembrou de que eu tinha que acordar.

Aquela outra coisa que eu tinha visto.

— No sótão — disse eu.

— Sim.

Eu acordei Sam e Maggie. Eles tinham adormecido, e aquela outra Sarah... eu... tinha conversado com... *o quê*? A *alma* deles? Seus *eus* no sonho?

— Por que não me lembro de ter feito isso, Maggie? Se essas visões são ecos do passado, como podem ter me mostrado algo que não me lembro de ter feito?

Maggie parecia confusa.

— Não sei. Sempre achei que ainda não tinha acontecido para você, mas se você viu isso...

Terminei mentalmente a frase dela: *Se você viu, então deve estar no passado*.

Mas eu podia jurar sobre a Bíblia que não tinha feito aquilo.

— Quem sabe eu vi um eco do futuro?

Maggie sacudiu a cabeça.

— Até onde sei, não é o que acontece em nossa família.

— Sarah? — minha mãe estava chamando na escada, lá de baixo.

Que diria mamãe quando eu lhe contasse sobre tudo isso? Por que ela nunca tinha me contado?

Maggie respondeu por mim.

— Que foi, Annie?

Forcei-me a ficar de pé e ir até a balaustrada.

— Seu pai ligou — ela estava lá embaixo, sorrindo para mim. — Jackson está bem e já pode deixar o hospital, sem problemas. O pessoal na clínica até deixou que seu pai o costurasse, o que é ótimo, porque ninguém dá pontos tão caprichados quanto ele.

— Obrigada, mamãe — eu estava conseguindo manter a voz firme. Um pouco descontraída, até.

— Você poderia me dar uma ajudinha aqui, querida? Tenho que embalar o resto do material da exposição.

Bom Deus, por favor, não, pensei. Mas o que eu disse foi:

— Claro. Já desço.

Maggie me deteve com um toque suave da mão em meu cotovelo e pediu, em voz baixa.

— Não fale sobre nada disso com sua mãe.

— Por que não? Por que ela não pode saber?

Ela sacudiu de leve a cabeça, tentando encontrar as palavras certas.

— Ela não vai gostar. E tem coisas que você precisa ver.

— Coisas que preciso ver? — Aquilo não terminava nunca. Uma ideia maluca atrás da outra. — Como assim?

Ela parecia resignada, como se soubesse que aquilo ia soar como uma insanidade.

— Sarah, é o que a casa faz. É a finalidade de tudo isso. Só... dê uma chance a ela.

Ela disse isso num tom tão normal. Será que ela entendia o que estava sugerindo?

— Maggie, é só uma casa. Só tijolos e madeira.

Ela respondeu com paciência:

— Não acho que as coisas sejam apenas coisas, Sarah. É como se tudo tivesse um pedaço de alma dentro de si. Só que não sabemos disso, porque não conseguimos sentir. Mas em Amber House as mulheres de nossa família conseguem.

Não respondi. Não sabia o que dizer. Só me virei e me afastei.

Mamãe e eu passamos mais ou menos uma hora embrulhando as peças da exposição que tinham sido exibidas durante a festa. Eu queria contar tudo a ela, mas cada vez que eu tentava, desistia. Uma parte de mim relutava em fazer isso, como se quisesse, como se precisasse ouvir o que a "casa" de Maggie tinha para dizer.

Assim, direcionei meus pensamentos para longe do que tinha visto e descoberto. Tentei ser "normal". Ao menos uma vez na vida, forcei minha mãe a conversar. Isso devia ter sido suficiente para que ela percebesse que tinha algo errado.

Colocamos tudo em caixas, bem embalado e acolchoado. Então fechei as caixas com fita adesiva, enquanto mamãe colava etiquetas de endereço e grandes setas ao lado das palavras ESTE LADO PARA CIMA.

— Tem uma coisa que estou querendo te perguntar — ela disse. — Sobre o que aquele homem estava falando com você?

— Que homem?

Ela corou de leve.

— Aquele... alemão. Na festa.

O *nazista*, pensei.

— Ele só se apresentou. Disse que tinha ouvido dizer que Amber House era assombrada.

— O que você disse?

— Que não tinha fantasmas. Só zumbis que comiam alemães.

Ela sorriu e revirou os olhos.

— Onde eles estavam quando a gente precisava deles?

Devolvi o sorriso. Era bom. Parecia normal.

— Sabe o que ele me disse? — Um tom de incredulidade dominou a voz dela. — Ele perguntou se queríamos vender Amber House. Imagina só! Ele disse que pagaria em ouro.

— E o que você respondeu?

— Eu disse que Amber House nunca estaria à venda, sob nenhuma circunstância.

Sim. Nunca estaria à venda. Mas então por que me parecia que podia ter estado? Em um certo momento.

Mamãe começou a rir.

— Que foi? — perguntei.

— Ainda bem que sua avó não estava aqui.

113

— Ah, meu Deus, ainda bem *mesmo*! — e também comecei a rir.

Ela riu com mais vontade ainda.

— Lembra quando aquela corretora tocou a campainha?

— Ela teve que sair correndo. Vovó ficou uma fera. "Como assim, se eu decidir vender Amber House?!"

— Aquele nazista ia se arrepender de ter perguntado. — Ela ria tanto que estava limpando as lágrimas dos olhos. — Não íamos nem precisar dos zumbis.

— Ah, meu Deus, ela teria trucidado ele e jogado fora os pedaços.

Rimos mais um pouco, e as risadas se acalmaram, transformando-se em sorrisos.

— Você não vai se esquecer dela, não é? — disse minha mãe. — Vai contar sobre ela a seus filhos?

Havia lágrimas em seus olhos de novo. Lágrimas diferentes.

— Vou contar, mamãe. Vou me lembrar de tudo.

— Que bom — ela acenou com a cabeça.

Então fiz a mesma pergunta que tinha feito a Maggie.

— Você se lembra de sua avó? Fiona?

Os olhos dela se perderam na distância.

— Acho que nunca te falei muito sobre minha avó. — Ela olhou de novo para mim. — Lembro-me de Fiona. Sempre me deu um pouco de medo, e deve ser por isso que não falo muito sobre ela. Ela... — mamãe procurou as palavras certas. — Ela nunca me pareceu feliz. Eu sabia que amava minha mãe e Maggie e eu, mas ela sempre me pareceu um pouco... distante de tudo. Talvez fosse pelas coisas que fizeram a ela quando era jovem. Ela talvez tenha sido esquizofrênica; não se sabia muito sobre isso naquela época. Ela recebeu tratamentos de eletrochoque, e outras coisas... Acho que estavam tentando ajudá-la.

— Você acha que ela era louca?

— Às vezes me parecia que minha mãe achava. Acho que eu também. Pode acreditar, não é divertido crescer achando que a loucura está no sangue da família. — Ela sacudiu a cabeça de leve. — Mas é muito fácil dizer que uma mulher é louca. Ela era uma sonhadora. A seu modo, era uma pessoa notável. Escritora. Poeta. Ela publicou vários livros, sabia?

A loucura está no sangue da família. Talvez Maggie estivesse certa. Era melhor esperar um pouco antes de contar a mamãe que eu andava vendo coisas.

Juntamos os rolos de fita adesiva e as tesouras para guardar tudo de novo nas gavetas da cozinha, que estava gelada sem Rose ali. Reavivei as brasas com o atiçador e joguei um pouco de lenha no fogo. Notei que tinha deixado escapar uma mancha de sangue quando limpei tudo, e isso me fez lembrar a palavra que achei que Jackson tinha escrito.

— Mamãe, você já ouviu falar de algum "jano"?

— Jano? Era um deus romano.

— Sério? Deus do quê?

— Jano era um deus de duas faces. Dizia-se que uma era de um jovem bonito e a outra, de um homem velho e barbado. Simbolicamente, o velho olhava para o passado e o jovem, para o futuro. Ele era o deus dos começos e dos fins. O deus do tempo. Janeiro recebeu esse nome por causa dele. Por que você quer saber?

— Jackson... falou nele — respondi. — Você sabe muito sobre os deuses romanos, mamãe. Obrigada.

Meu pai entrou.

— Onde ele está? — perguntei.

Ele pareceu confuso por meio segundo.

— Ah. Levei Jackson direto para casa.

— Ele está bem?

— Sim, ele está bem, querida. Jackson tem convulsões desde o acidente. Você sabe disso. Ele aprendeu a lidar com elas.

Sim, eu sabia que Jackson tinha epilepsia. Anos antes, papai tinha sentado comigo e tentado me preparar para o caso de ele ter um ataque enquanto estivéssemos brincando juntos. Mas ao longo de uma década, eu nunca tinha testemunhado um ataque antes. A violência dele, o sangue... Que coisa terrível ter aquilo pairando sobre sua cabeça. Era horrível que alguém tivesse que aprender a "lidar" com algo daquele tipo.

Mamãe recrutou papai para carregar as caixas lacradas para o carro.

— Elas precisam estar no escritório da transportadora antes das cinco da tarde, para serem despachadas pela manhã — ela disse.

Despedi-me deles quando saíram. Quando voltei para dentro e fechei a porta da frente, pensamentos sobre os ecos e o sótão me invadiram de novo. Ergui os olhos para a escada. Maggie estava lá.

— Você contou?

Sacudi a cabeça.

— Ainda não.

— Só dê um tempo, para ver o que acontece.

Havia uma pergunta insana que percebi que não tinha feito desde que ela tinha mencionado o sótão pela primeira vez.

— Maggie, se você estava sonhando quando encontrei você como criança no sótão, como eu podia ter falado com você? Aquilo não foi um eco, foi?

— Você estava vendo o passado, assim, era um eco para você.

— Tudo bem — eu disse. — Mas, e para você?

— Eu estava sonhando o passado. Era... um eco na forma de sonho.

— Dá para voltar ao passado nos sonhos?

Ela assentiu, e encolheu os ombros de leve.

— Às vezes a gente só observa, mas às vezes você está dentro da pessoa, pensando os pensamentos dela. Isso já aconteceu com você?

Sim, percebi que tinha acontecido. Talvez meus sonhos com Deirdre e Fiona tivessem sido na verdade ecos. Só que...

— Mas como foi que conseguimos conversar e ver uma à outra?

Ela encolheu os ombros de novo.

— Acho que talvez as experiências psíquicas tenham algo a ver com energia. Imagino que, onde quer que estivéssemos, sua energia conseguia ver a minha, e vice-versa. — Devo ter feito cara de dúvida, e ela se esforçou para explicar. — Sabe o que um professor de ciência me disse uma vez? Se o núcleo de um átomo tivesse o tamanho de uma ervilha, seus elétrons seriam do tamanho de um grão de areia, orbitando ao redor da ervilha a uma distância... *igual à extensão de um campo de futebol.* Dá para imaginar? Uma ervilha, grãos de areia rodando em volta de um campo de futebol e o resto só espaço vazio.

Sacudi a cabeça, esperando pela conclusão.

— Então, nós nos vemos como matéria sólida. — Ela deu um tapa no braço. — Mas não somos. Na verdade, somos na maior parte espaço vazio. O que nos faz *parecer sólidos* é a energia que nos mantém coesos. É o que somos. Nós somos a *energia*. E a energia não é regida nem pelo tempo nem pelo espaço. É tudo parte do espírito. No sótão, nós *duas* voltamos ao mesmo momento no passado. Estávamos em um eco, mas nenhuma de nós era *parte* do eco. Assim, podíamos ver uma à outra e conversar entre nós. Vai saber.

É, vai saber, pensei. Talvez eu não precisasse saber a resposta exata. Mas tinha algo que eu precisava descobrir.

— Os ecos podem me machucar?

— Acho que não. Alguns deles não são tão agradáveis quanto outros, mas não vejo como eles possam machucar.

— O que teria acontecido com você e Sam se eu não acordasse vocês?

Ela ficou em silêncio por um instante.

— Não sei. Teríamos acordado sozinhos, mais cedo ou mais tarde, acho.

Capítulo Doze

Mesmo depois de todas as explicações de Maggie, continuei a me perguntar: o que eu tinha visto no sótão?

Não conseguia deixar a pergunta para lá, e nem respondê-la. Se um eco era algo vindo do passado, por que eu não conseguia me lembrar de ter estado lá, de ter dito e feito aquelas coisas? Os acontecimentos que eu tinha testemunhado com certeza não eram algo que alguém conseguiria esquecer, e no entanto até aquele dia eu não tinha nenhuma lembrança deles. Mas também tinha que admitir que, enquanto olhava, tive a sensação de *quase* me lembrar. De saber o que ia acontecer em seguida. Aquela sensação de saber de antemão — será que aquilo sugeria que eu podia ver o futuro, mesmo que Maggie não pudesse? Torcia para que não, pois isso significaria que os eventos no antigo quarto de brinquedos ainda estavam por acontecer.

E não queria ser aquela Sarah. Jamais.

No alto das escadas, vi Sam em sua mesinha de trabalho, desmontando um despertador. Sentei-me ao lado dele.

— Você está bem, Sarah? — ele perguntou, enquanto se concentrava em desapertar um parafuso.

Não, pensei, mas não falei.

— Carinha, posso te perguntar uma coisa?

— Pode, sim — respondeu. Pôs a chave de fenda sobre a mesa e voltou toda sua atenção para mim.

— Você... se lembra de quando eu... te encontrei?

— Você sempre me encontra.

Quente, frio, pensei. Talvez isso também tivesse a ver com a *energia* de que Maggie falou.

— Dessa vez foi no sótão — eu disse. — Em um quarto de brinquedos.

— Ah, no quarto de brinquedos — ele disse, concentrando-se numa engrenagem que tinha pego. — Eu lembro.

— Eu não.

Ele refletiu.

— Vovó disse que você precisava lembrar.

Vovó?

Ele colocou de volta no lugar a peça que estava segurando.

— Eu também não lembro bem de tudo, Sarah.

— Me conta qualquer coisa de que você se lembra, Samwise.

— Bom, eu fui pro quarto de brinquedos de mentira que a mamãe fez, onde a Maggie ficava antes de ser grande. Só que eu esqueci que era de mentira, e não consegui voltar. Aí você me encontrou, e disse que eu tinha que lembrar, e mostrou que eu não estava no espelho. Então eu disse, "Você é meu Jack", e aí eu consegui ir. — Ele ergueu a mãozinha com a palma para cima; tudo tão claro e cristalino. — Viu?

E, por estranho que parecesse, eu vi. Quando fechei os olhos, pude ver um quarto vermelho e branco, cheio de brinquedos. Uma caixinha de música. Sammy, sem saber quem eu era ou quem ele era. Mas eu o fiz se lembrar.

Eu tinha ficado com medo, muito medo, de não conseguir encontrá-lo e acordá-lo.

— O que teria acontecido se eu não tivesse te encontrado, Sam?

Ele deu de ombros.

— Você *sempre* me encontra, Sarah. É o que *era* pra ter acontecido. Você consertou o problema.

— Pode acontecer de novo?

— Não. Você consertou. Você fez *ela* lembrar. Não vai mais acontecer.

— Eu fiz Maggie lembrar.

Sam assentiu.

— Ahã.

— E como é que só hoje *eu* me lembrei de ter ido até o sótão? Por que é que não consigo me lembrar de mais nada... como cheguei lá, o que aconteceu antes ou depois?

Por que estou perguntando isso ao meu irmãozinho de 6 anos?

Ele estava de novo mexendo no relógio.

— Eu também não lembro muito do que aconteceu *antes*. Mas como a gente ia lembrar, Sarah — perguntou, com voz sensata —, se você fez tudo ficar diferente?

— *Tudo* o quê, carinha?

Ele falou como se eu não estivesse entendendo a coisa mais simples.

— Você acordou a Maggie. Você mudou o que aconteceu.

Não sei muito bem como saí do quarto de Sam. Tudo o que eu tinha visto e ouvido naquele dia tinha sido quase impossível de acreditar. Mas aquela última coisa que Sam disse me afetou com tanta força que eu não conseguia pensar. Ficou ricocheteando na minha cabeça. *Você mudou o que aconteceu você mudou o que aconteceu você mudou o que aconteceu.*

Quando acordei minha tia, eu mudei o *passado*. Que mudou tudo o que veio depois. Nosso presente. Certa vez tinha havido um *tempo*, uma história, que simplesmente não existia mais.

Não consegui digerir a ideia. Para onde foi esse outro tempo?

Quando eu me aquietava, e acalmava os pensamentos que davam voltas em minha cabeça, conseguia até me lembrar de fragmentos desse outro passado. Aquele outro tempo, no qual Maggie tinha morrido. Fui para meu quarto, apoiei as costas na porta fechada e escorreguei até o chão. Deixei mais lembranças aflorarem.

Quando Maggie era pequena, ela tinha caído da casa no velho carvalho — isso sempre tinha acontecido, nunca tinha mudado — exceto que, no outro tempo que agora se fora, Maggie tinha *morrido* em vez de acordar do coma. E a morte dela tinha afetado todo mundo, deixando feridas que nunca cicatrizaram. Eu me lembrava. Vovó pôs a culpa em mamãe, e mamãe culpou a si mesma. Nunca mais voltou a pintar e se tornou distante de todos, até de Sammy e de mim. Vovó morreu de cirrose, de tanto beber. Meus pais se separaram.

Essas imagens me vieram à mente, uma após a outra, um desfile de sofrimentos. Imagens ondulantes, meio desfocadas, como fotos debaixo d'água.

Todos nós tínhamos sido *diferentes*. Tínhamos começado igual, mas terminado diferentes. Até eu. Aquela outra Sarah tinha sido... menos feliz, talvez. Mais solitária. Mas mais forte. Pensei na jovem que vi subindo com dificuldade as escadas. Ela tinha sido picada por uma Boa Mãe. Fora envenenada, e talvez estivesse morrendo. Mas tinha ido até o fim. Tinha salvado Sammy. Ela não era eu. Eu não teria conseguido fazer aquilo. Não tinha aquele tipo de força.

Eu soube, finalmente, por que havia sentido que faltavam partes de mim. Faltava *ela*.

Sentei-me na escuridão que se adensava, esgotada demais para conseguir me mexer, tentando lembrar como era ser aquela outra Sarah.

Meus pais voltaram para casa trazendo comida chinesa. Sammy veio até meu quarto e bateu na porta.

— Vem, Sarah. Vamos comer com pauzinhos.

Coloquei um sorriso falso no rosto para descer as escadas com meu irmãozinho.

Todos riram e conversaram, meus pais, minha tia e Sammy. Meus pais concordaram: o conteúdo daquelas caixinhas de papel não era tão bom quanto os pratos "de verdade", preparados pelos imigrantes chineses que haviam fugido para Astoria durante a ocupação japonesa. Maggie e mamãe fizeram entre si piadas que não entendi, mas que papai pareceu pegar. Sammy estava feliz, espetando pedaços de porco frito com os pauzinhos. Estávamos todos à vontade e felizes na companhia uns dos outros: uma família unida. Não era como a família daquela outra Sarah. Senti como se parte dela estivesse em mim, deslumbrada por nos darmos tão bem.

Sammy distribuiu os biscoitos da sorte, um para cada um.

— Lê o meu, Sarah — ele disse, balançando-o na frente do meu rosto. Segurei a mão dele.

— Tudo bem, carinha, mas segura firme. — Estiquei o papelzinho e li: — "Você surpreenderá as pessoas com seus muitos talentos ocultos".

Sammy sorriu e balançou a cabeça com vigor.

— E o seu?

Quebrei meu biscoito e tirei o papelzinho.

— "Confúcio diz, 'Não importa quão devagar você prossiga, desde que não pare'."

— Ah, Sarah — meu irmão disse, solidário. — Você sempre tira a sorte mais esquisita.

Fomos para o solário, levando tigelas de sorvete, para assistir Um Conto de Natal na TV. Era bom. Era normal. Deixei-me relaxar com o clima familiar da história, para poder desfrutar o momento, até o ponto em que o Espírito dos Natais Futuros apontou seu dedo ossudo para o túmulo de Scrooge. Aquilo me perturbou por algum motivo que não consegui entender. Acho que já tinha aguentado tudo o que podia em um único dia. Pedi licença e voltei para o andar de cima.

No patamar do segundo andar, a luz mudou. Podia sentir o ar mais denso, como se eu não devesse entrar. *Um eco.* Senti um frio na barriga, e o desejo de voltar para casa, para nossa casinha amarela, foi tão forte que senti as lágrimas se formarem. Mas forcei-me a olhar — a *ver* — fosse o que fosse que a casa queria me mostrar.

Uma moça negra usando uma saia comprida de algodão caminhava pelo corredor com os braços carregados de roupa de cama. Parecia tão real quanto Sam ou Maggie fazendo o mesmo percurso. Eu a segui. Entrou no Quarto da Torre, exceto que o quarto que vi não tinha torre — só quatro paredes retas. Percebi que, onde a moça estava, *quando* a moça estava, a torre ainda não havia sido construída.

Era um quarto de criança, com cores suaves e claras, mas instrumentos científicos se espalhavam por todas as superfícies. Expositores bem montados de insetos mortos e etiquetados cobriam as paredes. A moça negra colocou os lençóis sobre a cama e foi se postar ao lado de uma garotinha pálida que usava um vestido de seda azul, os cachos castanhos presos para trás por fitas da mesma cor.

Estavam olhando alguma coisa dentro de uma redoma de vidro.

— O saco vai se abrir em breve — disse a menininha. — Ela vai soltá-lo das costas e prendê-lo em outro lugar, para que os bebês não a matem e devorem. Temos que levá-la para o bosque antes disso.

Cheguei mais perto. Dentro do vidro, havia uma aranha cor de mel, numa teia tecida na forquilha de um galho. Uma Boa Mãe. Carregava um globo cinzento nas costas, no ponto onde o abdome volumoso se unia à parte do corpo da qual saíam as pernas. Senti horror dela.

— Acho que devia matar ela, Sarah — a moça disse. — Esmagar o saco.

Sarah. Minha antepassada, sete gerações para trás. Sarah-Louise Foster, em cuja homenagem fui batizada.

— É uma coisa perigosa de se tentar — disse Sarah. — O saco é muito resistente e os bebês são bem pequenos. Ouvi o caso de gente que esmagou uma Boa Mãe com um pisão e ficou doente ou até morreu com as picadas das aranhinhas recém-nascidas. É difícil esmagar todas.

— Então afogar elas em água fervendo.

— Só porque são venenosas? Elas comem várias vezes o próprio peso a cada ano em pestes nocivas... moscas, mosquitos. E restam tão poucas. Esta Boa Mãe é a primeira que vi em toda minha vida. — Ela sorriu. — Ela vai ser libertada, Nanga.

— Nanga? — repeti, surpresa. Eu conhecia esse nome. Já tinha ouvido antes. — Nyangu.

Algo se abriu entre mim e a mulher. Os olhos dela se arregalaram. *Ela está me vendo*, pensei, assombrada, querendo me esconder. E então a cena mudou para o presente. Eu estava sozinha no quarto, a noite do lado de fora das janelas da torre.

Fugi correndo pelo corredor.

Teria Nyangu me visto no final? Como podia, se os ecos eram só vestígios do passado? E no entanto, quando pensei melhor, tive a sensação de que tinha *falado* com Nyangu certa vez. A *outra Sarah falou*, pensei. Sarah Um. Eu, na verdade, era Sarah Dois.

Vesti o pijama e escovei os dentes, preparando-me para deitar. A garota que eu tinha visto no espelho estava diferente. Ela parecia mais comigo. Eu estava um pouco assustada, e confusa. Sem saber bem o que fazer ou pensar. Mas a garota no espelho parecia certa. Mais forte. Maior. Pensei que talvez eu fizesse o que Maggie tinha pedido. Tentar esperar. Para ver o que ia acontecer. Para dar a ela — *à casa* — uma chance.

Está escuro, e tenho medo do escuro. Sento-me na cama, imaginando onde estou. Então vejo as flores subindo pelo teto inclinado. "Ah", digo a mim mesma, "estou na casa da vovó." Estamos indo embora hoje, voltando para casa, para que eu chegue a tempo de começar as aulas. Pensar nisso me dá um frio na barriga. Espero que minha professora seja boazinha, como mamãe.

Alguém chama meu nome:

— Sa-a-a-rah. Sa-a-a-a-rah!

Mamãe diz que não devo sair da cama à noite. Mas deslizo os pés para fora das cobertas e pulo para o chão.

— Sarah — a voz sussurra. Corro na ponta dos pés, seguindo-a.

Acho que é Amber. Vejo alguém correr para o outro corredor, e imagino que ela esteja querendo brincar de esconde-esconde. Que boba. No meio da noite. Tenho um pouco de frio, mas corro atrás dela.

A primeira porta está entreaberta e vejo a mão de Amber nela, desaparecendo do lado de dentro. Vou até a porta e a empurro para abri-la de todo.

A lua está tão clara que posso ver tudo. Amber está escondida, mas outra garotinha está dormindo na cama. É muito bonita. Tem um lindo cabelo de princesa que se espalha sobre todo o travesseiro. Brilha como uma moeda de cobre. Abre os olhos e olha para mim.

— Quem é você? — pergunta.

— Sarah. E você?

— Fee. — Ela salta da cama, mas parte dela continua lá, dormindo. — Quer ver uma coisa? Vem comigo.

Descemos as escadas e passamos diante da biblioteca, saindo pelo solário.

Ela corre pelo pátio e pela grama, para os arbustos, e eu vou atrás. É uma delícia estar correndo do lado de fora, durante a noite. Sinto-me ousada. Percorremos um caminho de terra, abaixando-nos para passar sob os galhos. Está escuro debaixo dos arbustos, mas posso ver sua camisola branca. Ela para e afasta um galho para criar uma abertura.

– Está vendo? – ela sussurra.

Olho através do buraco. Uma mulher com roupas esfarrapadas está saindo dos arbustos. Há mais pessoas, mas não consigo vê-las bem, porque elas ficam dentro dos arbustos. A mulher caminha pela grama. Está segurando o lado do corpo. Vejo uma mancha escura na parte de trás de seu casaco.

Há outra mulher no pátio, erguendo uma luz. É alta e tem cabelos castanhos. Veste uma camisola bonita e um roupão de banho. Está tentando enxergar no escuro. Ela diz:

– Quem está aí?

A primeira mulher sai para a luz e vejo que é negra. Ela diz:

– Senhorita McCallister? Precisamos de ajuda.

E então cai.

A outra mulher pousa a lanterna no chão e se ajoelha do lado da negra, virando-a um pouco.

– Você está sangrando! – ela exclama.

A mulher negra responde:

– Levei um tiro. Mas tinha certeza de que estaríamos mais seguras em Amber House.

– Você estava certa – diz a mulher alta. – Você vai estar segura. – E então diz: – Saiam e venham me ajudar a levá-la para dentro de casa.

Eu acho que ela está falando conosco, e dou um passo adiante, mas Fee ri e diz:

– Você não, tonta.

Vejo mais cinco pessoas maltrapilhas saírem dos arbustos.

– Como você sabia que devia vir para cá? – a mulher alta pergunta. – Eu conheço você?

A negra sacode a cabeça.

– Amber House me conhece.

Capítulo Treze

A luz do sol entrando pela janela me acordou.

Meu primeiro pensamento foi: *Por que sonhei isso?*

Fiquei deitada imóvel, dando tempo a mim mesma para reconstruir minha aventura noturna. Era como se eu já tivesse tido aquele sonho antes. Quando era pequena. Só que agora eu pensava que talvez não tivesse sido um sonho. Talvez tivesse sido aquilo que Maggie tinha descrito: um eco. Uma experiência que eu, quando criança, tinha interpretado como um sonho porque nada mais seria compreensível. Fiquei pensando se eu tinha visto ecos o tempo todo, sem nem mesmo perceber.

Mas, se meu sonho tinha sido um eco, então a garota ruiva bonita devia ser minha bisavó Fiona, mostrando-me alguma avó ainda mais antiga. Maeve McCallister, talvez, embora com o cabelo solto, na escuridão, fosse difícil associar a face do sonho com a que eu conhecia dos ferrótipos sépia.

Mas a parte mais estranha foi Amber ter aparecido no sonho, brincando de esconde-esconde, como sempre fazia. Não uma criatura de minha imaginação, mas alguma outra coisa. Se ela era a mesma criança da foto com Maeve, então o que seria? Um fantasma que tinha brincado comigo e com Jackson? E que dez anos depois me conduziu numa perseguição através da neve?

Eu sabia que Amber não era um eco. Ela tinha *interagido* comigo. Perguntei-me se Jackson alguma vez a tinha visto de verdade, ou se só tinha fingido. Aliás, perguntei-me se ela já tinha aparecido para alguém mais. Em seu sonho, Fiona havia mencionado uma criança mestiça. As letras na placa dedicatória na ala do hospital — A. M. A letra A poderia ser de Amber. Era possível que Fiona também tivesse visto minha amiga fantasmagórica.

A luz branca refletida pela neve lá fora me atraiu para a janela. O mundo estava salpicado de diamantes sob um céu sem nuvens, cada detalhe muito nítido no ar gelado. Além do rio, eu podia ver as curvas das colinas distantes — um esboço de paisagem, com árvores desenhadas a carvão sustentando um dossel rendado, faiscante, cada estilhaço de luz cravando-se em mim.

O momento passou. Meus pensamentos voltaram, enchendo minha cabeça com um emaranhado, os rabiscos furiosos de uma criança, entrecruzando-se e enovelando-se. Por que eu estava vendo tudo aquilo? O que a casa estava tentando me dizer? A forma como Maggie pensava tinha me contagiado.

Desci até a cozinha, onde Sam estava ocupado fazendo panquecas em forma de animais, com Maggie.

— Oi, *outra* Sarah — ela disse com um sorriso doce. — Quer um rato ou um elefante?

— Elefante — respondi, supondo que seria maior, mas no fim descobri que estava enganada.

Sam sentou-se feliz, com uma cabeça de rato, feita com três panquecas gigantes e um sorriso alucinado de geleia de mirtilo.

— Como você está? — Maggie perguntou enquanto colocava um prato diante de mim.

— Eu... — Como podia sequer expressar em palavras? Não consegui. Sacudi de leve a cabeça e encolhi os ombros. — Eu estou... tentando esperar. Como você disse. Dando uma chance.

— Você vai ver — ela disse, sorrindo com aprovação. — Vai dar certo.

— Você parece ter muita certeza disso.

Ela baixou a cabeça e me olhou nos olhos, de um jeito reconfortante.

— Esta velha casa mantém nossa família em segurança e abrigada faz séculos. Você não acha que ela quer o que for melhor para nós?

Enfiei um pedaço de panqueca na boca. Eu não queria responder àquela pergunta. Não queria começar a imaginar o que a *casa* queria ou não.

Para agradecer a Maggie pelo café da manhã, lavei a louça, e enquanto estava junto à pia, fiquei pensando em Fiona. Parecia que, desde que tínhamos nos mudado para cá, Fiona estava o tempo todo tentando me dizer algo. Os fragmentos do poema, os sonhos.

Bom, talvez não fosse exatamente para mim. Talvez para alguém, qualquer um do futuro que pudesse ouvi-la. Que pudesse ajudá-la. Ela tinha dito "Algo deu errado". Era como se fosse meu dever de descendente descobrir o que, exatamente, ela achava que aquele *algo* era.

Mamãe tinha dito que Fiona havia publicado "vários livros" de poesia. Depois de secar toda a louça, rumei para a biblioteca. Imaginei que haveria exemplares dos livros. Esta *era*, afinal de contas, Amber House, onde nada era jogado fora ou perdido. Encontrei-os nas prateleiras sob a placa de latão que dizia FICÇÃO, em ordem alfabética por autor. Estava em W, de Warren. Alguns livrinhos empoeirados, com encadernação de couro decorada com ramos dourados, estavam apoiados a um livro maior, da mesma autora. Levei-os todos até uma poltrona de couro estofada.

O livro maior tinha letras ornamentais na capa: *Amber House*. A informação do editor, no verso da página de título, anunciava: "Gráfica McCauley, Ltda., 1 de 100", o que significava que tinha sido autopublicado, com uma tiragem de apenas cem exemplares. Eu tinha a desconfiança de que os outros 99 podiam estar escondidos em uma caixa lacrada, no sótão.

A segunda página trazia uma "Nota da Autora" sob uma foto de Fiona, talvez com uns 60 anos, mas ainda bonita.

"Perdoe as ideias tolas de uma mulher idosa", ela havia escrito. "Assim como algumas pessoas concebem o futuro como um caminho ramificado de múltiplas possibilidades, da mesma forma eu concebo o passado. Apenas no momento presente estamos unificados, imobilizados. Este livro é um testamento dessa visão."

Depois da foto vinha um poema. Não era aquele de meus fragmentos de frases, que eu mentalmente havia batizado de *Outro Tempo*. Este tinha outro nome, igualmente estranho. O *que nunca foi*.

Mas o tempo gira, e gira uma vez mais,
Um cão inquieto decidido a fazer sua cama.
Indiferente às circunstâncias fortuitas dos homens,

Insensível ao sofrimento e aos mortos.
Uma chance única há, para forçar esse cão a obedecer,
Para fazer retrocederem todas as horas e dias
E, de mãos dadas, descobrir o que é real...
Uma dança a dois, um bailado dentro do labirinto,
Toda vida, toda luz, toda verdade que existe no Tempo
Vem daquilo que é sussurrado entre corações,
A mão que nos puxa adiante em nossa escalada
Para de novo encontrar o lugar de onde devemos começar.
    E se ela olhar para trás enquanto vai,
    Ela verá que é apenas um sonho, o que nunca foi.

As pessoas achavam que minha trisavó era maluca, por escrever poemas desse tipo. Mas talvez ela não tivesse sido nem um pouco louca. Talvez ela apenas tenha sido mais sensitiva do que todos os demais, e entendesse o que eles não entendiam. Que o tempo podia *mudar*.

No sonho que tive, em que tentava explicar as coisas a seu pai, Fiona estava convencida de que a história tinha tomado outro rumo. Dava a impressão de que ela não conseguia ver isso, como eu conseguia. Ela só *pressentia* isso. Perguntei-me como. E perguntei-me o que significava aquilo. Porque, na verdade, o fato de eu ter salvado Maggie não poderia ter mudado o tempo para Fiona, meio século antes que eu despertasse minha tia.

Talvez outros tivessem descoberto como usar Amber House para fazer com que as coisas acontecessem de outro modo. Para Fiona, o passado se ramificava, e podia ser alterado. Quem sabe era com isso que ela era obcecada, e era o motivo pelo qual estivera desesperada para encontrar Amber McCallister. Talvez ela tivesse descoberto que Amber tinha feito o tempo mudar... para pior.

Folheei o livro, reconhecendo pequenas reproduções de quadros que pendiam das paredes da casa, retratos pintados a óleo de meus antepassados. Parei no capítulo dedicado a Maeve McCallister. A imagem sob o título do capítulo mostrava o ferrótipo que eu conhecia. Aquele em que Maeve segurava a criança "não identificada". Examinei a garotinha com seu vestido branco de algodão. Ela evidentemente não tinha conseguido ficar imóvel pelos sessenta segundos que levava para fazer a fotografia. Mas ela se parecia com minha Amber, uma criança de rosto doce, com grandes olhos e um halo de cabelos escuros.

Eu não sabia o que pensar sobre aquilo. Não importava de que ângulo olhasse, o enigma representado por Amber era perturbador e impossível de solucionar.

Eles decidiram que Fiona era louca, pensei. *Como pode alguém perceber se está ficando maluco?* Tudo aquilo pelo qual eu tinha passado — Amber, os sonhos, a poesia, os ecos, até o papel desempenhado por Maggie — poderia ter sido criado em minha cabeça. Como eu poderia ter certeza de que não tinha?

Coloquei os livros de poesia de volta na estante, mas fiquei com a história de Amber House, na esperança de que Fiona me desse algumas respostas.

Para ler na hora de dormir, pensei. Levei-o para meu quarto e o escondi em uma gaveta. Eu não queria ter que explicar a ninguém por que estava com ele.

Quando estava voltando para baixo, fiz um desvio. Parei ao pé da escada que levava ao terceiro andar. O antigo escritório que Fiona usava para escrever ficava lá. Senti que precisava ir lá, dar uma olhada e ver se havia algo relevante, mas duvidava de que eu pudesse me forçar a subir de novo aqueles degraus.

A vergonha ao me lembrar de Sarah Um subindo com dificuldade aqueles mesmos degraus me fez ir em frente. Eu detestava pensar que ela fosse mais corajosa do que eu. Só precisei ir até a primeira porta à direita, um quartinho pequeno que dava vista para o labirinto e para o rio. Tinha poucos móveis: uma escrivaninha, uma pequena estante com portas de vidro, uma cadeira, uma lâmpada a óleo. Eu não sabia o que tinha pensado que acharia lá. Diários, quem sabe, contando tudo sobre Maeve e a garotinha misteriosa. Mas as prateleiras e as gavetas estavam vazias.

Encontrei uma segunda porta num canto dos fundos do aposento. Eu tinha ido tão poucas vezes ao terceiro andar que nunca a tinha visto antes. Até onde me lembrava.

Ela se abria para o sótão que se localizava sobre a ala oeste. Janelas de lucarna deixavam entrar luz suficiente para que eu observasse o ambiente, repleto de caixas e móveis velhos, tão empoeirados que seus contornos ficavam atenuados, como uma paisagem debaixo de neve. Eu não tinha vontade nenhuma de perturbar aqueles fragmentos do passado.

Virei-me para fechar a porta de novo quando a luz se alterou.

Quando olhei, vi uma garota — a outra Sarah, não eu — examinando uma caixa cujo conteúdo reconheci como sendo pinturas feitas por minha mãe ainda jovem. E Jackson estava lá, olhando, à luz da lâmpada de Fiona.

Sarah Um parecia transtornada, como se tivesse sido traída. Eu conseguia me lembrar de ter sentido aquilo, e também sabia o motivo. Eu... ela... nunca soubera que minha mãe era uma artista, porque mamãe tinha escondido isso.

Por que Jackson estava ali? O que eles estavam procurando?

Um tesouro.

Fechei a porta.

Quando saí do escritório de Fiona, ouvi uma voz atrás de mim.

— Você está olhando?

É aterrorizante saber que alguém está falando com você de dentro de um quarto vazio.

Forcei-me a girar o corpo. *Uma mariposa em um alfinete.*

Fiona estava sentada ali. Tinha talvez uns vinte e poucos anos, seu cabelo ruivo curto modelado em ondas e o rosto bonito meio franzido, como se ela estivesse se concentrando. Ela não olhava para mim. Estava com uma gaveta virada para baixo, e tentava enfiar algo em um canto das fendas entalhadas que mantinham no lugar o fundo da gaveta.

Cheguei mais perto, tão perto que podia ver as sardas pequeninas que pontilhavam de leve suas faces cor de marfim. Então ergueu os olhos para mim, mas sem enxergar. Eu sabia que estava invisível para ela. Ela apontou o envelope que tinha encaixado nos sulcos da gaveta.

— Está vendo? — perguntou.

Perguntou para mim. Aquela que ela sabia que viria.

Soltei uma pequena exclamação, e minha bisavó desapareceu.

Movendo-me mecanicamente, tirei da escrivaninha a mesma gaveta. Quando a virei, o envelope ainda estava ali, preso no mesmo lugar. Apertei a madeira do fundo da gaveta para soltá-lo e libertei o papel amarelado.

O envelope continha um cartão com um parágrafo escrito à tinta, na letra graciosa de minha bisavó:

Fiz com que acreditassem que me curaram com seus comprimidos e choques e "análises". Mas ainda sei a verdade. As coisas não são como deveriam ser. A garota tem relação com isso, de algum modo, mas nunca consegui descobrir como. Creio que ela é a filha adotiva mestiça de minha avó, que desapareceu há tanto tempo. Vou procurar até encontrá-la. Vou deixar registrada a história dela, assim você saberá. Assim você pode consertar as coisas.

Coloquei o cartão de volta no envelope. Encaixei o envelope de novo em seu lugar. Pus a gaveta de volta na escrivaninha. Fechei a porta do aposento.

Cada coisa em Amber House tinha seu lugar, pensei, enquanto descia as escadas, atordoada. Um lugar onde permanece à espera, paciente, obediente, até ser necessária de novo.

Capítulo Catorze

Quando cheguei ao patamar do segundo andar, eu a vi lá fora. Olhando para cima, para a janela pela qual eu observava. Estava parada na entrada do labirinto, usando, como sempre, seu vestido leve de algodão. *Amber*.

Virei-me, desci correndo as escadas até o closet do saguão de entrada, e coloquei as botas e um casaco.

O labirinto de sebes de Amber House era famoso por si só. Todo o continente da América do Norte tinha apenas quatro labirintos de sebe. O nosso era pequeno comparado com os outros, mas construído de forma inteligente e relativamente antigo. Minha mãe nunca tinha gostado muito que Jackson e eu brincássemos lá quando éramos pequenos, mas isso nunca nos impediu. Aquele lugar oferecia uma combinação irresistível de luz do sol e mistério.

Ele oferecia também um enigma desafiador, a possibilidade de ficar perdido nele, se a solução não fosse conhecida. Direita, passa, direita, esquerda, passa, esquerda, direita, passa. Então esquerda, passa, esquerda, direita, passa, direita, esquerda e passa. Seguindo exatamente esse padrão, chegava-se direto ao centro. Mas daquela vez parecia que não era para lá que eu ia.

A entrada do labirinto dava para um corredor longo e reto. Os arbustos que formavam as paredes eram tão antigos e cerrados que, mesmo no inverno, sem folhas, era impossível ver através deles. A neve acumulava-se no alto das sebes e no chão do labirinto, um revestimento branco ininterrupto. Pegada alguma levava até a garotinha que esperava no fim do corredor.

O fantasma da filha adotiva perdida de Maeve.

Ela se virou e correu para a esquerda, por trás da sebe. E eu a segui. Como sabia que devia fazer.

No fim do corredor, o caminho continuava tanto para a esquerda quanto para a direita. Dobrei à esquerda e corri até uma esquina que de novo virava para a esquerda. No meio do corredor seguinte, havia um cruzamento, com duas passagens, e ao olhar para a direita vi um lampejo de movimento. Corri atrás dele e cheguei a outra bifurcação. Virei à esquerda e dei num beco sem saída.

Eu a tinha perdido.

Retornei seguindo minhas pegadas, e então uma pequena mancha de cor em meio à neve chamou-me a atenção. Abaixei-me e peguei uma pedrinha verde manchada. Percebi que já a segurara antes. Naquele mesmo lugar. Mas naquela ocasião a sebe vestia-se com uma folhagem que estava se tornando dourada. Eu sabia até o que encontraria ao dobrar a esquina: o labirinto no verão, as sebes ainda baixas, à altura de minha cabeça.

Um eco. Em um pequeno recanto do labirinto havia um banco de mármore, no qual estava sentada uma negra, já de idade. Ela olhou para mim, apertando os olhos, e um sorriso iluminou seu rosto.

— Sarah, criança, você aqui de novo — ela disse.

Perdi o fôlego como se tivesse levado um soco na barriga. *Um eco que me conhece*, corrigi. E uma parte de mim não estava nem um pouco surpresa.

Forcei-me a inspirar, e então me forcei a falar.

— Você vem do passado, não é?

Ela riu, um riso cálido e rouco.

— Para mim é bem presente. Mas, sim, acho que para você é passado.

— Como é que você pode me ver? Como podemos conversar?

— Não sei bem — ela disse. — Posso ver o futuro, do mesmo jeito que você vê o passado. De algum jeito, nossas visões se encontram.

A capacidade de ver o futuro: aquilo era enganação, não era? Mas, se eu podia ver o passado através do tempo, por que essa mulher não podia ver na direção oposta? Lembrei o que o nazista tinha dito: que Amber House havia sido construída num lugar especial, onde "linhas de energia" se encontravam. Talvez as pessoas sensitivas fossem *mais* sensitivas neste local.

— Como você sabe meu nome? — perguntei.

Então ela pareceu ficar confusa.

— Nós conversamos muitas vezes antes. — *Com a Sarah Um*, pensei. — Como pode, você não me conhecer, não saber que nos conhecemos? — ela disse, tentando entender. — Não é a primeira vez que nos encontramos, porque eu me lembro da primeira vez. Não é possível ter duas primeiras vezes.

Um tom de estranheza surgira na voz dela. Precisei me controlar para não dar a resposta. Não tinha motivos para confiar meus segredos àquela mulher, a não ser por uma sensação de confiança que devia vir de Sarah Um. Mas eu *queria* falar com alguém, e decidi arriscar.

— Acho que é possível, sim — eu falei.

O olhar dela era penetrante.

— Me conta.

— Meu irmão...

— Sammy — ela disse.

— Sim. Sammy ficou preso num eco enquanto estava inconsciente, mas eu o encontrei, e consegui despertá-lo. Só que minha tia, ainda criança, estava com ele e...

— E você acordou Maggie também — completou ela.

— Isso. — Era aquela a parte difícil de contar. — Mas posso me lembrar de um tempo diferente em que ela nunca acordou. Em que ela morreu.

A mulher apertou as mãos contra as faces como se estivesse tentando se manter no controle.

— Você conseguiu — ela sussurrou. — Você mudou as coisas.

Os olhos dela brilharam, movendo-se como se ela estivesse olhando para uma multidão.

— Ela disse que isso era possível, mas eu não acreditei. Eu não podia ver o caminho. Mas ela pode.

— Quem?

Ela ignorou minha pergunta.

— Você se lembra do tempo de antes? O tempo que não existe mais?

— Parece que sou a única que se lembra. Sam e Maggie se lembram de quando os despertei, mas não se lembram do que aconteceu antes. Não no outro tempo.

— Eles se lembram da mudança porque estavam lá.

A *mudança*. A palavra, de alguma forma, era insuportável, porque me fazia sentir tênue, como se estivesse me dissipando, mais e mais.

Fiquei irritada comigo mesma, por estar dando tantas respostas a uma mulher que nem dissera seu nome.

— Perdão, mas como é mesmo seu nome?

— Me chamam de Nanga.

A mulher na visão com Sarah-Louise e a aranha Boa Mãe. Mais velha, mas ainda reconhecível. E parecendo muito bem para alguém que tinha morrido quase dois séculos antes. A cabeça dela se virou, como se visse algo que eu não via.

— Lá vem ela. Minha amiguinha. Meu consolo. Pensei que era alguém com que eu sonhava. Mas ela está ficando mais nítida. Mais e mais, cada vez que vem.

Ela olhou de novo em minha direção, mas acho que já não me enxergava.

— Vá encontrar Jackson. Agora — disse, sem me ver.

A bolha de tempo que nos continha se dissolveu, e ela desapareceu. Mas não antes que eu notasse um filete de sangue que escorria de seu nariz.

Fiquei ali por mais um instante, no labirinto que havia retornado à tristeza invernal. Não tinha vontade de me mexer, presa em algum jogo cujas regras eu desconhecia. Não parecia justo. Eu não queria jogar.

Então me virei e segui de volta minhas pegadas no labirinto, deixando a pedrinha verde cair no lugar onde a havia encontrado. Ia à procura de Jackson.

As palavras de Nanga ficaram dando voltas em minha cabeça. *A mudança. O tempo que não existe mais.* As implicações dessas palavras eram horríveis. *Era eu a responsável? E teria eu piorado as coisas?* Mas isso era absurdo. Maggie estava viva, fiquei repetindo para mim mesma. Todos estavam mais felizes. As coisas estavam melhores.

Entrei pela cozinha, indo na direção das escadas. Mas então ouvi, através da porta de vaivém que dava para a sala de jantar, as vozes de meus pais, soando altas e raivosas. Minha mãe estava quase rosnando:

— Mas não vamos nem colocar dinheiro nessa equação, Tom. Quem sabe eu só acho que vai ser importante para Sarah, algum dia, poder lembrar-se desta festa na casa da família dela. Por que *nunca* passa pela sua cabeça que eu possa estar pensando em alguém que não seja eu mesma?

— Talvez por causa de minha experiência em nossa vida conjunta — retrucou meu pai, carregando no sarcasmo.

— Ah, ótimo! — minha mãe devolveu. — Então vamos abrir todas as feridas antigas, certo? Requentar tudo. Porque não fui *eu* quem traiu nosso casamento.

Percebi que as vozes não eram de meus pais de verdade; eram dos outros, os que já não existiam. Os pais de Sarah Um. Mas mesmo assim empurrei a porta. Para ter certeza.

A sala de jantar estava vazia. Mas eu estava aliviada por ter ouvido, ou me lembrado, daquela discussão. Nada podia ser muito pior do que aquilo.

Ouvi três batidas rápidas na porta que tinha acabado de fechar. Virei-me e vi uma versão jovem de meu pai entrando, com um cabelo longo demais, despenteado, com um grande sorriso estampado no rosto, vestindo calças de brim e sapatos náuticos.

— Santo Deus, Parsons, você está aqui de novo? — minha mãe disse.

Olhei na direção da mesa. Ela estava sentada, os cabelos longos e cacheados nas pontas, a boca formando um sorriso maroto. Não era muito mais velha do que eu.

— Eu só queria te dar outra chance de me jogar na baía com a retranca.

— Você está me culpando? — perguntou minha mãe, levantando as sobrancelhas, fazendo cara de inocente. — Metade dos barcos no rio me ouviu gritar "Dando um jaibe!". O esperado era que você se abaixasse, Parsons. Bem que eu sempre ouvi dizer que os neoingleses não são bons marinheiros.

— Você só me jogou na água porque critiquei seu nó de âncora.

— Quem sabe — disse a jovem mamãe, esticando o braço e agarrando a parte da frente da camisa de meu pai. — Mas nunca vou confessar.

Ela o puxou para si até suas bocas se encontrarem num beijo que me fez desviar o olhar. Quando olhei de novo, eles tinham desaparecido.

Era como se Amber House estivesse tentando me tranquilizar. As coisas estavam melhores.

Mas eu queria que as visões parassem.

Subi as escadas de dois em dois degraus, passei uma escova no cabelo, coloquei um pouco de rímel e brilho labial, corri de novo lá para baixo e saí pela porta da frente. Eu ia de muito bom grado atrás de Jackson. Precisava descansar daquela casa.

Assim como antes, segui meu sentido de Jackson, e da mesma forma fui guiada até a igreja de madeira. Encontrei Jackson à minha espera, de pé diante da porta de entrada, os braços cruzados.

— Como você sabia que eu vinha? — perguntei.

— Você não tinha prometido não fazer mais isso?

Sim, tinha, pensei com algum ressentimento. *Você insistiu que eu prometesse porque queria guardar segredos de mim.*

— Alguém me disse para vir — disse, desafiante.

— E quem seria?

— Nanga. Ela se chama Nanga.

Não sei o que eu esperava, mas o efeito que aquele nome teve em Jackson me deixou atônita. Ele pareceu atordoado, e ao mesmo tempo... *esperançoso*. Perplexo, talvez até especulando possibilidades, mas tentando esconder, manter para si as emoções. Por fim, disse:

— Então acho que é melhor você entrar.

Não me surpreendeu nem um pouco que aquilo não fosse um grupo de estudos bíblicos. Parecia mais algum ato... político. A jovem oriental que eu tinha visto antes com Jackson se virou quando entramos na igreja, e me lançou um olhar desconfiado. Na frente do recinto, um neoinglês de terno falava para um grupo de pessoas, negras em sua maioria.

— ... um novo código de encriptação que o Serviço Secreto Judeu ainda não decifrou, mas a enorme quantidade de contatos com os agentes alemães na América do Norte por si só já indica que se trata de uma operação importante, e iminente, uma ameaça de grande magnitude. Estamos pedindo a todos nossos aliados e ativistas que se mantenham em alerta e o mais preparados possível para um incidente que pode resultar em um grande número de baixas civis.

Pensei ter ouvido errado e me virei para Jackson:

— Ele disse "um grande núme..."?

Jackson me calou com um gesto de mão. Estava tentando ouvir. Um membro da plateia ficou de pé e perguntou:

— Um incidente assim não seria considerado um ato de guerra?

— O SSJ diz que a ação nazista terá como objetivo desestabilizar e/ou sabotar o movimento de Unificação. O que quer que ocorra, será disfarçado de tal forma a lançar suspeitas sobre outro grupo. Quase com certeza a ação não pretende causar uma guerra. Até onde sabemos, nem os alemães, nem o Império Japonês estão em condições, neste momento, de retomar uma política de expansionismo militar.

Puxei a manga de Jackson, meio alarmada.

— Esse cara está falando sério?

Jackson me olhou quase irritado.

— É tudo muito sério, Sarah. Não quero assustar você, mas como eu sempre te digo, o tempo está se esgotando.

— Tempo para quê? — perguntei, mas ele já tinha se virado para ouvir o homem. O reverendo negro que eu tinha conhecido dois dias antes, o pastor Howe, havia se levantado e estava apertando a mão do orador.

— Obrigado, rabino Hillel.

O pastor tomou a tribuna.

— Não parece que o governo da Nova Inglaterra ou o nosso vão tornar pública essa informação, então informem todo mundo, onde vocês puderem. Não queremos causar pânico, mas queremos que as pessoas estejam preparadas. Também queremos que todos saibam que a Alemanha está empenhada em solapar o movimento de Unificação, e isso quer dizer que os nazistas devem vê-lo como uma ameaça crítica. Isso faz com que seu sucesso seja de vital importância.

"Quero lembrar-lhes de que nosso culto memorial de véspera de Natal terá início às dez da noite, mas por favor tentem chegar mais cedo. Teremos Diane Nash, uma pessoa que sempre nos inspira, que vai falar sobre a época em que, juntamente com nosso Addison Valois... — ele fez um gesto na direção de Jackson, e as pessoas se voltaram para assentir com a cabeça — ... atuou na construção do movimento de libertação nesta região.

O pastor então me notou, de pé ao lado de Jackson, e concluiu:

— Quero dar as boas-vindas a todos os novos membros de nosso grupo de estudos bíblicos... — isso provocou risadinhas entre a plateia — ... e encorajá-los a vir mais vezes. Precisamos da participação de todas as pessoas de boa vontade.

E, com isso, a reunião terminou.

Jackson me puxou por entre as pessoas que saíam, abrindo caminho na direção oposta.

— Quero te apresentar alguém — disse-me.

Fui com ele, a contragosto. Fazia uma boa ideia de quem era essa pessoa, e não estava lá muito a fim de conhecê-la.

— Haiyun! — Jackson gritou por sobre a multidão.

A jovem oriental virou-se e sorriu. *Ela é linda*, pensei, com certa amargura. Jackson me puxou mais para perto.

— Esta é minha melhor amiga, Sarah Parsons.

Melhor amiga. Fiquei um pouco surpresa por ele estar se referindo a mim.

— Sarah, esta é Kim Haiyun.

— Helen — ela o corrigiu. — Helen Kim. Parece mais confederado. — Sorriu para mim, estendendo a mão. — É um grande prazer conhecer você.

Apertei-lhe a mão.

— Igualmente. — Não pude evitar sorrir também. — Kim... é um nome chinês?

— Minha família vem do lugar que era conhecido como Coreia.

Ela tinha um sotaque estrangeiro muito leve. O que queria dizer que ela e a família tinham fugido do Império. Em meu país, eu havia conhecido muitos refugiados e ouvido suas histórias. Eu sabia que a fuga bem-sucedida requeria uma fortuna em subornos, ou muita sorte, ou uma coragem heroica, e na maioria dos casos uma combinação dos três.

— A Confederação tem sorte por receber vocês.

Ela sorriu de novo, e assentiu com a cabeça.

— Obrigada. Quem me dera seu governo tivesse a mesma opinião.

Ela se virou para Jackson.

— Nos vemos na sexta?

— Estarei lá — ele respondeu. — Você precisa de alguém para te acompanhar até em casa?

Ela sacudiu a cabeça.

— Meu irmão vem me pegar. Mas obrigada. — Ela passou por nós e disse: — Boa noite, Sarah.

Jackson se abaixou para apanhar seus pertences no banco da igreja, confirmando que *estivera* sentado ao lado dela. Devo ter feito uma cara meio infeliz, porque ele me olhou intrigado. Sacudi de leve a cabeça e coloquei no rosto outro sorrisinho.

— Acho que então você pode *me* acompanhar até em casa.

— Posso.

Agora eu era a segunda opção. Mas tudo bem. Se eu era mesmo a melhor amiga de Jackson, achei que dava para me acostumar com aquilo.

Capítulo Quinze

Do lado de fora da igreja, o sol claro da manhã se fora; o vento tinha trazido nuvens do Atlântico. Meu cérebro era um amontoado de perguntas. Sobre o Serviço Secreto Judeu e falsos grupos de estudos da Bíblia e uma adorável garota coreana. Sem mencionar...

— Como é que você conhece Nanga? — perguntei.

Ele olhou em volta, para as pessoas ainda reunidas perto da porta de entrada da igreja.

— Vamos indo — disse.

Quando chegamos ao fim da rua e começamos a cruzar o parque, ele retomou a conversa.

— Não conheço Nanga, mas *ouvi* falar dela. Ela é minha antepassada, de umas oito gerações atrás. Morreu faz 180 anos. A pergunta mais interessante é como é que *você* conhece ela?

Pensei em mentir. De alguma forma tratar como algo sem importância — uma piada, uma referência no livro de Fiona sobre *Amber House*, alguma coisa que eu tinha visto na casa que pudesse justificar por que eu havia usado aquele nome para ir atrás de Jackson. Porque eu não conseguia pensar em como contar a verdade sem que ele achasse que eu era uma lunática.

— Posso chutar? — ele perguntou, tranquilo. Fiz que sim com a cabeça. Eu adoraria que ele desse uma explicação que me tirasse daquela encrenca. Mas então ele disse: — Ela falou com você em um eco.

Ah, meu Deus. Parei subitamente de caminhar.

— Quer dizer que você já sabe sobre os ecos? — *E que não estou delirando?*

Ele parou.

— Sim, eu já sei.

Fiquei aliviada. E empolgada. E confusa. *Espera um pouco aí...*

— Faz quanto tempo que você sabe?

Ele olhava os próprios pés.

— Faz uns dez anos.

— Pelo amor de Deus, J! Por que nunca me falou deles?

Ele ergueu os olhos para mim, encolhendo os ombros de leve.

— Eu não queria que você achasse que eu era maluco.

Tive que sorrir.

— Tudo bem — respondi. Voltei a andar e ele me acompanhou. — Como você ficou sabendo sobre eles?

— Alguém me contou.

— Quem?

Surgiu uma ruga entre suas sobrancelhas. Como se aquilo fosse algo difícil de dizer. Ou talvez difícil de ouvir.

— Foi você, Sarah.

Sacudi a cabeça.

— Do que você está falando?

Ele desviou o olhar, tentando encontrar as palavras.

— Tenho que te contar uma coisa — disse ele.

Fui invadida de novo pela sensação, familiar demais, de *déjà-vu*. Ele já tinha dito aquilo para mim, uma vez. Estávamos à beira do rio, no píer de Amber House. Daquela vez ele também estava com medo. Com medo do que ia dizer, de me contar...

— Você também tem um dom — eu disse.

— Sim — ele parecia desconcertado.

Dons de família, pensei. Eu tinha o meu e ele tinha o dele. Herdados da mulher cujo nome dera início àquela conversa.

— Você sabe sobre os ecos porque dez anos atrás você *me* viu contando a você sobre eles, porque você teve uma visão *desta* conversa — disse eu. — Porque você pode ver o futuro.

Desta vez foi ele quem parou.

— Como você sabe disso?

Fiquei ali parada, pensando no que dizer. O silêncio entre nós estava repleto com os sons da neve pingando dos ramos das árvores, os pios e chamados dos cardeais que procuravam comida, o murmúrio distante dos carros na estrada que passava diante de Amber House. Como eu podia explicar que ele tinha me contado sobre seu dom naquele píer, em um tempo que havia deixado de existir?

— Eu sei porque você já me contou isso antes — falei, cautelosa.

— Acho que eu me lembraria de ter contado para você algo tão importante.

Ergui as sobrancelhas ao máximo e fiz que não com a cabeça. Essa devia ser a conversa mais doida de todos os tempos. Forcei-me a falar, uma palavra de cada vez.

— Você não se lembra porque você me contou em um passado *diferente*. Um passado que já não existe mais.

Achei que ele ia reagir com descrença, talvez com uma risada, mas o que vi em seu rosto foi... entusiasmo. Ele estendeu a mão e segurou a minha, apoiando-se de leve em mim.

— Você não faz ideia... — disse. — Você não pode nem imaginar como é *incrível*, como é *fantástico* ouvir você dizendo isso.

Suas mãos se ergueram até meu rosto. Ele sacudiu a cabeça. Parecia que mal podia se controlar.

Devia estar em minha cara como eu me sentia desconcertada.

— Sarah, é fantástico porque durante toda a minha vida, desde que eu era pequeno, algumas das coisas que eu via no futuro, as *melhores* coisas...

Ele olhou em volta, para ver se ainda estávamos sozinhos, mas o parque que se estendia entre a cidade e a casa estava deserto. Recomeçou a andar, passos longos e rápidos que refletiam sua agitação, e tive que dar uma corridinha para conseguir acompanhá-lo.

— As melhores coisas que antevi — repetiu —, só podiam acontecer em um futuro diferente, um futuro que não dá para alcançar a partir de onde estamos.

Um futuro que não dá para alcançar a partir de onde estamos. Mais palavras que eu havia ouvido antes, uma lembrança daquele outro passado.

Ele estava olhando para cima, para longe, sorrindo.

— Eu sempre, *sempre*, achei que estava alucinando, ou coisa parecida. Mas se você consegue ver um passado diferente, Sarah, quem sabe eu posso *mesmo* ver um futuro diferente?

144

Ele parecia... mudado. De uma hora para a outra. De algum modo ele parecia *maior*. Mais calmo. Mais forte. Em todos os anos que nos conhecíamos, eu nunca havia percebido o segredo que ele escondia, que ele tinha um medo real de que estivesse insano. Desconectado da realidade. Ele tinha escondido tudo dentro de si. Como podia ter feito aquilo? Escondido de mim um segredo tão importante! Dia após dia, tendo cuidado com tudo o que dizia e fazia, para ter certeza de que não deixaria escapar nenhuma indicação daquilo. *Ele deve ter um tremendo autocontrole*, pensei. Eu sabia sobre os ecos fazia poucos dias e já tinha contado tudo a ele.

— O que é que você vê? — eu quis saber. — O futuro que não podemos alcançar a partir daqui?

Ele me olhou, e havia tristeza em seus olhos ao responder.

— Não posso te contar, Sarah.

Ele ainda estava guardando segredos. Ele não confiava em mim da forma como eu confiava nele. Provavelmente por culpa minha.

— Tudo bem — respondi, olhando para o chão.

— Ei. — Ele pegou meu braço e me virou para que eu o encarasse. Ele olhou em meus olhos. — Quero te contar, mas...

Tínhamos chegado à beira da estrada perto de Amber House, e um carro conhecido diminuiu a velocidade e parou junto a nós. Olhei e vi meu pai ao volante e minha mãe no banco do carona, baixando o vidro. Havia uma pequena ruga entre seus olhos, mas ela disse com um sorriso:

— Querem uma carona?

Isso só nos pouparia a caminhada através do pasto da frente, mas ambos percebemos que aquela não era bem a intenção de mamãe. Entramos e papai passou reto por nossa entrada, para levar Jackson até a casa dele.

Mas o quê?, perguntei-me como Jackson tinha planejado terminar a frase interrompida. Eu não ia gostar do que ele viu? Eu faria algo que atrapalharia as coisas? Notei que mamãe me olhava de canto de olho; virei o rosto e olhei pela janela.

Ao descer na frente da casa, Jackson agradeceu com educação a meus pais e entrou.

Continuei pensando sobre o "futuro diferente", no caminho de volta da casa de Jackson. Podia sentir uma recordação do tempo de antes tentando aflorar, mas não consegui mantê-la.

— Você está ouvindo, querida? — disse minha mãe.

— Desculpa, mamãe. Eu estava pensando em outra coisa.

— Percebi — ela disse, sorrindo. — Você e Jackson pareciam estar tendo uma conversa bem séria. Está tudo bem?

— Está, sim. O que foi que você perguntou antes?

— Preciso que você vá comigo a Annapolis, para me ajudar e escolher uns presentes de última hora.

Contive um suspiro. Eu não queria ir fazer compras. Eu queria ir atrás de Jackson e terminar nossa conversa. *Não vai dar.*

— Claro, mamãe — respondi.

Subi as escadas, troquei de roupa, colocando algo mais apresentável, e então desci de novo, obediente, resignada com uma viagem de duas horas para fazer compras.

Ouvi meus pais conversando através da porta da cozinha. Hesitei, lembrando-me da discussão aos gritos na sala de jantar, entre os pais da outra Sarah.

Meu pai estava no meio de uma frase.

— ... não tenho nada contra a amizade deles, Annie, mas ela precisa entender o que outras pessoas por aqui podem achar, pessoas que ela vai precisar que tenham uma boa opinião sobre ela.

— Isso sem falar o que Jackson pode estar pensando — adicionou minha mãe.

Achei que já era hora de interromper. Empurrei a porta e entrei.

— Para sua informação, Jackson tem uma namorada chamada Helen. Ela veio do Império, como refugiada, e é linda. Então vocês não precisam se preocupar com ele. — Ambos tiveram a decência de parecer envergonhados, e isso me deu uma certa satisfação. — Vamos, mamãe? Precisamos chegar lá antes que as lojas fechem.

Mamãe nos levou até sua loja de antiguidades favorita, na Main Street, para procurar um presente para a mãe de Richard. Algo chamativo mas neutro, pois mamãe disse que ela e Claire nunca tinham sido muito chegadas. Ela escolheu uma caixinha de metal trabalhado, com uma decoração alegre de estrelas e aves, datada de 1793. Dei uma olhada na etiqueta presa ao fecho e meus olhos se arregalaram. Mamãe podia não gostar muito da senhora Hathaway, mas estava preparada para comprar algo caro.

— Você comprou alguma coisa para Richard? — ela me perguntou.

— Mamãe, eu mal *conheço* Richard, por que vou dar um presente a ele?

— Bom, você não pode ir à casa dele de mãos abanando.

Ir à casa dele? Meu rosto deve ter telegrafado meu pensamento.

— Achei que seu pai havia contado. Eles nos convidaram para o jantar da véspera de Natal. Claire insistiu bastante. Ela foi muito... doce. Falou em criar "laços" entre nossas famílias.

Revirei os olhos, e sabia que minha mãe teria feito o mesmo, se pudesse. Eu não queria levar um presente para Richard. Parecia pessoal demais, como uma admissão de que eu queria que algo acontecesse entre nós.

— Não podemos só dar um presente para todos os Hathaway? Tipo uma caixa de chocolates caros?

— Bom... — minha mãe encolheu os ombros, desconsolada. — Sei que ele comprou algo para você.

Como ela sabe?, perguntei-me, percebendo, a partir desse comentário, que eu estava totalmente condenada a comparecer àquele jantar. Com um presente para Richard nas mãos.

Vi algo na vitrine sobre a qual minha mão estava apoiada: um relógio de bolso com mais de um século de idade. O estojo estava gravado com linhas entrelaçadas; o mostrador tinha números graciosos sob ponteiros delicados e assimétricos. Uma obra-prima do Tempo. A vendedora percebeu meu interesse; ela o tirou do mostruário, colocando-o em uma bandeja de veludo antes que eu a pudesse deter. Eu o peguei.

— Um bom preço — comentou minha mãe. — Se estiver funcionando.

Girei o botão que dava corda e aproximei-o da orelha para ouvir seu sussurro. *Tic-tic-tic.*

— Você acha que Richard gostaria? — ela perguntou.

— Não é para Richard — respondi, com uma certeza repentina. — É para Jackson.

— Já comprei para Rose e para Jackson dois presentes muito bons, de toda a família, querida, para serem entregues junto com os bônus de Natal. — De novo ela parecia nervosa. — Talvez você não devesse dar a ele algo tão caro.

Tudo bem se fosse para Richard, mas não para Jackson?, pensei.

— Não é *tão* caro — disse eu. — E tenho a nítida impressão de que ouvi alguém dizer que era "um bom preço".

Devolvi o relógio à vendedora, junto com uma nota de cem dólares, tudo o que restava do dinheiro que ganhara como babá em Astoria, e que eu tinha convertido em moeda da Confederação. Mamãe apertou os lábios, mas não disse mais nada.

Quando voltamos para casa, papai estava ocupado fritando bolinhos de caranguejo, que tinha comprado em uma loja de frutos do mar em Severna. Rose ainda não estava se sentindo bem, e tínhamos que nos virar sozinhos. Comemos na cozinha, como costumávamos fazer em Seattle.

O jantar foi tenso. Podia ver que meus pais estavam bem chateados por estarem passando por racistas. E eu talvez estivesse sendo injusta. Era evidente que eles achavam que tinha mais coisa rolando entre Jackson e eu do que simplesmente sermos bons amigos, e talvez não se preocupassem se ainda estivéssemos em Seattle. As coisas eram diferentes aqui. Talvez só estivessem tentando me proteger. Mas eu era uma garota crescida. E não queria aquele tipo de proteção.

Depois do jantar fui pelo corredor dos fundos em direção à estufa. Precisava de um tempo longe de meus pais, e precisava pensar, processar.

Eu precisava falar com Jackson.

Durante minhas visitas a vovó, toda vez que me sentia sozinha, ou aborrecida, ou entediada, ou apenas precisava de alguém com quem conversar, eu ia até a estufa e, por mágica, Jackson estava lá, esperando por mim. Eu costumava pensar que isso acontecia porque éramos tão bons amigos que estávamos em sintonia. Mas agora eu percebia que era porque Jackson tinha antevisto, de algum modo, que eu precisava dele, e tinha generosamente concordado em aparecer.

Só mais uma das incontáveis bondades que ele havia demonstrado por mim ao longo dos anos.

Mas esta noite, quando cheguei perto do lago de carpas, Jackson não estava esperando por mim. Imaginei que alguma outra pessoa precisava mais dele do que eu. Doía um pouco.

Sentei-me na beira do lago e ergui os olhos para a estátua de Fiona. Por um instante não foi Pandora que eu vi, mas outra jovem que chorava, com seis pedras vermelhas como sangue na mão estendida. *Perséfone*, recordei. A filha perdida.

Senti a atmosfera mudar, estremecer, e ouvi vozes atrás de mim. Virei-me e vi uma mulher velha vindo em minha direção, segurando uma garotinha pela mão. Percebi que eram Fiona e minha mãe criança.

— Mas ela é tão triste, vovó — a menina dizia. — Por que você não escolheu alguém mais feliz?

Fiona estava recordando.

— Tinha que ser Pandora. A menina que libertou os problemas do mundo.

— Não gosto de histórias em que a culpa é da menina. Também não gosto daquela história da Bíblia.

— Eu costumava pensar isso também, Annie. Mas então pensei, e se devêssemos agradecer a Pandora e Eva, em vez de culpá-las? E se elas fizeram exatamente o que Deus queria que elas fizessem? Que escolhessem a própria *escolha*? Trazer a mudança e a oportunidade para um mundo onde reinava a ordem.

— Mas mamãe sempre diz para eu deixar minhas coisas em ordem. A ordem não é uma coisa boa?

— É, quando você cria a ordem para você. Não é tão boa quando alguém tenta criá-la para você. Acredite, criança, eu sei. Muita gente passou muitos anos tentando me fazer viver de acordo com as ideias deles de ordem.

— Mas Eva não fez uma coisa ruim? — minha mãe insistiu. — Ela não fez o Pecado Original?

Fiona deu um sorriso.

— Isso é o que os antigos patriarcas queriam que acreditássemos: o Homem poderia ter vivido no Paraíso, se não fosse a maldade de Eva. Mas eu penso — ela disse, olhando para Pandora —, que o paraíso não é um lar que alguém nos dá de presente. É um destino ao qual chegamos depois de lutar por ele. — Então ela olhou em minha direção, como se soubesse que eu estava ali. — Escolhendo e escolhendo de novo. Você entende? — ela disse.

Eu me virei e corri pela escada de metal rumo ao segundo andar. Eu não entendia. Não acreditava. Não queria participar. E eu não queria, sob hipótese nenhuma, ser a Pandora de minha bisavó louca.

Capítulo Dezesseis

Preciso terminar minha conversa com Jackson.

Fui dormir pensando nisso, e acordei pensando nisso. Decidi encontrá-lo.

Usei meu truque do "quente, frio" e pude sentir o calor dele em algum lugar ali perto. Coloquei roupas quentes e saí da casa para terminar minha busca. Meu sentido me levou pela trilha até os estábulos de minha avó. Ergui a tranca da porta externa e entrei.

Estava escuro lá dentro. Não a escuridão das sombras, mas da noite. Uma lamparina lançava uma luz alaranjada nas paredes caiadas de branco do corredor central. Vi um homem montado em um cavalo, balançando como bêbado, enquanto outro, mais jovem, tentava ajudá-lo a descer. Os dois riam às gargalhadas. Eles usavam roupas de uma outra era, um outro século. As do homem mais jovem eram mais finas, o acabamento com cordão dourado e botões em estilo militar.

O homem que estava na sela desceu de forma pesada, quase derrubando ambos ao chão.

— Timoneiro, mantenha o rumo — resmungou o mais jovem, tentando manter o mais velho equilibrado e de pé.

O bêbado deslizou apoiado à parede até ficar sentado, de pernas abertas, sobre o feno que cobria o piso de pedra.

— Dá aqui — disse.

— Espera — respondeu o jovem, abrindo a porta de uma baia.

O homem no chão agitou um braço.

— Dá...

— Eu disse para esperar! — ordenou o jovem. — Este animal saiu-se muito bem e merece descansar.

151

Ele levou o cavalo para dentro da baia e saiu um instante depois, carregando o arreio e o freio.

— Eu só queria mais um trago — disse o mais velho. — Não queria ofender.

O mais jovem lhe passou uma garrafa de bolso.

— Que homem sortudo é Dobson, para ter tudo isto — murmurou, olhando em volta, cheio de inveja.

Pude então ver bem seu rosto. Uma face bonita. Ossos bons, uma boca sensual, olhos de um azul-escuro.

— Danado de sortudo — o homem no chão concordou.

— Mas danado de esperto também, para se dar tão bem. Dizem que os navios dele sempre conseguem chegar, mesmo quando todos os outros são perdidos.

— Pura sorte — menosprezou o bêbado. — Ele toma todas as decisões jogando cara ou coroa com uma moeda.

— Com uma moeda? — perguntou o mais jovem, sentando-se ao lado do outro. — Com certeza não.

— Juro por Deus! — disse o outro, com a voz arrastada. — Ele a chama de sua moeda da sorte, e diz que ela sempre lhe fala a verdade. Pode ter certeza.

— Uma moeda da sorte — o homem mais jovem repetiu, pensativo, e sorriu. E eu pensei, irracionalmente, *Que dentes grandes você tem.*

Um toque em meu ombro me assustou, mas então ouvi Jackson perguntando:

— Está tudo bem, Sarah?

Ergui o olhar para ele, apertando um pouco os olhos na luz repentina do dia.

— Está, sim.

— Eco?

Fiz que sim, mas não expliquei.

— Vem pra cá. Estou aqui dentro.

Ele entrou em uma das baias e terminou de espalhar feno fresco pelo piso, com um forcado. Fiquei olhando enquanto ele trabalhava.

— Pode pegar para mim um pouco de alfafa? — perguntou, apontando para algo atrás de mim.

Virei-me para onde ele apontava, fui até lá e arranquei uma camada de alguns centímetros de espessura da ponta do fardo verde que estava ali, entregando a ele. Ele a jogou no cocho.

— Você faz isso todos os dias? — perguntei. — Até nos feriados?

Ele sorriu, tolerante.

— Tentei convencer os cavalos a serem mais sensatos, mas eles ainda insistem em sentir fome todos os dias. — Ele deu de ombros. — Não tenho que fazer isso 365 dias por ano. Quando a grama cresce, eles não precisam ser alimentados com tanta frequência, e durante o inverno, se não posso vir, um amigo vem no meu lugar.

Ele deixou o forcado do lado de fora da baia, no corredor, e abriu a porta externa para que o cavalo ruão voltasse para dentro. O animal foi direto para o cocho. Jackson afagou o pescoço do cavalo enquanto soltava a corda usada para puxá-lo.

— Eu até que gosto de fazer isso neste dia. Deixar os animais confortáveis e aquecidos. Dá uma sensação de espírito de Natal. Cristo nasceu em um estábulo, sabia?

Era um sentimento bem do estilo de Jackson. Prático, e ao mesmo tempo poético. Eu tinha me esquecido de que era véspera de Natal. Ficar viajando pelo tempo tornava mais difícil acompanhar a passagem das horas e dias normais. Por um instante deixei-me sentir os cheiros dali, aquele outro perfume de Natal. Vi que, de novo, ele me observava.

— Olha, podemos conversar mais sobre... o assunto de ontem? — perguntei.

— Acho que precisamos fazer isso.

— Eu te contei que vejo pedaços de um passado diferente... Você tem ideia de *por que* isso acontece?

Ele se apoiou no longo cabo do forcado.

— Eu acho, Sarah, que alguém fez alguma coisa naquele outro tempo que mudou o que aconteceu, e fez com que os acontecimentos tomassem outro rumo. — Ele me olhou esperando, mas não fui na dele. Eu estava ocupada enrolando em um dedo da mão esquerda um pedaço de barbante que encontrara. — Você sabe quem foi?

— Pode ser — respondi.

— Pode ser? — ele parecia levemente divertido. — Se eu tivesse que chutar, diria que foi você. Foi?

— Eu não sei — respondi, um tanto desafiante. — Pode ser. Imagino que sim. Eu despertei Maggie. No outro passado, ela morria depois de entrar em coma, mas eu a encontrei no mundo do espelho e consegui acordá-la.

— Ei — ele exclamou, tentando assimilar aquilo. — Você se lembra de um passado onde Maggie morreu?

— Só pedacinhos aqui e ali. Não lembro de verdade. — Senti que tinha que explicar, para me justificar. — Eu não *queria* mudar as coisas. Eu só estava tentando salvar Sammy.

— Quem sabe você a acordou porque não era para ela ter morrido — ele sugeriu, com suavidade.

Aquilo me deu uma sensação reconfortante. Significava que eu era só alguém que tinha corrigido um erro, consertado uma peça que estava quebrada.

Ele continuou:

— Então você despertou Maggie, e o presente que *costumava* ser deixou de existir. Isso é... — ele se interrompeu, espantado. — Jesus! Você é meio que uma espécie de super-heroína, sabia? Quem é que consegue fazer uma coisa dessas?

E aquilo deu uma sensação *des*confortável. Eu não queria ser uma super-heroína. Eu preferia ser a pessoa que por acidente corrigiu um erro. Voltei a prestar atenção ao barbante que enrolava no dedo.

— Quem sabe esse tipo de coisa acontece o tempo todo, só que não sabemos porque não conseguimos lembrar os outros passados.

Apeguei-me ao fato de que Fiona tivera a certeza de que a mudança tinha acontecido antes, muitas décadas antes do acidente de Maggie.

— Mas *você* consegue. Você se lembra de um passado diferente.

— Como eu disse... só pequenos pedaços.

— Assim como eu me "lembro" de pedacinhos de um futuro diferente.

— Mas como você sabe que é um futuro diferente? Talvez seja este futuro, o que já está vindo.

Ele sacudiu a cabeça.

— Não dá para chegar lá a partir de onde estamos.

— Como você sabe? — insisti.

— Bom, para começar... — ele disse, e parou, uma ponta de hesitação em sua voz. Ele começou de novo, seguindo adiante. — Para começar, naquele futuro não tenho cicatrizes.

Tive que me conter para não dizer *Isso é impossível*. Jackson via um futuro diferente porque ele decorria de um passado diferente. Um passado em que ele não tinha sido queimado no acidente que matou seus pais. Um passado onde, talvez, sua família sequer tivesse sofrido um acidente.

Entendi então por que Jackson parecia tão relutante em falar sobre aquilo. Era porque ele queria estar lá. Ir para aquele tempo em que seus pais não tinham morrido e ele não estava cheio de cicatrizes e... a vida era melhor para ele. Quem poderia culpá-lo. Quem não ia querer a mesma coisa?

Mas outra coisa que entendi, no mesmo momento, foi que ele achava que eu podia fazer aquilo acontecer para ele. Porque eu já tinha feito algo assim antes.

Isso me deu uma sensação ruim por dentro. Como poderia lhe dizer que eu não era capaz de fazer aquilo? Eu queria poder ajudar, mas... eu não podia mudar o tempo de novo. Não de propósito. Em primeiro lugar, eu não sabia *como* fazer isso, e, em segundo, e se eu salvasse os pais dele e ao mesmo tempo deixasse as coisas muito piores para todos os demais?

— Tenho que ir — disse eu, de repente, indo para a porta.

— Aonde você vai? Não temos que conversar sobre isso? — Ele estava magoado. Eu sabia, mas não podia fazer nada.

— Não posso falar sobre isso, J. Tudo isso é uma loucura. Você acha que eu posso fazer de novo... mudar o tempo... mas o que eu fiz foi um *acidente*. Não sei como fazer isso acontecer, e eu não ia querer ser responsável por isso, se soubesse. Eu não quero nem pensar nisso.

— Sarah — ele disse, detendo-me quando minha mão já estava sobre a tranca de madeira da porta. — Sei que você não tem motivo para acreditar nisso, mas não era para o mundo estar desse jeito.

Ergui a tranca.

— Sarah — ele disse de novo. Havia descrença na voz dele, mas ele estava tentando controlá-la. — Você é a única que pode consertar tudo.

Saí pela porta sem responder.

A cozinha estava vazia quando entrei. Fiquei aliviada. Sentia um frio dentro de mim, e tinha a impressão de que nunca ia conseguir me livrar dele. Sentei-me no banco junto ao fogo, recostei-me para trás, fechei os olhos e deixei que o calor entrasse por minha pele.

Como eu podia fazer Jackson entender? Ele só queria os pais de volta. Achava que eu podia tornar melhores as coisas, mas eu temia que, se tivesse *mesmo* um jeito de mudar de novo as coisas, pudesse muito bem deixar tudo ainda pior.

— Posso lhe oferecer uma xícara de café?

Uma voz de mulher, que eu não conhecia. A casa de novo. Mantive os olhos bem fechados. *Vai embora*, pensei. *Me deixa em paz.*

— Obrigada, senhora — respondeu um homem com sotaque neoinglês.

Gemi e abri os olhos.

A luz tinha mudado de novo, transformando-se no amarelo alaranjado de um anoitecer de outono. Fiona colocou uma xícara com pires na mesa, diante de um homenzinho de bigode enorme, vestido com casaco e calças marrons, axadrezados.

Ela lhe serviu uma xícara cheia, e então empurrou para perto dele o açucareiro e a jarra de creme, enquanto se sentava.

— Conte-me — ela disse.

O homem abriu um caderno sobre a mesa e consultou-o.

— O tio da criança era Josiah Burnes, um marinheiro negro que vivia no município de Acushnet, nos arredores de New Bedford. Era proprietário de uma casinha no local, até o ano de 1877. Os registros mostram que uma Amber Burnes esteve matriculada na escola local de 1874 até 1876. — O homem passou a Fiona uma folha solta com suas anotações. — Josiah Burnes foi dado como morto, junto com todos a bordo do *Charles R. Morse*, em 14 de janeiro de 1877. A casa foi tomada pelo banco. Foi difícil descobrir o paradeiro da menina depois disso.

Fiona acenou com a cabeça para que ele prosseguisse. Ele alisou as duas metades do bigode, empolgando-se com o assunto, e continuou.

— Gastei muito tempo vasculhando a área, checando todos os orfanatos, mas a maioria deles não aceitava crianças negras. Alguns deles já tinham desaparecido fazia muito tempo, e receei ter chegado a um beco sem saída. Estendi minha busca até Providence, mas me disseram que a criança teria sido mantida no mesmo estado. Finalmente eu a encontrei, bem ao norte, em Boston. Escola e orfanato Irmãs de Caridade. Uma Amber Burnes estava listada como tendo ficado lá até 1880.

— Pobre criança — murmurou Fiona. — Minha avó nunca conseguiu descobrir o que tinha acontecido com ela. Teria sido melhor para Amber se o tio a tivesse deixado aqui.

— Não sei onde ela passou os quatro anos seguintes mas, em 1884, ela se casou com um certo Peter Cooke, dando à luz duas crianças em três anos, Peter Nathan Jr. e Adella Maeve.

— Batizada em homenagem às duas mães de Amber. — Seus olhos ficaram úmidos, e ela disse: — Continue.

— O atestado de óbito de Amber Cooke data de 1889, infecção relacionada ao parto. O atestado de óbito de Peter Cooke é de 1897, acidente de trabalho. Peter filho já tinha idade suficiente para conseguir um emprego e manteve a irmã consigo até que ela se casou, em 1904. Peter morreu sem filhos em 1923. Localizei uma Adella Cooke Martin em Stoughton, trabalhando como operária em uma fábrica, mãe de duas crianças: Addison e Lucy. — Ele ergueu os olhos para Fiona, em expectativa.

— O senhor fez um bom trabalho, senhor Farnham, muito obrigada. O nome da filha confirma suas descobertas. — Ela falou num tom baixo, tenso.

— Quer seguir adiante com o fundo para os netos? — Fiona assentiu. — Ainda deseja permanecer anônima? — Ela confirmou de novo. — Pedirei ao advogado que envie os documentos, então.

Ele se levantou para ir embora. Ela olhou para ele, com expressão intrigada.

— Não há mais nada? Nada estranho? Nada digno de nota?

Ele ergueu as sobrancelhas.

— Não, senhora. Parece que foram vidas e mortes bastante comuns.

Ela assentiu com a cabeça, olhando para baixo.

— Pobre criança — disse. Vi duas lágrimas caírem sobre a mesa.

Então a porta de vaivém para o corredor abriu-se, e perdi a conexão. Fiona desapareceu.

Sam estava no umbral, parecendo indignado. Ele segurava o calendário do Advento, com todas as janelinhas abertas.

— Isto não está certo, Sarah — disse. — As porta acabaram antes.

— Está certo, sim, Sam. Você abriu a última porta hoje, véspera de Natal, porque amanhã é o grande dia.

Ele estava quase gritando.

— Não! Não é! Você sabe, não é? O grande dia não é amanhã!

— É sim, carinha — disse eu, indo na direção dele, estendendo os braços para abraçá-lo e erguê-lo. — Amanhã é Natal.

— Não é isso! — ele gritou, e jogou o calendário no chão. Ele se esquivou de mim e saiu correndo pela porta.

Quando me virei, Fiona estava comigo uma vez mais. Estava sentada à mesa, velha e curvada, toda encolhida.

— Sinto muito — disse.

Uma jovem negra estava sentada de frente para ela, a face cheia de amargura. Era Rose, talvez trinta anos mais jovem.

Fiona prosseguiu.

— Fui eu quem pediu para ele vir, para ajudar durante a doença de Mark. Achei que dando a ele a terra... Não sei o que eu pensei. Que o lugar do único neto vivo de Amber era aqui. Que com ele aqui as coisas finalmente estariam certas. Que a presença dele aqui era necessária para aqueles que virão. — Ela chorava, e as palavras saíam com dificuldade. — Eu devia ter sabido o que aconteceria, eu nunca deveria tê-lo trazido para cá. Sinto muito, Rose.

— Não foi culpa sua, Fiona — disse Rose, controlada. — E nós não culpamos você. Addison não era homem de voltar atrás ou desistir. Eu sabia que eles iriam detê-lo. Eu sabia que esse dia ia chegar.

— Ele era um homem forte, um homem bom.

— Ele era grato pelo que você fez por ele e pela irmã. Os estudos. A chance que você lhe deu de projetar aquela ala do hospital. Um homem negro, neste país. Os trabalhadores dele tinham muito orgulho.

O queixo dela tremia e uma lágrima escorreu pelo seu rosto, mas ela manteve a expressão calma.

Pensei, enquanto ela desaparecia de novo no passado, que uma parte de Rose havia se transformado em pedra naquele dia. Naquele outro tempo, a vida havia apertado o coração de mamãe com seus dedos gélidos, transformando em pedra uma parte dela. Neste tempo, isso tinha acontecido com Rose.

Capítulo Dezessete

A propriedade dos Hathaway era a vizinha imediata de Amber House; a divisa era demarcada por um riacho cheio de curvas que corria no fundo de uma ravina entre os dois terrenos. Ainda assim, fomos de carro ao jantar. A distância em linha reta era de menos de quinhentos metros, mas estava evidente que os moradores de ambas as casas nunca tinham sido amigos o suficiente para instalar um portão entre elas.

A casa de três andares tinha estilo georgiano, de tijolos vermelhos e acabamentos em preto, com colunas ladeando a entrada e uma varanda ao longo de ambas as alas assobradadas. Era tudo simétrico e de aparência comportada, bem diferente da silhueta de Amber House, e todas as janelas da casa principal brilhavam na escuridão, douradas, com uma vela acesa bem no meio de cada uma.

— Seja educado, querido — mamãe recordou Sammy. — Lembre-se do que falei quanto a comer o que servirem em seu prato. E diga sempre...

— Por favor e obrigado — Sammy recitou, obediente. — Diz pra Sarah também.

Mamãe segurava uma garrafa de vinho com um lacre de cera. Minha avó não costumava beber, mas possuía uma coleção de vinhos que chegava a ser famosa. Papai me passou o presente que mamãe e eu havíamos comprado para Claire em Annapolis. Sammy recebeu a incumbência de levar o presente da família, chocolates importados de uma província da Nova Inglaterra onde existia uma grande colônia de imigrantes suíços vindos no século passado. Papai vinha por último, com um pacote menor para Robert e um maior, que era meu presente para Richard.

Desejei estar num espírito mais natalino. Em vez disso, eu sentia uma tensão terrível, com tantas obrigações que pairavam sobre mim. Enquanto percorria o passeio de tijolos imbricados e subia os degraus da entrada, concentrei-me em relaxar os músculos do rosto para que o sorriso fixo que o decorava não tivesse uma aparência psicopata. Torci para que funcionasse.

Robert nos fez entrar.

— Bem-vindos, bem-vindos — saudou-nos.

Claire estava no saguão de entrada, sua silhueta esguia exibindo as linhas elegantes de um conjunto de calça de lã preta e paletó, uma gravata de seda preta pendendo, com um nó frouxo, por cima do decote cavado de uma blusa branca. Rangi os dentes de inveja.

Como Claire, a casa misturava o clássico e o moderno, com um intensidade dramática, mas discreta. Os móveis eram todos antiguidades, e vagamente europeus, em condição impecável, parecendo nunca terem sido usados. Montes de madeira escura. O ambiente que acomodava toda essa perfeição sofisticada, o espaço em si, tinha um *refinamento* que Amber House não tinha, com iluminação indireta e tons de cinza-claro, bege e um branco aveludado.

— Adorei o que vocês fizeram aqui — declarou mamãe.

— Nós reformamos o ano passado — Robert respondeu. — Claire derrubou algumas paredes, e clareou bastante o ambiente.

— Não derrubei paredes *demais* — disse Claire. — Mas meu pai tinha feito umas mudanças horrendas nos anos sessenta. Eu tentei *corrigir* as correções, na verdade.

— É algo delicado — comentou minha mãe.

Os quatro adultos se dirigiram para um aparador, onde uma bela garrafa de vinho já esperava, respirando. As taças foram enchidas, e eles brindaram.

— Ao sucesso da exposição! — ouvi Robert dizer.

— Ao sucesso do objetivo *por trás* da exposição — acrescentou meu pai.

Richard acenou para que Sammy e eu o seguíssemos até a grande árvore de Natal de cores coordenadas, na sala de estar. Ele se abaixou e pegou um pequeno presente embrulhado em papel verde, entregando-o a Sam. Quando fiz que sim, Sam rasgou o papel, revelando uma pequena caixa de madeira.

— Uau, Richard, adorei! — Sam exclamou.

Richard deu uma risada.

— Não, carinha. — Ele usou a palavra carinhosa que eu sempre usava para Sam. — Você tem que abrir a caixa.

Dentro, aninhado em papel de seda, estava um cavalinho perfeito, revestido com pele de vaca, com um arreio completo de couro.

— *Uau!* — disse Sam.

— Essa foi a primeira antiguidade que eu tive, Sam. Minha mãe me deu quando eu tinha mais ou menos a sua idade. Agora eu quero que seja sua. É *quase* tão velha quanto Amber House, um século a mais, um século a menos, por isso você tem que tomar *cuidado* com ele.

Sam tirou-o da caixa como se fosse feito de vidro.

— Eu posso tomar cuidado, Richard.

— Na verdade não é para brincar, é mais para colocar em uma estante para olhar, mas espero que você goste, de qualquer modo.

— Eu *adorei* — afirmou Sam. Então pareceu aflito. — Mas eu não trouxe nada para você.

— Você trouxe sim, Sammy. Esqueceu? — intervim.

Ele parecia confuso.

— Acho que esqueci.

— Vá pegar aquele presente *bem pesado* que nós embrulhamos juntos — disse eu, tentando ajudar. — O vermelho.

Obediente, Sam correu até a mesa de canto, perto da porta de entrada. Ele voltou num instante, carregando o peso com dificuldade.

— Caramba! — exclamou Richard. — O que tem aí dentro, Sam?

— A gente pode desembrulhar e descobrir — disse Sam, encolhendo os ombros.

— O que Sam quis dizer — consertei —, é, abra e veja.

— Sim! — apoiou Sam. — Abre!

Ele se acomodou no colo de Richard, que deixou que ele ajudasse a desembrulhar o presente. Era uma história ilustrada da navegação a vela, pesando uns sete quilos.

Richard começou a abrir a capa, mas estendi a mão.

— Antes, me dá aqui. — Ele me entregou o livro. — Tem uma caneta?

Ele tirou uma da gaveta de uma mesa de canto e me passou. Abri o livro e acrescentei mais quatro palavras à mensagem que já tinha escrito na folha em branco do começo. Coloquei a tampa na caneta e devolvi o livro.

Ele o abriu de novo e leu em voz alta:

— "Para o cara que tem o segundo veleiro mais bonito no rio, Feliz Natal, de Sarah... E seu imediato, Sammy" — ele ergueu os olhos e sorriu. — Tenho que admitir: oitenta anos de idade, construído à mão por um marinheiro... o seu *Liquid Amber* é imbatível em termos de beleza. Agora, se a gente estivesse falando de *velocidade*...

— Isso é um desafio, Hathaway?

— Acho que é, Parsons.

Eu estava sorrindo para ele e ele estava sorrindo para mim.

Sammy entrou entre nós dois.

— Agora, cadê o presente de Sarah?

Suspirei e sacudi a cabeça.

Richard enfiou a mão no bolso do casaco e tirou um embrulhinho.

— Está bem aqui, Sam. Será que entrego para ela?

Deixei Sam tirar o papel de embrulho, mas fui eu que abri a caixinha revestida de veludo. Ela continha um pingente de cristal vitoriano, em forma de um floco de neve, feito de prata e pendendo de uma fita de veludo. Na parte de trás havia uma citação gravada: *Nem um floco de neve escapa à mão criadora Dele.*

— Uau! — exclamei, ecoando Sammy. — Obrigada.

Richard me deu um de seus típicos sorrisos ligeiramente tortos.

— Coloca no pescoço! — pediu Sammy.

Afastei meu cabelo para um lado e tentei, sem jeito, amarrar a fita eu mesma.

— Posso ajudar? — perguntou Richard.

Fiquei imaginando por que, estranhamente, parecia tão familiar ele estar atrás de mim, os dedos roçando de leve meu pescoço. E não conseguia me livrar da impressão de que eu deveria estar usando uma folha de ouro.

A senhora Hathaway veio nos dizer que era a hora do jantar. Ela sorriu quando viu que eu estava usando o presente de Richard, e estendeu a mão lânguida para tocá-lo.

— É uma coisinha linda, não? Delicada, como você.

Claire havia dito que era só um "jantar em família", mas duas copeiras com vestidos iguais de mangas longas trouxeram os pratos em bandejas de prata. Uma vez após a outra elas circundaram a mesa em silêncio, segurando as bandejas enquanto cada um de nós nos servíamos. Primeiro uma entrada, depois uma salada e finalmente o rosbife e batatas caramelizadas.

Pouco antes da sobremesa, percebi que eu tinha estado observando Claire Hathaway pela maior parte da refeição. O modo como segurava a faca. O modo como mastigava. O modo como movia a cabeça quando ria. Tudo me lembrava minha mãe.

Richard pareceu notar minha atenção.

— Elas se movem de um jeito bem parecido, não é?

— É.

— Sua mãe estava três anos na frente da minha no ensino médio e depois de novo no Colégio Notre Dame. Acho que havia alguma admiração de caloura pela veterana.

Depois do jantar, Robert chamou meus pais até o escritório para lhes mostrar o esboço da nota que seria enviada à imprensa falando sobre a exposição. Richard levou Sam até um telescópio para lhe mostrar a lua através de uma brecha entre as nuvens. Eu estava indo atrás deles quando Claire me chamou.

— Quero apresentar você a alguém, Sarah — ela disse.

Eu a segui até a sala de estar, imaginando se outro convidado teria acabado de chegar.

Claire apontou para dois quadros que pendiam acima da lareira. Era um par de retratos; o homem era moreno e anguloso, com um par de suíças antiquadas. A mulher era loira e de aparência frágil, com um vestido de seda cor-de-rosa. Marido e mulher, supus.

— Parentes?

— Meus ancestrais, Gerald Fitzgerald e sua esposa, Camilla. Retratos pintados três anos depois da apresentação dela na Corte Real.

Claire se adiantou e se postou diante deles. Ela e a mulher compartilhavam a mesma beleza loira; uma tez de mármore adornada com olhos azuis como o céu e uma boca carnuda.

— Ela é linda! — disse eu.

— Ela se parecia com o pai dela. Havia um retrato dele também. Ele foi convidado a posar para um pintor famoso, em reconhecimento a sua lealdade para com a Coroa, durante o levante de 1776.

— O que aconteceu com o retrato?

— Alguns de nós não temos a mesma sorte que você, minha querida. Nosso passado está espalhado, como o gelo em um rio. Estes... — ela fez um gesto com sua mão branca e esguia na direção das pinturas — ... são os únicos quadros que temos.

Ela tocou o sapato de cetim cor-de-rosa da senhora Fitzgerald.

— A mãe dela, Lydia Crawley, era uma herdeira, inglesa, com título. Mas Lydia fugiu com um oficial naval sem posição social, e foi deserdada. O casal veio para as colônias. O marido de Lydia tentou refazer a vida de privilégios de sua amada esposa por meio de uma jogada ousada, mas o navio dele foi capturado, e levou mais de um ano para que ele retornasse a Maryland. Quando ele voltou soube que Lydia havia morrido ao dar à luz e que a filha deles, Camilla, tinha sido mandada para um orfanato. Foi incrível que a menina ainda estivesse viva quando o pai finalmente a encontrou.

— E o que aconteceu com eles?

— Ele se tornou um conhecedor das águas da baía de Chesapeake e da costa atlântica, e alcançou o posto de capitão. Um dia ele foi procurado por um homem, Thaddeus Dobson, que precisava de um sócio. Alguém esperto o suficiente para contrabandear carga da África para as Américas.

— Carga?

— As duas coisas de maior valor roubadas do continente negro: pessoas e diamantes.

— Ele era um escravagista! — exclamei.

— De fato. Foi assim que fez sua fortuna. No fim, ele casou com a filha do sócio, se bem que a essa altura Dobson já tinha morrido. O nome dela era... — ela sorriu para mim. — Você consegue adivinhar?

Sim.

— Deirdre. — Que havia se casado com o capitão Foster, e lhe deu mais dois filhos, os gêmeos, Sarah-Louise e Matthew.

Claire assentiu com a cabeça.

— Você e Richard são primos — ela disse.

— Mais ou menos de centésimo grau. — Richard tinha chegado por trás de mim. — Isso quer dizer que posso te chamar de priminha?

— Se você começasse a contar os primos assim tão distantes, acho que ia poder chamar de priminhos metade da Confederação. — Virei-me de novo para Claire. — Como você descobriu tudo isso?

Ela me levou até um aparador de vidro, colocado diante de uma janela.

— Os capitães mantêm diários de bordo minuciosos, como você sabe. Joseph Foster registrou toda a sua vida, no mar ou em terra. Tudo em cadernos idênticos a este.

Vi um volume com capa de couro, as bordas das folhas de um dourado desbotado. Ao lado do caderno havia uma garrucha antiga.

— A arma também pertenceu ao capitão Foster — disse Claire. — Uma peça incomum, porque tem cano duplo. Foi a primeira arma que Camilla teve, e foi o início de seu interesse por armas. Mas mesmo tendo se tornado uma atiradora famosa, ela nunca disparou essa garrucha. Ela a preservou exatamente como o capitão a deixou, com um tiro ainda preparado. A arma está selada dentro desse estojo há duzentos e cinquenta anos. — Ela sorriu. — Sabia que também vai ser parte da exibição? Porque, afinal de contas, em algum momento Camilla também foi parte de Amber House.

A arma era uma peça elegante, de madeira vermelho-dourada com enfeites de prata incrustada formando linhas sinuosas, exceto por um círculo de prata mais escuro, encravado na curva suave do cabo. Olhei para o círculo, sem conseguir entender o desenho formado por suas irregularidades, quando de repente elas formaram um rosto em relevo no metal.

— Você notou a moeda? — perguntou Claire.

— É uma trapaça de antigamente — disse Richard. — Uma moeda de duas caras.

— Não acho que tenha sido uma trapaça — comentou Claire. — Era a moeda da sorte do capitão.

— Muita sorte — disse Richard. — Ele viveu e o outro cara morreu.

— Como vocês sabem que a moeda tem duas caras?

— Eu olhei — respondeu Claire, sorrindo.

Ela virou a cabeça, parecendo intrigada.

— Tem alguma coisa errada? — ela perguntou, tocando o dorso de meu punho. — Sua pele está arrepiada. Alguém está andando por cima de seu túmulo.

Sim, percebi, *tinha* alguma coisa errada, mas eu não conseguia saber o que era. Eu estava deixando passar algo... Algo que eu devia saber. Perguntei-me quem a arma teria matado.

Eu podia sentir que Claire ainda me olhava com curiosidade, mas então meus pais entraram na sala com Robert logo atrás. A atenção dela se voltou para eles.

— Vamos nos encontrar em St. John para a missa da meia-noite? — perguntou-lhes.

Aquela pergunta inofensiva acabou sendo a gota d'água. Uma vez mais meu futuro estava sendo planejado para mim sem meu consentimento, quando havia algo diferente, e *importante*, que eu queria fazer.

— Espera — disse, e na mesma hora desejei não ter dito nada. Todos os olhos se voltaram para mim.

— Que foi, querida? — ronronou Claire, solícita.

— Hã... Vai haver um culto esta noite em Severna... Bom, vocês sempre estão falando sobre o tema da exibição de Amber House...

— Sim? — pressionou meu pai.

— Achei que talvez pudéssemos ir à igreja do Bom Pastor esta noite, em vez de St. John. Eles vão fazer uma espécie de tributo de Natal a algumas das pessoas que lideraram o movimento de igualdade dos negros na região.

— Sarah — disse minha mãe —, talvez você devesse me perguntar essas coisas antes de...

O senador a cortou.

— Acho que é uma ideia maravilhosa, Sarah.

E Richard concordou, sorrindo, a aprovação em seus olhos.

Meia hora depois, todos subíamos os degraus cinzentos da pequena igreja de madeira.

Houve uma certa comoção quando entramos. Parecia que todos na igreja se viraram para nos olhar. Jackson também se virou, e notou que eu estava junto a Richard. Eu podia ver a pergunta em seu rosto, e quase sacudi a cabeça em resposta, mas bem naquela hora Helen puxou o braço dele para poder sussurrar algo em seu ouvido. Eu me vi dando o braço a Richard, e isso fez com que ele se virasse para mim e sorrisse. Fiquei ali, me esforçando para ouvir, enquanto divagava sobre quantas emoções uma pessoa poderia sentir ao mesmo tempo: ciúmes, gratidão, desconforto, culpa, divertimento e vergonha. E provavelmente eu estava me esquecendo de algumas.

O orador convidado da noite tinha subido ao púlpito.

— Diane Nash — disse Richard, com surpresa e respeito.

Todos conheciam a senhorita Nash, que havia trabalhado bravamente e sem cessar pela causa dos direitos civis desde a década de 1970. Os livros didáticos de Astoria dedicavam algumas páginas a sua vida e obra.

Ela era uma mulher pequena, de seus 60 anos. Uma foto ao lado dela, no palco, mostrava-a como tinha sido ao começar sua vida de ativismo, esguia, de feições delicadas e com grandes olhos solenes. Sua voz era grave para uma mulher, e suave, forte. Parei de pensar em Jackson e Richard, capturada, finalmente, pelo poder das palavras daquela mulher.

Perto do fim de sua fala, os olhos dela procuraram e encontraram Jackson.

— Addison Valois era, como eu, da Nova Inglaterra, mas profundamente comprometido com o país que adotou como seu, e com a luta por mudanças. — Percebi que ela estava falando do avô de Jackson. — Quando soube de sua morte, quase desisti de continuar. Mas eu sabia que a única forma de honrar a memória dele, a memória de todos os mártires de nossa causa, era lutar para trazer a mudança.

— A mudança é uma coisa estranha — ela continuou, com um sorrisinho triste. — Ela tem um preço, às vezes em sangue, e podemos nem mesmo perceber que ela começou, até estarmos imersos nela. Ela exige coragem, mas não a coragem de liderar a mudança. Só a discreta coragem diária de dar o próximo passo, e então o seguinte, mesmo estando com medo, mesmo querendo desistir. Ir até o fim. Ainda estamos lutando, todos nós, para chegar a esse fim, ainda dando os próximos passos. Enquanto continuarmos seguindo adiante, não estamos derrotados, e devemos, no final, inevitavelmente, vencer.

O aplauso foi estrondoso, não só pelas palavras mas por quem ela era. Uma pessoa com uma coragem discreta. Desejei poder ser mais parecida com ela.

Quando o culto terminou, o senador foi cercado pelas pessoas, como sempre. Meus pais e eu saímos sem sermos notados. Sam estava dormindo no ombro de papai. Desejei ser ainda pequena o suficiente para estar ali, segura e relaxada no lugar de Sam. Parecia que fazia meses que tínhamos nos mudado. Anos. Eu estava exausta.

Ela... eu... ouvi papai falando com um homem que tinha uma agradável voz de barítono. Cheguei perto da porta da biblioteca para escutar. O homem estava pedindo a papai um posto no navio. Empurrei mais a porta, abrindo-a para ver.

Ele era muito atraente, com vívidos olhos azuis e lábios carnudos. Ele me olhou, sobressaltado com minha entrada.

— Minha filha — disse papai.

— Perdão por olhá-la assim — ele disse, com uma pequena mesura para mim, e explicou para papai. — Ela é tão parecida com minha falecida esposa, exceto por ter cabelos tão negros, enquanto minha Lyddie era loura. — Ele se virou para mim de novo. — Ela era muito bela.

Meu rosto ardeu com o elogio.

Ele se dirigiu de novo a papai.

— E quanto ao posto?

Papai sorriu, cordial.

— A Coroa tomou seu navio por estar fazendo contrabando? Deve perceber por que isso me faz questionar a ideia de colocar uma de minhas naves sob seu comando.

O homem assentiu com a cabeça, rígido, e recolheu seu chapéu e suas luvas para ir embora. Mas papai tirou de dentro do bolso do relógio sua moeda da sorte, erguendo-a para que o homem visse.

— Vai me trazer mais sorte do que conseguiu para si? Devemos submeter a questão ao julgamento do acaso?

Papai jogou a moeda brilhante no ar, onde ela pareceu ficar suspensa, girando, antes de cair. O homem estendeu a mão e a pegou antes que papai o fizesse. Então ele deu uma risada nervosa, como se pedisse desculpas pela impertinência.

— Reflexo — disse.

Ele bateu ostensivamente a mão com a moeda nas costas da outra mão, mas vi seus dedos se moverem ao fazer isso.

Ele tirou a mão de cima da moeda. Pude ver a cara jovem e sorridente, não a velha e triste, olhando para cima sobre a pele bronzeada do homem.

— A sorte sorri — disse meu pai. — Você tem seu navio, capitão Foster.

Ele então pegou a moeda da mão do homem e a guardou de volta no bolso.

Fiquei pensando se eu devia contar que o homem bonitão havia secretamente virado a moeda antes de mostrá-la. Fiquei pensando se eu queria fazer isso.

Sentei-me na escuridão, reconstruindo os pedaços de meu sonho, sabendo que havia algo ali que eu precisava ver, precisava entender. A cara velha e a nova, alternando-se numa velocidade louca na moeda que girava.

— Jano — disse eu.

Capítulo Dezoito

— Levanta, levanta, levanta — meu irmão trinou cedo demais na manhã seguinte, dia de Natal. — Já acordei a mamãe, o papai e Maggie. Só falta você. Levanta!

Ele se lançou sobre minha cama e achou um braço para puxar. Fiquei deitada um minuto tentando recuperar uma ideia que tivera no meio da noite, mas ela se recusou a vir à tona. Finalmente decidi que era melhor levantar.

Sam ficou andando de um lado para o outro na frente da porta do banheiro até eu sair, os dentes escovados e o cabelo penteado. Então me puxou com dois dedos em gancho.

— Vem LOGO! Tem tantos PRESENTES!

Arrastei os pés por todo o caminho. Fazia tempo que eu tinha decidido que era parte do dever de uma irmã torturar um pouquinho o irmão menor no Natal.

A árvore na sala de visitas estava rodeada por uma larga faixa de embrulhos decorados com fitas. Meus pais sempre procuravam achar um equilíbrio entre "mágico" e "excessivo" ao dar presentes, mas tinham a tendência de pender para o lado "excessivo". Sammy abriu uma montanha de pacotes embrulhados com capricho: uma manada de dinossauros de resina, quebra-cabeças, uma maquete de estrada de ferro, blocos de montar. Para mim, havia um camafeu antigo, uma câmera fotográfica, uma primeira edição autografada de meu livro favorito, um estojo de cosméticos importados de Nova York, um vale-presente de uma loja de departamentos de Baltimore.

Depois dos presentes trazidos por Papai Noel, passamos aos que tinham sido dados pela família. Sammy ficou entusiasmado ao me ver abrir os que havia ganho de Maggie e dele.

— Primeiro o da Maggie — ele instruiu.

Ainda consciente do meu dever de torturá-lo, desamarrei com cuidado o laço de organza e tirei um a um os pedaços de fita adesiva, até ele dar um rosnado me apressando. Sorri e abri a caixa.

— Que linda! — exclamei. Era uma bolsa de festa *vintage*, em cetim preto.

— Sua avó me deu essa bolsa quando eu tinha 16 anos — Maggie disse, com um sorriso tímido. — Espero que você goste.

Dei um grande abraço nela.

— É maravilhosa, Maggie. Obrigada!

— Agora o meu — disse Sam, me entregando uma caixa grande. — Mais rápido!

Sorrindo, abri o pacote e encontrei meia dúzia de embrulhinhos menores. A bussolazinha do calendário do Advento. Um isqueiro. Um abridor de latas. Uma ficha de latão do metrô de Nova York. Um pacote de chiclete. Notei, depois de abrir alguns dos presentes, que Sam ia guardando todos na bolsa preta.

— Ah, não, Sam — eu disse, com um olhar de desculpas para Maggie e estendendo a mão para pegar a bolsa. — Essas coisas não vão aí.

Ele virou os braços para um lado, mantendo a bolsa fora do meu alcance.

— Vão, sim — ele disse, firme. — Esse é o lugar delas.

Olhei de novo para Maggie, e ela assentiu com a cabeça. Então deixei como estava. Desembrulhei o último presente, uma lanterna do tamanho de uma caneta, que entreguei a ele.

— De nada — ele me recordou.

— Obrigada, Sam — eu disse, agarrando-o e dando-lhe um abraço apertado. — Quantas coisas bacanas!

Ele ficou exultante.

— É, sim! Elas são... hã... Como foi mesmo que ela disse?

Olhei para ele sem entender.

— Não sei, carinha. Quem?

— Lembrei — ele disse. — É delas que você *precisa*.

Aquilo aguilhoou minha mente. *Um eco*. Empurrei-o para um canto. Não queria pensar nisso naquela manhã.

— Então, você gostou do Natal, Sam?

— Foi ótimo! — ele disse, dando um pulinho.

— Viu? Eu te falei que hoje era o grande dia!

— Não — ele respondeu. Olhou fixamente para os dedos, enquanto erguia um de cada vez. Então ele se virou para mim, mostrando as duas mãos, três dedos erguidos numa e quatro na outra. — É daqui a estes dias.

Fiz as contas.

— Isso cai no... Ano-Novo, Sammy.

— Isso mesmo! — ele concordou, entusiasmado. — Eu *sabia* que você sabia. É Anos-Novos!

Mamãe, papai e Maggie foram preparar nosso *brunch*, enquanto Sam e eu colocávamos os papéis de presente rasgados num saco. Quando terminamos, restava um único presente debaixo da árvore. Sam o apanhou e sacudiu a caixa.

— Que é isso, Sarah?

Arranquei da mão dele.

— É um presente para outra pessoa, Sam. Não sacode assim.

— Pra quem?

Fiquei envergonhada.

— Para o Jackson — eu disse.

— E por que você ainda não deu pra ele?

— Bom, Sam — tentei explicar —, não sei se ele comprou alguma coisa pra mim.

Provavelmente não, pensei, já que deve ter gastado todo o dinheiro dele em alguma coisa bonita para pendurar no pescoço da Helen. Quem sabe algo como um floco de neve de cristal.

— É bobagem, Sarah. Ele não tem que te dar nada em troca. O Natal não é um comércio.

Concordei com a cabeça.

— Você tem razão, Sam. — Coloquei a caixa no bolso de meu roupão. — Vou entregar para ele mais tarde.

Difícil explicar a um garoto de 6 anos que o problema não era a troca, mas o constrangimento. O de Jackson e o meu.

No *brunch*, eu me servi de um pouco de tudo o que estava à mesa: ovos, salsichas, bacon, bolinhos de batata, broa de milho, *muffins* de mirtilo, suco de laranja. Tinha acabado de tirar da cadeira meu corpo satisfeito para ajudar a lavar a louça quando tocou o telefone.

— Eu atendo — exclamei, talvez um pouco depressa demais.

Era Richard.

— Feliz Natal, priminha.

— Feliz Natal, Hathaway.

— Desculpe atrapalhar sua comemoração, mas será que eu poderia cobrar aquela nossa dívida? Você quer vir comigo numa viagenzinha amanhã? Na verdade, preciso ir a Richmond, apanhar um filme para meu pai. E seria ótimo ter companhia.

Senti-me relutante e não sabia por quê. Aquele cara parecia *mesmo* gostar de mim. E eu não estava comprometida com ninguém.

Ele percebeu minha hesitação. Isso o magoou.

— Olha, eu sei que é longe, que estou te convidando em cima da hora...

Ele estava se desculpando por mim, o que era muito gentil da parte dele.

— Desculpe, Hathaway, mas você não pode retirar o convite antes mesmo de eu perguntar para minha mãe se posso ir.

— Ah — ele disse, soando mais feliz.

— E eu posso — eu disse, tomando aquela decisão executiva por mim mesma.

— Ótimo — ele disse, de volta a seu nível habitual de total autoconfiança.

Em resposta, adotei um tom exagerado de resignação.

— Dívida é dívida — suspirei. — E você tem todo o direito de cobrar.

Eu tinha a impressão de que as meninas *nunca* ficavam de provocação com Richard Hathaway. E talvez estivesse certa, porque pude ouvi-lo sorrir pelo telefone.

— Você é uma comediante, Parsons. Te pego às dez em ponto.

Eu me senti audaciosa depois de desligar. Acabava de aceitar uma viagem de um dia inteiro sem permissão de meus pais. Não sabia o que tinha dado em mim. Mas eu poderia ficar fora de Amber House por um dia, e achava que estava precisando de um tempinho longe da casa. Talvez um pouco de turismo, um bom almoço. Empurrei a porta da cozinha. Os rostos de três adultos viraram-se para mim, em expectativa. Esperando, imaginei, que eu contasse com quem tinha falado. E eu não estava a fim de contar.

— Ih, acabo de me lembrar de uma coisa que preciso fazer que vai levar uma meia hora. Volto daqui a pouco — concluí, dando meia-volta e deixando a porta se fechar atrás de mim.

Corri para o andar de cima, a mão sobre o embrulho no bolso. Sam estava certo. O Natal é para dar, e estávamos falando de Jackson. Meu amigo mais antigo. Mentalmente, dei de ombros. Podia dar um presente para meu amigo mais antigo se quisesse. Por que não? Mesmo que ele tivesse namorada.

Vesti um suéter, uma calça de brim e um par de botas, ansiosa para concretizar minha fuga. Peguei casaco e luvas e parei por um instante na rosa dos ventos, para decidir que direção tomar.

Eu estava feliz por ainda conseguir encontrar Jackson usando o método do "quente, frio". Apesar de Jackson ter seguido adiante com sua vida, não podia quebrar minha conexão com ele de forma unilateral. Eu ainda conseguia conjurar a imagem dele, ainda podia sentir seu calor. E o calor estava me dizendo que, naquele momento, ele estava onde devia estar: em casa, com a avó.

Tomei o caminho sobre a ribanceira que levava à casinha de Jackson e Rose perto do rio. Eu seguia com cuidado. A neve meio derretida no chão sob as árvores tornava o caminho perigoso, e havia pontos onde a trilha chegava bem perto da beira do penhasco sobre o rio. Sempre tive medo desses lugares.

A casa de Rose, pequena e arrumada, a seu modo tinha tanta história quanto Amber House. Os cômodos da frente tinham quase duzentos anos. As toras que formavam as paredes estavam cinzentas com a passagem dos anos, e revestidas com impermeabilizantes mais modernos do que o barro, mas demonstravam o cuidado com que a casa havia sido construída naqueles tempos distantes.

Bati na porta de tábuas da frente.

— Entre! — ouvi a voz de Jackson gritar.

O "Feliz Natal" em meus lábios morreu pela metade. A casa estava silenciosa e escura; o único sinal de festa era uma árvore minúscula sobre uma mesa, decorada às pressas. Jackson saiu da cozinha, carregando uma bandeja com uma tigela de sopa e um frasco de remédio. Ele foi para a parte de trás da casa sem se deter.

— Me dá uns minutos — ele disse.

Sentei à mesa e esperei, percebendo de repente que não deveria ter invadido a privacidade dele. Estava quase tomando a decisão de ir embora quando Jackson voltou.

— O que você está fazendo aqui? — perguntou.

O que eu *estava* fazendo lá?

— Peguei você numa hora ruim — desculpei-me, levantando para partir.

— Não — ele disse, sacudindo a cabeça e puxando uma cadeira para se sentar. — Desculpe. Falei isso de um jeito... nada hospitaleiro. É que vovó hoje está pior do que de costume. Dei uns analgésicos a ela. Vai dormir por algumas horas.

Voltei a me sentar.

— Como assim, "pior do que de costume"? O que ela tem?

— Ela não contou a vocês?

— Para mim, não. Não sei se contou para meus pais. Eles nunca me dizem nada.

Ele sorriu.

— Porque eles sabem que você não consegue guardar um segredo.

— Consigo, sim — respondi, indignada.

Ele sacudiu a cabeça, ainda sorrindo.

— Nunca conseguiu, e nunca vai conseguir. Simplesmente não é uma de suas habilidades. Mais ou cedo ou mais tarde você sempre acaba deixando a verdade escapar.

Foi por isso que você parou de me contar as coisas?

— Vovó sempre fumou demais — ele disse. — Mesmo sabendo que era uma estupidez. Ela está com câncer.

— Ah, meu Deus, sinto muito — eu disse, sem saber mais o que dizer.

Uma lembrança do outro tempo se insinuou. Aquela Rose não tinha tido câncer. E nem tinha sido a governanta da minha avó. Ela... Lutei para me lembrar. Ela tinha sido enfermeira... no Johns Hopkins.

Por quê?, perguntei-me, confusa. Por que o fato de eu ter salvado Maggie tinha mudado as coisas para Rose? Mudado para pior?

— Não conte para seus pais. Acho que vovó não quer que saibam. — Ele se ergueu. — Levo você de volta.

Era um convite para que eu fosse embora, mas pelo menos era um convite gentil.

Jackson foi na frente pelo caminho estreito, de vez em quando se virando para ter certeza de que eu estava evitando os locais perigosos. Eu precisava me esforçar para acompanhar seus passos largos. O presente em meu bolso ficava mais pesado a cada passo. E se Jackson entendesse errado? Era mesmo um presente caro demais para um amigo. Não sei o que tinha passado pela minha cabeça. Devia ter ouvido minha mãe.

Toquei no assunto Helen, de leve, para que ele soubesse que eu sabia e que não me importava.

— Quanto tempo faz que você e Helen... — me interrompi. *Idiota*. Recomecei. — ... que você e Helen são parte do movimento?

Ele se virou e estendeu a mão para mim, ajudando-me a subir um grande degrau de pedra, e depois me puxou até eu ficar na altura dele. Estava me olhando, e parecia divertir-se.

— Vou às reuniões desde os 14 anos. Helen começou faz só uns meses.

— Ah — disse eu, soltando sua mão e tomando a frente. — Ela parece muito legal.

— Ela é — respondeu. — E muito corajosa também. Está organizando a oposição contra a política do governo de deportações de asiáticos.

— Puxa! — exclamei, perguntando-me por que ele ainda parecia estar se divertindo. Saímos do bosque para o gramado sobre a ribanceira a oeste de Amber House. Quando nos aproximamos do cemitério cercado que continha os restos mortais de várias gerações da minha família, Jackson desviou-se para abrir o portão de ferro.

— Vamos sentar aqui um instante e aí você me conta por que foi me visitar.

Fiquei ocupada, espanando a neve do banco que ficava junto ao portão, do lado de dentro, para ganhar tempo. Coloquei as luvas sobre o assento para que meu traseiro não entrasse em contato direto com a pedra fria. Enfiei as mãos nas mangas do casaco, para mantê-las aquecidas. Finalmente, olhei para cima. Ele estava esperando, os olhos cravados em meu rosto.

— Por que você sempre faz isso? — perguntei. — Por que está sempre me olhando?

— Quero saber o que você está pensando.

— Está escrito na minha cara, como um letreiro?

— Praticamente — ele respondeu, escondendo um sorriso.

— Meu Deus — eu disse, envergonhada. — Sou como uma criança de 5 anos. Não consigo esconder nada.

— Não é que não consegue, Sarah; é que você não esconde. Eu acho que isso na verdade é muito corajoso. Queria eu ser mais assim.

— Sério? — falei, corando um pouco. De satisfação.

— Sério. Agora me conta, Senhorita Sinceridade, por que a visita de Natal?

Eu ri. Ele tinha me manobrado para me fazer confessar. Sacudi a cabeça de leve.

— Na verdade, por dois motivos. Primeiro, para pedir desculpas por ter saído correndo daquele jeito ontem...

Ele me interrompeu.

— Eu entendo, Sarah. Você não acha certo bancar Deus. Esquece.

— Sério?

— Sério.

Tinha minhas dúvidas de que algum de nós iria esquecer, mas pelo menos podíamos deixar de lado.

— Em segundo lugar, queria te dar seu presente de Natal, só que...

Ele ergueu as sobrancelhas.

— É um presente meio maluco, mas quando vi... — Tirei a caixa do bolso e entreguei a ele. — Não sei por quê achei sua cara.

Ele desamarrou o laço, tirou o papel e abriu a caixa. Apressei-me a explicar:

— Sammy te deu aquele presente antigo tão legal...

— O estetoscópio.

— Sim. E eu pensei que esta seria uma outra coisa de que um médico iria precisar.

— Um belo relógio de bolso antigo para combinar.

— Exato — disse eu. — Sabe, para controlar a hora das suas consultas, essas coisas.

Ele sorriu.

— É perfeito, Sarah — falou, com tranquilidade, encantado. — Adorei. Obrigado.

Pronto. Ele gostou. Por que eu tinha pensado que seria um grande problema? Ele torceu o pino, dando corda, e baixou o capuz da blusa para levá-lo à orelha. Vi a fileira precisa de Xs que meu pai havia costurado na testa dele.

— Ah, meu Deus — exclamei. — Lembrei do que eu queria te falar.

— O quê?

Meu sonho. O homem louro. A moeda girando.

— Aquela palavra que você escreveu no chão, quando bateu a cabeça...

— Eu escrevi alguma coisa?

Fiz que sim.

— Jano.

— O deus romano?

— Isso — eu disse. — E eu achei a coisa relacionada a Jano.

Não estava preparada para o brilho de esperança que vi nos olhos dele.

— O que é? — perguntou.

— Uma moeda. Uma moeda muito antiga. Muito mais antiga que Amber House. Tinha duas caras, uma jovem e a outra velha, apesar de eu só ter visto a jovem...

— *Onde* você viu?

— Bom, foi num sonho. Um sonho-eco ontem à noite. Pelo que vi, a moeda pertenceu a um antepassado meu chamado capitão Foster, e antes dele, ao pai da esposa dele. Os dois achavam que dava sorte. Mas eu também vi essa moeda na vida real. Ontem, na casa dos Hathaway.

Ele se ergueu, o rosto iluminado, intenso. Andou para longe de mim, penetrando mais no cemitério. Segurava a cabeça. Voltou, pressionando um lado do nariz com a manga da blusa.

— Precisamos pegar essa moeda — disse.

— Por quê? Por que é importante?

— Ela é a chave — ele disse. — Foi por isso que eu a vi na minha visão.

— A chave para quê?

— Para mudar o tempo de novo.

Capítulo Dezenove

Não.

Percebi que estava sacudindo a cabeça. *Não*.

Ele tinha dito para eu *esquecer*, mas é claro que não foi o que quis dizer. E eu entendi. Sério, entendi mesmo. Ele queria salvar os pais. Se sua amiga tem superpoderes para mudar o tempo, por que ela não faria isso por você? Eu ia querer que ele fizesse isso por mim.

Mas só de pensar nisso minhas entranhas se contorciam de angústia. *Não sei como fazer isso. E se eu estragar tudo?*

— Olha — disse Jackson. — Me desculpa por não deixar isso para lá, mas, se você soubesse o que eu sei, se tivesse visto o que vi...

— Eu não vi — interrompi-o. Tentei me acalmar e explicar mais uma vez. — Eu já disse, eu nem sei como aquilo... aquela coisa de mudar o tempo... aconteceu antes. Não posso simplesmente *fazer* acontecer só porque eu quero. Além do mais, e talvez mais importante, tenho pesadelos com minha bisavó dizendo que alguma coisa deu terrivelmente errada. Ela passou a vida toda tentando encontrar alguém que mudou o tempo *dela*. Uma garotinha que fez tudo dar errado para ela. E se eu tentasse mudar o tempo e só piorasse as coisas?

— Salvar meus pais vai *piorar* as coisas?

— Você muda uma coisinha no passado e o mundo todo pode acabar diferente.

— Salvar Maggie deixou o mundo pior?

— Eu não sei. Eu não estava tentando salvar Maggie. Simplesmente *aconteceu*. E eu não sei o que mais eu fiz. Não sei que preço *todos* nós pagamos. Você também não sabe.

— Sarah, o futuro que eu vejo é *melhor* do que este — ele disse baixinho. — E se for a sua chance de melhorar tudo?

180

Eu ainda estava sacudindo a cabeça. Senti que minhas faces ficavam úmidas. Eu queria ajudá-lo, queria mesmo. Jackson era... Hesitei em colocar uma palavra ali. Importante. Ele era importante para mim. Ele parecia desconcertado e desapontado. Eu não podia aguentar. Levantei-me de repente.

— Me desculpa. Preciso ir.

Comecei a correr, passei pelo portão e tomei o caminho para casa, e não diminuí a velocidade até chegar à escada em espiral na estufa. Atrás de mim, Pandora chorava dentro do laguinho. Compreendi suas lágrimas. Fiquei escondida em meu quarto até que as minhas parassem.

Quando desci para a cozinha, encontrei meus pais lado a lado, à pia da cozinha. Conversando, rindo, preparando nosso banquete de Natal. O Natal era outra daquelas festas em que parecia necessário fazer uma montanha de comida. Não era tão ruim quanto o Dia de Ação de Graças da Nova Inglaterra, mas quase. Sempre tínhamos ganso com purê de batatas e todos os acompanhamentos, arrematando com três opções de sobremesa.

Fiquei observando enquanto minha mãe contava uma piada, com cara séria, fazendo meu pai rir alto. E pensei em Jackson, passando o Natal com a avó à beira da morte em uma casa escura.

Um nó começou a se formar em minha garganta, e fiz força para tirar da cabeça aquela imagem. Pensaria naquilo mais tarde.

Mamãe havia notado minha chegada.

— Richard ligou enquanto você estava fora — ela disse, erguendo uma sobrancelha delgada. — Ele me pediu para dizer-lhe que quer sair meia hora mais tarde.

Oh.

Ela continuou.

— No futuro, por favor, lembre-se de que você não tem autorização para planejar viagens através do país sem nos consultar primeiro. Você ainda não é bem uma adulta.

181

Posso não ser adulta, pensei, *mas 16 anos é idade suficiente para planejar uma viagem de um dia.* Suspirei. Imaginei se Sarah Um tinha tido uma mãe tão superprotetora.

— Isso tendo sido dito... — acrescentou mamãe, com um sorriso. — Não é o máximo?

Achei difícil de acreditar que minha mãe ficasse tão deslumbrada com o convite de Richard Hathaway para que o acompanhasse a Richmond.

— O que é o máximo?

— Richard não contou o motivo da viagem? — meu pai perguntou, incrédulo.

Encolhi os ombros.

— Ele vai buscar algo, não é?

Meu pai me olhou, sem poder acreditar.

— O presidente Stevenson ligou e disse a Robert que lhe entregaria um filme com a gravação de seu apoio, para ser apresentada na noite em que a candidatura for anunciada.

— Isso é... incrível? — disse eu.

— Sarah, querida, está claro que você não *entendeu* como isso é importante — disse papai, paciente. — É algo sem precedente. Stevenson é tão adorado na CEA que ele se mantém no cargo de presidente desde que você nasceu. E agora ele está *cruzando as fronteiras partidárias...* — juro que papai disse isso em itálico — ... para apoiar Robert como seu sucessor. É algo que nunca aconteceu! Esse tipo de coisa simplesmente não acontece! Com isso, Robert vai ser o favorito! *Todos* vão levar a sério sua mensagem.

— Mas por que Stevenson está fazendo isso? Apoiando o pai de Richard em vez do candidato do partido dele?

— Porque Stevenson entende como é importante, agora mais do que nunca, unir a UDA. Ele sabe que é necessário um homem como Robert, alguém com uma atitude sensata e liberal quanto às relações raciais, para construir alianças mais robustas.

— A UDA?

— A União das Américas.

— Falaram algo sobre isso, outro dia, na igreja de Jackson. Que os nazistas iam tentar fazer algo para sabotar o movimento de Unificação.

— Quem disse isso? — perguntou meu pai.

Sacudi a cabeça, tentando lembrar.

— Um homem da Nova Inglaterra. Um rabino. Ele disse que tinha sido informado pelo não-sei-o-quê judeu... — tentei lembrar o nome.

— O Serviço Secreto Judeu — meu pai me ajudou. — Eles sabem mais sobre os alemães do que qualquer outra pessoa. O que ele disse que os nazistas iam fazer?

— Ele não mencionou nada em específico. Só algo sobre estar preparado para um monte de mortes de inocentes. — Eu me sentia uma idiota. Devia ter anotado tudo. E talvez ter contado antes para meus pais.

— Você acha que... — Mamãe estava preocupada. — Devemos contar a Robert?

Meu pai sacudiu a cabeça.

— Se o pastor Howe sabe, tenho certeza de que Robert também foi informado.

— Por que os alemães iriam querer fazer uma coisa dessas? — perguntei.

— Tom, nós não precisamos entrar em muitos... detalhes — interrompeu minha mãe, lançando a papai um olhar penetrante.

— Você mesma disse, faz uns minutos, que ela é quase uma adulta. Ainda não pode fazer muita coisa para mudar a situação, mas ela precisa compreender.

Meu pai colocou a mão em meu ombro.

— Você sabe que o Reich já teve mais de sessenta anos para consolidar seu domínio da Europa e do norte da África.

— E daí?

— E que o Império Japonês fez o mesmo no Pacífico. Já faz quase trinta anos que eles invadiram a Austrália.

— Eu estudei história mundial.

— Bom, querida, quem você acha que é o próximo na agenda deles?

Para dizer a verdade, eu nunca tinha pensado que eles tinham uma agenda. Já não tinham conseguido o que queriam? Nunca tinha imaginado que eles achavam que precisavam de mais.

— Chegou a hora em que precisamos fortalecer nossa posição global, unindo-nos em uma causa comum com os outros países americanos, do norte e do sul. Temos que fazer esses regimes agressivos pensarem duas vezes antes de nos atacarem.

Aquilo tudo era novidade para mim. E a coisa não parecia nada boa.

— Será que Richard sabe de tudo isso?

— Imagino que ele deva ser mais bem informado do que um adolescente típico de 17 anos. De qualquer forma, querida, agora talvez você possa entender melhor por que achamos tão importante voltar para Amber House e fazer o que pudermos para ajudar na eleição de Robert.

Nesse momento, mamãe meio que se enfiou entre mim e papai.

— Chega de política! — ela exclamou, animada. — E não falem nada disso à mesa de jantar, na frente de Sammy. Algumas coisas são assustadoras demais para um garotinho, especialmente ele...

Que não pensa sobre o mundo do mesmo jeito que a maioria das crianças, completei em pensamento.

Papai abriu um dos fornos.

— O ganso está quase pronto — anunciou. — Vai estar na mesa em uns dez minutos. Sarah, você poderia ir buscar Maggie e Sammy?

— Claro.

Minha mãe passou o braço pelo meu.

— Você vai se divertir em Richmond com Richard. Você faz ideia do que vai vestir?

Revirei os olhos, mentalmente. Sim, é claro que eu sabia. Fiz que sim e empurrei a porta de vaivém, saindo para o corredor.

Pelo modo como meus pais admiravam Robert Hathaway, eu podia entender por que eles pareciam estar querendo que eu namorasse o filho dele. Eles olhavam para Richard e viam um futuro homem importante. Mas, puxa, como eu queria que mamãe parasse de insistir!

Arrumar tudo depois do jantar demorou cerca de uma hora, mas depois disso, fiquei feliz em dar o Natal por encerrado. Parecia ter durado uma eternidade. Eu me sentia *muito* mais velha do que uma semana antes.

Já no Quarto Florido, preparei as roupas que usaria na manhã seguinte. Algo que fosse adequado para viajar, pois seriam ao menos três horas no carro, mas que parecesse adulto e feminino.

Notei que tinha deixado meio aberta a pequena casa de bonecas. Abri a parte da frente e peguei meus pedaços de poema.

Se tiveres a chance de escolher tudo outra vez...

Foi como se uma serpente tivesse me picado. Joguei os papeizinhos no lixo.

Uma batidinha familiar soou na janela. Jackson estava lá fora, de pé no frio, a respiração formando nuvenzinhas.

Pelo que eu podia me lembrar, era a primeira vez que eu estava relutante em ir ao encontro dele. Tinha medo de que ele fosse retomar o assunto sobre o qual eu estava evitando pensar. Mas assenti e apontei para a estufa.

Ele estava esperando por mim perto da estátua, sentado à beira do lago.

— Dessa vez sou *eu* que quero pedir desculpas — ele começou. — Eu não devia ter insistido com você daquele jeito. Você não pode ver o que eu vejo, e não há como você querer as mudanças tanto quanto eu quero.

— O que você vê?

Ele sacudiu a cabeça. Não estava pronto para me contar. Colocou a mão no bolso e me estendeu algo.

— E, também, acho que estou te devendo um presente de Natal.

— *Dever* não é bem o termo certo — disse eu.

Ele colocou em minha mão uma caixinha atada com um laço de fita.

Ela continha uma medalha militar. Uma condecoração britânica por bravura.

— Era de meu pai — ele disse. — Ele lutou defendendo a última colônia contra os japoneses. Eles o condecoraram por atacar um ninho de metralhadora quando o pelotão dele foi cercado perto de Melbourne. Ele levou um tiro, mas destruiu o ninho. Sempre que me sinto sem coragem de continuar, digo para mim: "Destrua o ninho".

— Eu não sabia que seu pai era britânico.

— Os pais deles saíram da Inglaterra um pouco antes do final da Segunda Guerra Europeia e foram para a Austrália. Então, quando o país foi invadido, ele saiu de lá e foi para a Nova Inglaterra. Foi onde conheceu minha mãe.

— Você não pode me dar isso, Jackson.

— Quero que você fique com ela. — Ele escolheu as palavras. — Sarah, sei de uma coisa sobre você que acho que você mesma não sabe.

— O quê?

— Você é uma pessoa muito corajosa. Eu sempre achei isso, desde o começo. Você tem uma honestidade destemida, e nunca vi você recuar diante de um desafio ou de qualquer coisa que você achasse ser o certo, mesmo que estivesse morta de medo. Assim, se você não quer... — a voz dele ficou mais baixa — ... tentar mudar as coisas de novo, tenho que respeitar. Tudo bem?

Meu nariz ardeu por dentro. Ele era generoso demais comigo. Sempre tinha sido.

— Obrigada — consegui dizer. — Me desculpa.

Ele sacudiu a cabeça.

— Talvez algum dia eu tenha coragem suficiente para te contar o que eu vejo.

— Eu não posso mesmo ficar com isso — eu disse, estendendo a medalha para ele na palma da mão.

Ele fechou meus dedos em volta dela.

— É a única coisa que tenho para te dar. E é algo que eu quero que fique com você.

Ele me deu um sorriso suave, e então desapareceu na noite.

Alguém está chamando meu nome.

— Sa-a-a-rah. Sa-a-a-a-rah!

Deslizo meus pés para fora das cobertas e salto da cama.

— Sarah! — a voz sussurra. Corro nas pontas dos pés para segui-la. Vejo alguém correndo para o outro corredor.

A primeira porta está entreaberta e vejo a mão de Amber nela, desaparecendo do lado de dentro. Empurro a porta, abrindo-a totalmente.

A lua está tão brilhante que posso ver tudo. Uma mulher velha está dormindo na cama. Seu cabelo branco se espalha por todo o travesseiro, como teias de aranha. Ela abre os olhos e me olha.

– Eu conheço você – diz. – Como é mesmo seu nome?

– Sarah. Qual é o seu?

– Fee. Lembra-se? – Ela afasta as cobertas e se levanta da cama, e de repente é uma garotinha. Como eu. E eu me lembro. Ela diz: – Quer ver uma coisa? Venha.

Olho para trás ao sairmos e a mulher velha ainda está lá, dormindo.

Descemos as escadas e atravessamos um alçapão na despensa da cozinha. Continuamos descendo, por uma escada secreta. Duas mulheres estão no fim da escada. Uma mulher negra bonita, deitada em uma cama, e uma mulher branca alta, sentada a seu lado. Eu tinha visto as duas mulheres antes, da outra vez que segui Fee. Há uma trouxinha que se agita, acomodada na dobra do braço da mulher negra. Esta parece muito cansada. Está tendo dificuldade para falar.

– Você vai manter sua promessa.

– Vou, sim – diz a mulher alta. – Se acontecer o pior, vou criá-la e amá-la como se fosse minha. Mas não vai acontecer nada, Della. Você é jovem e forte. Isto não vai matar você.

– Vai – ela responde, sem energia. – Eu vi. Não importa. Diga a ela... eu estava disposta a pagar o preço.

A bebê começa a se agitar, e a mulher alta a pega e a embala com suavidade nos braços.

– Sh, sh, sh – diz.

Fee me chama com o dedo.

– Chegue mais perto.

Ficamos bem do lado da mulher, mas ela não nos percebe. Somos invisíveis.

– Olhe nos olhos dela – diz Fee para mim. – Você vê?

Fico na ponta dos pés para olhar.

– Qual o nome dela? – pergunta a mulher alta à outra.

– Chame-a de Amber – responde a mulher negra.

Fico emocionada. Então esta é Amber, penso, olhando bem dentro de seus grandes olhos castanhos. E então vejo e sinto que Amber está olhando bem nos meus.

Capítulo Vinte

Enquanto eu me preparava, na manhã seguinte, para a viagem até a capital, fiquei pensando no sonho. Como da outra vez em que sonhei com Fee criança, tudo me pareceu familiar. Talvez tivesse sido o que havia inspirado minha Amber imaginária... se é que Amber *era* imaginária. Fiquei pensando por que a Fiona velha quis que eu olhasse nos olhos do bebê. E por que tive a impressão de que o bebê podia me ver? Talvez isso significasse que ela podia ver o futuro, como Nanga. Poderia explicar por que Fiona achava que Amber tinha sido a responsável por fazer o tempo dar errado.

Quando terminei de me vestir, examinei-me no espelho de corpo inteiro e me senti estranhamente desconectada do que via. Eu sabia que a Sarah que tinha usado esse espelho no outro passado não aprovaria meu traje: um vestido xadrez de cintura alta com casaco de lã combinando. Luvas. Uma boina. Era tudo muito *comportado*. Aquela outra Sarah nunca era comportada.

E talvez fosse por isso que, quando Richard estacionou, saiu do carro e deu a volta pela frente do veículo, preparando-se para abrir a porta do passageiro para mim, eu me apressei ao descer a escada e cheguei antes dele.

Ele sorriu.

— Você leva mesmo a sério essa coisa da igualdade, não é, priminha?

— É, acho que sim, *priminho*. Será que isso é um problema?

Ele sacudiu a cabeça, enfático.

— Não, nem um pouco — ele se virou e voltou até a porta do motorista, para entrar. — Acho que o vestido me confundiu um pouco. Esqueci com quem é que estou lidando. Você está muito bem, aliás.

— Muito bem e feminina — rosnei.

Ele sorriu.

Uma lembrança me invadiu, passando como um filme em minha cabeça. Richard e eu estávamos sentados em um outro carro parado, e ele estava pedindo desculpas:

— Não sei por que menti para você desse jeito. Foi besteira, tá? É só que... Eu só não queria dizer em voz alta, sabe? Que ela simplesmente nos abandonou.

Claire, percebi. Naquele outro tempo, ela havia deixado Robert e abandonado Richard. Mas neste tempo, ela era uma esposa perfeita.

E havia algo mais naquela lembrança. Aquele outro Richard... ele havia se aproximado, colocado o indicador sob o queixo daquela Sarah e dado um beijo nela. Dado um beijo em mim. Eu tinha deixado o outro Richard Hathaway me beijar naquela noite, e tinha gostado muito. Será que gostaria de novo?

— Esqueceu algo? — Richard perguntou.

— Nã-ão — respondi, um pouco depressa demais. — Na verdade, me lembrei de algo.

— Temos tempo.

— Para quê?

Ele riu.

— Se você quiser voltar lá dentro para pegar. Temos tempo. Você pode ir.

— Ah, não. Está tudo bem.

— Então vamos embora — ele disse, acelerando o motor.

Saímos como uma bala.

— Este carro não tem cinto de segurança — eu disse, com a voz um tanto aguda.

— Não — ele respondeu.

Viramos para sul em uma ponte que cruzava o Severn, sem que Richard reduzisse a velocidade.

— Qual a distância até Richmond? — perguntei.

— Mais ou menos 350 quilômetros.

— Quanto tempo vamos levar?

Ele mudou de marcha, reduzindo a velocidade.

— Uns trinta minutos.

— Nem você é *tão* rápido assim.

Ele virou à direita através de um portão. Quando saímos do meio das árvores, vi onde estávamos.

— É, Parsons, eu *sou* rápido assim.

Um pequeno aeródromo estendia-se diante de nós, com um bonito aviãozinho Messerschmitt de dois motores na pista, pronto e à espera.

Estacionamos o carro junto ao hangar. Um mecânico estava lá, limpando as mãos em um trapo.

— Já está abastecido, senhor Hathaway.

— Hã. — Notei que faltava algo. *Alguém.* — Onde está o piloto? — perguntei a Richard.

— Você está olhando para ele.

— Ah, não — disse eu. — Não mesmo. Eu vi o jeito como você dirige.

Ele riu e abriu a porta do lado direito. Então segurou meu braço, imaginando, corretamente, que algum incentivo físico seria necessário para impulsionar meu corpo para dentro daquele avião.

— Eu voo desde que tinha 12 anos. Consegui meu brevê com 15. Sempre que papai e eu vamos para o sul, eu sou o piloto. Pode acreditar que papai nunca confiaria a vida a mim se eu não fosse competente.

Lembrei a mim mesma que Richard Hathaway era mais do que competente em tudo que fazia. Subi para o assento.

Richard acomodou-se, ligou os motores e então começou a ligar interruptores e checar medidores como se soubesse o que estava fazendo.

— Cinto de segurança — ele orientou, e colocou o seu. Tirou um chiclete do bolso e começou a mascar, muito concentrado.

— Espera aí — disse eu. — Não devíamos ter paraquedas, ou algo assim?

— É melhor encarar, priminha. Seu destino está totalmente em minhas mãos. — Ele deu de novo seu sorriso torto, malicioso. — Aproveite o voo.

Ele empurrou para diante o manete de aceleração e o avião entrou em movimento. Manobramos até a cabeceira da pista e começamos a acelerar. Daí a segundos, as rodas ergueram-se do chão.

— Os momentos mais perigosos do voo são a decolagem e a aterrissagem — disse ele. — Metade já foi.

Acenei com a cabeça na direção do para-brisa.

— Só preste atenção, está bem?

Voamos para oeste antes de fazer a curva para sul. Voar era diferente neste avião pequeno. O chão estava mais perto. Virei a cabeça para um lado e observei o terreno que sobrevoávamos — as colinas suaves, os rios, as cidades, as grandes mansões como Amber House.

Então os topos das árvores começaram a ficar mais próximos e Richard estava falando em seu fone de ouvido.

— Obrigado, torre.

Vi um hangar e a longa pista se aproximando depressa. Agarrei os braços de meu assento e fechei os olhos.

As rodas tocaram o asfalto com um pequeno guincho, rebotaram e tocaram de novo. Sacolejamos um pouco e então começamos a rodar suavemente. Eu podia ouvir Richard mexendo nos interruptores e então o ruído do motor mudou quando ele acionou o reverso.

— Pode respirar agora, priminha. Chegamos.

Abri os olhos e percebi que de fato tinha prendido a respiração. Soltei o ar o mais discretamente possível.

— Bela aterrissagem — admiti.

Ele riu.

— Da próxima vez, você precisa tentar ficar de olhos abertos.

Ele manobrou até um hangar e desligou os motores, e então disse:

— Agora, a parte realmente perigosa da viagem. — Ele apontou por cima do ombro com a cabeça. — John vai nos levar para Richmond.

Olhei e vi um homem negro, com chapéu de motorista, parado ao lado de uma limusine Mercedes reluzente.

De novo aquele sorriso charmoso. Ele fez uma reverência exagerada, movendo os braços em arco.

— *Après vous* — disse.

Fomos direto para o centro da capital, repleto de enormes edifícios de pedra com colunas e frontões gregos, enormes lances de degraus de mármore e coroados por domos. Quatro dessas estruturas flanqueavam um longo parque central com gramados, árvores e fontes. Richard bancou o guia turístico.

— O edifício do Congresso está do lado oeste. No sul, a mansão presidencial. A leste, a Suprema Corte, e a norte, o monumento aos heróis da confederação.

John nos deixou ao pé de uma imensa escadaria, na extremidade oeste do parque. No alto, Richard foi cumprimentado pelos guardas. Ele me levou ao escritório do pai, um conjunto de salas repletas de escrivaninhas de mogno e poltronas de couro, luminárias de latão e quadros a óleo. Uma secretária bonita, de cabelos negros, apressou-se em oferecer-nos café ou chá.

— O rolo de filme já foi entregue, Stacey? — perguntou Richard.

Ela piscou os olhos.

— Ninguém lhe contou? O presidente Stevenson pediu que você fosse buscá-lo, do outro lado da rua.

Aquilo pareceu surpreender Richard.

— Meu Deus. Eu não fazia ideia.

— O que está acontecendo? — perguntei.

— O presidente está nos esperando — foi a resposta de Richard.

Fomos escoltados até a mansão do presidente Stevenson, um edifício branco de tijolos, em estilo neogrego. Não usamos a porta da frente; um guarda nos conduziu para uma entrada lateral de serviço. Um homem de terno preto e gravata amarela saiu do nada e adiantou-se para apertar a mão de Richard.

— Por aqui.

Um carpete azul espesso revestia um corredor amplo, ladeado com o que no passado deviam ter sido quartos de dormir, mas que agora eram escritórios agitados. As pessoas erguiam os olhos de seu trabalho para nos observar quando passávamos.

A maioria delas estava sentada diante de telas de televisão conectadas por cabos a fileiras de grandes gabinetes de metal cheios de luzinhas que piscavam. Computadores. É claro que o presidente tinha a última tecnologia.

Subimos por um elevador, percorremos mais um corredor acarpetado e fomos rumo à "residência executiva", como explicou o homem de terno preto. Andávamos depressa, mas olhei ao redor o máximo que podia, espiando escadas acima e os corredores com os quais cruzávamos. O complexo era imenso, opulento, com passagens em arco, sancas elaboradas e paredes revestidas com painéis de madeira. Tudo pintado de amarelo-creme, azul-pálido ou verde-claro. Fiquei pensando se Claire Hathaway iria "corrigir" o esquema de cores quando se tornasse primeira-dama.

Nosso guia nos levou até uma sala de espera. As janelas davam vista para o parque rodeado por edifícios públicos. Dali, em pleno inverno, tudo parecia desagradavelmente cinzento.

— Ele estará pronto para recebê-los em breve — disse o homem.

Havia uma multidão do lado de fora da cerca de ferro, no final do amplo gramado. Eles tinham cartazes e cantavam. Muitos deles usavam braçadeiras com um símbolo preto. *Suásticas*.

— Eles são confederados? — perguntei a Richard.

Uma voz rouca me respondeu:

— Infelizmente, sim. Um grupo pequeno, mas crescente, de meus eleitores, receio. Tolos que desejam um governo mais "forte".

Voltei-me. O presidente Stevenson vinha em direção à janela, apoiando o peso do corpo em uma bengala. Eu mal o reconhecia das fotos que vira. Ele tinha a mesma cabeleira branca leonina, os mesmos olhos astutos, mas sua face estava abatida, enrugada, cansada. Ele bufou de desprezo dos manifestantes.

— Lunáticos. Mais e mais deles a cada dia.

Ele estendeu a mão nodosa para Richard, que se adiantou para apertá-la.

— Richard, não é? — perguntou.

— Sim, senhor.

O presidente sorriu, mas o sorriso não chegou a seus olhos.

— O jovem príncipe na linha de sucessão para o trono. Seu pai está sendo esperto em treinar você. — Ele me olhou. — E quem é esta?

— Na verdade, minha vizinha, senhor presidente — disse Richard. Ele acenou muito de leve com a cabeça, para que eu me aproximasse. Eu sinceramente não sabia como agir. Teria que fazer uma reverência, ou algo assim? Estendi a mão.

— Sarah Parsons, senhor presidente.

O homem de terno preto pareceu se materializar do nada, adiantando-se para sussurrar no ouvido do presidente.

— Ah, a herdeira de Amber House — disse Stevenson, apertando minha mão. E comentou: — Apropriado.

Apropriado por quê?, perguntei-me, enquanto ele soltava minha mão. Paralisada com o peso do olhar de Stevenson, de repente desejei não ter vindo.

Richard rompeu o silêncio.

— Em nome de meu pai, eu gostaria de lhe agradecer, senhor...

— Seu pai é um homem astuto — Stevenson estendeu a mão para o Terno Preto, que prontamente colocou nela uma pequena lata de filme. — Não gosto muito da forma como ele faz política. Nunca gostei. Mas ele é o homem certo para a tarefa que temos diante de nós.

Ele estendeu o rolo de filme para Richard, que se aproximou mais para pegá-lo.

— Obrigado, presidente Stevenson.

Stevenson não soltou a lata, retendo Richard no lugar.

— Não me agradeça, garoto. Não tenho certeza de que esteja fazendo nenhum favor a seu pai. Só lhe diga que ele tem que agir rápido. O tempo está se esgotando. Estou velho demais e apegado demais a meu jeito de agir para fazer isso eu mesmo.

— Fazer o quê, senhor? — perguntou Richard.

O presidente soltou a lata.

— Evitar uma guerra mundial, claro. — Ele se virou e começou a sair da sala, já tendo terminado seu assunto conosco. Ouvi-o murmurar: — É hora de uma mudança.

Terno Preto nos levou de volta para fora. Ele também tinha uma mensagem para Richard entregar ao senador Hathaway.

— Seu pai precisa ter cuidado. O Serviço Secreto Judeu diz que o Reich não está muito feliz com ele, e nossa própria agência concorda. Vão tentar detê-lo.

John estava esperando com o carro em frente ao portão lateral. Quando Richard se aproximou, ele segurou uma pasta aberta, e Richard guardou dentro dela o rolo de filme.

Entramos no carro. Richard estava em silêncio. Depois de um instante, ele estremeceu.

— Que velho sinistro! Você sentiu o poder que irradia dele?

Talvez eu tivesse sentido, sim.

— Você acha que ele está certo? — perguntei. — Você acha que vai haver uma guerra?

— Stevenson tem quase 80 anos. Ele está ficando senil.

— Que pensamento reconfortante. Um velho gagá governando um país.

Richard encolheu os ombros, quase como se tentando espantar o humor sombrio.

— Bom, você ouviu o que ele disse, não é? "É hora de uma mudança." Pelo menos ele sabe que é a hora de deixar o poder.

Eu queria perguntar a Richard se ele achava que o pai poderia assumir a responsabilidade. Se ele podia realmente fazer o que Stevenson tinha esperança de que ele fizesse.

Mudar o mundo.

195

Capítulo Vinte e Um

Richard tinha mais uma incumbência, e por isso demos uma passada pela residência dos Hathaway na capital, em um bairro próximo, de casas elegantes erguendo-se em meio a gramados bem cuidados. A casa dos Hathaway era de tijolo, com venezianas pretas e um telhado cinzento de ardósia. Calculei que teria ao menos duzentos anos de idade.

— Não vai demorar — ele disse. — Você pode esperar no carro, se quiser.

E perder a chance de ver a casa por dentro? A curiosidade deve ter transparecido em meu rosto.

— Vem. — Ele riu enquanto descia da limusine. — Pode dar uma olhada.

Enquanto Richard corria escada acima para pegar um par de abotoaduras "da sorte" que seu pai queria usar quando anunciasse a candidatura, fui dar uma olhada na sala de estar. A inconfundível estética minimalista estava mais uma vez presente. Aquela relaxante paleta de cores neutras. Minha atenção foi atraída por uma parede de fotos em preto e branco emolduradas. Um bebê envolto em uma manta, dentro de um berço; uma criancinha com dentes muito brancos sendo empurrada em um balanço. O mesmo garoto de cabelos quase brancos construindo castelos de areia na praia, correndo entre as folhas do outono, colocando os retoques finais em um boneco de neve. Em muitos deles, uma mulher loira estava ao lado, observando com carinho. Claire Hathaway, admirando seu filho perfeito.

Mas naquele outro tempo, ela o deixou. Por que isso era diferente? O que Fiona queria que eu visse nos olhos de Amber bebê?

— Hã. — Richard havia aparecido na porta, bem a tempo de notar minha aproximação para olhar as fotos mais de perto.

— Você foi uma criancinha linda.

Isso o fez sorrir. Aquele híbrido irresistível do sorriso torto de Claire e do sorriso quadrado de Robert.

Ele me levou a um bistrô para um almoço tardio. Richmond tinha um enclave de refugiados franceses que haviam fugido da ocupação nazista nos anos 1940 e 1950, mas que não quiseram se juntar a seus compatriotas na nação da Louisiana, uma região geograficamente muito diferente, que se estendia a norte e oeste do rio Mississippi. Richard sabia exatamente o que pedir, e isso me poupou o constrangimento de tentar ler o menu em meu francês pior que medíocre, aprendido na escola. Ele percebeu rápido que eu não conseguia acompanhar seus comentários sobre o menu, e nesse ponto teve a feliz ideia de envolver o garçom em uma conversa sem tradução sobre a *"mademoiselle"*. *"Mais oui"*, o garçom ficava respondendo, curvando a cabeça em minha direção, *"assurément"*, *"tout à fait"*.

— O quê? O quê? — eu perguntava, mas Richard sacudia a cabeça e colocava um dedo nos lábios para garantir o silêncio do garçom.

Considerei que era o troco merecido por todas as vezes em que eu o tinha provocado, mas achei que ele estava se divertindo *demais* com aquilo.

— *Permettez-moi* — disse finalmente o garçom, e explicou, num inglês de sotaque carregado, que Richard tinha lhe perguntado se eu não era a dama mais adorável que ele tinha visto naquele dia.

Corei, revirei os olhos e sorri. Os dois riram.

Richard parecia uma versão mais feliz e mais sincera do garoto de quem me lembrava por aquela conversa no carro, naquele outro tempo. Imaginei que crescer ao lado da mãe poderia ter causado aquela diferença. Talvez eu ter salvado Maggie tivesse algo a ver com aquilo. Talvez tivesse sido algo bom para mais gente além de minha pequena família.

Depois de comer, cruzamos o centro da capital em nosso caminho de volta ao aeroporto. Richard deve ter notado o desejo em meu rosto ao passarmos pelo Memorial a Jackson, porque pediu a John para parar.

Subimos devagar os degraus. O lugar estava quase deserto agora, já no fim do dia. Um vento gelado soprou de oeste, vindo por trás de mim e agitando minha saia ao redor de meus joelhos. Dentro do monumento, o vento produzia um suspiro audível, passando através dos espaços abertos ao redor das colunas de pedra. O tom agudo dele incomodava meus ouvidos, enquanto eu me concentrava na estátua que se erguia, sentada e pálida, diante de mim.

Estava tudo... errado, de algum modo.

Os olhos cegos olhando através das colunas para o futuro do país que ele ajudara a construir. A face suave, cheia de rugas e marcada por uma longa cicatriz. O adorado primeiro presidente da CEA, Andrew Jackson. Por trás dele, gravada nas paredes de mármore, a lista que homenageava todos os soldados que tinham tombado na breve e bem-sucedida revolução de 1833 contra a Inglaterra.

Pensei, *É outra pessoa que devia estar sentada na cadeira de mármore.*

John guardou com cuidado a pasta no Messerschmitt, e Richard ligou os motores e manobrou para a pista.

— Quero que fique com os olhos abertos dessa vez, priminha. Este pôr do sol foi uma encomenda especial para você.

Decolamos e voamos para oeste-noroeste, rumo a um céu rosa-alaranjado que escurecia para um tom violeta. Richard de novo deu uma de guia turístico.

— Lá está Charlottesville, ao longe, à esquerda. Vários dos líderes mais importantes da revolta colonial vieram dali. O cara que escreveu o documento que mandaram ao rei George... ele morava um pouco para sudeste da cidade. O casarão dele ainda está de pé, embora tivesse sido confiscado pela Coroa. Ele o chamava de Montevidéu, ou algo assim...

— Monticello — murmurei.

— É, isso mesmo. Então você já ouviu falar dele.

Não, eu não tinha ouvido. Eu nunca tinha ouvido nada daquilo. Ou tinha?

— É realmente um belo lugar. Uma linda arquitetura. Devíamos ir visitá-lo um dia.

— Claro — concordei.

— Fora a colônia de Massachusetts, Virgínia tinha o maior número de rebeldes, a maioria deles proprietários de terras bem ricos. E a maioria deles provavelmente aparentados, de uma forma ou de outra, aos seus antepassados.

Ele fez uma curva para norte. À frente, a terra estava dividida em duas por um rio amplo que se abria, reluzente, na baía de Chesapeake. O Potomac. Estávamos chegando perto de casa.

— Mais uma mansão antiga, talvez ainda maior que Amber House, lá longe, para a direita, perto de Alexandria. Ainda está de pé porque na verdade pertencia à esposa. O segundo marido dela, esqueci o nome dele, foi um dos rebeldes varridos pelos agentes leais à Confederação na década de 1770, no início da insurreição. A casa se chamava... — ele pensou por um instante. — Mount alguma coisa.

— Mount Vernon.

Tudo veio à tona, sem que eu precisasse fazer qualquer esforço. Mount Vernon, a residência de, lembrei o nome, George Washington. No tempo de Sarah Um, o proprietário não tinha sido um oficial rebelde fracassado. Ele tinha sido considerado o pai de um país.

Washington, Jefferson, Hamilton, Franklin, Adams. Os nomes me vieram por si sós. O que aconteceu com aqueles homens? O que havia acontecido com a revolução deles? Por que ela havia falhado neste tempo? E como isso podia ter algo a ver comigo?

Perto de Annapolis, Richard parou de falar para se concentrar na aterrissagem. Fiquei aliviada com o silêncio. Tinha se tornado impossível para mim acompanhar a conversa. Eu estava caçando, procurando nos espaços dentro de mim os vestígios de um outro mundo, outro tempo que... o quê? Nunca foi? Eu recolhia brasas que empilhava umas sobre as outras na esperança de que o calor delas aumentasse até preencher minha mente, até que as chamas rugissem e iluminassem cada canto dela.

Mal notei o pouso de Richard. O vento estava muito mais forte aqui, um vento do norte, entrando a partir da baía de Chesapeake depois de percorrer léguas de oceano cinzento e gelado. Quando abri a porta do passageiro, meus cabelos ergueram-se como se fossem serpentes, açoitando meu nariz, olhos e orelhas.

Richard passou um braço por meus ombros e me levou depressa para o carro, ajudando-me, fechando a porta, cortando o vento que soprava lá fora. Ele se sentou no banco do motorista. Com muita suavidade, as pontas de seus dedos afastaram as mechas rebeldes de meu cabelo, acomodando-as atrás de minha orelha. E demoraram-se em meu pescoço.

— Você está bem?

— Acho que não, Hathaway. Tenho que voltar para Amber House. Tenho que ir para casa.

Ele ficou magoado, mas dentro de mim havia também cinzas e centelhas de outro Richard. Eu não conseguia lidar com a visão da sombra do Richard do passado sobreposta com este Richard que me observava com tanta preocupação. Eu precisava voltar.

Quanto mais perto eu chegava de Amber House, pior se tornava o caos de imagens duplas em minha cabeça. Imagens brilhantes e vívidas do passado morto perversamente lançando luz sobre todas as coisas do agora que não tinham existido antes. Lembrei-me de jeans rasgados, e um telefone do tamanho da palma da mão e um presidente negro da nação dos Estados Unidos da América. Sem vestidos com corpete. Sem Rose à beira da morte. Sem cinemas com segregação racial. Computadores e as nações da Europa e um final muito diferente para a Segunda Guerra Mundial. Sem Reichsleiter Jaeger e o Império Japonês e o Reich dos Mil Anos.

Claro que a mudança não tinha ocorrido por causa de Maggie. Era grande demais; começava num passado muito mais distante. Mas isso significava que também não tinha sido por causa de Amber. Fiona tinha se enganado. Ela tinha seguido a pista errada.

Então o que havia acontecido? *Como* havia acontecido? Uma vez que eu era a única que se lembrava daquele outro tempo, tinha a horrível convicção de que, de algum modo, tudo tinha acontecido por *minha* causa.

Richard reduziu a velocidade do carro até parar. Tinha o olhar fixo nas mãos apertadas no volante do carro.

— Ei, Parsons, eu fiz alguma coisa? Disse algo que não devia?

Reconheci o tom da voz dele. O mesmo tom frágil que ele tinha usado para descrever o abandono por Claire, no tempo anterior.

— Me desculpa, Hathaway. Não é nada com você.

— Então o que é? — ele disse. — É sempre assim, Parsons. Bem quando acho que estamos começando a... não sei... conseguir uma conexão, você se afasta para algum outro lugar.

Ele estava aborrecido, e achei que tinha razão em estar. Ele não tinha como saber que cada conversa que tive com ele envolvia não apenas nós dois, mas a outra Sarah e o outro Richard. Havia uma multidão nos bancos da frente daquele carro.

— Me desculpa — repeti. — Vi algo na viagem que me perturbou de verdade, mas não posso explicar agora. Você me perdoa?

E ele perdoou, claro. Porque, como quer que o Richard-sombra tivesse sido antes, este Richard era perfeito.

Richard se foi assim que comecei a subir os degraus da frente de Amber House. Mas eu não podia entrar. Percebi que precisava ir a outro lugar. Eu precisava ir até outra *pessoa*.

Tomei o caminho que ia para o rio. A grama congelada estalava sob meus pés, mais e mais rápido, até que eu estava correndo. O ar que eu puxava para dentro dos pulmões queimava, mas não diminuí a velocidade. Sem pensar nas roupas, sem pensar na segurança, segui à toda pelo caminho que descia até a casa de Jackson.

E ele abriu a porta sem que eu sequer precisasse bater. Recuei um passo, assustada. Ele parecia pálido, magro, exausto. Sua pele tinha um tom doentio, e havia olheiras sob seus olhos.

— J, você está bem?

— Sim, estou. Entre — ele disse, dando passagem. — Quer um chocolate quente?

Ele apontou para duas canecas fumegantes ao lado do forno.

Percebi que uma caneca de chocolate quente seria perfeita naquele momento.

Tinha sido sempre assim? Jackson sempre sabendo exatamente o que eu queria, antes de eu mesma?

Pegamos nossos chocolates e nos sentamos no sofá. Envolvi minha caneca com os dedos, sentindo-a quente demais, mas desejando o calor que penetrava em mim. Jackson esperava.

Fiquei olhando a camada de espuma na superfície do chocolate rodopiar no sentido dos ponteiros do relógio.

Eu queria pedir desculpas, queria dizer-lhe como ele estava certo, que as coisas precisavam ser mudadas. Mas agora que estava sentada ali, não conseguia encontrar as palavras para contar o que me lembrava daquele outro tempo. Aquele tempo melhor. Não melhor para mim e para minha família. Ou para Richard. Mas melhor para todas as outras pessoas. Baixei a cabeça por cima da caneca, de modo que meus cabelos esconderam as lágrimas, e lutei para engolir o conhecimento que tinha se alojado como uma pedra em minha garganta. E Jackson ainda esperava.

Recuperei a voz, e comecei a falar. Contei-lhe tudo o que conseguia me lembrar de um mundo diferente, onde as coisas eram mais avançadas — ciência, medicina, tecnologia — e todo mundo era mais liberal, mais igual, negros e brancos, homens e mulheres.

— Sou a única pessoa que se lembra desse outro passado — disse-lhe, quando terminei. — Acho que isso quer dizer alguma coisa.

— Talvez — ele disse.

— Minha bisavó, Fiona, achava que a mudança envolvia a avó dela e a garotinha que ela tinha adotado, mas não é isso. Eles levaram Amber daqui e ela nunca mais voltou. Ela morreu jovem, na Nova Inglaterra.

— A criança na foto com Maeve McCallister.

— Sim. E na verdade, ela não viveu num passado distante o suficiente para ter causado todas as mudanças que vi.

— Porque elas começaram no século XVIII.

— Sim. Com a revolta que fracassou. Mas ela não fracassou no outro tempo. — Que, estranhamente, eu estava começando a considerar como o tempo *verdadeiro*, antes que de alguma forma eu tivesse atrapalhado tudo. — Tem mais uma coisa que você precisa saber. Naquele tempo, seus pais também morreram. O acidente ainda aconteceu.

Ele fechou os olhos, com expressão dolorida.

— Que pensamento terrível, não é? Como se eles tivessem sofrido duas vezes.

— O que será que temos que fazer? Tentar mudar para voltar ao que era? — perguntei.

— Acho que não conseguiríamos fazer voltar ao que era. Mas talvez possamos mudar tudo de novo, para alguma outra coisa.

— Tenho medo — confessei. — Veja o que aconteceu da outra vez. E se tiver algo pior do que isso?

— Eu *vejo* outra coisa, Sarah. Algo *melhor*. Muito parecido com o mundo que você descreveu, mas melhor.

— Melhor como? Você não pode me contar?

Ele ficou pensativo. Eu sabia que ele queria contar. Ele então sacudiu a cabeça.

— Ainda não é o momento certo. Você pode aceitar isso na base da confiança?

Confiança em Jackson? Sim, eu podia.

— O que precisamos fazer?

Ouvi a respiração dele falhar, e então ele deu um sorriso tão bondoso, tão gentil, que eu quase chorei. Depois de acenar de leve com a cabeça, ele disse:

— Acho que a primeira coisa a fazer é descobrir em que ponto o tempo mudou. Precisamos vasculhar a casa, caçar as lembranças do outro tempo.

Uma caça ao tesouro, pensei.

— Você vai me ajudar? — perguntei.

— Claro — respondeu ele.

Claro.

Combinamos que iríamos começar pela manhã. Um pouco reconfortada, voltei para Amber House.

Minha mãe me interceptou assim que cruzei a porta de entrada.

— Foi o carro de Richard que escutei agora há pouco? Está tudo bem?

Eu sorri e fiz que sim, e disse que tudo tinha saído exatamente como planejado.

— Só saí para caminhar um pouco. Eu precisava pensar.

— Pensar?

— Não estou me sentindo muito bem, mamãe. Podemos conversar amanhã de manhã?

— Guardei algo para você jantar.

Sacudi a cabeça.

— Não vou conseguir comer.

Havia preocupação em seu rosto. Mas ela me deixou ir.

Parei na biblioteca antes de subir. Havia algo que eu precisava fazer, algo que eu tinha que saber. Alguém de quem tinha me lembrado.

A voz da mulher do outro lado da linha telefônica era animada e solícita.

— Informações. Posso ajudar?

Pedi para ela procurar um telefone em Seattle. Liguei para esse número.

— Alô? Senhor Wanderscheid? Eu poderia por favor falar com... Jessica? Jecie?

Mas ele não tinha uma filha. Ou uma esposa cujo nome tinha sido Deborah Goldman. Quando liguei para informações de novo, ela não constava da lista.

O Reich foi tão eficiente, pensei, arrasada. Não haviam restado muitos judeus no mundo. Incluindo a garota que no passado tinha sido a melhor amiga de Sarah Um.

Capítulo Vinte e Dois

Mamãe e papai estavam me esperando quando desci na manhã seguinte. Estavam tomando café, conversando, fazendo alterações numa lista... Mas era óbvio que estavam esperando.

Minha mãe me olhou com um sorriso neutro e cauteloso.

— Você não chegou a nos dar o relatório completo, querida. Como foi a viagem à capital?

Fui até a geladeira e me servi de um copo de suco.

— Foi tudo muito... — *Inacreditável?* — ... incrível. — Guardei o suco, fui me sentar numa cadeira e tomei um gole. — É. Incrível. Vocês sabiam que Richard pilota avião?

Minha mãe ficou de queixo caído.

— *Ele* pilotou o avião? — Ela se virou para meu pai. — Quando Robert disse que iriam de avião...

Meu pai ergueu a mão para cortar o rumo da conversa dela e voltou a atenção para mim.

— É, e no fim das contas é um ótimo piloto — eu disse. Bebi outro gole. — E sabem quem foi que entregou o filme para Richard? Stevenson.

Meu pai:

— *O presidente?*

— Pois é, né? — assenti, com os olhos arregalados. — Ele apertou minha mão. Isso também foi... incrível.

Os dois se remexeram na cadeira, assombrados.

— Então por que você parecia tão contrariada ontem à noite? — minha mãe insistiu.

Tomei outro gole.

205

— Bom — disse eu, baixando o olhar, em busca de uma resposta. — É que o presidente disse algumas coisas perturbadoras.

— O que foi que ele disse? — perguntou meu pai.

— Sou horrível pra me lembrar de conversas — tentei despistar.

— O que ele disse? — insistiu minha mãe.

— Coisas como "o tempo está se esgotando" e que ele era velho demais para "fazer o que tem que ser feito", e... — as frases me atingiam como tapas. Retomei minha linha de raciocínio. — Ele disse que o senador Hathaway precisava impedir outra guerra mundial.

Aquilo não pareceu surpreender meus pais. Eles se entreolharam, ao mesmo tempo que meu pai disse:

— Não se preocupe, querida, não vai chegar a esse ponto.

Ele estendeu o braço e apertou de leve minha mão, e em seguida ele e mamãe se levantaram para partir.

Ela empurrou uma lista para mim, por sobre a mesa.

— Vamos mandar para Nova York algumas peças de mobiliário, para compor a decoração da exposição. Preciso que você tire o que tem dentro delas e coloque em caixas. Poderia fazer isso, por favor?

Depois que meus pais saíram, fiquei sentada olhando para a folha de caderno, pensando, mal-humorada, que os verdadeiros super-heróis, aqueles das histórias em quadrinho, não recebiam uma lista de tarefas domésticas para fazer logo antes de salvar o mundo. Eram quase nove horas; Jackson ia chegar a qualquer minuto. Era para eu estar tentando mudar a história. Não tinha tempo para tarefas domésticas.

Fui atrás de Maggie.

Encontrei-a acomodada na poltrona de seu quarto, lendo um livro. Ela ergueu os olhos para mim quando apareci na porta, com seu sorriso singelo de sempre. Aquilo me paralisou por um instante. Percebi que não tinha pensado bem sobre o que iria lhe dizer.

Ela me ajudou.

— Você viu mais coisas, lembrou mais coisas.

Entrei e fechei a porta. Sentei-me na cadeira da escrivaninha dela.

— É, Maggie, eu vi.

Ela fechou o livro.

— Me conta.

Então contei. Uma versão resumida de toda a história. As mudanças terríveis, e o fato de que eu precisava mudar as coisas outra vez.

Ela ficou em silêncio quando terminei, imóvel, olhando para as mãos cruzadas.

— Não tem problema — disse baixinho. — Eu não me importo, de verdade.

Fiquei confusa.

— Não se importa com o quê?

— Estou feliz por ter tido essa chance de crescer — continuou, com voz suave. — Mas tudo bem se você precisa desfazer tudo. Não vou desaparecer por completo. A casa vai se lembrar de mim. Você vai se lembrar.

Por um instante, não consegui falar. A dor em meu peito era terrível. Maggie estava disposta a *desaparecer* para consertar as coisas.

Sacudi a cabeça numa negativa.

— Não — exclamei. — Não. O mundo fica melhor com você nele. Não vou te perder. Jackson vai me ajudar a descobrir como deixar as coisas direito. E direito inclui você, Maggie, está me ouvindo?

Maggie disse que ela e Sam iriam esvaziar os móveis para que eu pudesse trabalhar com Jackson. Deixei a lista com ela e corri para a estufa. Ele esperava junto ao lago de Pandora. Sentei-me a seu lado.

— Por onde começamos? — ele perguntou.

— Não sei. Parece que a mudança que eu sei que causei no passado aconteceu quando fui em busca de Sam. Quem sabe devemos começar lá, no sótão. No quarto de brinquedos.

Ele sorriu ao ver minha expressão sombria.

— Seu lugar favorito.

Ele ficou de pé e me estendeu a mão, que aceitei. A mão dele, cálida, suave e forte, era muito maior que a minha. Puxou-me e me ergueu.

— Vamos começar.

A última porta no corredor do terceiro andar estava fechada. Quando coloquei a mão na maçaneta, fui envolvida por uma escuridão iluminada por um lampião, e vi outra mão no lugar da minha. Masculina, bronzeada e forte, sob um punho rendado. Recuei um passo para ver. O homem apoiava a cabeça loura na porta, apertando-a contra a madeira como se estivesse se apoiando nela. Ouvi uma voz de mulher vindo lá de dentro, suave de início e depois ficando mais forte:

— Está me escutando? Pode me ouvir?

As palavras me pareciam familiares, como se eu devesse me lembrar delas.

A voz de mulher prosseguiu, mais alta.

— Você sabe que não posso ser aprisionada aqui. Você sabe que posso sair deste lugar na hora que eu quiser. Você sabe que não pode me deter.

Senti o medo crescendo dentro de mim, mas não sabia exatamente por quê. O homem — *o capitão*, pensei — tampou os ouvidos com as mãos.

Mas a voz era quase um guincho, agora. Eu sabia que ele podia ouvir mesmo através das mãos.

— Você acha que está a salvo? Pensa que não posso feri-lo? Posso. Posso pegá-lo. Posso encontrá-lo em seus sonhos.

E eu sabia quem ela era. Sabia que a outra Sarah tinha testemunhado aquela cena: Deirdre, a louca, prometendo vingança, aos gritos, contra o marido odiado.

Ele se virou, então, aquele que era meu antepassado, e de Richard. Fixei o olhar em seu rosto bonito. Estava amedrontado.

A voz de Jackson quebrou o encanto.

— Que foi? — perguntou.

A luz mortiça do dia retornou, chegando até nós pela porta aberta do ateliê de minha mãe. Sacudi a cabeça.

— Foi nesse quarto que o capitão trancou Deirdre. Ela deixou aterrorizada a outra Sarah, a do outro tempo. Deve ser por isso que sempre detestei o sótão.

Segui Jackson até o centro do longo aposento, olhando para seu conteúdo empoeirado, imaginando como fazer alguma coisa acontecer, fosse lá o que fosse. Vi um caixote antigo que me pareceu familiar.

— Podemos levar isso aqui mais para o meio? — perguntei, puxando por uma das alças, tentando arrastá-lo.

Jackson me deteve.

— Vamos tentar fazer o máximo de silêncio possível.

Ele ergueu sozinho o caixote e o colocou com cuidado, sem fazer barulho, no lugar que indiquei.

Ajoelhei-me diante do caixote e coloquei as mãos sobre ele.

Não aconteceu nada. Senti-me como uma tonta, uma fraude. Olhei para Jackson.

— Não sei como forçar a acontecer.

Ele se agachou ao meu lado.

— Você não pode forçar — disse. — Só tem que se abrir e deixar que aconteça.

Assenti. O dom dele era diferente, mas igual em alguns aspectos. Ele sabia.

Tentei relaxar, sentando sobre os calcanhares, fechando os olhos, deixando braços e dedos se descontraírem, apoiados sobre o caixote. Senti algo vindo, um espaço diferente no qual penetrei, como um palito sendo empurrado para dentro de um *marshmallow*.

Ele se fechou ao meu redor. Abri os olhos para a luz de velas, na noite em que havia entrado no mundo especular. Eles estavam lá diante de mim: aqueles dois rostinhos queridos. Sam e Maggie criança.

— Sarah, também — ela estava dizendo.

Ouvi a mim mesma argumentando com eles, tentando convencê-los de que suas vidas no espelho eram um sonho e que precisavam acordar.

Vi minhas mãos segurando a caixa que naquele outro passado tinha sido a chave para mudar o tempo — a caixa que o falecido irmão gêmeo de Sarah-Louise havia construído, e que continha as duas coisas de que eu precisava para despertar tanto Sam quanto Maggie: um espelho e um broche. Sammy levantou e saiu andando, decidido, desaparecendo à medida que se afastava.

E senti um vento começar a soprar, como se meu cabelo devesse estar sendo soprado. Mas nada se moveu. A outra Sarah colocou o broche em cima do caixote, e Maggie também se levantou e sumiu. Então Sarah Um caiu para um lado.

Fiquei ali, de pé ao lado dela, observando-a. Ela tinha sido picada — *eu* tinha sido picada — por uma Boa Mãe. Ela estava morrendo. Meus sentidos foram tomados pelo rugir de um tornado, mas ela apenas continuou lá, imóvel, sobre a poeira.

Seus olhos se abriram: estava olhando para alguém. *Quem?*

Mãos. Vi mãos brancas, macias, acariciando o rosto da outra Sarah. Mãos que pertenciam a uma mulher de longos cabelos grisalhos, desgrenhados, em torno de um rosto suave, mas arruinado pelo tempo.

— Eu sinto muito por você, mas agora tenho que ir. Sarah-Louise precisa de mim — disse a mulher à jovem caída no chão.

E ela também desapareceu, deixando a outra Sarah sozinha.

— Ah, meu Deus! — exclamei. A luz cinzenta do dia inundou meus olhos.

— O que foi? — perguntou Jackson.

— Eu despertei alguém mais. Despertei Deirdre Foster.

A filha de Thaddeus Dobson. A esposa do capitão Foster. A mãe de minha xará, Sarah-Louise, e de seu irmão gêmeo, Matthew. A garotinha que havia salvado Nanga no cais. Deirdre. Segundo as histórias de família, quando seu filho morreu em 1775, ela passou mais de um ano em um estado semicomatoso, dormindo e sonhando. No mundo dos sonhos, ela deve ter encontrado Maggie e Sam e achou que eram Sarah-Louise e Matthew, convencendo os dois de que eram mesmo. Até o momento em que eu consegui despertá-los do mundo do espelho, enviando-os de volta para a terra dos vivos. E então, só para arrematar, despertei Deirdre também.

Para que ela pudesse mudar a história. Eu era uma idiota.

Deirdre tinha vivido na época da revolução, um passado remoto o suficiente para ser a origem de todas as mudanças que eu havia visto. Meu ato de despertá-la podia ter desencadeado tudo aquilo. Ainda assim...

— Como o salvamento de uma mulher louca pode ter mudado *tudo*?

— Não sei — disse Jackson. — Não consigo imaginar. Mas vamos ter que descobrir.

Eu estava pronta para sair dali. O sótão estava silencioso de novo, um mero depósito dos restos do passado, descansando debaixo de seu manto de pó. Ele havia perdido a atmosfera ameaçadora que sempre me assustara.

Ao descer as escadas, vi um homem descendo à minha frente: um negro que vestia roupas de algodão simples. Estava carregando Deirdre nos braços, desfalecida. *Outra mensagem da casa.* Corri atrás dele. Quando cheguei ao patamar, vi o capitão Foster e Nanga esperando ao lado da porta do quarto de Deirdre. O rosto do capitão estava abatido de cansaço, com profundas olheiras. Quando Deirdre foi levada para dentro, e disse a Nanga:

— Ela está com febre. Cure-a. E mantenha-a acordada de noite para que eu possa...

Ele se calou no meio da frase. Nanga inclinou a cabeça ligeiramente, como se quisesse ouvir o resto do raciocínio. O rosto dele se contorceu de raiva.

— Vá logo! — rosnou.

Nanga se virou, um sorriso amargo esboçado em seus lábios.

Uma menina loura muito bonita, com talvez uns 13 anos, saiu pela porta dos aposentos do capitão.

— Por que não a deixa morrer, papai? — perguntou. — Não sei por que a suporta há tanto tempo.

O capitão ficou olhando a mulher na cama, a mandíbula cerrada.

— Ela é a mãe de meu filho, Camilla.

A garota ergueu uma sobrancelha.

— Seu filho está morto. Você não precisa mais dela.

O capitão virou-se e a olhou.

— Você se parece com sua mãe, mas ela nunca teria dado essa sugestão.

A garota deu de ombros. Ele continuou:

— Uma resposta prática, então, para minha filha prática. Se ela morrer, nada disto... — fez um gesto amplo, indicando a casa — ... passará para mim. A casa passa, como sempre passou, para a filha mais velha, se houver uma.

— Para Sarah, então — a moça disse. — Que é o mesmo que passar para você. Ela pode ser eliminada com facilidade.

— Não — respondeu o capitão, enfático. Ele agarrou o braço dela para deixar claro. — Nem pense nisso, menina. Não quero acidentes. Saiba que, se Sarah-Louise não *sobreviver*... — disse a palavra com delicadeza — ... há uma prima de segundo grau que herda tudo. Eu continuaria sem ter a casa. E eu preciso de Amber House.

— Sarah! — era a voz de minha mãe.

A visão se dissolveu. Mamãe havia subido as escadas para me procurar.

— Por que Maggie e Sam estão fazendo o trabalho que passei a você? — Então percebeu Jackson ainda parado nos degraus para o terceiro andar. — E... o que Jackson está fazendo aqui?

Fiquei olhando para ela por um instante, sem saber o que pensar. Muitas mudanças rápidas; eu me sentia desorientada. Meus pensamentos se organizaram.

— Ele veio me ajudar a carregar as caixas que Maggie e eu enchemos, mãe. Estou colocando as coisas no andar de cima.

Ela ainda parecia irritada.

— E Maggie e Sam se ofereceram para ajudar — acrescentei.

— Estou certa de que Rose precisa mais da ajuda de Jackson do que você — ela disse. — E da próxima vez que eu for ver como andam as coisas, quero ver você lá. Trabalhando.

— Sua mãe tem razão — disse Jackson, passando por ela na escada. — Eu preciso mesmo ir ver como minha avó está. Até mais, Sarah.

Eu estava desesperada. Não queria que ele se fosse.

— Hã... Obrigada pela ajuda. Até *logo* — acrescentei, torcendo para que ele entendesse. Mas ele não olhou para trás.

Minha mãe tinha esse efeito sobre as pessoas. Ainda assim, me lembrei da mãe da outra Sarah, e percebi que a coisa poderia ter sido bem pior.

Encontrei Maggie e Sammy diante de um armário alto repleto de peças de estanho, Maggie ocupada em embalar as peças, Sammy em descobrir coisas que nunca tinha visto antes.

— Olha *isto*, Sarah. Um palhaço mecânico que come moedas!

— Pedi a sua mãe para deixar você em paz — disse Maggie. — Mas ela nunca me escuta. Sabe como é, irmã caçula e tal.

— Tudo bem. Talvez eu precisasse mesmo de um tempo.

— Descobriu algo?

— Descobri. Havia alguém mais com vocês no sótão.

— Mamãe — disse Sam, fazendo o palhaço jogar outra moeda na boca. Percebi que ele já tinha dito aquilo antes. Ocorreu-me que eu devia prestar mais atenção às coisas que Sam dizia.

— Era Deirdre Foster. Ela vive no século XVIII. — Notei, depois de falar, que tinha usado o tempo presente.

— Você a salvou também? — perguntou Maggie. — Você é tão boa, Sarah!

— Posso ter sido boa, mas foi uma coisa idiota. Mudei o passado *muito* lá para trás. Só Deus sabe tudo o que ficou diferente por causa disso.

— A casa também sabe. Ela vai te mostrar. Tenha paciência.

Dei um sorriso.

— Ainda estou esperando, Maggie. Dando tempo a ela.

Por ter inventado aquela história de Jackson me ajudar a levar as caixas para o terceiro andar, não podia mais pedir ajuda para terminar o trabalho. Acabei levando tudo sozinha, em cinco viagens.

Na última, parei no segundo patamar, para apoiar a caixa num aparador e dar um descanso a meus braços. O espaço tremulou e mudou, e vi a garotinha de cabelos pretos que tinha sido Deirdre Dobson, de pé ao lado das janelas que davam para o rio. Uma jovem negra chegou mancando por trás dela. Partes de seu rosto estavam inchadas, como se tivessem sido golpeadas, e ela parecia um espantalho, a pele solta sobre os ossos. Era a mulher que eu tinha visto em sonho, quase morta em um cais em Annapolis. Havia se recuperado o suficiente para que eu a reconhecesse: Nanga.

— Gostaria que não fizessem isso — disse Deirdre, olhando para algo que acontecia lá embaixo.

— O que eles faz? — perguntou Nanga, ainda não fluente em inglês.

— Papai está enterrando a casinha. Isso me deixa triste. Ela foi construída pelos primeiros avós. Chama-se Heart House.

Fiquei agitada e a visão se dissolveu. Eu me *lembrava*. Um túnel secreto. Uma casa enterrada. Maggie tinha razão. Uma peça de cada vez, tudo ia se revelando. Tudo de que eu precisava. Eu só precisava ter paciência.

Levei a caixa só até o primeiro patamar das escadas para o terceiro andar, e depois corri até meu quarto para pegar um casaco. Fui à cozinha e peguei uma chave de fenda em uma gaveta. Precisava conseguir sair antes que minha mãe aparecesse e me detivesse. *Direita, passa, direita*, recitei, encontrando meu caminho pelo labirinto. Recordando — *recordando* — ter feito isso antes. E pelo mesmo motivo: para encontrar a passagem secreta.

No centro do labirinto havia um pavilhão octogonal de ferro forjado, protegido pelos troncos retorcidos de velhas glicínias que derramavam flores roxas na primavera. Meu destino.

Dobrei a última esquina...

Jackson estava lá, claro. Esperando por mim. Porque, assim como eu podia ver o passado, ele podia ver o futuro.

Capítulo Vinte e Três

Ele segurava um pé de cabra, uma lanterna e uma vassoura. Olhei para a chave de fenda em minha mão, tão pequena, e ri de mim mesma. Ele sempre soube o que eu queria, o que eu precisava, antes de mim.

— Estão aqui, não é? — disse ele, fazendo um gesto na direção do pequeno pavilhão. — As placas de mármore que você quer erguer.

— Sim — respondi. — Temos que procurar onde o rejunte parece diferente.

Ele localizou depressa as placas soltas e ergueu os quadrados de mármore, tomando cuidado para não trincá-los ou quebrá-los. Fiquei olhando como ele trabalhava, notando sua eficiência, a falta de movimentos inúteis, o cuidado.

Desde quando ele é assim? Tão cuidadoso? Desde sempre, pois eu não conseguia me lembrar dele de nenhum outro jeito.

Com as placas removidas, o alçapão ficou à mostra. Jackson me olhou com espanto nos olhos. Ao contrário de mim, ele não conseguia se lembrar de ter encontrado esta passagem antes.

Ele se posicionou com os pés bem firmes, agarrou a argola que servia de alça e puxou. Da outra vez, naquele outro tempo, lembrei que ele tinha lubrificado com óleo as dobradiças. Dessa vez ele estava lutando contra a ferrugem e também contra o gelo. Ele gemeu entredentes devido ao esforço. Mas puxou até que o alçapão cedeu, as dobradiças rangeram derrotadas e a porta se abriu pela primeira vez em um século. De novo.

Ele penetrou a escuridão com o facho da lanterna. Eu o vi em dobro — uma vez na tarde de inverno, e outra rodeado pela noite de outono. Ele desceu os degraus, e minha visão dupla continuou. Ele pediu a vassoura, de novo, e varreu os degraus, atencioso, por causa das aranhas. Quando desci da escada para o piso, disse-me:

— Só fique de olho onde está pisando, porque a rocha é um pouco irregular.

Eu sorri, mesmo aquilo me dando uma sensação próxima à dor.

— Você me disse isso da outra vez. Exatamente igual.

— Disse? — ele perguntou, surpreso.

— Era um truque. Você não queria que eu olhasse para cima e visse os grilos.

Ele sorriu, assentindo com a cabeça.

— Sujeito esperto.

A casa enterrada esperava por nós, do mesmo jeito que antes. A casa, lembrei-me, que meu antepassado distante Liam O'Malley havia construído para sua noiva, Sorcha: "Tudo que meu coração sempre desejou", ela tinha dito a ele. Quando Jackson encontrou o lampião ainda com óleo sobre a mesa do aposento principal, deixado pelo último visitante de Heart House, eu já sabia que ele ia acendê-lo.

Maggie havia garantido que Amber House me mostraria o que eu precisava saber. Então por que a casa estava me mostrando esse outro Jackson, tão parecido com o meu a ponto de suas palavras, pensamentos e ações serem idênticos? Aquela outra Sarah... Ela era como eu, mas não era eu. Algumas coisas dela eram um pouquinho melhores, e outras talvez um pouquinho piores. Mas Jackson era Jackson.

— Viu alguma coisa? — ele perguntou enquanto pousava a lanterna acesa de novo sobre a mesa.

— Além de uma reprise de *A descoberta de Heart House*? — Sacudi a cabeça. — Ainda não.

Assim como Jackson, a casinha de pedra era a mesma de antes: a grande lareira de tijolos construída por Liam; a cama com estrado de corda, deteriorada a um canto; os armários embutidos e as janelas lacradas com tijolos. O único quarto, adjacente, era exatamente como eu me lembrava. Uma cama de criança caindo aos pedaços, um baú e um cavalinho de balanço rústico. Lembrei-me de outra coisa e fui até a parede do fundo. Encontrei e empurrei uma alavanca oculta. Uma porta secreta se abriu, e senti uma língua de escuridão projetando-se de lá de cima.

— Vamos subir? — disse Jackson, iluminando os degraus envoltos em teias de aranha. A voz dele estava ansiosa. — Podemos usar a vassoura para ir limpando as teias.

Sacudi a cabeça.

— A passagem só vai até a cozinha, e provavelmente está bloqueada. — Esfreguei minha mão. — Além do mais, está cheia de aranhas.

Voltamos ao cômodo principal. Ele limpou a poeira da cadeira com a manga do casaco e ofereceu-a a mim. Sentei-me, e de repente a luz do sol penetrou em Heart House uma vez mais.

Uma garotinha entrou pela porta. A jovem Deirdre.

— Olha o que encontrei, Nanga. A bolsa do papai.

Vi então a mulher negra sentada à mesma mesa que eu. Reparei mais uma vez como ela era bonita. Determinada e inteligente, e arrasada pelo sofrimento.

— Olha o que ele guarda dentro — Deirdre continuou. — A moeda da sorte dele.

Ela ergueu a moeda, e a luz do sol que entrava pela porta iluminou-a. A moeda de duas caras brilhou como se tivesse fogo dentro. Uma certa tensão passou pelo rosto de Deirdre. Ela disse:

— Eu quero essa moeda.

Como uma serpente dando um bote, a mão de Nyangu se estendeu e bateu na moeda que estava na mão de Deirdre. Ela caiu no chão de terra batida, a face velha do sofrimento virada para cima. Nyangu baixou a cabeça e disse com uma voz grave.

— Senhorita Dí-da-ra não pode tocar nessa coisa.

Por um instante, a garotinha pareceu furiosa a ponto de bater na mulher; era horrível de ver. Então sua ira cedeu, e ela chegou mais perto.

— Por quê, Nanga? Por que não posso tocar nela?

— A menina sabe que as coisas têm... — ela parou, incapaz de encontrar a palavra.

— Lembranças — disse Deirdre. — Lembranças das pessoas que tocaram nelas.

— Sim. Lembranças — Nyangu fitou o rosto da garotinha. — Algumas coisas... essa coisa. Ela tem pior.

Um estremecimento me libertou da visão. Ergui os olhos e vi Jackson me observando, uma pergunta no olhar.

— Vi a moeda de Jano — disse eu.

217

Ele acenou com a cabeça.

— Tudo sempre volta para aquela moeda.

Voltamos por onde tínhamos vindo. Jackson fechou o alçapão e colocou os quatro quadrados preto e branco de novo no lugar. Eu achava difícil que alguém fosse até ali em pleno inverno e encontrasse nossa descoberta, mas imaginei que ele talvez tivesse uma necessidade de deixar o passado trancado de novo. Eu entendia. Era como fechar um caixão.

Voltamos para a estufa e encontramos Sammy a nossa espera.

— Mamãe me mandou buscar você, Sarah. Para dizer que é hora do jantar.

— Ela sabe que eu saí?

Ele sacudiu a cabeça.

— Maggie disse que você estava levando mais caixas lá para cima.

Eu sabia que ele estava triste por causa da mentira. Ergui seu queixo.

— Ela estava tentando ajudar, carinha. Porque o que Jackson e eu estamos fazendo é importante. Mas não podemos falar com mamãe e papai sobre isso agora. Você entende?

Ele fez que sim.

Apontei para a escada de metal.

— Vamos subir por ali e descer pela escada principal, para parecer que Maggie estava falando a verdade?

Ele fez que sim, de novo. Ele faria aquilo, de bom grado, por Maggie.

Virei-me para Jackson.

— Você vai... você pode... voltar aqui? Mais tarde.

— Vou voltar.

Ainda estávamos jantando as sobras do Natal. Restos de ganso, batatas e molho pardo. Senti que estavam todos me olhando: papai, mamãe, Maggie. Coloquei um sorriso no rosto e tentei agir normalmente; conversei empolgada com Sam, sobre como pegar caranguejos.

— Onde você aprendeu como pegar caranguejos, Sarah?

Por um momento, não consegui me lembrar. E então consegui.

— Jackson me ensinou — respondi. — Faz tempo.

Depois do jantar, tentei continuar sozinha a caçada.

Subi as escadas, pensando onde devia procurar a seguir, as perguntas formando-se e reformulando-se em minha cabeça. Por que a moeda era relevante? O que Deirdre tinha feito?

Fui até o quartinho que eu sabia ter sido de Nanga. Talvez ela tivesse alguma ideia, alguma pista, alguma ajuda a oferecer. Eu não sabia por que não tinha pensado nisso antes.

Abri a porta para o quarto e me vi de pé ao lado do capitão, tão perto que achei que ele ia sentir minha respiração. Ele estava em mangas de camisa, sem casaco ou colete. Embora nas vezes anteriores eu sempre o tivesse visto barbeado de forma impecável, agora seu rosto estava áspero com a barba por fazer. Ele oscilava levemente, e percebi que estava bêbado.

Sua face estava marcada com três riscos vermelhos paralelos. Ele os tocou com os dedos e então olhou para as pontas sujas de sangue. Nyangu estava acuada no canto do quarto. Ela também estava sangrando, com um corte no lábio.

— Me mate! — ela gritou para ele. — Não quero viver como escrava. E prefiro morrer a deixar que você me toque.

— Um dia eu vou matar você — prometeu o capitão. — Você e toda a sua descendência. Uma velha me alertou, muito tempo atrás, para ter cuidado com uma bruxa preta e seus descendentes. — Ele agarrou algo que trazia pendurado ao pescoço, e que estava escondido sob a camisa. — Assim, todo dia pergunto, "É hoje o dia em que posso matá-la?". E todo dia a resposta é *Não*. Mas um dia... Um dia nossa sorte vai mudar. E até lá, você tem utilidade para mim.

Ele se adiantou, e eu me afastei depressa, sem querer assistir. Querendo poder ajudá-la.

E então me lembrei. Nanga havia contado à outra Sarah. Jackson também era descendente do capitão.

Mudei de ideia quanto a caçar sozinha. Fui me esconder em meu quarto e esperar. Ouvi Maggie trazer Sammy para dormir. Ouvi meus pais conversando enquanto iam de aposento em aposento, apagando as luzes. Ouvi a casa ficar silenciosa e tranquila.

Então saí do quarto e percorri os corredores até o patamar de ferro forjado, a escada em espiral, o lago na estufa. Para encontrar Jackson, como sempre.

— Para onde? — ele perguntou.

— Aquela escada escondida na Heart House me fez lembrar de que existem mais passagens secretas.

Virei-me e fui de volta para casa, conduzindo-o através da estufa em direção à porta que dava para o térreo da ala oeste.

— Sério? — ele disse, seguindo-me.

— Você nunca nos previu fazendo isto? — sussurrei, uma vez dentro da casa.

— Não — ele também sussurrou. — Não vejo tudo que vai acontecer no futuro. Da mesma forma como você não vê tudo que aconteceu no passado. É tentativa e erro.

— Então... — comecei, lutando para deixar as coisas claras. — Você não sabe com certeza se o que estamos fazendo vai funcionar.

— Eu vejo que *pode* funcionar, Sarah. *Podemos* chegar lá a partir daqui. Mas o futuro nunca é fixo. Podemos fazer escolhas e o futuro muda. Ele pode seguir em um milhão de direções diferentes.

— Melhores?

Ele ficou em silêncio por um instante.

— Algumas delas.

Isso era bem o que eu *não* queria ouvir.

— Então, nós *poderíamos* fazer as coisas piorarem? — perguntei.

Ele parou antes de virarmos a esquina e entrarmos na galeria dos fundos, por trás da biblioteca e da cozinha.

— Ainda temos que escolher. Cada escolha muda o futuro. Só temos que fazer o possível para escolher sem sermos egoístas. "Agir de boa-fé", como diz vovó.

Eu não queria conselhos inspiradores. Eu queria certeza.

— Olha, Sarah, uma coisa posso te dizer: se você não agir, se você não escolher, o que vem por aí *não* vai ser bom para um monte de gente. Sei que você está assustada, mas acho que devemos simplesmente seguir em frente. Nunca vamos chegar lá se não continuarmos.

Se ele podia ver o futuro, eu queria que ele me dissesse que as coisas iam terminar como deveriam. Engoli em seco e segui em frente. Não havia como evitar. O único jeito era seguir em frente.

Na cozinha, fui até o pequeno armário embutido, muito estranho, à altura da cintura, logo ao lado da despensa. Ao abrir-se, ele revelava um painel de gavetinhas com trincos, cada uma moldada para acomodar um tipo específico de talher. Tateei a parte de cima da borda do armário.

— Tem uma espécie de alavanca escondida por aqui — disse eu. — Você a encontrou da outra vez.

— Estranho — ele disse.

Pensou por um instante, e então ergueu a mão e empurrou uma pecinha de madeira, com um *clic*. A borda superior do painel de gavetas se projetou para fora. Pudemos então puxar todo o conjunto de gavetas para a frente e para baixo, graças às dobradiças que estavam escondidas na borda de baixo. A parte de trás das gavetas assim invertidas formavam degraus, que conduziam ao resto da escada, oculta no recesso da parede ao lado dos tijolos rústicos das lareiras da cozinha e da sala de jantar.

— Estranho — repetiu Jackson.

Apoiei-me na parede para começar a subir, mas então vi Fiona, de cabelos brancos e curvada pela idade, galgando os degraus a nossa frente, levando uma sacola no braço. Seguimos atrás dela, parando para empurrar a alavanca que fecharia o armário atrás de nós. Lá em cima, Fiona chegou ao primeiro patamar e continuou rumo ao seguinte, e então chegou em silêncio ao sótão oculto que Jackson e eu tínhamos descoberto no outro tempo.

Quando abrimos a porta pesada, com traves de ferro, vi Fiona ajoelhada na penumbra, diante de um baú aberto sobre um tapete desbotado. Os pelos de meus braços se arrepiaram. Eu me lembrava daquele baú. Eu havia encontrado ali lembranças que era melhor deixar esquecidas.

Fiona colocou dentro dele as coisas de sua sacola. Depois disso, fechou a tampa, mas não trancou o baú. Ergueu a cabeça, olhando para a escuridão onde eu estava.

— Você está vendo? É tudo o que a casa me mostrou que eu devia trazer.

— Vamos abrir? — disse Jackson por trás de mim. Minha bisavó desapareceu.

— Está cheio de coisas ruins — respondi. Imagens parciais dos ecos surgiram em minha mente, uma depois da outra: o sangue jorrando das costas açoitadas de Nanga; uma garota de cachos dourados empurrando um bebê para baixo d'água; Deirdre cravando uma faca no peito do marido. As lembranças queimavam.

Ainda assim, eu sabia que devia ver e tocar as coisas que tinham sido escondidas lá dentro.

— Abre — disse a Jackson.

Ele se abaixou e ergueu a tampa. A contragosto, ajoelhei-me onde Fiona estivera, diante do baú.

Não podia me lembrar com exatidão do que tinha encontrado dentro da caixa antes, da outra vez, mas eu sabia que os objetos haviam sido outros. Vi uma jaqueta militar roída pelas traças. Uma adaga. Uma taça de vidro. Um rosário. Fechei os olhos com força. Não achava que ia conseguir me forçar a tocá-los. Não importava que não me lembrasse especificamente de qualquer um deles. Eu sabia o que eles eram. A maldade encerrada em uma caixa proibida.

Suspirei e olhei de novo. Entrevi, aparecendo no meio da bagunça, uma manta de bebê, feita de tricô. Cerrei os dentes e puxei-a para fora.

A sensação do ar mais espesso, a mudança na luminosidade. Vi duas mãos pálidas sacudindo a manta. As mãos de Deirdre. Ela estava sentada ao lado do fogo, na cozinha, colocando a manta no colo.

— Pode dá-la para mim — disse. — Ela e eu vamos ficar junto ao fogo enquanto você pega roupas secas para ela.

Nanga também estava lá, segurando um bebê encharcado. Um bebê que acabava de ser empurrado debaixo d'água dentro de um balde. Um bebê que uma garotinha quase havia afogado, enquanto a outra Sarah assistia, impotente, até que Nanga interferisse.

As duas mulheres tiraram as roupas molhadas da criança.

— Ela tentou matar minha filha — disse Nanga. — Ela sabe o que a cigana disse ao capitão. Eles vão matá-la. Não vamos conseguir evitar.

— Eu tenho um pouco de dinheiro, Nanga, e amigos no norte. Posso mandar vocês duas para um lugar onde ficarão seguras.

Nanga começou a chorar, um lamento profundo, lancinante, que encheu meus olhos de lágrimas.

— Não posso. Não posso — ela balbuciou. — Mas você deve mandá-la.

— Vocês duas — protestou Deirdre.

— Não me tente — gemeu Nanga. — Não posso. Mande minha filha.

Soltei a manta e fechei os olhos para fazer a visão parar.

— Que foi? — perguntou Jackson.

— Nanga teve que mandar a filha para longe. — Sacudi a cabeça. — Mas ela não quis ir junto.

Virei-me para o baú de novo. Vi um alfinete de chapéu, de ouro e ônix, espetado em um retalho de veludo. Eu o tirei do pano.

A visão que veio tinha acontecido à noite. Do lado de fora, na varanda de Amber House. Uma mulher negra, cuja gravidez já podia ser notada, passou sorrateira por mim, segurando o alfinete. Eu já a tinha visto antes, duas vezes: guiando um grupo de escravos para o norte, para a liberdade, e dando à luz o bebê que estava em seu ventre.

Olhei para a esquerda e vi aonde ela ia. Um homem prendia Maeve de encontro à parede. Ela lutava para se soltar, mas ele lhe torcia o braço por trás das costas dela. Ele a beijou. Com força. Um gesto possessivo, violento. Ele recuou o suficiente para segurar o vestido dela e rasgá-lo.

Mas então Della passou o braço ao redor da garganta do homem, a mão segurando o alfinete junto à orelha dele.

— Sente essa ponta espetando, senhor? É melhor nem se mexer, porque se eu enfiar um pouquinho mais, nunca mais o senhor vai ser o mesmo.

O homem soltou Maeve e ficou bem quieto. Maeve passou correndo por mim, indo para a porta da frente, e voltou com uma espingarda.

— Pode soltá-lo agora — disse, e Della recuou. — Eu devia matar você, Ramsay. Fique sabendo que, se eu chegar a vê-lo em minha propriedade de novo, vou matar você primeiro e depois jurar que tentou me violentar.

O homem rosnou para Della:

— Pego você um dia desses. — E então se foi.

Della desabou, e havia sangue no chão por baixo dela. Maeve ajudou-a a ficar de pé.

— Precisamos fazer com que você volte para casa, para ficar em segurança com seu marido.

— Ele está morto — Della disse. — E eu também vou estar, assim que minha filha nascer. Quero que ela nasça aqui.

— "Ela"? Você não sabe se...

— Eu sei. A avó de minha avó veio para cá como escrava, e morreu livre, aqui.

— Nanga — Maeve e eu dissemos juntas. A visão desapareceu.

— Me conta — disse Jackson, mas sacudi a cabeça.

— Espera. Só mais um, acho.

Estendi a mão para o baú, ao acaso, e tirei a taça. Vi a mão de um homem segurando-a firme, enquanto ele a enchia de vinho tinto. A mão me fascinou, queimada de sol e robusta, as unhas perfeitamente aparadas, os dedos decorados com anéis. Minha visão se ampliou. Era o capitão, enfiando a mão dentro do casaco para tirar um embrulhinho de papel, cujo conteúdo ele colocou no vinho. Pensei comigo mesma, *É isso que fazem nos filmes quando envenenam alguém.* O capitão ergueu a taça, virou-se e a levou para a mesa de jantar, onde o pai de Deirdre estava sentado, fumando um charuto. O capitão estendeu-lhe o vinho.

— Obrigado, Foster — disse Dobson.

O capitão se sentou de frente para Dobson, observando-o enquanto bebia tudo. O homem mais velho sorriu, degustando o vinho.

— Devo dizer, Foster, que você reagiu como um cavalheiro. Não foi fácil recusá-lo. Você sabe que gosto de você, e você é meu melhor capitão. Mas Deirdre é minha única filha, e vai herdar tudo. Ele deve se casar com alguém de seu próprio nível.

— Foi o que disse o pai de minha primeira esposa — disse o capitão.

— E ele estava certo. A vida de vocês juntos foi difícil. Um pai quer o melhor para sua filha.

— Como eu quero para a minha. — Ele ainda estava observando Dobson. Esperando.

Uma ruga intrigada apareceu entre as sobrancelhas do homem mais velho. Sua mão ergueu-se até o colarinho, e puxou a gravata. O rosto dele começou a ficar vermelho. Pude ver a *compreensão* enchendo seus olhos.

O capitão o observava, curioso. Ele acenou de leve com a cabeça.

— Vou me casar com Deirdre. A senhora Dobson vai precisar de um homem forte para cuidar dos negócios... e vai ficar feliz em fazer uma barganha, Deirdre em troca de segurança. Mas ela não vai viver por muito tempo depois disso.

Ele colocou a mão dentro do bolso de Dobson e tirou a moeda de duas caras.

— Uma mulher que minha Lyddie havia tratado com bondade disse-me que tenho que cumprir duas tarefas para assegurar o futuro da filha de Lyddie. Não sei quando terei que enfrentar a segunda, mas a primeira realizei hoje: tirar de meu inimigo seus dois maiores tesouros. É o que acabo de fazer.

— ... inimigo? — arquejou Dobson.

— Quando meu navio... — disse baixinho o capitão — ... quando *todos* os navios de nosso comboio foram capturados pela Coroa, *seus* navios conseguiram passar. — Ele ergueu a moeda, pendurada pela corrente. — Porque você *sabia* onde não deveria estar. E ainda assim não avisou ninguém. — Ele terminou a explicação pacientemente, mesmo que Dobson já não ouvisse. Só eu. — Você foi responsável pela perda de meu navio, e pela morte de minha esposa, sozinha, na pobreza. O sofrimento de minha filhinha no inferno daquele orfanato. Você foi responsável.

Os pecados dos pais, pensei. Larguei a taça de novo dentro do baú.

— Mais? — perguntou Jackson.

Sacudi a cabeça.

— Acho que para mim chega por esta noite. Sinto como se eu tivesse visto o que precisava ver, o que era necessário. Vamos fechar isto e ir embora.

Enquanto descíamos, descrevi para Jackson o que eu tinha visto.

— A moeda Jano de novo — foi tudo o que ele disse.

No patamar do segundo andar, lembrei-me de que havia outra saída, que Jackson tinha encontrado naquele outro tempo. *Usando sua visão do futuro*, me dei conta.

— Da outra vez, você encontrou aqui um painel que deslizava. Quando perguntei a você como, você disse "Pareceu lógico". Isso foi antes de eu saber que você podia ver o futuro.

— Nunca gostei de esconder as coisas de você, Sarah. Aposto que ele também não.

Estranho, pensei, *que Jackson use a terceira pessoa para se referir a si mesmo.*

— Era ali em cima, na borda de cima, uma espécie de trinco.

Ele tateou até que ouvi um pequeno *clic*. Uma seção da parede, que ia da altura da cintura até o teto, afastou-se alguns centímetros, de modo a poder deslizar em um trilho de metal por trás da porção adjacente. Saltamos pela abertura para o corredor, perto de meu quarto, e então pusemos a parede de volta no lugar.

Caminhei junto com Jackson rumo à estufa. Não usamos as lanternas, encontrando o caminho sob o tênue luar que entrava pelas janelas da galeria superior. Eu deslizava os dedos pela parede para me manter no rumo, tateando para encontrar o corrimão do balcão quando chegássemos ao saguão principal.

Meus dedos tocaram madeira; um leque de luz apareceu por baixo da porta do quarto de Deirdre.

— Jackson — disse eu, mas ele já não estava mais comigo. Eu tinha ido para algum outro lugar. Para alguma outra época.

Desejei que não fosse o quarto de Deirdre, mas me forcei a entrar. Podia ouvir... um homem e uma mulher. Virei a maçaneta e abri a porta.

O quarto estava iluminado por uma lamparina. Deirdre estava deitada na cama, apoiada em travesseiros. Seu cabelo tinha estrias grisalhas e o rosto, que já fora tão belo, tinha sido transformado em ângulos duros e pele flácida pelas dificuldades e doenças. Ela estava muito parecida com a Deirdre do outro tempo que havia atraído duas crianças que sonhavam para um quarto de brinquedos que só existia em fantasia.

Esta Deirdre parecia um pouco mais saudável, talvez recuperando suas forças. Tinha uma bandeja sobre o colo, contendo papel, uma pena e tinteiro. Estava acomodando seu xale e falando com o capitão, infeliz, confusa.

— Mas por que devo escrever a ele? Nossa ligação é tão distante. Por que você quer que ele venha aqui?

— Já expliquei isso, mulher — disse o capitão. — Ele tem influência entre os coloniais. Ele pode me conseguir trabalho.

Ele chegou mais perto e a pegou pelo pulso, torcendo-o levemente.

— Você me privaria dessa oportunidade? Devo mandá-la de volta para o quarto de brinquedos?

— Não, não — ela protestou, soltando o pulso com um puxão e então pegando a pena. Ela mergulhou a ponta na tinta e começou a escrever, devagar e com cuidado, *Caro primo...*

— Sarah.

O quarto ficou escuro.

Jackson tocou meu ombro.

— Eu tinha perdido você. Não percebi que você tinha parado. Que foi?

— Nada... Não sei — respondi, sacudindo a cabeça. — O capitão queria que Deirdre mandasse um convite.

— Para quem?

Sacudi a cabeça de novo.

— Não sei. Um primo dela.

Puxei a porta, fechando-a.

Um novo facho de luz apareceu, dessa vez saindo por baixo das portas duplas da suíte do capitão.

— Mais um — anunciei eu, sombria.

A casa não parava de falar comigo. Abri a porta.

O capitão estava sentado por trás de sua escrivaninha, com um dos diários com capa de couro aberto diante de si. Eu o vi jogar no ar a moeda, uma moeda de prata — *a moeda de Dobson* —, apanhá-la e batê-la na mesa. *Tunc.* Então ele checou a moeda e fez uma anotação no diário. Repetiu isso várias vezes.

Tunc.

Cheguei mais perto e fiquei por trás dele. Eu precisava ver o que ele estava escrevendo. Ele usava as letras longas e ornamentadas daquela época, e tive dificuldade para decifrar as palavras.

No alto, *Próximo movimento*. Embaixo, *Britânicos* e *Coloniais*, com a primeira palavra circulada e a segunda riscada. Mais abaixo, muitas palavras com linhas precisas traçadas sobre elas: *Marinha, Exército, Contrabando, Finanças, Espionagem, Sabotagem*. A palavra *Assassinato* estava circulada.

Na página seguinte, uma lista de nomes que eu conhecia, nomes que eu tinha estudado nas aulas de história naquele outro tempo: *Dickinson, Shipley, Mason, Hamilton, Varnum, Pickens, Jefferson* e outros. Vários nomes tinham sido riscados; enquanto eu olhava, o capitão passou uma linha por mais um. Então lançou a moeda de novo.

Tunc.

Eu entendi. Recuei, horrorizada. Para fazer sua fortuna, o capitão estava decidindo quem assassinar para provar seu valor para a Coroa, e para isso ele lançava a moeda da sorte de Dobson.

O quarto ficou escuro. Tateei meu caminho para o retângulo mais claro da porta.

— Eu vi algo — disse quando cheguei lá. — Foi...

— ... a moeda — completou Jackson. — Sempre volta para a moeda.

— Você sabe o que eu quero entender... — comecei, mas outra voz interrompeu.

Uma voz que vinha das sombras perto da escada. A voz de minha mãe.

— Eu com certeza quero entender por que vocês dois estão andando por aqui no escuro.

Capítulo Vinte e Quatro

Encontramo-nos no dia seguinte nos estábulos, porque achamos que era um lugar onde nem mesmo Sammy conseguiria nos encontrar. Minha mãe não achava que Jackson e eu estivéssemos fazendo algo *errado*. Ela só não gostava do modo como eu tinha começado a gaguejar e mudar de assunto cada vez que ela pedia uma explicação. Eu podia entender.

Contei a Jackson tudo o que eu tinha visto sobre Deirdre e o capitão e Nanga, mas nada daquilo indicava com clareza o que havia causado mudanças tão grandes ou o que devíamos fazer para interferir. A casa tinha ficado muda exatamente quando eu precisava ver mais. Mas parecia que a moeda era capaz de nos levar a algumas das respostas.

— A garrucha já deve estar em Nova York — disse eu. — Não vamos poder pegar a moeda até que a devolvam.

— Não, não podemos esperar — disse Jackson. — Precisamos dela aqui no dia primeiro.

— No dia primeiro? Agora tem um prazo para isso?

Jackson fez que sim.

— Eu vi isso.

— E como vamos conseguir ter essa moeda aqui no Ano-Novo?

— Vamos ter que roubá-la da exposição.

Comecei a rir. Então vi que ele estava completamente sério.

— Qual é? — protestei. — Quem sabe a gente pode simplesmente pedir emprestada para mamãe.

— E como você faria isso?

Como? O que eu iria dizer a ela para que me deixasse pegar a herança de família de Claire Hathaway? *Hã, a casa precisa dela, mamãe. Jackson pediu que eu a pegasse.* E se pedisse a meu pai? Ou talvez a Claire?

Fiquei lá, só balançando a cabeça. Qualquer um desses diálogos seria loucura, mas *roubar alguma coisa do Metropolitan Museum de Nova York?* Isso seria uma loucura maior ainda.

— Sarah, nós podemos roubá-la. Nós *vamos* roubá-la. Eu vi isso ontem à noite — ele disse.

— Você viu?

Ele fez que sim.

— Você estava usando um vestido longo vermelho.

O *Marsden*. Algo que eu não tinha mostrado e nem descrito para ele. Pensei sobre aquela visão: Jackson tinha visto que roubaríamos a moeda da sorte de Dobson do Metropolitan. Com êxito. O que queria dizer que *podia* ser feito... certo? E queria dizer que *tínhamos* feito tudo que *precisava* ser feito para tornar aquilo possível. A partir deste momento. Certo?

Mas era assustador demais pensar naquilo. A ideia toda me deixava num tamanho estado de ansiedade que revirava meu estômago e me deixava zonza. Eu não estava pronta para nada daquilo.

Então pensei nas consequências de ter mudado o tempo da outra vez. O Império Japonês. O Reich dos Mil Anos. A continuação da escravidão até o século XX.

Eu era Pandora, pensei. *E precisava colocar todas aquelas coisas ruins de volta na caixa.*

Fiz um som que era meio suspiro, meio soluço. Sacudi a cabeça. Eu queria vomitar.

— Me diz o que precisamos fazer — falei.

Tínhamos só um dia para descobrir como invadir um museu que nenhum de nós havia visitado antes, em uma cidade onde nenhum de nós já havia estado, para roubar um objeto cujo propósito exato não conhecíamos. Mas não íamos poder planejar naquele momento. Jackson precisava ir para casa cuidar de Rose.

— Volto assim que possível — prometeu.

Decidi caminhar até Severna. Não queria ter que conversar com meus pais. Queria um pouco de ar fresco e atividade física para desanuviar a cabeça. E queria ver como era o Metropolitan. Meu destino era a biblioteca pública.

No caminho, passei diante da loja de ferragens e, continuando pela mesma rua, pelo Cinema Palace. Duas lojas adiante, uma mulher usando uma capa de veludo verde-escuro tentava limpar uma pichação de uma vitrine.

Êxodo 22:18.

Ela percebeu que eu olhava, e revirou os olhos.

— Fundamentalistas. Ou quem sabe os Nazistas Confederados. Está aparecendo um monte deles.

— Como assim?

— Êxodo, capítulo 22, versículo 18 — ela explicou. — "Não permitirás que viva a feiticeira." A graça é que eu sou católica.

Notei então o nome da loja: Livraria Metafísica Nova Aurora.

— O que se pode fazer se conseguimos ver coisas que os outros não conseguem.

Ela tinha voltado a esfregar, e estava falando sobretudo consigo mesma. Mas ela me olhou de novo, afastando o cabelo dos olhos.

— Nós nos conhecemos?

Ela me olhava como se tivesse dificuldade em focalizar a vista.

— Eu não... — sacudi a cabeça. — Não.

Mas eu tinha uma sensação, uma lembrança, de um céu noturno pontilhado com milhares de luzes flutuantes.

A mulher segurou minha mão e a ergueu. O contato inesperado me assustou.

— Posso? — ela disse. Assenti e ela abriu bem a palma de minha mão. — Que marcas são estas em sua mão?

— Marcas? — Procurei algum tipo de mancha ou sujeira, mas ela estava apontando para duas pintinhas vermelhas que durante toda a vida tive no centro da palma da mão.

— Ah, essas. É algum tipo de marca de nascença. Sempre estiveram aí.

Ela ficou olhando um instante mais, intrigada.

— Elas dividem em três a sua linha da vida — disse. E então: — Posso ler as cartas para você?

Tarô, pensei. De repente ela pareceu preocupada, como se pudesse ter cometido uma gafe.

— Espero não ter ofendido você.

— Não. Eu... — *como dizer isso com educação* — ... não tenho dinheiro comigo, e...

— Não vou cobrar.

Eu conhecia essa mulher. Eu me lembrava dela em uma festa de aniversário incrível. *Minha* festa. Naquele outro tempo. No mundo de Sarah Um.

Ela insistiu.

— Acho que é importante. Creio que não nos encontramos por acidente.

Deixei que ela me arrastasse para dentro da loja. Ela estendeu um pano sobre um tampo de vidro, e em seguida tirou um baralho da prateleira sob a caixa registradora, colocando-o sobre o pano, virado para baixo.

— Corte o baralho — instruiu ela, e então começamos.

Primeira carta: um homem rodeado por uma cerca de bastões.

— O nove de paus — disse ela. — Esta carta representa o assunto em questão, o seu problema. Tem a ver com a necessidade de terminar o que foi começado.

Sim. Assenti com a cabeça. Eu sabia aquilo.

A segunda carta foi colocada de atravessado sobre a primeira.

— Três de paus, invertido.

Significava que alguém, ou algo, disse-me a vidente, tentaria me impedir de "terminar o que deveria ser terminado".

Cada carta falava de algo que eu já sabia. O passado distante: A Lua. Ilusão e engano, inimigos ocultos, tramas, sonhos. O capitão, claro, fazendo o que quer que ele achasse que lhe traria mais dinheiro e poder.

O passado recente: a dama de copas. Um vidente ou sonhador que ajuda os outros a utilizar seus talentos. *Maggie*. O futuro próximo: o rei de ouros. Alguém que assume responsabilidades, alguém em quem se pode confiar. *Alguém chamado Jackson*.

Eu observava tudo isso como se estivesse distante. Eu a ouvia dizer aquelas palavras e via as imagens coloridas das cartas, mas parte de mim ouvia os ecos de sua voz, como se eu tivesse ouvido aquilo muitas vezes, repetido sem cessar, como imagens em dois espelhos frente a frente, perdendo-se no infinito. O pensamento me deu um frio no estômago.

A última carta no polígono que cercava o par central era o futuro distante: o dois de copas.

— Ela fala de parceria, talvez até do amor verdadeiro. Almas gêmeas.

E eu me perguntei, *Quem iria amar Pandora?*

— Restam só mais quatro — disse a mulher, virando outra carta à direita das demais. — Sete de copas, invertido, que significa perda da esperança. As cartas estão lhe dizendo, não se desespere, continue em frente até que... — ela tocou o nove de paus — ... você termine o que tem que terminar.

Ela virou outra carta, sobre a última.

— O sete de espadas. — Vi um homem se esgueirando para longe de um acampamento com espadas nos braços. — Em geral isso significa roubo ou trapaça, o uso de artimanhas, mas também pode referir-se a uma viagem, possivelmente em segredo.

Ela colocou mais uma carta em cima das outras.

— O valete de paus. O modo como outras pessoas percebem sua situação, ou talvez como veem você. Uma pessoa que surpreende, é instigante, coerente e fiel.

Ela fez uma pequena pausa e prosseguiu.

— A última carta. O resultado futuro mais provável para seu problema.

Ela a virou. Olhei e estranhamente não me surpreendi. Um esqueleto montava um cavalo de cor clara, em uma paisagem noturna repleta de corpos.

Morte.

Ela se apressou a me acalmar.

— Esta na verdade é...

— ... uma carta boa — interrompi, numa voz sem expressão. — Que significa o fim de um modo de vida anterior e o começo de um novo.

Sempre e sempre, até o infinito.

— Sim — ela exclamou, surpresa. — Como você sabia?

— Eu estava enganada. Já haviam lido as cartas para mim uma vez antes. — *Da primeira vez que fiz 16 anos.* Estava quente demais naquela lojinha. Ela

233

precisava deixar entrar um pouco de ar fresco. Eu me sentia fraca. — Obrigada — consegui dizer. — Tenho que ir embora.

Fazia quase tanto calor na biblioteca quanto na loja da vidente, talvez porque o termostato estivesse sob o controle de uma bibliotecária idosa. Mas eu não ia ficar muito tempo. Encontrei o canto em que estavam as fichas catalográficas. Comecei na gaveta Ma-Mom, procurando por "Metropolitan", mas fui redirecionada para a gaveta Mon-Mu, para "Metropolitan Museum". Vasculhei as fichas em busca de algo sobre as plantas arquitetônicas do museu.

Um desconforto crescente entre as omoplatas me fez parar. Parecia que eu estava sendo observada. Virei-me, mas não vi ninguém me olhando. Voltei para as fichas, ainda desconfortável, aliviada ao encontrar a referência a uma obra em vários volumes sobre a arquitetura da Nova Inglaterra, que prometia quatro páginas de fotos do museu, junto com as plantas dos vários andares.

Segui os números da classificação decimal de Dewey e penetrei fundo entre as estantes, no silêncio criado pelas muralhas de livros que abafavam os sons. No teto, uma luz de neon zumbia e estalava, como se tentasse decidir se iria ficar acesa ou queimar de vez. Corri os olhos pelas lombadas dos livros, curvando-me para tentar ver as letras e números na luz inconstante.

Ouvi... algo. E senti um cheiro que lembrava baunilha, talvez. Olhei pelos espaços entre os livros para examinar os outros corredores, para a frente e para trás. Olhei os números mais depressa, procurando por um grupo de quatro volumes iguais. Encontrei. Tirei o volume de que precisava e voltei para o corredor principal, onde os sons dos outros frequentadores me envolveram de novo. Senti-me ridícula por meu ataque de nervos, mas fiquei aliviada por estar retornando para onde estavam as pessoas.

Pedi papel e um lápis para a bibliotecária, e me instalei a uma mesa. Trabalhei com afinco para recriar as linhas da planta do Metropolitan, que levaria para Jackson como referência. Eu não tinha herdado as habilidades artísticas de minha mãe, mas o desenho não estava muito ruim. Ele dava uma ideia geral de onde estavam as salas e galerias principais.

Aquele cheiro. Não era baunilha, mas algo parecido, misturado com cítricos e ervas.

— Interessada em arquitetura, senhorita Parsons?

Levei um susto. O cheiro era de colônia masculina e fumo. Karl Jaeger deu a volta à mesa e apareceu em meu campo de visão.

— Posso ver? — ele perguntou.

Olhei em seus olhos azuis e num gesto rude virei para baixo meu desenho.

— Desculpe, não sou uma artista muito boa.

Ele sorriu, como sempre. Inclinou-se para ver o original no livro e eu o fechei. O sorriso se ampliou, expondo os dentes. Todos perfeitamente brancos e regulares. Uma frase, tão familiar que eu quase podia sentir seu sabor, ficou na ponta de minha língua.

— Pelo visto você acha que o arquiteto também não era um artista muito bom — ele disse, com suavidade. — Felizmente para o senhor Hunt, do Metropolitan Museum, o resto do mundo não concorda.

Achei o interesse dele muito desagradável. Como ele pretendia, sem dúvida.

— Meu irmãozinho não vai ver a exposição de Amber House. Ele queria saber como era o museu.

— Que irmã solícita — ele disse, virando de lado a cabeça. Parecia um pouco intrigado. — Que estranho. Quando a vi em Amber House, você parecia quase ter uma aura ao seu redor.

Emiti um som involuntário de pouco-caso.

— Fui treinado para observar as pessoas em detalhes — ele disse, um tanto ácido.

Treinado para observar?

— Qual é sua função?

Sorrindo, ele sacudiu um dedo para mim, como se eu tivesse feito uma sugestão imprópria.

— Adido. Funcionário da embaixada. Está até em meus cartões de visita. De qualquer forma, como posso ver em plena luz do dia, nesta bela biblioteca confederada, no final das contas você é uma garota bastante comum. Não é?

Levantei-me, peguei o livro, o papel, casaco e bolsa, e empurrei a cadeira de volta para seu lugar. Olhei-o nos olhos.

— Uma garota *muito* comum — disse, acrescentando enquanto ia embora: — Que não gosta de nazistas.

Ao sair para a rua, desejei estar... *em casa*. Senti-me, de repente, exposta e sozinha. O pensamento surgiu em minha mente: *o que ele estava fazendo aqui?* Então outro pensamento, mais estranho e mais desconfiado que o primeiro: *ele está me seguindo?*

Depois do calor da biblioteca, o frio era mais cortante. Apertei o passo, para me aquecer e para me livrar da sensação de estar sendo seguida. Estava quase correndo quando cheguei ao parque na periferia da cidade. Forcei-me a diminuir a velocidade enquanto seguia por entre as árvores nuas, tomando cuidado para não desviar da trilha que terminava na estrada, bem de frente a Amber House.

Um Mercedes preto estava parado na curva diante da propriedade, a fumaça saindo de seu escapamento.

Atravessei a estrada correndo, bem a leste do carro, rumando para o portãozinho, mas Jaeger saiu do meio das árvores, muito mais perto do que seu carro. Parei de repente, imóvel no meio da estrada como um cervo apavorado.

Ele não disse nada. Era uma presença silenciosa, alto e largo, vestido em um pesado sobretudo preto com detalhes em prata. Meu cachecol pendia da mão que ele estendeu em minha direção. Sua outra mão estava escondida no bolso do casaco.

— Você o esqueceu atrás da cadeira, e eu o encontrei — ele disse, por fim.

Dei dois pequenos passos adiante, mas não consegui me forçar a avançar mais.

— Que interessante — disse Jaeger. — Aqui, à sombra de Amber House, posso ver que minha primeira impressão a seu respeito estava correta. Há algo bem especial em você, afinal. Suas emanações energéticas são muito vívidas. — Ele virou a cabeça de lado. — Mas talvez eu apenas veja com mais clareza aqui. O que acha, senhorita Parsons?

O tempo todo ele segurava meu cachecol, como se me desafiasse a chegar mais perto. Não me mexi. Ele continuou.

— Você sabia que fiz uma oferta em ouro a sua mãe, pela propriedade? Ela se sentiu insultada — ele sorriu. — Mas devia ter aceito, porque mais cedo ou mais tarde vou ter aquela casa, e daqui em diante minha oferta só vai cair.

Ele ainda sorria quando veio em minha direção, seus passos rápidos e silenciosos no chão congelado. E a frase da qual não conseguia me lembrar na biblioteca finalmente veio à tona. Pensei, de repente, *Que dentes grandes você tem.*

O som de uma arma sendo engatilhada o deteve.

Uma voz soou a minha direita.

— Meu pai estava em Londres quando os nazistas arrasaram a cidade. — *Jackson.* — Eu realmente não gosto de nazistas.

Eu o vi, então, meio escondido atrás de uma rocha, com uma espingarda apontada direto para Jaeger. Eu poderia ter chorado de tanta felicidade por ele estar ali.

Jaeger tinha se virado ao ouvir o som.

— Se sabe o que é bom para você, vai embora agora. O que aconteceu com seu avô pode se transformar em uma tradição de família.

— Ouvi dizer... — disse Jackson, com frieza — ... que o tiro de uma arma como esta deixa um buraco enorme em uma pessoa. Quer descobrir?

Jaeger deixou meu cachecol cair na estrada, voltou todo empertigado para o carro e abriu a porta.

— Jackson Harris, não é? Quero escrever certo seu nome em meu relatório.

— Com dois erres — respondeu-lhe Jackson.

— Vamos nos encontrar de novo — disse o nazista, sorrindo antes de desaparecer por trás do vidro escuro do veículo.

Jackson mirou a arma na janela do carro que se afastava. O veículo rugiu até o alto da colina, e depois o som do motor foi sumindo. Jackson desabou de encontro à rocha que estivera usando como escudo. Apanhei meu cachecol e corri pelo portão para me ajoelhar ao lado dele.

— Você está bem?

Ele deu uma risadinha cansada.

— Impressionante como cansa ficar com essa coisa apontada para alguém. É um pedação de metal.

— Aquilo foi incrível! Você foi incrível! — exclamei. — Onde conseguiu essa arma?

— No celeiro. Era de seu avô — ajudei-o a ficar de pé. Ele abriu a arma e me mostrou. — Não estava nem carregada.

— Eu acreditei em você. — Abanei a cabeça.

Jackson sorriu.

— Ainda bem que *ele* acreditou em mim.

— O que ele estava tentando fazer?

— Ele estava tentando... — Jackson começou, e então parou. Pôs um braço ao redor de meu ombro e nos colocou a caminho, em direção à casa. Pensei comigo mesma que aquele braço era em parte para ele se apoiar, mas em parte também para me apoiar. — Não quero te assustar, Sarah. Mas ele queria fazer você desaparecer. Qualquer que seja o tipo de percepção que ele tem, e que o torna bom no que faz, Amber House o deixa muito mais forte. Quando ele olhou para você, ele viu uma ameaça ao Reich dos Mil Anos. E ele estava certo ao ver isso. Porque você vai fazer com que *eles* desapareçam.

Puf. Fim do Reich. Podia ser tão fácil?

— Ainda não faço ideia de como vamos conseguir isso. — Parei de caminhar e tirei do bolso meu esboço do museu, desdobrando-o. — Achei que isto podia ajudar, mas é bem bobo.

Jackson tirou um calhamaço de papéis do bolso e entregou para mim.

— Vamos comparar o seu com o meu e ver o que tiramos de tudo isto.

Abri os papéis dele. Páginas e páginas de anotações, algumas com horários anotados nas margens. Manchadas com...

— Sangue — disse eu. — Você tem forçado as visões? Não admira que não consiga ficar de pé.

— Precisamos saber o que fazer. — Ele encolheu os ombros, e pegou as páginas de volta. — Ainda não terminei.

— Jackson... — comecei. Ele tentou me calar com um olhar, mas não deixei que aquilo me detivesse. — *Se* precisa fazer isso de novo, quero estar junto com você.

Ele começou a sacudir a cabeça, mas então disse:

— Tudo bem. Talvez ajude.

— *Depois* que meus pais forem embora — disse eu.

— Claro.

— Algo mais que precisamos?

— Preciso de uma passagem de trem para Nova York.

— Vou te levar de carro até a cidade. Você não vai caminhando. Está na cara que não ia conseguir chegar.

— E vou conseguir, com você dirigindo? — ele brincou.

Chegamos em casa. Minha mãe apareceu na porta de entrada.

— Estava procurando você, querida. Você sumiu, onde esteve? Preciso de sua ajuda com duas coisas. Venha para dentro o mais rápido possível. — Ela fez menção de entrar de novo, mas virou-se para falar com Jackson. — Rose está melhor do mal-estar?

— Sim, senhora Parsons. Ela me pediu para agradecer a sopa.

— Foi um prazer. Sei que não é tão boa quanto a que ela poderia fazer.

— Ela gostou muito. Foi mesmo muito gentil de sua parte.

— Tudo bem. Diga-lhe que sentimos a falta dela, está bem?

— Com certeza, senhora Parsons.

Fiquei olhando minha mãe desaparecer, e então me virei para Jackson.

— Mal-estar?

— Vovó não queria que soubessem. Ela não quer que sua mãe fique se preocupando com ela. Não conte a seus pais. Nem a Maggie e a Sammy.

— Ela vai precisar de ajuda, J.

— Não, não vai. — Ele me interrompeu quando comecei a falar. — Quando o sábado chegar, nós vamos consertar o tempo, e ela não vai precisar de nenhuma ajuda.

Ele parecia muito confiante.

— Você nos viu fazer isso? Vamos conseguir?

Ele pensou na resposta. Olhou em meus olhos.

— Você sabe que eu nunca iria mentir para você, que eu não conseguiria, Sarah. Eu vi muitas possibilidades diferentes. Tem um monte de coisas que

239

podem dar errado. *Mas...* eu vi nós dois conseguindo. Não podemos desistir, nenhum de nós. Temos que ir até o fim.

Como o pai dele, pensei. *Destrua o ninho.*

Combinamos de nos encontrar de novo às cinco da tarde, perto do portão da frente, para irmos comprar a passagem de Jackson para Nova York.

Estava mesmo acontecendo. Íamos invadir o Metropolitan Museum para roubar uma moeda de dois mil anos de idade, e poder...

Salvar o mundo.

Capítulo Vinte e Cinco

Às 16h57, saí pela porta da frente, de passagem pegando discretamente as chaves do carro da bandeja na mesa.

Não discretamente o suficiente.

— Ei, ei, onde você está indo com essas chaves? — soou a voz de minha mãe atrás de mim.

— Pedi para o papai — disse eu, fechando a porta antes que ela conseguisse fazer mais alguma pergunta.

Jackson esperava fora de vista, na entrada do caminho que levava à casa. Parei o carro e ele entrou.

— Você não me contou o que viu — disse-lhe, quando partimos. — Aquelas anotações todas.

— Eu quero entender tudo antes.

— Elas parecem bem detalhadas.

— Eu vi partes do que vai acontecer... Eu vi a *maior* parte. Vamos ter que memorizar tudo, minuto a minuto. Vou ficar responsável por uma parte e você por outra.

— Uau! Claro — respondi, concordando com a cabeça. Eu podia fazer aquilo. Mas ainda assim... — Você pode me dar uma visão geral? Para eu ter uma ideia de como vamos fazer isso? Eu ficaria bem mais tranquila.

Então ele me disse, rapidamente, como iríamos conseguir fazer aquilo.

— Você vai à festa da exposição com seus pais — disse ele, acrescentando que eu teria que escapar cedo. — Vamos entrar lá cerca de meia hora antes da meia-noite... — usando uma chave que ainda não tínhamos.

Na verdade, ele não tinha bem certeza de como a chave era, e nem como a conseguiríamos.

— Só sei que vamos consegui-la a tempo.

Quando perguntei a ele como, ele encolheu os ombros e disse:

— Ela vai vir até nós.

Ele tinha definido uma rota específica de fuga que...

— ... você tem que memorizar, Sarah, porque essa é a parte que vai ficar a seus cuidados.

Ele fez aquilo parecer real. Fez parecer como se eu pudesse fazê-lo. Quem sabe podia.

A estação de trem ficava do outro lado de Severna. O estacionamento estava cheio de carros de gente que trabalhava em Baltimore ou em Arlington; os passageiros que haviam descido de um trem lotado estavam saindo da estação quando chegamos. Entrar na estação foi como nadar contra a corrente, mas quando conseguimos, o longo salão cheio de bancos já estava quase vazio de novo, à espera do próximo trem.

Com exceção da vez em que voltamos da igreja batista para casa, eu nunca tinha estado com Jackson fora de Amber House. Nossa amizade sempre tinha estado limitada à propriedade ou às curvas e voltas do rio. Quando entrei na estação ao lado dele, vi que atraíamos olhares. Eu não sabia se era porque não gostavam que um jovem negro acompanhasse uma garota branca ou se estavam espantados com as cicatrizes de Jackson. Sinceramente, eu já não as notava mais; elas não tinham nada a ver com quem Jackson era. Mas quando eu olhava através dos olhos de estranhos, eu podia ver que elas eram vívidas o suficiente para provocar uma curiosidade mórbida. Jackson olhava reto para a frente, evidentemente acostumado à desagradável atenção.

O homem por trás do balcão de passagens se esforçou para não ficar encarando, a ponto de sequer olhar nos olhos de Jackson. Ele se manteve ocupado com a papelada e com o troco que devolveria. Eu havia trazido dinheiro para pagar pela passagem, mas Jackson se adiantou, puxando um maço de dinheiro preso por um elástico esticado. Fiquei espantada ao ver tanto dinheiro.

Estávamos saindo quando um ruivo pálido, sentado em um banco, falou com ele.

— O que aconteceu com você, garoto? Meio que um linchamento?

Jackson nem olhou na direção dele, e o sujeito pareceu tomar isso como um insulto pessoal.

— Ei, estou falando com você, garoto. Ei! Um homem não pode lhe fazer uma simples pergunta? — Ele sorria, agora, empolgando-se com aquilo. — Já é Halloween, ou você sempre sai por aí assim, assustando mulheres e crianças?

Comecei a me virar, mas Jackson discretamente puxou a manga de meu casaco e disse:

— Só continue andando.

— Jesus amado! — disse o ruivo. — Eu quase devolvi meu almoço só de olhar para você.

Eu parei, soltando minha manga dos dedos de Jackson, e fui para mais perto do sujeito racista.

— Senhor — entoei com doçura. — Uma garota pode fazer-lhe uma simples pergunta?

Ele sabia que eu queria matá-lo, mas só ronronou:

— Claro, docinho, uma coisinha bonita como você pode. Vá em frente.

Então eu vi, em seu pescoço, logo abaixo do queixo. Uma tatuagem. Uma suástica. *Um dos "eleitores" do presidente Stevenson.*

Eu sorri e falei alto o suficiente para que as pessoas ao redor, que acompanhavam a cena, pudessem ouvir.

— Se sua mamãe e seu papai se divorciassem, *docinho*, eles ainda continuariam sendo irmão e irmã?

O homem no balcão começou a rir, e risadinhas se espalharam pela pequena multidão. O ruivo estreitou os olhos, e respondeu num murmúrio, alto o suficiente para que apenas eu ouvisse.

— Acha que não sei quem você é? Acha que aquela bela casa na beira do rio vai proteger vocês do que está vindo? Melhor pensar duas vezes.

— Não — disse eu, com total convicção. — Não. É *você* que vai voltar para o buraco de onde veio.

Então lhe dei as costas.

Alcancei Jackson, que não tinha parado de caminhar.

— Para alguém que está tentando não chamar a atenção, você com certeza não está se saindo muito bem — ele disse, suavemente.

— *Alguém* tinha que dizer àquele racista nazista ridículo para ficar de boca fechada.

— Você acha que eu preciso que você me defenda? — ele disse, um tanto irritado. — Você acha que não tenho ouvido desaforos como aquele mais ou menos todos os dias, pelos últimos treze anos? Gritar com aquele homem porque ele é racista torna algum de vocês uma pessoa melhor?

Fiquei envergonhada.

— Desculpa — disse, arrasada, sentindo como se tivesse 5 anos de idade.

A verdade era que Jackson era de fato uma pessoa melhor do que eu, mais madura, mais segura. Pensei, *Helen deve ser assim também*. Eu podia apostar que era, mas torcia para que não fosse verdade.

Voltamos para o carro.

— Olha, Sarah — ele disse. — Fico agradecido por você tentar me ajudar. De verdade. Você é uma boa pessoa. — Comecei a sacudir a cabeça, negando, mas ele continuou. — Você é, sim. Não estou dizendo que você é perfeita... — ele sorriu — ... mas você está muito à frente do resto das pessoas. Nem uma vez, em todos os anos que nos conhecemos, você me fez sentir que, quando olhava para mim, via as cicatrizes em vez da pessoa. Nem quando era pequena. E isso ajudou muito.

Dei partida no carro e saí. Pensei, mesmo que eu não faça mais nada relevante pelo resto da vida, já ficaria feliz em saber que ao menos tinha ajudado Jackson.

Parei pouco antes da entrada de Amber House, para ele descer.

— J, o que é esse monte de dinheiro em seu bolso? Onde você conseguiu tanta grana assim?

— Eu economizei.

— Para quê?

— É o meu dinheiro para a faculdade — ele disse baixinho.

— Você não pode gastá-lo. Eu tenho uma poupança para qualquer eventualidade. Me deixe usar *esse* dinheiro.

Ele sorriu e fez que não com a cabeça.

— Você não acredita mesmo que isto está acontecendo, não é, Sarah? Você não acha que vamos consertar tudo e salvar o mundo.

— Eu acredito.

— Não, não acredita. Porque, se acreditasse, você perceberia que eu *nunca* vou precisar desse dinheiro para ir para a faculdade. Se eu tenho um futuro de fato, não vai ser aqui, e não vai depender das economias que guardei em uma lata de café.

Ele tinha razão, claro. Se o que fizéssemos funcionasse, ele não ia precisar daquele dinheiro. E... eu *não* acreditava de verdade que iríamos consertar o tempo e salvar o mundo. Era tudo muito absurdo.

Como vou conseguir fazer isso, pensei, *se não acredito?*

Jackson tinha pegado o maço de notas e estava olhando para ele.

— Sabe o que vou fazer com este dinheiro quando chegar a Nova York? — perguntou, com um sorrisinho de puro prazer.

— Conta.

— Vou comprar roupas novas, da cabeça aos pés. Vou me hospedar no hotel mais bonito que encontrar. Vou pedir um filé enorme para o jantar, e talvez um daqueles bichos que parecem um camarão gigante também.

— Uma lagosta? — disse eu, sorrindo.

— Isso. E vou pagar também por um café da manhã enorme, e deixar gorjetas boas por todo lugar que eu for. Vou gastar dinheiro como se...

— Como se?

— Como se não houvesse amanhã. Porque não vai haver.

De volta em casa, contornei a curiosidade de mamãe dizendo que eu precisava de algumas coisas da cidade para a viagem. Ela e papai iriam viajar no dia seguinte com os Hathaway, e estavam levando com eles a maior parte de minha bagagem. Mamãe queria que meu vestido fosse passado pelas funcionárias do hotel com bastante antecedência, ou pelo menos foi o que ela disse. Talvez ela apenas não tivesse certeza de que eu iria chegar a Nova York no trem certo, na hora certa e com toda a minha bagagem. No que ela talvez tivesse razão.

Tivemos uma espécie de jantar de despedida, por conta de Sammy, já que não íamos celebrar o Ano-Novo com ele. Eram os últimos restos do ganso de Natal, como sempre, desfiados e transformados em bolinhos com o purê de batata, que eram então fritos até ficarem dourados. Era minha refeição favorita feita com as sobras, tanto por ser a mais gostosa quanto por ser a última. O canto do cisne do ganso.

Sam estava anormalmente tristonho. Mais tarde, quando subíamos, perguntei-lhe por quê.

— Foi o último jantar da gente até depois dos Anos-Novos.

— Faltam só uns dias, Sam. Mamãe e papai vão voltar antes do que você imagina.

— Eu sei — ele disse. — Mas gosto tanto deles. Não quero que eles mudem.

— Eles não vão mudar, carinha. — Ele tinha umas ideias tão estranhas na cabeça! — Eles vão voltar. Iguaizinhos.

— Tomara que sim — ele disse.

Indo para meu quarto, fiz a mala para a viagem a Nova York: roupas para passear pela cidade, pijamas, sapatos, itens de higiene pessoal. Pesava meia tonelada quando a fechei. Por sorte era papai que ia ter que carregá-la, não eu. Arrastei-a para baixo e deixei-a perto da porta de entrada. A longa capa protetora de roupas, contendo os trajes de gala de papai e mamãe, e também o meu, já estava pendurada na porta do *closet* da entrada.

Minha mãe me viu.

— Tem certeza de que está tudo bem, querida? Viajar sem nós? Você se sente tranquila com isso?

Suspirei, exasperada.

— Mamãe, são só quatro horas de trem. Maggie vai me levar à estação. Richard vai viajar comigo. Vocês vão estar em Nova York quando eu chegar lá. O que pode dar errado?

Ela sorriu, acariciou de leve meu cabelo e me beijou na testa.

— Às vezes eu me esqueço de como você cresceu, querida. Papai e eu vamos dormir. Vejo você de manhã, antes de irmos embora.

A neve caía de novo do lado de fora de minha janela, flocos brancos iluminados pela luz da lâmpada e recortados contra a escuridão mais além. Era bom estar dentro de casa, quentinha e confortável. Era como se a casa me abraçasse.

Enrodilhei-me na cama e li a lista que Jackson tinha me dado para decorar, a parte pela qual eu era responsável.

00h02 Vire à esquerda para a saída norte do museu. Siga o caminho de terra por entre as árvores. NÃO USE A CALÇADA. Pouco antes da fonte, vire para a direita, suba a colina, saia na rua. Cruze no farol. Para leste três quarteirões, até a entrada do metrô. 00h15 Transferência em Lexington para a linha que leva a Penn Station. Tome o trem da 1h00 para Baltimore.

Não estava escrito o que aconteceria depois daquilo, mas imaginei que Jackson sabia o que estava fazendo. Ele tinha antevisto isso até o último detalhe. Ia funcionar. Previsto e garantido de antemão.

Pelo menos era o que eu esperava.

Capítulo Vinte e Seis

Meus pais partiram pouco antes do meio-dia. Os olhos de mamãe estavam úmidos. Mesmo que por um dia ou dois, ela não gostava de ficar longe de Sam. Eu entendia.

Quando voltamos a entrar, Sammy abriu a gaveta da mesa do saguão de entrada e tirou minha bolsa de seda preta, a que Maggie me havia dado de Natal.

— Sam, eu já tinha colocado isso na bagagem para Nova York. Queria usar na festa. Por que você tirou da minha mala?

— Você tem que levar ela *com você*, Sarah — ele disse, muito sério, me entregando a bolsa.

— Puxa, Sam — eu disse, abrindo a bolsa. — Você pôs toda aquela tralha dentro dela de novo.

— *Não* é tralha. Ela disse que eram coisas boas. E você *prometeu* que ia deixar essas coisas na bolsa. Você não pode quebrar a promessa, Sarah!

Os olhinhos dele faiscavam. Eu nunca o vira tão furioso.

— Tá bom, vou levar tudo comigo. Vou deixar a bolsa entupida de coisas. Desculpe.

— Você tem que *prometer*.

Revirei os olhos, imaginando-me em pleno evento de gala em Nova York levando um abridor de lata e um isqueiro na bolsa.

— Eu prometo, Sam. Juro por Deus.

Eu estava inquieta, sentindo-me pouco à vontade. Não encontrava um canto para ficar tranquila. Sentia que ainda não tinha me lembrado do suficiente, aprendido o bastante. Não conseguia ver tudo dando certo.

Se tivéssemos a sorte *absurda* de conseguir roubar a moeda e nos safar, o que aconteceria depois? Não tinha a menor ideia do que deveríamos fazer com ela. Usá-la, talvez, para provocar um eco que nos dissesse como consertar as coisas? Eu ainda não tinha a menor ideia do que Deirdre tinha feito para mudar o rumo do tempo. E por mais que eu provocasse e tentasse, a casa já não estava me contando mais nenhum de seus segredos.

Agasalhei-me bem e saí. O ar frio no meu rosto me fazia bem. Ajudava a confirmar que eu não estava sonhando. Tudo isto era real; tudo estava acontecendo.

Vi os degraus da escada que subia para a casa da árvore, no carvalho. Fazia uns dois anos que não subia neles. Os degraus, simples tábuas de madeira pregadas no tronco, estavam escorregadios com toda a neve que havia caído de forma intermitente desde que chegáramos a Amber House. Comecei a subir, com cuidado, um degrau de cada vez. No meio da subida, lembrei de ter visto um eco no qual Maggie criança passava por mim, caindo. Aquela queda a levara a entrar em coma, e a ficar presa no mundo do espelho.

Ela estava lá em cima quando cheguei: a verdadeira Maggie, adulta, sentada num banco debaixo do telhadinho que cobria parte da casa.

— Desculpe — disse eu, começando a descer de novo. — Não sabia que você estava aqui.

— Vem cá — ela disse, batendo com a mão no espaço ao lado dela.

Alcei-me ao assoalho da casa na árvore e fui até o banco ao lado dela. Ficamos sentadas em silêncio, escutando. Mesmo a árvore estando sem folhas, o vento sussurrava através de seus galhos. Água acumulada gotejava dos ramos acima de nós, caindo num ritmo aleatório sobre o chão de madeira. *Vozes*, pensei. *Tantas coisas têm vozes as quais nunca escutamos.* Os sons me acalmaram. Um momento de paz.

Maggie finalmente falou.

— Já se lembra de tudo?

— Do outro tempo?

Ela fez que sim. Sacudi a cabeça.

— Mais e mais, mas não de tudo. Algumas coisas... a maioria, eram melhores do que neste tempo. Mas não *todas*. De um jeito ou de outro, Maggie... — peguei a mão dela — ... estou feliz por ter acordado você.

Ela apertou meus dedos.

— Eu também.

— Por que você não vai a Nova York? Você é uma das mulheres de Amber House.

Ela sorriu, olhou para baixo e refletiu. Então olhou direto nos meus olhos.

— Você vai conseguir fazer isto, *outra* Sarah. Você vai ter êxito. E até lá eu prefiro passar cada um dos últimos momentos aqui em Amber House.

Entendi então que Maggie ainda achava que ela talvez não existisse mais depois que o tempo mudasse outra vez.

— Além do mais, você pode precisar da ajuda de alguém quando voltar — ela continuou. — Quero estar aqui para isso.

Maggie estaria ali para me ajudar mesmo que isso significasse que ela iria desaparecer.

— Queria lhe perguntar uma coisa, Sarah. Você se lembra da outra pessoa que estava no sótão?

— Deirdre?

— Não, não a mamãe. A outra pessoa. Ele estava lá no final. Observando você.

— Como ele era?

— Não sei. De onde eu estava, não via a aparência exterior das pessoas. Eu estava dentro do sonho, e via as pessoas como eu acreditava que eram. Sammy era meu irmão gêmeo e éramos igual a como éramos de verdade. Você era como uma chama, Sarah, irradiando uma luz que espantava a escuridão, mas a sua luz estava ficando cada vez mais fraca. Eu me sentia triste, porque sabia que você ia se apagar.

Eu me lembrei de ter pensado a mesma coisa.

— E essa outra presença... bem, ele era uma luz dourada suave. Firme, calmo. Achei que pudesse ser um anjo. Um anjo da guarda.

— Você achou que ele era seu anjo da guarda?

— Meu não, Sarah. O seu.

O meu.

Percebi então quem era, quem deveria ser. Podia até imaginá-lo no sótão. Ele tinha me seguido até lá em cima. Tinha segurado minha mão e impedido que eu me fosse.

Jackson, é claro. Ele tinha ficado comigo até o fim.

Perguntei-me onde ele estaria agora. Ele tinha prometido me deixar estar presente quando tentasse ir para o futuro de novo — para terminar de descobrir como roubar a moeda e, Deus nos ajude, salvar o mundo. Se ele não vinha me procurar, imaginei que seria eu que teria de ir atrás dele. Trouxe sua imagem à mente e busquei seu calor.

Senti-o nos arredores dos estábulos. Sorri. Era bem a cara dele. Ainda estava fazendo seu trabalho, mesmo com a expectativa de que o Tempo entrasse em colapso. Imaginei que, quando o encontrasse, ele iria dizer, "os cavalos continuam precisando comer".

Mas quando abri a porta do estábulo, encontrei-o caído de costas numa pilha de feno no chão, os membros rígidos em pleno ataque.

— Droga!

Corri e me ajoelhei a seu lado. Ele estava frio, sem cor, pois o estábulo estava gelado. Ele estivera enrolado num cobertor, mas com as convulsões ficara descoberto. Pus a manta a sua volta de novo. Depois ergui sua cabeça e a apoiei em meu colo.

— Estou aqui — sussurrei.

A rigidez dos tendões de seu pescoço, dos músculos do rosto, seus braços, coluna, pernas começou a diminuir. Vi seus olhos se movendo rápidos por baixo das pálpebras. Ele estava ofegante, a respiração irregular, como se estivesse apavorado. Peguei sua mão.

— Estou aqui — repeti.

A luz mudou. Eu havia entrado em uma visão, mas não era minha. Um lugar com um nevoeiro tão denso que eu não consegui ver nada. O vento soprava, açoitando em todas as direções, uivando. Arrancando os pensamentos de minha mente. Podia ver Jackson mais adiante, parte sólido, parte luz, as duas partes difusas, dispersas pelo vento. Ele seguia um caminho assinalado por um fio prateado. Ele olhava para adiante, o olhar fixo. Na direção em que ele olhava, o nevoeiro ficava mais ralo. Pensei conseguir ver algo. *Alguém*. Um vulto pequeno, vestido de branco. *Amber*, pensei, mas em seguida disse a mim mesma que não, porque ela estava no passado.

Jackson virou-se para trás e me viu. E sorriu.

Eu o ouvi arquejar e senti quando se enrijeceu. Então me vi sentada no chão de pedra do estábulo, à luz pálida do dia. Jackson tinha aberto os olhos e estava limpando o sangue que escorria do nariz.

— Você me prometeu — eu disse.

— Acho que não cheguei a *prometer* — ele disse. — Mas queria ter te dado ouvidos. Você ajudou.

— Conseguiu ver o que precisava?

Ele fez que sim.

— Vai me contar? — perguntei.

Assentiu de novo, mas disse:

— Ainda não. Logo.

— Promete?

— Prometo.

Sacudi a cabeça.

— Você está horrível. Dá a impressão de que uma menininha poderia te dar uma surra com uma só mão. Você precisa de comida quente. Temos uma tonelada de comida que sobrou do jantar. Quer comer conosco?

— Obrigado, mas não. Vou jantar com vovó. Quero me despedir dela.

— Despedir? — repeti. Soava tão mórbido. — Até parece que você nunca mais vai vê-la de novo.

Ele sorriu, sacudiu a cabeça de leve e se sentou.

— Por mais que eu tente, Sarah, não consigo fazer você acreditar. Se conseguirmos, se tivermos sucesso no que estamos tentando fazer, esta vovó vai desaparecer. Eu *nunca mais* vou vê-la. E... pode até ser uma coisa boa, já que ela passou os últimos dois meses sofrendo, e tem mais sofrimento pela frente. No futuro que eu vi, ela era enfermeira. Esperta demais para fumar.

Eu me lembrei.

— Ela era enfermeira da outra vez também.

— De qualquer forma, quero ficar um pouco com ela.

Entendi. Caminhamos em silêncio, e nos separamos ao chegar à extremidade da ala leste. Ele foi na direção do rio e eu fui para a porta da frente. Quando toquei o corrimão da escada, vi duas crianças de que me lembrava da outra vida: Sarah-Louise e seu irmão gêmeo Matthew. Novinhos, os rostinhos redondos. Parecia uma noite de verão, totalmente escura. Os dois tinham redes e potes de vidro: estavam pegando vaga-lumes.

Nanga estava sentada entre os dois.

— Tinha muito desses na minha terra. De várias cores, com brilhos diferentes. Meu irmão e eu também gostávamos de pegar eles, mas não tínhamos vidros para prendê-los.

— Você tem saudade de lá? — perguntou Matthew.

— Ah, tenho. Todos os dias. Minha terra. Meu lar. Minha gente. Minha família. Meu marido. Cada minuto. Quando vim para esta terra, eu queria morrer, mas sua mãe não deixou. — Ela se interrompeu, para recordar. — Sabe o que ela disse quando perguntei por quê?

— O quê? — perguntou Matthew, ouvindo com muita atenção.

— Ela não era muito mais velha do que vocês. Uma garotinha. Decidida. Ela disse, "Você tocou minha bota e falou meu nome. Então eu soube que éramos parecidas. Almas irmãs. Eu sabia que seu lugar era aqui. Sabia que Amber House precisava de você".

— Eu acho que ela estava certa — disse Matthew.

— A casa — disse Nanga baixinho — e os que estão por vir.

Quando entrei, o telefone estava tocando. Era Richard.

— Papai ligou. Estão no museu, fazendo os preparativos.

— Ah, que bom! — falei.

— Dou uma passada por aí amanhã ao meio-dia?

— "Uma passada"?

— Com a limusine. Para te dar uma carona até a estação. Patrick vai dirigindo. Achei que podíamos ir juntos.

— Ah, obrigada. Mas Maggie vai me levar. Ela e Sam querem se despedir quando o trem partir.

— Eles também podem ir com a gente — ele disse, animado. — Sam ia gostar da limusine.

— Tenho certeza de que ia. É muito gentil da sua parte, mas... — A pausa fatal. Por que eu não podia *pensar* mais rápido? — ... acho que Maggie disse algo sobre fazer umas tarefas na cidade depois. Eu encontro você no trem.

— Ah — ele disse, parecendo um pouco confuso. — Tudo bem. — Ele falou com voz mais animada, perdoando minhas desculpas furadas. — Então vejo você lá. Boa noite.

— Boa noite, Richard.

Pensei, quando punha o telefone no gancho, que Amber House precisava de todos nós. Deirdre e Nanga. Maeve e Fiona. Vovó e meus pais, Maggie, Sam. Até Richard, de alguma forma. Todos pertencíamos àquele lugar, porque Amber House precisava de nós.

Capítulo Vinte e Sete

Jackson entrou pela porta da cozinha às onze e meia na manhã seguinte. Ele se acocorou ao lado do fogo para se aquecer, depois da caminhada desde sua casa.

— Vovó ainda estava dormindo quando saí — disse. — Não contei a ela que ia viajar. Decidi deixar isso para o vizinho que está vindo tomar conta dela até... enquanto eu estiver fora.

— Quer alguma coisa? — perguntei. — Estamos comendo cereais, mas posso lhe fazer um mingau de aveia, para ajudar a esquentar.

Ele sacudiu a cabeça.

— Não precisa.

Eu também não tinha muito apetite. Éramos um grupo sombrio subindo no carro, exceto por Sammy, que tinha voltado a sua alegria de sempre.

— Todo mundo alegre! — ele disse. — Os Anos-Novos estão chegando!

— *Ano-Novo* — corrigi, sem pensar.

Graças a papai e mamãe, minha única bagagem era uma mochila pequena na qual eu levava a bolsa de seda preta, um livro, algum dinheiro e as instruções por escrito de onde eles iriam se encontrar com Richard e comigo em Nova York. Jackson carregava uma mochila volumosa, bem cheia.

Maggie estacionou o carro para que ela e Sam pudessem ir até a estação conosco. Eles pararam logo depois de cruzarmos a porta. Sam abraçou Jackson pela cintura enquanto Maggie me apertou em seus braços. Ela falou baixinho em meu ouvido.

— Vá até o fim.

255

Então Sam também me abraçou enquanto Maggie apertava a mão de Jackson, muito séria.

— Fica feliz, Sarah! — disse-me Sam. — Vai ser bom, você vai ver.

Nós nos despedimos, e então Jackson e eu contornamos os bancos e fomos até a porta mais distante. Jackson abriu-a para mim, mas um xerife adiantou-se e ficou à minha frente, bloqueando-a antes que eu pudesse passar.

— Sarah Parsons? — perguntou.

— Sim?

— Que idade você tem, querida? — disse ele, com um sotaque forte.

Eu estava confusa.

— Tenho 16, mas meus pais sabem que estou viajando. Vou me encontrar com eles...

Ele não estava mais me ouvindo. Ele se virou para Jackson.

— Você vai ter que vir comigo, garoto.

— O quê? — exclamou Jackson. Por sua expressão, percebi que fosse lá o que ele tinha antevisto para esta viagem, não incluía ser preso pelo xerife local.

— Ainda temos leis na Confederação proibindo um garoto de cor de levar uma jovem branca menor de idade para fora da cidade por motivos ilícitos.

— Não! — exclamei, sem poder acreditar. — Nós nem vamos viajar juntos!

Tentei me colocar entre eles.

— Mocinha, quer que eu leve você também? — disse o homem.

— Isso é ridículo — disse eu. — Vou viajar com o filho do senador Hathaway. Jackson é só meu vizinho. Nós lhe demos uma carona.

Minha voz estava cada vez mais alta. Eu não conseguia evitar.

Ele agarrou meu pulso, então, e me puxou para perto. Eu podia ver os poros em sua pele, as manchas nos dentes. A tatuagem sob a mandíbula. Uma suástica.

— Eu sei com quem você está viajando, menina — ele rosnou em voz baixa. — E a não ser que queira criar uma tremenda encrenca para o senador, é melhor você ficar quieta.

Recuei, sem saber o que fazer. Olhei para a entrada da estação. Maggie ainda estava lá. Ela tinha visto. Ela moveu a boca em silêncio, formando palavras.

Está preparada?

Ela pegou Sam pela mão e o puxou para fora pela porta, curvando-se para falar com ele enquanto saíam. Fui atrás, impotente. O xerife colocou algemas em Jackson e começou a levá-lo para fora.

Jackson virou a cabeça para falar comigo por cima do ombro.

— Entre no trem, Sarah. Eu vou chegar lá, prometo. Não sei como, mas vou.

— Ele está certo, vá para o trem, docinho — vociferou o homem. — O filho do senador está esperando. Mas não ache que este sujeito vai se juntar a você. Ele vai ficar bem seguro na cadeia, até amanhã de noite.

Eles chegaram à calçada e à viatura, com todo mundo olhando. Ele pôs Jackson no banco de trás e jogou a mochila na frente. Então se instalou no assento do motorista.

Onde está Maggie?, perguntei-me, olhando ao redor, angustiada. *Que devo fazer?*

O carro do xerife afastou-se devagar da calçada, começando a dar a volta através do estacionamento, para sair.

Vi Maggie então. Estava de pé diante do carro de meus pais, que tinha parado pouco antes da saída. A porta do motorista estava aberta; vi a cabeça de Sam por cima do capô e em seguida ele sumiu. Comecei a correr entre os carros estacionados, percorrendo o caminho mais curto até a saída, mantendo-me abaixada para evitar que o xerife me visse. Cheguei aos últimos carros parados, pouco antes que o xerife passasse. Sam estava caído no chão, na frente do carro de meus pais, braços e pernas espalhados, como uma boneca quebrada. Então Maggie começou a agitar os braços e berrar.

O xerife teve que parar, claro.

— Mas que diabos? — disse ele, enquanto saía do carro.

Maggie berrava, desconexa, algo sobre o garotinho que tinha aparecido do nada, correndo na frente do carro, e ela não conseguiu parar, e a culpa não era dela.

— Ele está morto? Ele está morto? — ela gritava.

Jackson se inclinou para a frente, para me olhar através do vidro, e acenou com a cabeça. *Venha.*

Ah!

257

Agachada, corri para o carro do xerife, mas alguém chegou antes. Uma jovem negra, usando um lenço amarelo.

— Pegue as chaves — ela sussurrou, enquanto abria a porta de trás e ajudava Jackson a sair.

Tirei a chave da ignição e peguei a alça da mochila de Jackson, ainda abaixada, observando o xerife e minha tia.

Só ouvi Maggie exclamar:

— Não tenho a menor ideia de onde saiu esse *menino correndo*.

Nesse instante, Sammy deu um pulo e disparou pela calçada. "Menino correndo" devia ter sido um sinal.

— Volte aqui, garoto! Volte já aqui!

O xerife saiu correndo atrás de Sam, enquanto Maggie se virava para entrar de novo no carro, e a moça, Jackson e eu nos abaixávamos entre uma fileira de carros estacionados.

— Me dá as chaves — a moça ordenou, e rapidamente procurou entre elas até achar uma chavinha prateada, que usou para abrir as algemas de Jackson.

Ouvi o carro de Maggie cantando pneu ao se afastar, e os gritos do xerife.

— Pare, maldição! Volte aqui.

Jackson virou-se para mim.

— Quando eu disser, corra à toda para os trilhos à direita da estação, e não pare por nada neste mundo — disse-me. E então para a moça, apertando a mão dela: — Obrigado.

Então ele pegou a mochila, segurou meu cotovelo e começou a se mover.

— Corra — disse. — Corra!

E foi o que fiz.

Atrás de mim ouvi a voz do xerife.

— Parem esses dois! Detenham-nos!

Dois sujeitos de aparência ameaçadora que estavam na entrada da estação de imediato começaram a correr para nos interceptar. O xerife vinha atrás de nós, seus passos pesados ganhando terreno. Pensei, alucinada, se ele iria atirar.

Chegamos aos trilhos. Nosso trem havia partido. Podia ver o último vagão desaparecendo em uma curva. Para onde deveríamos ir? Qual era o plano de Jackson?

Um trem de carga vinha da direção oposta, a toda velocidade. Jackson agarrou minha mão, me puxando.

— Mais depressa! — exclamou.

Os três homens estavam atrás de nós, correndo mais rápido, aumentando a velocidade para nos pegar.

Entendi o que Jackson pretendia fazer. Colocar aquele trem de carga entre nós e nossos perseguidores. Estava quase em cima de nós, uma muralha de som em movimento. O maquinista já tinha visto os dois adolescentes malucos tentando correr mais que sua locomotiva e começou a tocar o apito. O som estridente se estendia.

— Não, não — gemi.

Mas não diminuí a velocidade. Eu tinha que pular os trilhos e olhar onde pisava. Não podia olhar o trem, mas podia senti-lo vindo. Barulho e calor e o ribombar no chão. Pulei outro trilho, as vibrações percorrendo todo meu corpo. *Ah, meu Deus!, ah, meu Deus!, ah, meu Deus!*, choramingava meu cérebro enquanto eu lutava para pisar no cascalho entre os dormentes. Jackson puxou minha mão com força, puxando-me para cima, sobre o último trilho.

A onda de vento do trem jogou meu cabelo para cima quando cambaleamos para manter o equilíbrio do outro lado. Tudo o que eu queria era desabar no chão, mas Jackson ainda me puxava.

— *Continue!*

À nossa frente, outro trem de carga estava começando a se mover, a ganhar velocidade, indo rumo norte, na mesma direção que o trem que havíamos perdido para Nova York. A porta aberta de um vagão vazio passou diante de mim; Jackson nos levou para a direita, rumo à porta.

— Ah, não... — gemi.

Senti uma pontada no lado do corpo, estava com falta de ar e o piso do vagão estava ao menos na altura do meu peito. Eu nunca conseguiria entrar.

Ficamos lado a lado com a porta aberta. Jackson jogou sua mochila pesada para dentro, e gritou para mim.

— Vou entrar e puxar você. Mantenha o ritmo. Não pare.

— Ok — arquejei, prestando atenção no chão, tentando correr sobre os grossos dormentes de madeira.

Jackson pulou, agarrou uma alça de metal e içou-se para fora de vista.

— Segure minha mão! — gritou ele.

Ergui o braço no ar, às cegas, com medo de tirar os olhos de onde estava pisando.

— Olhe para cima! — ele mandou.

Ergui os olhos e movi o braço na direção do dele. Meu pé chocou-se com a borda de um dormente. Comecei a cair.

Mas ele agarrou meu pulso e segurou-o com força enquanto eu ficava de pé, erguendo-me no ar. Meus pés tocaram o piso do vagão de carga. Endireitei-me nos braços dele, que me amparavam, me protegiam.

— Ah, meu Deus — solucei, ofegante. — Não posso fazer isso. Quero ir para casa. Não sou forte o suficiente. Não tenho coragem suficiente. Não sou *nada* suficiente para essa missão.

— Pare com isso! — Ele me afastou um pouco de si, de modo a poder me olhar nos olhos, e me chacoalhou de leve. Sua voz saiu áspera e inclemente. — Gente demais sofreu por causa do que aconteceu... — *Por causa do que eu fiz.* — ... e mais gente vai sofrer antes que isto termine.

Não, por favor, não.

— Você pode fazer isso, Sarah. Você pode colocar um fim nesta situação. Você tem que me prometer que não vai desistir, não importa o que aconteça, ou todo o sofrimento terá sido por nada.

Fechei os olhos com força. A carta de tarô. O nove de paus: *Termine o que foi começado.*

Eu ainda estava chorando, mas assenti com a cabeça.

— Prometo.

Jackson fez o possível para nos deixar mais confortáveis, fechando as laterais e tirando um par de suéteres de sua mochila para nos sentarmos em cima. Mas mesmo com as portas fechadas, o frio ainda era de congelar. Nós nos apertamos um contra o outro de encontro à parede dos fundos, os suéteres sob nós, meu casaco sobre nossas pernas, o casaco dele a nossa volta e bem enfiado sob nossos queixos. A luz no vagão reduzira-se a uma penumbra, com alguns raios aqui e ali penetrando por frestas nas paredes.

— Não vai ser tudo assim, vai? — perguntei.

Ele sacudiu a cabeça.

— Não me preocupei que nos vissem saindo da estação de trem. Eu não fazia ideia de que teríamos problema. Queria saber por que isso aconteceu.

— O xerife tinha uma suástica, como aquele sujeito quando fomos comprar sua passagem. Talvez tenham ligação com Jaeger?

— Pode ser. Mas eles não conseguiram parar a gente. Ainda podemos fazer com que isso funcione. — Ele passou o braço por meu ombro para me manter aquecida. — Você foi bem corajosa, Sarah.

— Eu estava apavorada! — respondi. Não queria pensar sobre aquilo. — Quem era a mulher que nos ajudou?

— Não sei — ele sacudiu a cabeça. — Só uma lenço amarelo tentando ajudar.

— Lenço amarelo?

— Alguém do movimento. Todos fazemos o juramento de ajudar os outros lenços amarelos.

Eu meio que tinha imaginado algo assim.

— Você tem ideia de para onde estamos indo?

Ele sacudiu a cabeça.

— Os trilhos se ramificam em quatro direções diferentes um pouco a norte daqui. Uma linha vai para Nova York, duas para a Pensilvânia e a outra para oeste. Não temos jeito de saber até chegarmos lá.

Lembrei-me de algo. Tirei de dentro de minha mochila a bolsa de seda de Maggie, olhei lá dentro e peguei um dos presentes de Natal de Sam. Estendi-o na palma da mão: uma pequena bússola de plástico.

— Você acha que isso ajuda?

— Acho que sim. Se eu souber para onde estamos indo, posso imaginar como e onde pegar o trem de volta para Nova York de manhã.

— "De manhã"? Você está brincando? Meus pais vão ficar histéricos!

— Vamos pensar em algo para dizer a eles antes de chegarmos lá.

— Eles não vão me deixar mais viajar sozinha até eu ter uns 72 anos.

— Depois de amanhã, eles não vão se lembrar de mais nada disso.

O balanço do trem combinou-se com a exaustão do dia para encher minha mente com o desejo de esquecer tudo. Minha cabeça encontrou o ombro de Jackson. Senti-me segura ali, rodeada por seu braço. Toda aquela situação pela qual eu tinha passado era... impossível. Mas Jackson iria fazer tudo dar certo. Eu estava a salvo com Jackson.

— Sarah — ele me chamou.

— Que foi? — acordei sobressaltada, lembrando-me de repente onde estava sentada e o medo que sentia.

— Shhh — disse Jackson. — Você estava tendo um sonho ruim.

— Eu estou tendo um dia ruim. Onde estamos?

— Quase no fim da linha.

— Estamos chegando a uma estação?

— Não. Estamos em uma longa subida e a velocidade diminuiu muito. Vamos saltar.

— Vamos saltar de um trem em movimento?

— Você consegue — ele disse, e notei o sorriso em sua voz. — Pular para fora é bem mais fácil do que pular para dentro.

Com um solavanco, ele abriu a porta lateral. Um vento gelado entrou. Vesti meu casaco, coloquei a mochila no ombro e me obriguei a ir até a borda do vagão. A lua estava reduzida a um fino crescente, mas lançava luz suficiente para mostrar que o trem corria por uma faixa estreita de aterro que depois formava um barranco íngreme.

— Sem chance — declarei.

Jackson veio e parou ao meu lado, fechando o zíper de sua mochila.

— Vou pular, você joga isto para mim e então pula. Eu pego você. Vai dar tudo certo.

Num movimento fácil, ele se abaixou, apoiou-se na mão e desapareceu pela borda. Sua cabeça apareceu daí alguns segundos, enquanto ele corria ao lado da porta.

— A mochila! — pediu.

Joguei-a para ele e ele a colocou no chão.

— Agora você — ele orientou, mas não me animei. — Sente-se na borda. Então empurre. Eu pego você, prometo.

Ainda assim hesitei.

— Vai logo, Sarah. — A gente está subindo, e estou ficando sem fôlego.

Sentei-me. Apoiei as mãos. Empurrei.

Ele me pegou e me segurou quando meus pés escorregaram no cascalho da borda do barranco. Agarrei-me nele, recordando-me de um momento parecido, uma sensação parecida do tempo anterior. Ele estava sempre me amparando.

Controlei a sensação de pânico.

— E agora, que fazemos?

As nuvens ameaçavam encobrir a pouca luz da lua. A temperatura estava bem abaixo de zero, enquanto uma neve rala cobria o chão e continuava caindo.

— Vamos voltar pelos trilhos mais ou menos um quilômetro. Tem um abrigo lá. Vamos ficar bem.

Começamos a caminhar entre os trilhos, o braço dele passado pelo meu para manter meu equilíbrio. Ele apanhou a mochila quando passamos por ela.

Um vento cortante soprou pela abertura que os trilhos formavam entre as árvores de ambos os lados; minhas faces queimavam de tanto frio. Tinha ficado tão escuro que eu não conseguia saber para onde estávamos indo. Fora a lua e o vento, não havia qualquer sinal de luz ou som em nenhum lugar a nossa volta.

Jackson nos manteve centrados entre os dois trilhos, usando como guia o brilho baço do luar no metal.

— É assim que as pessoas são atropeladas por trens, sabia? — disse eu, nervosa.

— Não se preocupe — ele respondeu, bem-humorado, puxando-me para um lado. — Chegamos.

Capítulo Vinte e Oito

Jackson me ajudou a descer pelo declive suave. Uma cabaninha materializou-se em meio à escuridão.

— O que é isto?

— Um abrigo para funcionários da ferrovia, acho. Me parece que não é muito usado.

Ele se abaixou, tateou o chão e então ergueu-se com uma grande pedra na mão. Subiu os degraus. Ouvi-o martelando em algo metálico e então o som de metal deslizando sobre metal.

— Venha — ele disse.

Abriu a porta e entramos, saindo do vento. Ouvi sua mão batendo na parede, em busca de um interruptor de luz.

— Espera um instante — disse eu, tirando a sacola do ombro.

Encontrei a bolsa preta de Maggie, abri-a e tateei dentro dela. Remexi por um instante e...

— *Voilà*. — Uma pequena chama surgiu do isqueiro em minha mão.

— Você é demais — disse Jackson. — Outra vez exatamente o que precisamos. O que você é, uma vidente ou algo assim?

— Na verdade, sou, sim, mas não sou muito competente com o futuro — respondi. — Sammy insistiu que eu trouxesse isso. A bússola também.

— Hum, ele é um rapazinho estranho, não? — disse Jackson. — E digo isso no melhor dos sentidos.

Eu sorri e concordei.

— Sim, ele é um rapazinho estranho. Mas até onde eu sei, não consegue ler o futuro das pessoas.

— Apenas alguém que acredita que vale a pena estar preparado?

— Acho que sim.

Entramos em ação para ficarmos mais confortáveis. Encontrei um lampião e o acendi. Jackson fechou as cortinas da única janela.

— Para isolar um pouco do frio.

O aposento tinha talvez três por três metros, contendo uma mesa, quatro cadeiras, um aquecedor a lenha, prateleiras com alimentos enlatados e cobertores dobrados, um saco de jornais velhos e uma pilha de lenha. Uma porta na parede dos fundos dava para um anexo com uma privada e uma pia.

— Todos os confortos do lar — disse eu.

Jackson deu uma risadinha.

— Se você mora em um *freezer*.

Era verdade que eu podia ver minha respiração. A Pensilvânia era bem mais fria do que Maryland, e o ar exterior entrava por frestas em todas as superfícies.

Em seguida acendemos o fogo. O aquecedor em ação afastou do aposento o pior do frio, mas ainda estava longe de estar confortável. Jackson sacudiu dois cobertores e me envolveu com um deles. Então dedicou algum tempo a vedar com jornal algumas das frestas maiores. Em seguida inspecionou as coisas nas prateleiras.

— Tem algumas latas de comida aqui. Deve haver um abridor de latas também, mas não estou encontrando.

Minha mão mergulhou de novo na bolsa de Maggie. Triunfante, ergui um abridor simples.

— Sam outra vez? — Jackson perguntou.

— Bem esquisito, não? Mas, pensando bem... — disse eu, franzindo um pouco as sobrancelhas. — Acho que não foi ele. Acho que ele disse que *ela* falou para ele.

— Ela?

— É. *Ela* disse que eu tinha que trazer essas coisas comigo.

— Maggie? — ele sugeriu. Fiz que não. — Quem sabe Nanga?

— Talvez.

Puxamos duas cadeiras para perto do fogo, com um canto da mesa entre nós, para comer algo. Eu não comia nada desde... não conseguia me lembrar quando. Algumas colheradas de cereais.

Jackson me deu uma lata que tinha aberto com cortes em forma de V ao redor de toda a borda, junto com seu canivete de bolso multiferramentas, aberto em um garfo de duas pontas.

— Damas primeiro — disse.

Olhei dentro da abertura cheia de pontas e vi a superfície alaranjada de metades de pêssegos em uma calda espessa. Fisguei um e coloquei na boca. O açúcar atingiu minha língua. Gelado, úmido e completamente satisfatório.

O ato de comer me fez perceber como estava faminta. Eu podia ter devorado a lata inteira. Fiz um esforço para estender a lata com o garfo para Jackson.

— Sua vez.

Ele sacudiu a cabeça.

— Tenho a minha — disse, erguendo outra lata igual.

Enfiei mais três pêssegos na boca, um depois do outro, mal me preocupando em mastigar.

— Guarde lugar para a comida de verdade — disse ele, tirando um sanduíche de um bolso de sua mochila. — Bolo de carne. Receita de minha avó, preparada pc ste que vos fala. Refrigerado naturalmente durante todo o dia.

— Odeio roubar sua comida.

— Estamos juntos nisso, Sarah.

Aceitei metade do sanduíche e dei uma enorme mordida. Era *tão bom*! Exatamente a combinação correta de carne e pão.

— *Você* fez isso? — falei, com a boca cheia.

— Sim, senhora. Não fique tão incrédula. Cozinhar é só uma questão de lidar com compostos químicos que podemos comer.

— Certo — retruquei. — Um gênio da ciência.

— Sim, senhora — ele repetiu.

Coloquei na boca meu último pedaço. Estava começando a me sentir melhor. Mais aquecida. Não tão vazia.

— Então acho que toda essa coisa de percepção extrassensorial deve meio que te assustar — disse eu.

— Não assusta você?

Dei um sorriso.

— Me assusta, J, mas não sou eu quem espera que o mundo seja todo lógico e científico.

Ele sacudiu a cabeça.

— Acho que deve haver uma base científica. Só não sabemos qual é. Talvez padrões de energia aos quais algumas pessoas são mais receptivas. Ou o tempo como uma função da percepção, e não como parte integrante da realidade. Algo assim.

— Sei — disse eu.

— Que foi?

— Te conheço há tantos anos, J, e nunca achei que você fosse do tipo cientista de carteirinha.

Ele deu de ombros.

— Te conheço há tantos anos, Sarah, e nunca achei que você fosse do tipo intuitiva de carteirinha.

Ri alto. Eu me sentia bem. Presa no meio do nada, em uma cabana cheia de correntes de ar, em temperaturas árticas, a meio caminho entre policiais simpatizantes do nazismo de um lado e uma tentativa de roubo do Metropolitan no outro, era bom ser capaz de rir.

Devíamos estar loucos, ambos.

— Você parece tão... calmo... quanto a tudo isso. Estou tão apavorada, todo o tempo, que mal consigo suportar ser eu mesma.

— Também estou apavorado — admitiu ele.

— Não parece.

Novamente ele deu seu leve encolher de ombros.

— Estou apavorado pela sua segurança. Estou apavorado pela minha. Estou apavorado pelo que vai acontecer se não conseguirmos. Estou apavorado pelo que vai acontecer se conseguirmos.

— Se conseguirmos?

— Precisamos seguir em frente. Fazer o que parece ter sentido no momento. Terminar o serviço. — Jackson disse isso baixinho, um tanto sombrio. Aquilo me deu um calafrio. Ele olhou nos meus olhos. — Tenho fé em você, Sarah.

Senti de repente as lágrimas arderem em meus olhos. Desviei o olhar e pisquei para controlá-las.

— Ei, para com isso — ele disse. — Chega disso. Acho que vi... — Ele ficou de pé e pegou algo no fundo das prateleiras, virando-se então, vitorioso. — Isto. Será que funciona?

Ele segurava um radinho portátil barato, erguendo-o como se fosse um troféu.

Esbocei algo que parecia um sorriso.

— Você é sempre um otimista, J.

Ele começou a girar os botões. Primeiro o aparelho só produziu estática, provando que as pilhas ainda estavam boas. Então ele sintonizou em alguns sinais quase audíveis. Notícias locais, alguma música clássica meio difusa, uma estação de músicas antigas e uma estação bem forte tocando um jazz animado.

— É disto que estou falando — ele disse, pegando minha mão e me colocando de pé.

— Está muito frio para dançar. E além do mais, sou péssima nisso.

Mas ergui as mãos, obediente, colocando uma no ombro dele, e com a outra, segurei sua mão.

Ele olhou para mim e sacudiu a cabeça, com tristeza.

— Você está brincando.

— O quê?

Ele pegou minhas mãos e abaixou-as até o nível da cintura, e então começou a mover-se para a frente e para trás em ritmo com a música.

— Agora dobre os joelhos — ele me instruiu, mostrando como fazer — e gire os quadris para os lados.

Endireitei o corpo e recuei um pouco.

— Não sei fazer isso — disse.

Ele me puxou de volta.

— Dobre os joelhos. Gire os quadris. Acompanhe com os ombros. — Ele demonstrou, fazendo os movimentos ele mesmo. — Aí está você, Sarah, dançando o *twist*. — Ele deu um sorriso malicioso. — Olha a menina branca dançando.

Dei uma risada e mostrei-lhe a língua. Quando ele se curvou para trás, fiz o mesmo. Ergui meu joelho quando ele ergueu o dele. Ele dançava bem, muito melhor do que eu, mas não importava. Pelo resto daquela música e pela seguinte, eu estava dançando o *twist*.

Ficou mais quente depois, ou imagino que era só eu que estivesse mais quente devido à circulação do sangue. No aquecedor ardia uma boa camada de brasas, e coloquei lá os maiores pedaços de lenha que encontrei, torcendo para que queimassem de forma constante e lenta. Recolhemos todo nosso lixo e deixamos tudo arrumado.

— Vai estar mais frio no chão — disse Jackson. — Mas eu preciso de verdade me deitar por algum tempo. Estou exausto. Tudo dói.

Eu sabia como ele se sentia.

Estendemos uma grossa camada de jornal no chão. Por cima colocamos uma camada de roupas e cobrimos com um cobertor.

Então ele ficou ali parado, sem jeito, por um instante.

— Olha, não sei bem como dizer isso, mas para ficarmos aquecidos precisamos dormir...

— ... de conchinha — concluí para ele.

— Era o que eu estava pensando — ele respondeu.

Ele abriu o aquecedor para colocar lá dentro mais dois pedaços de lenha, e então empilhou mais alguns a nosso alcance, para alimentarmos o fogo durante a noite.

Ele apagou o lampião e se sentou a meu lado, e eu me enrodilhei de lado, o braço sob a cabeça. Ele se curvou por trás de mim, acomodando os dois últimos cobertores a nossa volta, encostando as mochilas a suas costas, para um pouco mais de isolamento térmico.

Fiquei feliz com o calor dele. Senti-me... segura. Senti que não estava sozinha. Ele estava naquilo comigo, até o fim.

— Você ainda está nessa, Sarah? Vai conseguir ir até o fim?

— Sim, ainda estou nessa. Fui eu quem criou essa confusão.

— Não foi você — ele disse. — Não é culpa sua.

— Ainda estou nessa, J. — repeti. — Obrigada por estar junto comigo.

— Tenho meus próprios motivos, bons motivos, para querer que isso funcione, Sarah, para querer que o tempo mude. Existe um futuro melhor em algum lugar, e quero que aquele cara, o outro Jackson, possa tê-lo. Mas mesmo se eu não tivesse esses motivos, eu ainda teria que seguir em frente, sabe? Quero dizer, nesse outro tempo, esse outro futuro, os nazistas perderam. A escravidão terminou no século XIX. A vida vai ser melhor para muita gente. Não temos o direito de parar.

Percebi que eu não pensava muito por aquele ângulo. Estava sempre focada em minha própria partezinha. *Eu* tinha criado uma confusão que *eu* tinha que consertar. Da melhor forma que pudesse, tinha que deixar as coisas como deviam ser.

O fogo crepitava, preenchendo o silêncio que caíra entre nós. Do lado de fora, o vento de inverno uivava, tentando entrar. Mas eu me sentia segura com Jackson às minhas costas.

— Como eu sou naquele outro futuro que você vê? — perguntei.

— Não sei como explicar, sério. Você é... — Ele lutou para encontrar as palavras. — No geral você é igual. Engraçada, corajosa, generosa, observadora, teimosa.

Saboreei as palavras dele.

— Mas você tem uma outra coisa. Algo mais adulto, talvez. Como se você tivesse conhecido a tristeza, o sofrimento. Você vê o mundo com mais compaixão.

Eu podia ouvir a admiração na voz dele. Por alguém que eu *não era*.

— O que você quis dizer com "o outro Jackson"?

— Bom, ele não vai ser eu, vai? Vai ser algum outro Jackson que viveu uma outra vida. Ela não vai nem se lembrar de mim. Vou simplesmente desaparecer.

Senti as lágrimas se formarem de novo. Era nisso que ele acreditava? E ainda assim ele seguia em frente? Eu não conseguia falar, mas queria dizer a ele que não havia outro Jackson. Ele não tinha mudado. Ele era constante. E *eu* iria me lembrar dele.

— Vai ficar tudo bem — ele disse, carinhosamente, junto a meu cabelo. — Tudo vai dar certo.

Adormeci com essas palavras, passando-as e repassando-as em minha cabeça. Eu queria acreditar nelas. Elas penetraram em mim até um outro nível, a Sarah que tinha ouvido as mesmas palavras antes. De pé em um píer, de coração partido, enquanto este rapaz, este mesmo rapaz, contava como ele me conhecia mesmo antes de nos encontrarmos, como ele me conhecia através das visões de um futuro que passaríamos juntos.

Juntos.

Sonhei e acordei, dormi e sonhei de novo. Um sonho familiar em que eu corria usando um vestido esvoaçante dourado. Descendo degraus de pedra. Indo até a margem de um rio e encontrando alguém me esperando lá, sua silhueta recortada contra a face de uma lua cheia. Quando ele se virou, vi que era Jackson.

— Tenho que te contar uma coisa — ele disse, com voz grave. — Minhas visões...

— *Minhas* visões...

Terminamos juntos:

— ... são todas sobre você.

Nós dançamos, como se flutuássemos em um chão de estrelas, e chorei no ombro do rapaz que via um futuro que ele achava que nunca poderia acontecer.

Um futuro onde ele me amava. E eu o amava.

De novo.

Capítulo Vinte e Nove

Acordei antes que o dia clareasse. Jackson tinha se virado durante a noite e estava de costas. Pelos sons que fazia, devia estar sonhando. Virei-me devagarinho para poder vê-lo.

Sua cabeça balançou levemente, numa negação; breves contrações de sofrimento percorriam seu rosto. Apesar do frio, vi suor em sua testa. Os sons eram gemidos contidos. Foram aumentando em volume até ele acordar com um sobressalto.

— Oi — eu disse. — Você estava tendo um pesadelo.

Ele olhou para mim, o rosto ainda tenso. Aos poucos, seus traços relaxaram e ele sorriu. Um sorriso triste.

— Estava? Não me lembro. — Ele se levantou. — Vamos ter que caminhar uns dois ou três quilômetros. Melhor sairmos.

Levantei-me, arrumando as roupas e o cabelo despenteado. Eu não tinha esquecido meu sonho. Aquilo me fazia sentir-me deslocada, incomodada, sem possibilidade de me esconder.

Naquele outro tempo, eu tinha amado Jackson e ele tinha me amado. E a verdade era que eu ainda o amava. Era ele quem não me amava mais, e tinha escolhido uma pessoa mais adequada para ele: Helen. Ela era mais séria, mais dedicada. Uma pessoa boa e decente, exatamente como ele. Se havia uma coisa que toda essa história infeliz tinha me ensinado era que eu simplesmente não estava à altura, como ser humano maduro, responsável e compassivo. Eu julgava rápido demais, era egoísta e passiva demais. Diferente dele.

Deve dar para notar, pensei. *Ele deve ser capaz de ver isso que tenho dentro de mim, tão imenso que quase me sufoca.* Queria poder contar-lhe aquilo de que tinha me lembrado em meu sonho. Mas não seria justo jogar esse peso sobre as costas dele. Este Jackson tinha Helen.

Jackson abriu outra lata de pêssegos para que enchêssemos a barriga.

— Vamos levar ao menos umas duas horas para chegar a Nova York.

Passei um pente nos cabelos e senti saudades de minha escova de dentes. Por que Sammy não havia incluído uma entre os presentes? Então me lembrei do pacote de chiclete. Sabor hortelã. Espertinho.

Deixamos tudo do jeito que tínhamos encontrado. Jackson deixou uma nota de vinte dólares na prateleira, presa debaixo de uma lata. Então saímos para a manhã gelada do último dia do ano. Enquanto o mundo ficava cinza, seguimos os sulcos paralelos de um caminho de terra tomado pelo mato, até chegarmos a uma estrada vicinal. Fomos para a esquerda — para o norte — na direção dos trilhos que tínhamos deixado antes, e logo encontramos uma estação ferroviária.

— Você entra primeiro e compra passagem para Nova York. Uns dez minutos depois, eu entro e compro passagem para algum lugar mais além. Não olhe para mim. Finja que não me conhece.

— Você acha que é necessário? Aqui, no meio do nada?

— Sarah, pensa só. Alguém lá em Severna estava tentando me deter, deter nós dois. E eu fugi de um policial. Acho melhor não sermos vistos juntos.

Ficamos esperando na estação, cada um em seu canto. Pegamos a fila separados e entramos no trem sem despertar nenhuma suspeita. Sentamos em vagões diferentes mas, depois de uns dez minutos, fui e me sentei ao lado de Jackson.

— Ei, pensei que tínhamos combinado.

Ele tinha um leve sorriso; aquele que sempre dava, erguendo só os cantos da boca. Eu precisava dizer alguma coisa leve e inconsequente, atrás da qual pudesse me esconder.

— Não me lembro de ter *combinado* nada. Mas se você tem algum documento assinado... — Fiz menção de me levantar. Ele inclinou a cabeça, divertido.

— Se não me engano, chamam isso de "associar-se a criminosos".

Sentei de novo, decidida.

— Quando você coloca desse jeito, fica irresistível.

— Se eles vierem atrás de mim, não quero que te peguem também.

— O negócio, J, é que... — interrompi-me de novo, sem saber o que dizer. Forcei-me a continuar. — Se eles pegarem você, então vamos ter que achar algum outro jeito. Em algum outro momento. Porque não posso fazer isto sem você. Então, acho que devíamos ficar juntos.

Ele me olhou. Senti-me avaliada, totalmente exposta. Ele assentiu.

— Ficamos juntos, então.

Falamos de coisas bobas, coisas que fizemos juntos quando crianças, encrencas em que nos metemos, revivendo o passado, fingindo por um breve momento que o futuro não estava vindo em nossa direção com a velocidade de um trem. Também inventamos uma história para contar a meus pais.

O tempo todo eu o olhava de canto do olho e o via como um estranho. Notei como ele cumprimentou o fiscal que verificou nossas passagens e como lhe agradeceu. Notei como se mantinha imóvel enquanto falava, até que, de repente, algo que dizia o entusiasmava e o fazia pintar imagens com as mãos. Notei de novo quanto suas mãos pareciam com as de meu pai. *Mãos de cirurgião*. Perguntei-me se Helen notava essas coisas nele.

E desejei ter a coragem de lhe dizer alguma coisa. Algo significativo. Algo *verdadeiro* sobre como eu me sentia. Mas eu não tinha coragem. E se esse Jackson simplesmente não pudesse ter sentimentos parecidos por mim? E se esse Jackson estivesse tão acostumado a me ver como sua amiguinha que nunca poderia me ver de outra maneira?

Na Penn Station, ele apontou para um telefone público.

— Ligue para seus pais e conte a história que inventamos. E prepare-se para hoje à noite.

— Aonde você vai?

— Vou dar uma olhada no museu, confirmar se é mesmo do jeito que vi. Depois vou procurar algum lugar para descansar e tomar um banho. Não se preocupe. Tudo vai dar certo.

Dei um sorrisinho. Aquele parecia ser o lema de Jackson.

O funcionário na recepção do Park Hotel me olhou desconfiado quando entrei no *lobby* junto com meus pais. Fiquei imaginando se eu tinha folhas presas no cabelo. Mamãe não conseguia parar de me encher de perguntas.

— Em que cidade da Pensilvânia? Onde você ficou? Por que não nos ligou? Como pagou?

Insisti na história que Jackson e eu tínhamos inventado. Tomei o trem errado, que me levou para oeste, na direção de Pittsburgh. Consegui voltar até Harrisburg, mas perdi o último trem para Nova York. Então passei a noite na estação e peguei o primeiro trem do dia seguinte. Não havia ligado porque não conseguia me lembrar do nome do hotel. Meus pais pareceram aceitar a história, embora eu percebesse um brilho de dúvida nos olhos de papai.

Quando as portas do elevador se abriram, minha mãe ainda estava obcecada.

— Esperamos a noite toda que você ligasse. Pensamos que você tinha sido assassinada ou algo assim.

Um grande grupo de pessoas saiu do elevador, mas um homem em particular chamou minha atenção quando passou por nós. Tinha o rosto virado para baixo e para o outro lado, a mão tocando a aba do chapéu, escondendo as feições. Mas ainda assim reconheci o cabelo loiro cortado com precisão pouco acima do colarinho. O Reichsleiter.

Meus pais e a multidão me arrastaram para dentro do elevador, e o alemão desapareceu.

Tomei um banho e vesti roupas limpas, da mala que meus pais haviam trazido para mim. Depois, dormi um pouco. Minha mãe me acordou uma hora depois; eu tinha hora marcada no salão de beleza do hotel.

— Mas antes quero que você venha comigo ao museu, para ver como a exposição ficou linda.

Ela pegou o casaco e a bolsa e foi até a mesinha junto à porta.

— Tom, você pegou a chave da exposição?

Meu pai veio do quarto que ficava do lado esquerdo de nossa suíte.

— Não, querida. Da última vez que vi, estava aí.

Mamãe procurou na bolsa, e depois me olhou.

— Você não pegou a chave, pegou?

Sacudi a cabeça.

— Bom, acho que por enquanto não importa. Estamos no meio do dia. O resto do museu está aberto. Só temos que pedir a um segurança que nos deixe entrar na exposição de Amber House.

Uma chave, pensei. *A chave que Jackson disse que precisaríamos?*

O museu situava-se numa parte elevada do parque do outro lado da rua. Quando subimos pela escadaria da frente, percebi que havia estado no Metropolitan antes, mas ele tinha outra aparência. Tinha sido um prédio totalmente diferente, mas também se chamava Met. Deduzi que, do ponto de vista dos nova-iorquinos, neste tempo ou em qualquer outro, a cidade deles era *a* metrópole.

Encontramos um segurança solícito que nos conduziu, passando pelas entradas para as outras exposições e outras alas: Egito Antigo, os Impressionistas, Modernistas, Mestres Antigos. O último nome me chamou a atenção. Lembrei-me dele escrito nas notas rabiscadas e manchadas de sangue de Jackson. Virei-me para olhar para dentro da sala. Lá estava Jackson, sentado, olhando para mim. Nosso pequeno grupo seguiu em frente, e o cumprimentei com um breve aceno de cabeça.

O segurança nos levou até a exposição ainda fechada, usando um cartão plástico com uma tira de metal embutida. *A chave.*

Descemos por um lance de degraus de pedra até o pátio central do museu. Toda a parede de trás era tomada por janelas em arco, com vista para os jardins que ficavam abaixo do museu. O espaço era alto e amplo, e gerava um eco estranho. Fazia lembrar a estufa de Amber House.

Mamãe havia se superado com a exposição — as cores profundas da madeira das peças de mobília dispostas aqui e ali harmonizavam-se com *quilts* e bordados, pinturas e fotos. Trezentos e cinquenta anos de objetos. Trezentos e cinquenta anos de coisas acumuladas por minha família. Tudo isso disposto de encontro a divisórias em L, decoradas com estêncil, que formavam um labirinto para forçar as pessoas a percorrerem toda a exposição. Aqui e ali as árvores que cresciam nesse recinto-jardim projetavam-se acima das divisórias, fazendo-me lembrar do sonho que tive na primeira noite em que voltamos para Amber House.

Eu queria andar por ali e admirar o trabalho de minha mãe, e localizar a arma que Claire Hathaway tinha emprestado para a mostra, mas precisava fazer um rápido desvio.

— Ficou incrível, mamãe — eu disse a ela. — Só que preciso dar uma passadinha no banheiro.

— Claro, querida. Volte logo. Eu queria que você fizesse uma visita guiada antes da inauguração, hoje à noite.

Ela se virou para conversar com um funcionário do museu sobre uma das vitrines.

Jackson ainda me esperava na sala dos Mestres Antigos. Sentamos em frente a um daqueles estudos de cenas domésticas de algum pintor holandês.

— Acho que sei de que chave precisamos — disse-lhe. — Mas não sei onde conseguir. A da minha mãe sumiu.

— Você vai encontrar outra — ele disse.

— Onde?

— Não sei. Vai aparecer.

Essa resposta não parecia nem um pouco satisfatória, mas deixei passar. Eu confiava em Jackson.

— E como vou achar *você*?

— Vou estar na festa.

— Você precisa de um convite especial para entrar.

Ele sacudiu a cabeça.

— Só preciso de um paletó branco. — Olhei para ele, perplexa. — Não se preocupe. Vou estar lá. Encontrarei você.

— Preciso voltar para minha mãe. Você está bem por enquanto?

Ele fez que sim com a cabeça.

— É um lugar lindo. — Olhou ao redor. — O museu. A cidade. Meu pai conheceu minha mãe aqui. Estou feliz por ter podido vir aqui.

Estava soando mórbido de novo.

— Vamos conseguir, J.

Ele assentiu de novo.

— Vamos, sim. Porque nós temos que conseguir.

Quando voltei, mamãe me guiou rapidamente. Estávamos quase correndo, mas eu me desviava na direção de cada estante de vidro e de cada vitrine, verificando o conteúdo em busca da arma de Claire. E não consegui achar.

— E a contribuição da senhora Hathaway? — perguntei.

— Não está aqui ainda, mas reservamos um lugar para ela.

— Onde?

— Perto dos fundos, no lado leste — ela disse, sem ajudar muito, já que eu não sabia qual era o lado leste.

Enquanto saía, vi uma foto de Fiona aos vinte e poucos anos. Seu cabelo estava preso para o alto de forma exuberante, com cachinhos caindo pelo pescoço. Ela fora registrada na pose congelada característica de todas as pessoas fotografadas antigamente, mas gostei da forma como os cantos de sua boca se curvavam para cima, e da mão graciosa apoiada de leve na cadeira a seu lado.

Cheguei mais perto. Minha mãe me viu e pediu:

— Querida, pode endireitar essas duas molduras? Por alguma razão, estão sempre meio tortas.

Estendi a mão para consertar as duas molduras penduradas lado a lado. Eram poemas. "Outro tempo" e "O que nunca foi". Os fragmentos que fizeram com que eu desse início a essa jornada. As visões febris que Fiona teve do caminho para um lugar melhor. Instruções a serem seguidas por alguém que estava por vir. *Eu*. Mas olhei as palavras de novo e pensei, *não só para mim*. Ela havia escrito, "*Uma dança a dois, um bailado dentro do labirinto*". Teria ela, de algum modo, antevisto a cena em que dancei com Jackson, em meu vestido dourado, naquele outro tempo? "*A mão que nos puxa adiante em nossa escalada.*" Fiona devia saber que seriam necessárias duas pessoas.

Deixei os poemas perfeitamente paralelos entre si, e perpendiculares ao chão. E percebi outra coisa, algo que eu devia ter notado antes. Fiona havia trazido "Outro Tempo" com ela *do outro tempo*. De alguma forma ele havia se infiltrado de um tempo a outro. Ela havia penetrado o *déjà-vu* para mantê-lo.

Era uma prova para Jackson de que quem nós éramos mantinha-se de um Tempo a outro Tempo. *Diferentes mas os mesmos.*

A entrada do cabeleireiro ficava no saguão do hotel, mas o salão ficava abaixo do nível da rua. O espaço já tinha sido um bar masculino — todo em mogno, veludo vermelho e latão. Imaginei que Fiona teria se sentido em casa ali, cercada por admiradores masculinos e um véu de fumaça de charuto.

Os nichos das mesas tinham sido convertidos em baias individuais, onde especialistas cuidavam do cabelo, das unhas e de tudo o mais. Portas duplas, que em certa época deviam se abrir para a cozinha, agora conduziam a um *spa*. Mamãe e eu fomos levadas a baias adjacentes e apresentadas às profissionais que se encarregariam de nossas transformações. Elas nos indagaram quanto aos resultados que desejávamos. Para mim: um penteado com parte do cabelo preso e o resto solto, por favor, batom vermelho mas maquiagem natural, esconder as olheiras, manicure ou depilação não são necessárias, obrigada. A esteticista, Isobel, ofereceu-se para fazer minhas sobrancelhas, mas imaginei que, se tudo corresse como planejado, eu não precisaria me preocupar com elas no dia seguinte.

— Estou deixando crescer — eu disse, seca.

Isobel trabalhou depressa, com eficiência e segurança. Examinei o resultado no espelho suavemente iluminado a minha frente. Quase não se notava que eu mal havia dormido nos dois últimos dias. O cabelo tinha ondas suaves e estava preso de forma discreta. Ela fez questão de colocar em meu cabelo uma camélia branca, que ela obviamente havia encomendado para sua cliente "sulina". Não tive coragem de dizer a ela que na verdade eu não era nativa do Sul.

Minha mãe, como sempre, estava incomparável. Seu cabelo castanho avermelhado estava preso em um coque frouxo na nuca, com alguns cachos que pareciam escapar naturalmente para emoldurar suas maçãs do rosto. Seus olhos oblíquos estavam delineados com sombra acobreada escura, fazendo cintilar as íris castanhas. Às vezes ela era tão adorável que eu tinha vontade de ficar na ponta dos pés e beijar-lhe a testa.

— Você está linda, mamãe! Absolutamente linda!

Ela corou.

— Você é um amor. Obrigada.

— Eu te amo, mãe.

Era um daqueles momentos — tremulantes, iluminados com uma claridade especial — que ficariam gravados em minha memória. Ou assim eu esperava.

Capítulo Trinta

Subimos de elevador até nosso andar e nos trocamos, colocando nossos trajes de gala. Mamãe usava um vestido reto de seda verde com as esmeraldas de Amber House; papai usava um *smoking* impecável com uma gravata borboleta branca.

— Você parece um espião, papai — disse eu.

Ele riu e pareceu ter gostado.

O Marsden estava estendido sobre minha cama, com um par de sapatilhas combinando, ainda na caixa. E o colar com o floco de neve prateado que Richard havia me dado. Eu não tinha pensado em trazer nenhuma joia. Devia ter sido ideia de mamãe.

De volta ao térreo, o amplo saguão de entrada do maior salão de banquetes do hotel brilhava todo iluminado. Um pianista tocava a um canto, e as pessoas lotavam o lugar. Garçons passavam com bandejas de aperitivos e taças de champanhe.

Juntamo-nos a uma fila de homens e mulheres elegantes para deixar casacos na chapelaria. Eu não conseguia imaginar a loucura que seria quando todos voltassem em massa para pegar seus pertences antes de cruzar a rua para a inauguração da exposição. Quando a fila andou, tive um vislumbre, por entre os ombros das pessoas à minha frente, do salão de baile lá embaixo.

Era um daqueles lugares que a gente sabe que existe, que tem que existir em algum lugar, mas que acha que nunca vai ver ao vivo. Um daqueles lugares para *outras* pessoas, com um pé-direito tão alto que você se sente como Alice depois de provar a garrafa "Beba-me". Tudo era lustroso e dourado e espelhado e, ainda por cima, totalmente saturado com decorações de fim de ano: guirlandas de folhas de limoeiro com borrifos prateados e sobrepostas de tal forma que pareciam escamas de peixe, realçadas por cachos de romãs douradas.

O salão estava tomado por um mar agitado de pessoas com trajes maravilhosos, ondas reluzentes de ouro e prata, vermelho e verde-escuro, em meio às sombras dos *smokings* pretos. Os garçons, de paletó branco, moviam-se por entre essa massa, equilibrando suas bandejas prateadas. Ouvi sons muito tênues, que percebi serem de uma orquestra completa — cordas, metais —, misturando-se ao rugido abafado de centenas de vozes que tagarelavam.

Todas aquelas pessoas haviam se reunido porque Robert Hathaway acreditava que o mundo rumava para uma guerra e que ele poderia evitar isso. De uma forma ou de outra, pensei, eu estava ali pelo mesmo motivo. A dissonância entre aquela alegria efervescente e a seriedade da noite fazia tudo parecer um pouco irreal.

— Sua capa, senhorita? — disse uma jovem bonita, estendendo a mão.

De repente a pergunta me atingiu com um significado tremendo. Deveria eu deixá-la ali ou mantê-la comigo? Fazia frio lá fora. Será que eu teria tempo para vir buscá-la?

Faça o que parecer o certo no momento, quase ouvi Jackson dizer.

Entreguei-a com um obrigada. Mas demorei um pouco demais. Mamãe me olhava de um jeito estranho.

— Você está bem, querida?

— Estou, sim.

— Você parece tão nervosa. — Ela segurou minha mão. — Não se preocupe. Tente se divertir. Você está linda.

Papai tocou meu rosto, com um daqueles sorrisos tristes e felizes que os pais às vezes dão.

— Tenho certeza de que Richard vai dizer o mesmo.

Devolvi o sorriso, mesmo me sentindo à beira das lágrimas. Meu pai. Um homem bom, com ideais sérios, um médico talentoso, generoso, modesto. As festas não eram seu ambiente. Seu *smoking* novo de lã já parecia amarrotado, pois sentia-se desconfortável dentro dele. Mamãe chegou mais perto, ajeitou a gravata borboleta com um gesto rápido e deu-lhe um beijo leve e suave.

Eles eram inseparáveis, no modo como enfrentavam os desafios da vida, e mesmo na maneira como eu os via em minha mente, como uma unidade, um casal. Mas em outro tempo, eles tinham sido muito cruéis um com o outro. Eu me lembrava de meu pai com um *smoking* diferente, minha mãe com outro vestido, e uma distância intransponível entre eles. Um relacionamento destruído, sem nenhuma possibilidade de volta.

Será que continuariam do mesmo jeito, depois daquela noite?

Um pensamento me ocorreu. Virei-me para a moça na chapelaria.

— Pode me dar um tíquete só para minha capa, por favor? Para o caso de eu precisar sair?

— Claro, senhorita.

Aquilo fazia sentido, não é? Guardei o cartãozinho na bolsa de Maggie.

Meu pai passou um braço pelo meu e o outro pelo de minha mãe. Caminhamos juntos até o alto da escada.

Quando eu morava em Astoria, costumava ir com meus amigos fazer *rafting* em corredeiras. Sempre havia longos períodos em que flutuávamos tranquilamente rio abaixo, até chegar àqueles pontos onde o curso d'água se estreitava e se precipitava para baixo, lançando as boias numa queda turbulenta e veloz, a água rugindo, espumando e corcoveando. E sempre havia um momento, pouco antes da queda, em que eu sentia a corrente se apossar da boia, violenta, ansiosa, puxando-a para si. Um momento em que eu percebia que não havia outra saída senão seguir para diante e para baixo. De pé ali no alto dos degraus, senti a corrente tomar conta de mim.

Estava começando, naquele instante. A festa teria início, os passos seriam dados, e Jackson e eu teríamos que rezar para fazermos tudo certo no momento certo.

Uma última vez, desejei estar de volta a Seattle.

— Pronta? — perguntou-me papai.

Tive vontade de responder que não, nem um pouco. Mas fiz que sim com a cabeça. Descemos juntos para a comemoração da última noite do ano.

Era impossível não notar os muitos olhares em nossa direção. O olhar de papai encontrou o meu e ele sorriu. Minha mãe estava deslumbrante. Não dava para não olhar, e eu tinha certeza de que também olharia se estivesse lá embaixo, vendo-a quase deslizar ao descer a grande escadaria em curva, seu vestido vaporoso ondulando atrás dela. Escadarias como aquelas tinham sido feitas para mulheres como minha mãe.

Mas papai indicou de leve com a cabeça para minha direita, e segui a direção de seu olhar. Um grupo de rapazes, talvez em idade de ir à universidade, estava olhando *para mim*. Corei e desviei o olhar.

Havia uma longa mesa na parte da frente do salão, num estrado acima do nível do piso. No restante do espaço, havia mesas redondas espalhadas, decoradas com arranjos florais dourados e prateados dispostos ao redor de candelabros de prata. O jantar começaria às nove, com entrada, sopa, prato principal e então uma rodada de sobremesas. Eu desconfiava de que eles queriam que as pessoas estivessem com o melhor humor possível antes que Robert Hathaway começasse a falar.

Mamãe foi cercada pelas pessoas, algumas curiosas com a exposição, outras dando os parabéns a ela por apoiar o senador Hathaway. A aglomeração pareceu alertar o pessoal da organização para a presença dela; fomos levados para uma mesa central, e acomodados em lugares de frente para a pista de dança.

Então Richard, o pai e a mãe desceram a escadaria. Foram cercados por todos os lados: faces sorridentes, mãos estendidas. O trajeto deles através do salão era medido em centímetros. Richard se afastou deles e veio até nossa mesa.

— Papai gostaria que vocês conhecessem algumas pessoas — ele disse a meus pais.

Assim, nos levantamos e abrimos caminho por entre a multidão. Fomos atrás de Robert enquanto ele era conduzido por assistentes até a "a rainha-mãe da Nova Inglaterra", "o príncipe George e sua esposa, princesa Teresa", "sua excelência Don Julio del Rio", "o primeiro-ministro Benjamin Goldblum", "*le marquis* d'Orleans". E assim por diante, grupo após grupo, a nata da aristocracia das Américas. Eu não tinha imaginado que precisaria fazer reverências, e aparentemente tampouco minha mãe, que se curvava com o corpo todo duro. Foi a única coisa que me lembro de tê-la visto fazer sem absolutamente nenhuma elegância. Mas íamos copiando tudo o que Claire fazia. Este era o *show* dos Hathaway.

Depois de dez minutos, pedi licença, embora talvez ninguém tivesse me ouvido, e voltei para nossa mesa. A maioria dos convivas também estava voltando para seus lugares. A orquestra começou a tocar música mais suave. Mamãe e papai por fim se juntaram a mim. O primeiro-ministro neoinglês tomou seu lugar à tribuna, no meio da longa mesa elevada, onde se sentavam os convidados mais importantes. Robert e Claire estavam a um lado, a postos. O silêncio caiu sobre o salão.

O primeiro-ministro apresentou o senador Hathaway aos presentes, e então Robert e Claire foram para o centro do palco. Ele ficou lá, sorrindo sob a luz dos refletores, como se fosse um ídolo do cinema, enquanto a multidão dava as boas-vindas com um aplauso estrondoso. E pensei comigo mesma, enquanto aquele som de trovão me invadia, que, se alguém tinha uma chance de congregar todas as facções das Américas em uma só força unida, era aquele homem.

— Primeiramente, minha família gostaria de estender a cada um de vocês nossos sinceros agradecimentos por passarem conosco esta noite festiva — ele disse.

Mais aplausos.

— Não quero atrasar o jantar de vocês, mas, antes de comer, eu gostaria apenas de fazer um breve brinde, se me permitem, ao ano que se aproxima. — Por todo lado, as pessoas se levantaram e ergueram suas taças. — Que ele traga prosperidade, força e tranquilidade a esta nação, às nações vizinhas e a todos os americanos, do norte e do sul. A nossos diferentes passados e a nosso futuro comum.

Depois de um brinde em massa, com gritos de aprovação, e os golinhos obrigatórios de champanhe, todos se acomodaram de novo em seus lugares. Foi a deixa para que um pequeno exército de garçons emergisse, carregando bandejas do primeiro prato, bolinhos de caranguejo em molho picante, típicos da baía de Chesapeake. Enquanto eu tentava descobrir qual garfo devia usar e se conseguiria mesmo comer, notei um convidado atrasado que descia com elegância pela escadaria ampla, vistoso em um paletó preto curto, usado sobre um colete branco e calças com um cordão branco na lateral, tudo isso salpicado com botões e insígnias prateados. Meu nazista onipresente, Jaeger.

Ele foi até uma mesa nos fundos, onde foi saudado por uma deusa loira trajada com veludo negro. Ele devia ter sentido meu olhar sobre ele, porque olhou direto para mim, através de todo o salão. E sorriu.

Eu já estava nervosa antes, mas a presença do nazista foi demais para mim. Era como se um vespeiro tivesse se instalado em meu cérebro. Eu não conseguia pensar. Desejei poder falar com Jackson.

A salada foi servida. Não sei se cheguei a comer alguma coisa. Fiquei o tempo todo olhando o relógio na parede dos fundos, vendo os ponteiros arrastarem-se mais e mais rumo ao final do ano. O filme do presidente Stevenson seria projetado por volta das onze, sendo seguido pelo discurso formal de Robert. O corte da fita inaugural da exposição deveria ocorrer à meia-noite. A essa altura eu já devia estar longe. Ou assim esperava.

Se conseguisse encontrar a chave.

Desejei com fervor que Jackson tivesse me falado como entrar em contato com ele ou onde encontrá-lo, ou como ele iria me encontrar. *Por que ele não fez isso?* Várias vezes tive que me controlar para não levantar da cadeira e ir para a escadaria, para o saguão de entrada, para as portas que davam para a rua. Ele tinha dito que estaria ali. Disse que não precisava de um convite. Tudo de que precisava era... um paletó branco. Por fim aquilo penetrou em meu nevoeiro mental. Comecei a procurar Jackson com os olhos e o encontrei quase de imediato, um entre um batalhão de garçons, trabalhando no fundo do salão. Ele estava enchendo a taça de vinho de um convidado, com toda a confiança e desenvoltura de alguém que fazia isso todos os dias da semana. Ele me olhou de relance, mas eu sabia que ele sabia que eu finalmente tinha entendido.

Cara doido, pensei. Muita gente aqui sabia quem ele era. Meus pais, os Hathaway, sem falar no nazista. E se o reconhecessem? Mas percebi que o paletó branco era o disfarce perfeito. Ele o tornava invisível. Ninguém olhava os garçons no rosto.

Fiz o possível para não ficar olhando para ele. Mas de imediato me senti mais tranquila. Estava tudo bem. Jackson tinha tudo sob controle. Descobri que finalmente conseguiria comer um pouco da comida que tinha sido colocada diante de mim, e me concentrei naquilo. Ia ser uma longa noite. Eu precisava de toda a energia que pudesse conseguir.

Em algum momento, lembrei-me de perguntar a mamãe se ela tinha encontrado a chave, mas não tinha.

— Tem alguma outra que possamos usar? — perguntei.

— Não precisamos mais de chave, querida. Vamos todos para lá, juntos.

Sem chave, não vamos conseguir entrar, pensei. Não era uma perspectiva desagradável. Mas durante a sobremesa, diligentemente fiz meu cérebro rememorar toda a página de notas que Jackson me deu para decorar. 00h02 *Vire à esquerda para a saída norte do museu. Siga o caminho de terra por entre as árvores... NÃO USE A CALÇADA. Pouco antes da fonte, vire para a direita, suba a colina, saia na...*

— Quer dizer, só se você quiser — disse Richard.

Olhei para ele. Percebi que ele estivera falando comigo. Eu nem notara quando ele tinha se aproximado de mim.

— Me desculpa, o quê?

— Caramba, priminha, assim você me faz sentir um idiota — ele disse, com um sorriso pesaroso. — Perguntei se você gostaria de dançar.

Os acordes dos metais tocando um jazz de Orleans soavam pelo salão. Casais dançavam ao ritmo lento da música. Eu *realmente* odiava dançar. Exceto pelo *twist*.

Olhei o relógio. 22h33. Nada de chave, ainda. Sorri e fiz que sim, e Richard me pegou pela mão, levando-me para a pista de dança.

Ele era um dançarino excelente, claro. Não havia nada que Richard não fizesse bem. Em que não fosse *perfeito*. Mas o ritual me perturbou. Quando fechei os olhos, pensei na outra Sarah. A Sarah de vestido dourado, dançando em um chão de estrelas.

Valsando com Jackson.

Antes que Richard nos empurrasse um para longe do outro. Antes que Richard esmurrasse Jackson na boca.

Recuei. A expressão tão familiar de decepção e confusão passou pelo rosto de Richard.

— Aconteceu algo? — ele perguntou.

— Eu só... Podemos sentar?

Eu queria sair da pista de dança. Richard me levou até um banco perto da escadaria.

— Quer que eu traga um pouco de água? Você está bem?

— Só preciso ficar sentada um instante.

Me senti mal por ter deixado Richard chegar perto de mim. De novo. Por estar ali, com um vestido elegante, dançando com ele e não com Jackson.

Exceto... Pensei na viagem a Richmond, as fotos na parede. Ele *era* diferente. Como meus pais eram diferentes. Igual, mas melhor. Era errado julgar este Richard pelos erros do outro. Que confusão era tudo aquilo.

— Você está usando o colar que eu te dei! — ele disse. Percebi que tinha ficado emocionado.

— Eu adoro ele... é o complemento perfeito.

Ele sorriu e assentiu com a cabeça.

— Sim, ele ficou ótimo com seu vestido. Você está linda.

Virei a cabeça um pouco de lado.

— Obrigada, Hathaway. Uma pequena dose de adulação como sobremesa... Perfeito.

— Não é adulação. — Ele se sentou no banco a meu lado. — Parsons, posso lhe fazer uma pergunta?

— Claro.

— Como foi que você perdeu o trem ontem? Quer dizer, eu vi você na estação. Achei que você ia embarcar. Dali a pouco, o trem saiu sem você.

Olhei para ele sem a menor ideia de como responder.

Ele baixou os olhos.

— Quer dizer, achei que talvez você só estivesse me dispensando.

— Não — disse eu. — Não. Você é um cara ótimo, Hathaway.

— Sou?

Dei uma risadinha.

— É. Você sabe disso.

Ele deu um sorriso.

— Você tem o dom de me fazer duvidar disso, priminha. — Então o rosto dele ficou sério. — Posso te contar uma coisa?

— Claro.

— Sabe aquilo que eu te disse, que minha mãe falou sobre Jackson Harris?

— Que ela achava que ele era perigoso?

Ele fez que não com a cabeça.

— Ela foi *avisada* de que ele representava *perigo*.

— Tudo bem.

Ele me olhou bem nos olhos, pedindo-me em silêncio que entendesse.

— Ela me falou a mesma coisa sobre você.

Eu poderia ter ficado ofendida, exceto pelo fato de que eu sabia que o aviso era verdadeiro. Eu representava perigo para Richard e sua família. Eles eram uma família feliz, agora, neste tempo. Quem sabe o que aconteceria com eles em outro tempo? Ou o que aconteceria com qualquer um de nós?

— Eu te juro que eu nunca faria nada, deliberadamente, para prejudicar você ou sua família, Hathaway — eu disse.

— Eu já sei disso, Parsons — ele respondeu, com um sorriso. — Eu só queria pedir que você... tivesse cuidado, acho. Tenha cuidado.

— Estou tentando.

Ele me deu um sorriso torto.

— Aquele visgo não funcionou, então vou atrás de você hoje à meia-noite. Sou um cara supersticioso. — Fiquei vermelha e ele riu. — Tenho que voltar para meus pais. É quase hora da apresentação.

Meus olhos cravaram-se no relógio. 22h56. O tempo estava quase se esgotando. Talvez não acontecesse nada. Talvez Richard conseguisse aquele beijo. Perguntei-me como me sentia quanto àquilo. Se Jackson não podia me amar, talvez Richard pudesse.

— Ah, sim — ele disse, voltando até mim. — Quase esqueci. Mamãe me pediu que entregasse isto para sua mãe, para o caso de ela precisar ir mais cedo. Ela ficou sabendo que sua mãe perdeu a dela, e meus pais têm uma cópia cada um.

Virei a cabeça para ver o que Richard estava estendendo para que eu pegasse.

Um cartão de plástico. A chave.

Capítulo Trinta e Um

Ver aquele cartão, mais do que qualquer outra coisa, tornou tudo real para mim. Jackson havia dito que a chave viria até mim. E veio. Como por mágica. Como se assim tivesse que ser.

Assim que Richard sumiu na multidão, levantei-me para procurar Jackson. Levei um segundo, mas o encontrei. Ele já estava me procurando. Assenti com a cabeça e fiz um sinal de positivo com o polegar.

Seu rosto ficou preocupado. Sacudiu a cabeça uma fração de centímetro. Olhei em volta da sala para ver se alguém tinha notado nossa comunicação. Meu olhar foi atraído pelo movimento de uma cabeça loura: Jaeger voltando-se para sua acompanhante. *Quais as chances de que ele estivesse olhando em minha direção bem na hora em que fiz o gesto? E, de qualquer modo, que sentido teria para ele?*

Fiquei imaginando o que deveria fazer em seguida. *Sair daqui*, pensei. Tive o impulso de ir falar com meus pais — alguma vaga ideia de dizer adeus. Mas percebi que isso não seria possível. Em vez disso, comecei a seguir na direção da escada.

Minha mãe me encontrou nos degraus, descendo enquanto eu subia para pegar minha capa.

— Acho que Robert já vai falar, querida. Volte para a mesa comigo.

Tive dificuldade para me articular.

— Vou ao banheiro — consegui dizer.

— Então vá rápido. Estava bem cheio. Você não vai querer perder o filme de Stevenson.

Assenti, engolindo em seco. Ela me olhou de um jeito estranho, arrumou um de meus cachos e assentiu de volta. E me deixou ir.

Jackson estava me esperando sob uma luz da rua, segurando uma bolsa de lona.

— Vim o mais rápido que pude — eu disse.

Jackson sorriu.

— Você veio bem rápido.

Tirou do bolso o relógio que eu lhe dera e olhou a hora.

— Ei, está sendo útil — eu disse.

— Como se você pudesse ver o futuro — Jackson respondeu.

Apontei para a bolsa.

— O que tem aí?

— Coisas de que vamos precisar.

— Só mesmo você e Sammy... — eu disse.

Dei a ele a chave. Ele a olhou por um momento, como se não pudesse acreditar, e depois disse:

— Vamos. — Levou-me até uma porta lateral onde estava escrito "Funcionários". — Vamos ver se isto funciona.

A fechadura era um leitor de cartões, exatamente igual ao das portas para a exposição. Ao inserir o cartão, uma luz do leitor mudou de vermelho para verde. Jackson girou a maçaneta e a porta se abriu. Entramos e fechamos a porta com o máximo de cuidado.

Estávamos em um daqueles corredores de serviço que o público nunca vê, pintado com o amarelo deprimente de costume, ainda mais feio devido à iluminação fraca e esverdeada. Jackson tornou a tirar seu relógio e ficou olhando para ele. Eu me inclinei e sussurrei:

— Não seria melhor começarmos?

Ele levou o dedo aos lábios, e ergueu a mão com a palma virada para mim. *Espere.* Evidentemente, havíamos entrado no modo silencioso e Jackson sabia o que estava fazendo. Esperei.

Depois de um ou dois minutos, ouvimos uma porta abrir e passos se afastando. Jackson pegou minha mão e começou a andar com passos silenciosos e cautelosos. Eu ia na ponta dos pés, dando vários passos para cada um dos dele. No meio do *hall*, ouvi um homem assobiando e passos pesados vindo em nossa direção. Puxei a mão de Jackson para recuarmos. Ele não diminuiu o ritmo, apenas puxou minha mão com firmeza para eu continuar andando.

Os assobios e as passadas ficaram mais altos. Eu podia ver o corredor lateral do qual o homem emergiria a qualquer momento.

Jackson me guiou decidido para dentro de uma alcova: a entrada para os banheiros. Ele abriu a porta do banheiro feminino e entramos, fechando a porta devagarinho, no momento em que os assobios nos alcançaram e desapareceram por trás da porta em frente.

De imediato, saímos e corremos, com passos leves, pelo resto do corredor e pelas escadas ao final dele. Isso nos levou ao corredor principal, perto da sala de Mestres Antigos. Jackson apontou para cima, para os cantos, onde os olhos negros de ciclopes das várias câmeras de segurança nos olhavam.

— O cara que nós ouvimos assobiando vigia os monitores — ele sussurrou. — Temos alguns minutos. Precisamos nos apressar.

Na entrada da exposição de Amber House, havia mais uma câmera de segurança. Jackson me entregou sua bolsa e subiu na grossa sanca que decorava a parede, à altura do peito.

— Ok, me dá a câmera que está na bolsa.

Passei a ele uma câmera instantânea, que Jackson usou para tirar uma foto o mais perto possível da câmera de segurança.

Enquanto a câmera fazia ruídos e cuspia uma foto em processo de revelação, entreguei a Jackson os outros dois itens da bolsa: um rolo de fita adesiva e uma cestinha de metal. Ele grudou a foto no fundo do cesto, posicionou a cesta sobre a lente da câmera de segurança e a grudou com fita no lugar.

Então compreendi. Mesmo depois que abríssemos o portão da exposição, o vigia continuaria pensando que estava fechado, graças à foto que preenchia o campo de visão da câmera.

Ele pulou para o chão, sorrindo.

— Vi isso num filme uma vez.

Ele tirou a chave mágica do bolso e a usou para destrancar o portão de "Amber House". Ele o entreabriu e então me entregou o cartão.

— Fica com isso.

Achei que aquilo não era muito sensato; por que ele simplesmente não o punha de volta no bolso? Mesmo assim, guardei o cartão no decote do vestido, para tê-lo à mão.

— Você faz ideia de onde a arma está? — ele perguntou.

— Quando eu passei por aqui, ainda não tinha sido trazida. E não vi nenhum lugar vazio para ela. Mas mamãe falou que era mais para o fundo, do lado leste.

— Como essa entrada dá para o sudeste, vou supor que ela quis dizer o lado direito, mas melhor também supor que o sentido de orientação dela não seja lá muito confiável. Melhor nos separarmos e procurar. — Consultou o relógio. — São onze e dezoito.

Descemos a escada correndo; ele tomou uma direção e eu, outra.

Direita, passa, direita soava em minha cabeça enquanto eu tentava fazer o serviço mais completo possível, verificando cada vitrine, cada nicho e cada canto. Na minha cabeça, um relógio tiquetaqueava. Andei em círculos, tentando não deixar nada escapar.

Até que, finalmente, perto do fundo, num pequeno ambiente com móveis do século XVIII arrumados sobre um tapete persa, encontrei o que buscava. Entendi por que eu não tinha visto, antes, um local vazio para a arma: Claire Hathaway enviou todo o móvel onde a guardava, um aparador Chippendale com tampa de vidro inteiriça.

Fui até a mesa. A arma estava lá, lustrada e brilhando. A moeda em seu cabo parecia ter um brilho próprio. Mas a vitrine, é claro, estava trancada.

— Sou eu — Jackson sussurrou em meu ouvido. Quase dei um berro. — É isso? — Ele olhou para o objeto de nossa busca, fascinado.

— A vitrine está trancada — sussurrei. — Como vamos pegar?

Ele me olhou, estendeu o braço para trás e alcançou um pequeno busto de mármore de um dos meus ancestrais, e arrebentou o tampo de vidro com ele.

— Ai, meu Deus! — ciciei, tanto pela destruição quanto pelo barulho. Eu era uma mulher de Amber House; não tinha como não ser uma preservacionista.

Jackson ficou parado um momento, inspecionando a arma.

— A moeda Jano está presa por parafusos. Temos que levar a garrucha.

Ele a entregou para mim, e a coloquei na bolsa.

— Vai indo. Te encontro no metrô. Preciso fazer mais uma coisa.

Fiquei congelada, perplexa. *Partir? Sem ele?*

— E se nos desencontrarmos? Não quero ir sem você.

— Faz o que eu estou dizendo! Eu sou o cara que tem um plano, lembra?

Fiz que sim e me virei, caminhando em direção à parte da frente. Olhei para trás. Jackson fora mais para o fundo na exposição. *Por quê?* Não podia ir sem ele; simplesmente não era possível. Qual o sentido de ir embora sem ele?

Dei meia-volta e corri em silêncio atrás dele. Bem no fundo da exposição, vi-o de pé diante de um baú cor de mostarda, decorado com corações bordô e pombos. Ele abriu a tampa e se agachou, examinando o que havia lá dentro.

Cheguei de mansinho por trás dele, aproximando-me o bastante para ver o interior do baú: fios saindo por cima e por baixo, algo com uma luz que piscava.

— Que é isso?

— Por que você ainda está aqui? Eu disse para você ir embora!

— O que é isso, Jackson? O que você está tentando fazer?

Uma voz soou atrás de nós.

— Eu estava a ponto de fazer a mesma pergunta.

Era Jaeger.

Viramo-nos juntos para encará-lo.

— Como você entrou aqui? — perguntei.

Ele apalpou o bolso do colete.

— Com o cartão de sua mãe.

Ele ergueu uma caixinha com uma antena e disse a Jackson:

— Se você tocar a caixa, não precisarei disto para ativá-la.

— Você vai explodir nossa exposição? — perguntei. — *Por quê?*

Ele deu uma risadinha.

— Não, senhorita Parsons. Ou melhor, vou. Mas não é meu verdadeiro propósito.

— Que é explodir os visitantes da exposição — Jackson concluiu. — Ele só está esperando que todos venham para cá depois dos discursos.

Matando assim muitas das pessoas mais importantes do hemisfério ocidental, me dei conta, e recordei a previsão do Serviço Secreto Judeu: *Desestabilizar o movimento de Unificação com um grande golpe.*

— Explodir, queimar. Exato, senhor Harris... — disse Jaeger com um tom cortês — ... com dois *erres*. Eu tinha tudo planejado. Mas agora aqui estão vocês dois... Como é mesmo que se diz? Moscas na sopa.

— Como você sabia onde nos encontrar?

— Vi vocês dois na festa, e vi que saíram quase na mesma hora. — Ele imitou meu gesto infeliz de "positivo". — Sabia que vocês eram um perigo. Por sinal, ótimo disfarce — falou para Jackson. — Me pergunto como você conseguiu chegar aqui. Paguei a um xerife para prendê-lo. Até disse a ele onde e quando. Que incompetente. Não vou voltar a contratá-lo.

— Não — concordou Jackson. — Não vai.

Jaeger riu, incrédulo e se divertindo.

— É uma ameaça, senhor Harris? Mas receio que tenha deixado sua espingarda em casa. E eu tenho isto — ergueu o detonador. — E isto. — Tirou uma pequena pistola da parte de trás do cós da calça.

— Você não vai detonar a bomba enquanto está aqui — disse Jackson. — Você não quer morrer.

Ele deu um passo e se colocou logo à minha frente, protegendo-me parcialmente do nazista, e falou comigo sem tirar os olhos dele. Sua voz era fria e dura.

— Dessa vez você faz o que eu te disser, Sarah. *Tudo* vai depender isso. Entendeu?

— Entendi — sussurrei.

— Então CORRE!

Ao dizer isso, ele saltou sobre o nazista. Às minhas costas, ouvi os sons de vidro se estilhaçando e madeira se quebrando. Um tiro. O baque de um punho atingindo carne. O som de pés correndo atrás de mim.

Não conseguia achar a saída. As mulheres de Amber House estavam me aprisionando. A exposição era um labirinto e eu estava presa nele.

Olhei na direção do teto à procura de uma orientação, para parar de correr em círculos. Contornei uma parede, depois outra, mas continuei correndo em direção ao ponto da teia de vidro suspensa que ficava sobre a saída. E depois vinham as escadas, logo em frente.

— Já de saída, senhorita Parsons?

Jaeger estava bem atrás de mim. Ia me pegar. Obriguei-me a correr mais rápido. Eu teria gritado, mas não tinha fôlego.

Meu Deus!, meu Deus!, gritou uma voz em minha cabeça, *ele vai me pegar*.

Do canto do olho vi Jaeger cair quando Jackson se jogou de novo sobre ele. Subi os degraus numa corrida desabalada. Atrás de mim, Jaeger e Jackson continuavam a lutar. Olhei para trás. Jaeger ergueu a mão, e uma lâmina brilhou. Enfiou-a em Jackson. Vi uma mancha púrpura se espalhando em volta da ferida. O nazista ergueu a faca para esfaquear Jackson outra vez.

— Pare! — gritei.

Jaeger olhou para mim e começou a rir de novo. Parada nos degraus, tentando recobrar o fôlego, apontei a arma de Claire Hathaway para ele. Tentei repetidamente puxar o gatilho e nada aconteceu. E então me lembrei: as velhas garruchas precisavam ser engatilhadas.

Jaeger se ergueu e começou a vir em minha direção, a faca ensanguentada na mão.

— Você é tão divertida, senhorita Parsons. Como todos seus parentes, você tem muita fé nesses ridículos bens de família.

Eu lutava para engatilhar a arma, usando ambos os polegares para tentar mover o cão.

A garrucha engatilhou com um *clic*. Puxei o gatilho. Dando um tranco, a arma cuspiu fogo e fumaça, e me jogou para trás.

Jaeger cambaleou e caiu apoiado em um joelho, a mão segurando o ombro. Afastou a mão e olhou para ela: estava coberta de sangue. Seu gemido tornou-se um rosnado enquanto ele se punha de pé, começando a subir os degraus. O buraco da bolinha de ferro dessa antiguidade não era suficiente para derrubar o consumado espião ariano. Mas, de alguma forma, Jackson conseguiu se jogar sobre ele mais uma vez.

— Corre, Sarah! — ele grunhiu. — Agora!

Forcei minhas pernas a subirem as escadas. Virei à esquerda, e à esquerda de novo, para longe da entrada. Eu tinha visto um mostruário com artefatos japoneses ali antes. Usei a coronha da arma para arrebentar o vidro, peguei uma espada curta, e comecei a voltar.

E fui jogada contra a parede pela explosão.

O *hall* se encheu de uma fumaça cinza-escura. Um alarme berrava, mas eu mal conseguia ouvi-lo com os ouvidos ensurdecidos pelo estrondo. Cambaleei de volta para o portão da mostra. Ao meu redor, painéis de metal se fechavam sobre quadros e tapeçarias nas paredes: proteção anti-incêndio. Vi a entrada para as escadas da exposição bem em frente. Um portão de barras de metal descia diante dela.

Alguém se jogou para fora do recinto, por debaixo das barras que desciam. Ele se virou e gritou para dentro da exposição:

— Pois é, senhor Harris, um plano tão meticuloso! Até preparei os portões para descerem. E tudo isso para nada. Mas talvez nenhum dos convidados seja tão importante de eliminar quanto sua namoradinha, não é? E lhe prometo que a encontrarei.

Sem olhar na minha direção, ele correu para a entrada, se afastando de mim.

Deixei a espada cair. Já não fazia mais sentido. Cheguei até o portão e me agarrei às barras de metal. Ao pé da escada, Jackson lutava para se levantar. Uma grande mancha de sangue tinha se espalhado pela parte da frente de sua camisa. Ele subiu a escada cambaleando, até ficar de frente para mim.

— Como abro isso? — perguntei.

Ele sacudiu a cabeça.

— Não dá para abrir. — A voz dele chegava abafada a meus ouvidos insensíveis, mas ainda dava para ouvi-la. — Você precisa correr, Sarah. Se não seguir o cronograma, vai perder o trem de volta. Os guardas vão chegar aqui logo. Eles vão me soltar. Você precisa levar aquela moeda de volta para Amber House.

— Você está louco? Não vou *deixar* você aqui!

Olhei em volta, para as chamas que se alastravam. Ele estava maluco?

— Você precisa ir, ou não vai chegar a tempo. Eu te prometo: vou te encontrar em Amber House.

— Não... *não!*

Eu estava chorando. Devia ter chorado o tempo todo, porque tinha dificuldade para respirar, as lágrimas escorrendo por meu rosto. Jackson pegou uma com a ponta do dedo, e depois traçou o contorno de minha face e por baixo do queixo, virando meu rosto com suavidade para que eu o olhasse de frente.

— Sarah, me escuta. Você precisa confiar em mim.

— Mas eu confio em você. Eu confio!

— Eu sei. Me escuta. Você precisa terminar isto, está bem? Ir até o fim...

— Destruir o ninho — eu disse.

Ele sorriu. Cerrou os dentes, e assentiu.

— Você se lembra daquela página que pedi para você decorar?

— Lembro.

— Ótimo. Muito bom. Você precisa se concentrar, Sarah. Você vai conseguir chegar em casa, se seguir exatamente o que eu escrevi. Aqui — amarrou seu lenço amarelo em volta de meu pulso. — Leva isso. Vai ajudar.

— Jackson...

— Já te disse. Você precisa correr.

Estava tudo errado. Eu mal conseguia pensar direito; o som do alarme parecia embaralhar meus pensamentos.

— Não posso.

— Você *pode*. Eu acredito em você.

Jackson chegou mais perto. Sua presença era como uma âncora. Um lugar silencioso e estável no meio do caos que reinava em volta. Sua mão envolveu meu queixo e minha cabeça se encostou em sua palma, sua certeza era reconfortante. A outra mão deslizou por meu braço e por trás da cintura, me puxando para perto, tão perto quanto permitiram as barras entre nós.

Senti sua respiração. Minha respiração se tornou a dele. Estranhamente, senti meu coração desacelerar — como se estivesse tentando entrar no ritmo constante do coração de Jackson. Acima dele, através do teto de vidro do átrio, o céu se coloriu de dourado, prateado e vermelho brilhante. Fogos de artifício, saudando o início do novo ano.

— Vi esse momento durante muito tempo — ele disse.

Seus lábios encontraram os meus. Com suavidade, com tanta suavidade, mas também com ferocidade. Como se aquele momento lhe pertencesse. Como se tivesse esperado por aquilo. Como se não houvesse nada no mundo a não ser aquele beijo. Se tivesse durado para sempre, ainda teria acabado cedo demais.

Meu primeiro beijo.

E então...

— Vai! — ele suplicou. E eu finalmente obedeci.

Capítulo Trinta e Dois

Enquanto cambaleava rumo às portas do museu, eu repetia a lista de instruções que Jackson tinha escrito toda uma vida antes. Saída norte do museu. Seguir o caminho de terra. Não ir pela calçada. Virar para a direita e subir a colina antes da fonte. Cruzar no farol. Três quarteirões até o metrô. 00h15.

Que hora seria agora? Quantos minutos, quantos segundos restavam?

Liguei minha lanterna e deixei o edifício pela saída norte. Um novo alarme começou a soar. Havia um caminho cimentado, mas ele levava de volta para a frente do museu. *Onde, em nome de Deus, está o caminho de terra?*

Corri pelo caminho, iluminando com a lanterna a hera e os arbustos que margeavam o cimento. Não havia nada. Eu não conseguia encontrar o caminho de terra. De repente, percebi que estava em plena luz. Eu tinha ido tanto para a frente que chegara ao alcance das luzes da rua.

— Sarah?!

Claire Hathaway estava na escadaria do museu, olhando para mim, de queixo caído e a boca entreaberta.

— Richard, eu acho que ela está com a minha arma! — Ela olhou para trás de si e depois de novo para mim. — Essa é a minha arma. — Ela deu dois passos para a frente. — Por que você está com ela?

Mas minha atenção foi desviada por alguém que corria em minha direção. Alguém alto e loiro e vestido de preto.

Virei-me e corri de volta pelo caminho cimentado, guardando a arma na bolsa de Maggie. *Onde está aquele caminho?* Havia uma interrupção marrom de alguns centímetros na hera. Recolhi minha saia e lancei-me entre os galhos, seguindo aquela faixa de terra. Meus sapatos golpeavam o chão, escorregadio pela neve derretida transformada em gelo. Cada pedra em que eu pisava machucava meus pés através das solas feitas para os assoalhos de madeira dos salões de baile.

Os arbustos e as árvores agarravam-se a minhas roupas. Eu ouvia Jaeger abrindo caminho através da folhagem atrás de mim. Eu era um alvo fácil. Vermelho vivo, com o facho de uma lanterna brilhando à minha frente. Corri mais depressa.

Cheguei ao fim das árvores. À minha frente vi uma pracinha com uma fonte.

Direita, suba a colina.

Eu estava ofegante, o ar frio demais para ser inalado tão fundo daquele jeito. Minha garganta ardia, meus pulmões ardiam. Mas continuei correndo. *Vá até o fim.*

Do outro lado da praça, a colina erguia-se abrupta, revestida de árvores e arbustos. Enfiei-me entre a folhagem e apaguei a lanterna. Eu teria que subir no escuro, mas podia ver a luz da rua logo à frente. Não estava tão longe assim.

Atrás de mim, ouvi passos pesados no calçamento. O som parou. Ele estava olhando ao redor, ouvindo. Continuei em frente, tentando ir mais rápido ainda.

Diante de mim erguia-se um muro de pedra, que chegava à altura dos ombros. *Ah, meu Deus!*, gemi mentalmente. Liguei a lanterna. Mais luz me iluminou, vinda de baixo. Ele começou a subir entre os arbustos, atrás de mim.

Encontrei o que estava procurando. Arrastei-me para a direita, sob alguns galhos baixos, coloquei um pé na árvore, agarrei um ramo mais alto e puxei meu corpo para cima. Com a saia recolhida no braço que segurava a lanterna, coloquei o outro pé mais alto.

A lanterna dele então me iluminou, um cardeal gigantesco empoleirado na copa de uma árvore. Ele arremeteu por entre os galhos, arrojando-se atrás de mim. Puxei-me mais e mais para cima, até que coloquei um pé no alto do muro.

A mão dele agarrou meu tornozelo. Sem parar para pensar, dei um coice na direção dela. Meu calcanhar chocou-se contra carne. Os galhos se partiram enquanto Jaeger caía para trás por entre eles. Puxei, empurrei, ergui-me para o alto do muro e pulei para a calçada que estava do outro lado, para em seguida sair correndo de novo.

A rua estava cheia de gente muito elegante olhando assombrada as chamas que se erguiam do Metropolitan. As luzes giratórias de dois carros de bombeiros banhavam com manchas coloridas os edifícios ao redor.

Cheguei à esquina assim que o farol mudou para o amarelo. Continuei correndo assim mesmo. A luz ficou vermelha. Os carros se adiantaram apesar de não terem para onde ir, pois os bombeiros bloqueavam a rua. Fui encontrando meu caminho entre os para-choques. Quando cheguei ao outro lado, olhei brevemente para trás e vi Jaeger deslizando por cima do capô de um carro, seguindo em frente, aproximando-se de mim.

Por vários quarteirões, o trânsito estava parado, com os carros desviados de seu caminho trancando as ruas. As calçadas também estavam cheias de gente correndo em direção à Quinta Avenida para ver o fogo. Eu me senti como um salmão tentando subir uma cachoeira à medida que empurrava e abria caminho contra a correnteza humana.

Dedos firmes seguraram meu ombro e me viraram. Vi um brilho de metal e meu olhar encontrou o de Jaeger. Havia satisfação nos olhos dele.

Seu braço livre me atacou, mas foi detido por duas mãos, pequeninas como as garras de uma ave, pertencentes a um homem tão enrugado e encarquilhado que poderia ter 100 anos de idade.

— *Kelev* — o homem disse com voz áspera, seus olhos ardendo enquanto ele agarrava aquele braço com toda a força. — *Rotseyekh*! ASSASSINO!

— Solte-me, seu judeu imundo! — rosnou Jaeger, manobrando a faca com um movimento tão rápido que não consegui seguir. Sua outra mão ainda segurava meu braço com dedos de ferro.

Pensei que ele ia esfaquear o homenzinho bem diante de meus olhos, mas seu golpe foi interceptado por um punho irredutível.

Um gigante interpunha-se entre o alemão e o judeu — um homem negro com um lenço amarelo no bolso do peito de seu paletó. Seus olhos pousaram brevemente no tecido amarelo em meu pulso. Então a mão livre *dele* ergueu-se e golpeou a cara do Reichsleiter. Senti os dedos do nazista soltarem meu braço, e ouvi a faca bater no cimento.

— Sou um diplomata! — gritou Jaeger. — Um adido! — O tom da sua voz ia ficando mais agudo.

— Nazista! — alguém rosnou, e então ouvi outro golpe acertando-o.

— Assassino! — uma outra voz.

— Sou um diplomata! — berrou Jaeger de novo.

Então seu rosto submergiu em meio ao círculo de pessoas que o rodeou. A multidão pareceu engoli-lo. Seus protestos cessaram. O som de golpes prosseguia. Eu sabia que ele não ia mais me seguir.

Continuei correndo. Um quarteirão mais. A entrada do metrô estava bem em frente. Dei a volta às grades e cheguei ao alto da escada que descia.

— Sarah!

Olhei para trás, na esperança de ver Jackson.

Não. Era Richard Hathaway, que vinha atrás de mim para recuperar a arma de sua mãe.

Comecei a empurrar as pessoas, abrindo caminho escada abaixo. Podia ouvir Richard lá em cima.

— Deixem-me passar!

Empurrei com mais força. Logo em frente à escada vi os bloqueios. Continuei correndo enquanto tateava o fundo da bolsa, frenética. *Achei*.

Coloquei na fenda a ficha de metrô que Sammy me dera e empurrei minhas saias através da barra do bloqueio. O guarda adiantou-se um passo, vendo aquela Cinderela maluca passar correndo por ele, mas não tentou me parar. Joguei-me através das portas abertas do vagão de metrô e virei-me para olhar.

Vi Richard saltando por cima do bloqueio, descrevendo um arco no ar. Vi o relógio na parede, o ponteiro dos segundos arrastando-se até 00h15. Richard ia conseguir. Ele ia me pegar. Ia arruinar tudo.

A mão dele agarrou meu braço através da porta aberta do metrô, seus olhos repletos de confusão.

— Você precisa me soltar, Hathaway! — implorei. — É muito mais importante do que você imagina. Você *pode* confiar em mim. Por favor.

Ele olhou firme em meus olhos, como se tentasse ler algo que estava oculto neles. Então sorriu. Um sorriso quadrado, um pouco torto. E me soltou.

Cheguei à Penn Station a tempo de pegar o trem extra de Ano-Novo, que saía à uma da manhã e rumava para todas as estações ao sul. Eu havia trazido dinheiro suficiente para duas passagens, mas agora precisava só de uma.

O vagão levava um bom número de passageiros, muitos deles em trajes de gala, a maioria exibindo sinais evidentes de bebedeira. Ninguém sequer reparou em minha capa e no vestido rasgados e sujos de barro, uma demonstração de como todos os moradores e visitantes de Nova York tinham sido doutrinados a cuidar da própria vida. Acomodei-me em um assento ao lado da janela para esconder minhas roupas o máximo possível.

Fiquei ali encolhida, deixando o ritmo do trem me embalar. Tudo o que eu queria era olhar para cima e ver Jackson vindo ao meu encontro, num passe de mágica. Dizendo-me de novo o que fazer. Fazendo tudo ficar bem.

Lembrei-me de que nunca tinha contado a Jackson sobre Fiona e seu poema. Nunca tinha dito que ele, Jackson, era o mesmo, tempo após tempo. O mesmo Jackson... que eu amava.

Me dei conta da voz cheia de estática do apresentador de um noticiário, saindo de um rádio portátil que alguém ouvia em volume alto demais.

— ... mas relatos confirmam que o incêndio teve início com uma bomba incendiária, e ficou restrito à porção do Metropolitan conhecida como Átrio. Devido ao fato de a exposição ser um gesto diplomático de Robert Hathaway, que se supõe será o próximo presidente da Confederação, especula-se se não teria sido um ataque terrorista. Repetindo, a única fatalidade de que se sabe é um jovem negro que aparentemente colocou fogo...

Não ouvi mais nada depois disso. Fiquei sentada sozinha, isolada, com um silêncio absoluto enchendo meus ouvidos.

Eu não conseguia aceitar aquele pensamento. Não podia encará-lo, assimilá-lo, deixar que me penetrasse. Era horrível demais aceitar a verdade: *Ele sempre tinha planejado deter Jaeger. Ele sabia o tempo todo que jamais voltaria.*

— Senhorita?

Um toque no ombro fez com que eu me virasse, e erguesse o olhar para um par de olhos bondosos. Um carregador negro.

— Sua parada é a próxima.

Ele ficou me olhando por um instante, tentando decidir se devia dizer ou fazer alguma outra coisa.

Assenti com a cabeça, limpando as lágrimas. Suas palavras mal faziam sentido para mim, como se viessem de uma grande distância, difíceis de ouvir. Passei, obediente, para o assento do corredor, para mostrar que estava pronta e que me levantaria quando fosse necessário. Era isso que ele queria de mim, não era? Fiquei olhando suas calças, seus sapatos pretos polidos, enquanto ele seguia em frente.

O trem reduziu a velocidade até parar. Esforcei-me para ficar de pé. Movi pernas que não conseguia sentir, caminhando com passos curtos e rígidos. Fiz meus joelhos dobrarem-se para descer os degraus, quase caí, me agarrei ao corrimão de metal, escorreguei e cambaleei pelo resto do percurso até o chão. Então comecei a caminhar. Meu corpo sabia a direção.

Ainda estava escuro, mas o céu estava ficando cinzento. O nascer do sol se aproximava.

Eu estava gelada por dentro, meu interior feito de neve e gelo que feriam como fogo. Eu não queria mais ter que me mover, mas também não queria interromper meu movimento. Simplesmente continuei andando, e respirando através da garganta apertada. *Tenho que ir até o fim*, pensei.

Mas eu não sabia o que isso queria dizer. Nunca soube.

Nos limites da cidade, comecei a correr, e segui a trilha através do parque. Ela me levaria de volta a Amber House. Onde eu iria até o fim. *Porque o Tempo sem ele não deveria existir.*

Capítulo Trinta e Três

O céu a leste, muito além da baía de Chesapeake, sonhava com o dia, em tons de rosa e grená. Não sei por quanto tempo corri, passos duros e pesados, em ritmo constante, um após o outro. Minha respiração saía em nuvens ondulantes. As sapatilhas de veludo estavam encharcadas pela neve, que formava um fino cobertor e mantinha o mundo em silêncio. Os dedos de meus pés tornaram-se pedras de gelo insensíveis.

Senti um local dolorido em meu quadril e percebi que a arma na bolsa me golpeava sem misericórdia. Tirei-a e corri com ela na mão.

Ele sabia o tempo todo que não voltaria comigo. Alcancei a estrada que margeava Amber House. Havia chegado em casa. O céu estava manchado de ouro.

Lancei-me através do portão oculto, sem diminuir o passo, e tomei a trilha que cruzava os campos.

Saí de entre as árvores... e Jackson estava lá, esperando por mim no fim da trilha. Sentado na tábua mais alta da cerca, olhando para longe, por cima das colinas. Ele tinha na mão um lenço amarelo, exatamente como o que eu trazia atado ao redor do pulso. Ele ainda não tinha me visto.

A alegria que senti ao reencontrá-lo era tão forte que doía.

— Jackson! — disse eu, e um espaço se abriu à nossa volta, e então ele me viu. E deu um sorriso.

— Eu prometi que estaria aqui.

Fiquei parada, com a mão massageando meu lado, arquejando nuvens de respiração.

— Você sabia que não ia mais voltar.

— Eu sabia — ele concordou.

— Devíamos ter encontrado outro jeito.

— Não havia outro jeito. Era eu ou todos eles, incluindo seus pais.

Sacudi a cabeça. Havia uma espécie de enjoo dentro de mim. Como ele havia conseguido se forçar a encarar a morte? *Aquela* morte, queimado no incêndio?

Sentia-me completamente gelada. Desejei que ele pudesse me abraçar.

— Esperei aqui para dizer que eu te amo — ele disse. — Às vezes parecia que você tinha um pouco de dúvida.

Ele expirou, como se tivesse prendido a respiração por muito tempo. Vi que ele relaxou com aquele suspiro. Percebi que ele finalmente ia me contar o futuro que havia antevisto. Como tinha prometido fazer.

— Sempre amei você, Sarah. É parte de quem eu sou. — Ele desceu da cerca então, e veio para perto de mim. Seu rosto tinha um brilho de luz furta-cor que atestava o abismo temporal entre nós, que provava que ele era um eco, imaterial. Não podíamos nos tocar, mas seu olhar podia encontrar o meu. — Eu queria que você soubesse... O futuro que eu vi é um futuro pelo qual vale a pena lutar. É um lugar melhor. E você e eu conseguimos finalmente ficar juntos. Decidi que valia a pena morrer por ele. Agora você tem que manter sua promessa e ir até o fim.

— E se eu falhar?

Um sorrisinho triste.

— É uma possibilidade — ele disse. — Eu também vi isso. Um futuro no qual você se torna a Primeira-Dama de uma nova nação.

— Richard — eu disse.

Jackson assentiu.

— Ele também te ama.

Eu não queria pensar sobre aquilo. Havia algo mais. Algo que eu tinha me esquecido de contar a ele, e que ele precisava saber.

— Fiona... Ela se lembrava de um poema do outro tempo. Ela o encontrou no *déjà-vu*. Isso prova que ela é a mesma pessoa. Você também é. E vou me lembrar de você. Vou te contar cada detalhe.

— Eu sei.

— Eu te amo — disse eu.

Ele sorriu e assentiu com a cabeça.

— Também sei disso. Acompanhei você e amei você pelo equivalente de toda uma vida, Sarah. Vale a pena morrer por *você*.

A dor preencheu meu peito como se fosse de ferro, gelada, opaca e pesada.

— Você tem que ir, agora — disse ele.

Virei-me a contragosto. Forcei-me a seguir em frente. Quando olhei para trás, a neve sobre a cerca estava intacta.

Sam e Maggie abriram a porta para mim quando subi os degraus da frente. A casa estava quente, tão quente que minha pele queimava com o sangue que voltava a circular.

— Cadê o Jackson? — Sam perguntou.

Comecei a chorar. Maggie me tomou em seus braços e me aninhei ali. Depois de algum tempo, talvez longo demais, eu disse:

— Não sei o que fazer.

— Você ainda não sabe se algo aconteceu, o que pode ter mudado? — Maggie perguntou.

Sacudi a cabeça.

— A casa vai lhe contar.

— Por que eu?

— Porque você foi a escolhida.

Sacudi de novo a cabeça.

— Você diz isso como se houvesse algo por trás de tudo isso, alguma intenção, algum motivo. Como você sabe se não é tudo ao acaso? Como você sabe se eu posso fazer *alguma* coisa para melhorar a situação?

Ela me abraçou com mais força e encostou minha cabeça em seu ombro. Ela afagou meu cabelo para me acalmar.

— Quando escrevo histórias, é como se esculpisse uma estátua — disse. — Volto atrás e procuro algo mais profundo, camada após camada, até que a história esteja toda delineada, exposta por inteiro. — Ela me afastou um pouco de si, para poder tomar meu rosto entre suas mãos. — Talvez Deus seja um artista. Ele viu algo mais profundo. E você deve estar aqui para ajudá-Lo a expor esse algo.

Sammy se aproximou e deslizou a mão para dentro da minha.

— Jackson me falou pra fazer você se lembrar da promessa.

Sequei o rosto com os dedos e assenti com a cabeça.

— Eu me lembro, Sam.

Apanhei a arma de onde eu a colocara.

— Você vai fazer ele voltar, Sarah — Sam afirmou.

Eu não sabia para onde ir ou o que fazer, e assim peguei a arma e comecei a caminhar. Sala de estar, biblioteca, galeria. Cozinha, sala de jantar, corredor. Eu teria que deixar que a casa me dissesse. Eu ia *forçar* a casa a me dizer. Térreo da ala leste, de volta à entrada. Subir a escada até o segundo andar...

Foi então que a luz mudou.

Um pouco adiante de mim, vi o capitão puxando Deirdre para o quarto dela por um braço. Ela protestava.

— Mas preciso me preparar, Joseph. Providenciar para que o almoço esteja servido, colocar um vestido. Ele vai chegar logo.

— Não, ele não vai vir — respondeu o capitão, empurrando-a através da porta.

— Ele não vem? Ele escreveu de novo? Pediu desculpas?

— Ele não vem — o marido dela repetiu com firmeza, e fechou a porta.

Quando passou por mim, ele tirou a garrucha de Claire Hathaway do cós da calça e verificou se estava carregada de pólvora.

Ele estava a caminho de assassinar alguém, percebi, saindo da visão. O homem que ele fizera Deirdre convidar para vir a Amber House. O homem cujo nome ele escolhera jogando a moeda. Por eu ter salvado Deirdre, um homem que não deveria morrer tinha sido assassinado pelo capitão. E o tempo mudou.

Para mim parecia inconcebível que a vida de um homem tivesse tanta importância. Que todo o curso da história mudasse com uma única morte.

Lembrei de meu outro pai uma vez dizendo algo assim; como um número infinito de eventos quase ao acaso se juntam para levar as coisas para este ou aquele lado, e se alguma coisinha muda, o mundo todo também pode mudar.

Quem o capitão havia matado? Eu tinha uma desconfiança, mas precisava saber com certeza.

Corri de volta para baixo, com uma determinação renovada.

— O capitão assassinou alguém que não deveria morrer — contei a Maggie enquanto eu seguia em frente e passava pela cozinha. Ela e Sammy vieram atrás de mim.

— Alguém que veio para cá porque você despertou a outra mãe.

— Sim.

— Quem?

— Ainda não sei — respondi. — Mas acho que sei como descobrir.

Encontrei uma chave de fenda em uma gaveta cheia de cacarecos, e sentei-me à mesa com a garrucha. Precisava remover a moeda.

Soltei uma exclamação quando a tirei de seu nicho na arma. Estava fria ao tato, e parecia quase *se contorcer*. Minha visão interior explodiu com imagens que se projetavam uma sobre a outra, cada uma surgindo de dentro da anterior. Senti-me possuída, atacada. Rostos corriam diante de mim através das décadas, dos séculos, homens e mulheres, jovens e velhos, todos quase desumanos, transformados por algum tipo de avidez. A violência os cercava, todo tipo de corrupção, todo tipo de morte, e eu estava me afogando nela. Para trás e para trás, até o último rosto, o velho da moeda, caído em meio à imundície com outras moedas de prata, um par de pés descalços balançando no ar logo acima delas.

— Maggie! — gritei, e ela segurou minha mão.

Minha visão clareou, e deixei cair a moeda. Tinha a respiração ofegante, sufocada pela maldade. Sentia-me imunda, muito mais do que podia suportar. O baú no sótão não era nada comparado com aquilo.

— O que aconteceu? Que foi? — perguntou Maggie.

— Eu não sei. Essa moeda é amaldiçoada — respondi, sombria.

— Não toque nela de novo.

— Eu não tenho escolha.

Envolvi a moeda em um pano de prato e subi com ela de novo, indo para o quarto do capitão. Lá eu a desembrulhei e a segurei de novo entre os dedos. Não houve uma repetição do que eu havia visto antes, apenas o frio do metal e uma sensação de que havia algo *errado*. Segurei-a com firmeza e me concentrei com toda a força, desejando que o capitão aparecesse. Postei-me atrás de sua cadeira. Nada. Mas eu tinha certeza de que tinha que ser daquele jeito.

Equilibrei a moeda de Jano na lateral de meu dedo indicador curvado, com o polegar por baixo. Lancei-a no ar.

Outra mão se estendeu e a pegou. A mão do capitão. Ele checou a face; era o velho triste. Com sua pena, ele riscou outro nome da lista. Jogou a moeda de novo. O deus jovem e sorridente, *Sim*. O capitão circundou um nome em seu diário e recostou-se na cadeira, olhando-o. Inclinei-me para a frente e olhei.

Era evidente.

Washington. O proprietário de Mount Vernon. O general rebelde. O pai de uma nação perdida em um tempo que não existia mais.

A visão se dissipou. Eu estava de volta a meu próprio tempo. O tempo errado.

Como eu poderia deter o assassinato de um homem que foi morto mais de duzentos anos antes? Nyangu era a chave. Somente através dela eu podia tocar o passado. Eu precisava encontrar Nyangu de novo. Mas eu precisava dela em um período específico, no momento preciso. Nenhum outro iria adiantar. Como poderia encontrá-la?

— Toma, Sarah.

Sam estava parado na porta, a mão estendida com a palma para cima. Nela estava a pedra verde manchada.

Meu doce e estranho irmãozinho. Que sabia de coisas. E não tinha medo. Que estava ansioso pelos "anos novos" que iam vir.

— Você pegou isto no labirinto — eu disse.

— É.

— Como você sabia que estava lá?

— Eu que coloquei.

— E como você sabia que tinha que colocar, carinha?

— Ela me falou e eu coloquei.

— "Ela"? Nanga?

— Não. — Ele sacudiu de leve a cabeça loira, quase impaciente comigo. — Ela te ama, Sarah. Ela cuida de você.

— Quem?

— Amber. — Ele tocou minha mão e colocou nela a pedra. — Eu te amo também.

Curvei-me e beijei o alto da cabeça dele.

— Eu também te amo, Sam.

— Te vejo depois — ele sussurrou. — No próximo tempo.

Saí em busca de Nanga. O quarto de Deirdre, o Quarto Náutico, o Quarto Florido, o Quarto da Torre. Encontrei-a no quartinho minúsculo junto a este último. Eu a ouvi antes de vê-la, ajeitando-se na cadeira no canto, tendo nas mãos um bordado.

— Onde está você, criança? — ela perguntou, procurando sem conseguir me ver.

— Nyangu.

E ela me viu, então, e sorriu.

— Precisa de mim?

— Quando despertei Deirdre, tudo mudou. O mundo mudou, para pior. Você tem que me ajudar a consertá-lo. Assim eu posso salvar Jackson.

— Jackson está com você?

— Ele está... morto. — Quase não consegui dizer isso. — Vou ter que terminar de fazer isto sem ele.

Ela pareceu ficar angustiada, mas assentiu com a cabeça.

— Ele apostou em você para ir até o fim — disse. — Não podemos decepcioná-lo. Pode falar.

— O capitão planeja matar um homem que está vindo visitar Deirdre, um parente distante dela. Não sei bem quando.

— Vai ser hoje, criança. Daqui a pouco. É o marido de uma prima, que está viajando para o norte e vai parar aqui. Um militar da Virgínia. Por que o capitão quer matar esse homem?

— Foi a moeda. A moeda de Dobson. O capitão estava usando ela para descobrir como fazer sua fortuna.

Nyangu assentiu.

— Ela traz uma dor muito antiga.

— Nós temos que impedir. Sem o general Washington, tudo muda. *Você* tem que deter o capitão.

— Como posso fazer isso? Como posso salvar esse homem, Washington?

Uma nova voz falou por trás de mim.

— Por que você fala de meu primo?

Deirdre entrou no quarto passando *através* de mim, arrepiando-me e me fazendo estremecer. Ela se parecia com o que me lembrava dela no sótão, com um grisalho prematuro e enfraquecida. Mas havia perdido boa parte da confusão mental, a *loucura*, que antes transparecia em seus olhos.

— Com quem você está falando, Nanga? — ela perguntou. — Com uma das que virão? A jovem que vi em meu sonho?

— Sim, Deirdre. A que foi batizada em homenagem à sua Sarah.

— Ela pode me ver, ouvir o que digo?

Fiz que sim.

— Sim, pode — Nyangu disse.

Deirdre falou com o ar.

— Então devo agradecer-lhe, minha neta, por acordar-me daquele sonho.

— Ela diz que devemos impedir o capitão.

— Porque ele pretende matar meu primo George. — Ela sacudiu a cabeça, pensando. — Não podemos deter o capitão, mas podemos parar o general. Podemos interceptá-lo. Avisá-lo. Não posso ir eu mesma, não conseguiria percorrer metade do caminho. Mas você ou Sarah-Louise poderiam.

— Por que ele iria acreditar em mim? — Nyangu perguntou a Deirdre. — Ele não me conhece. Por que aceitaria a palavra de uma escrava?

— Vou escrever um bilhete. O primo George conhece minha letra.

Ela saiu do quarto com uma determinação que me fez lembrar a garotinha que havia sido, decidida e incontrolável. Mas onde o corredor encontrava o patamar do alto da escada, estava o capitão, à espera.

— O que está fazendo, andando por aí com trajes de dormir? — disse ele, enojado. — Volte para seu quarto.

Ele a agarrou pelo pulso e a arrastou enquanto Nyangu olhava, paralisada.

Deirdre torceu o braço, tentando se soltar.

— Mas preciso me preparar, Joseph. Providenciar para que o almoço esteja servido, colocar um vestido. Ele vai chegar logo.

Eu já tinha visto aquela cena, percebi. Mas ela tinha sido *diferente*. Deirdre não havia resistido quando o capitão a agarrou. As coisas já tinham começado a mudar.

— Não, ele não vai vir — disse o capitão, empurrando-a pela porta.

— Ele não vem? Ele escreveu de novo? Pediu desculpas?

— Ele não vem — o marido dela repetiu com firmeza, e fechou a porta. E então a trancou.

Outra mudança.

Ele tirou a garrucha da cintura e verificou-a, e depois consultou o relógio. Debruçou-se na balaustrada e gritou para a cozinha.

— Façam um prato para mim. Estou com pressa.

Foi até seu quarto e pegou o sobretudo. Então desceu apressado a escada.

— Que faço agora? — perguntou Nyangu.

— Arranque a página do diário onde o capitão circundou o nome de Washington. Se você a mostrar para o general, ele vai acreditar em você.

— O capitão vai me matar se me encontrar no escritório dele.

— Vou ficar vigiando.

Ela assentiu. Percebi que Nyangu estava aterrorizada, mas ela cerrou a mandíbula e foi em frente.

Foi até a escrivaninha do capitão e abriu as gavetas laterais, vasculhando seu conteúdo. Ergueu o mata-borrão de couro, abriu a caixa de madeira que estava sobre o tampo. Sacudiu a cabeça, frustrada, e então fechou os olhos e se apoiou na escrivaninha. Um tremor percorreu seu corpo; um filete de sangue saiu de seu nariz. Ela se virou, ficou na ponta dos pés e passou a mão no alto de um armário. Recuou, triunfante, com uma chave na mão. Abriu a gaveta central e tirou o diário de capa de couro.

— Que página é? — sussurrou para mim.

— Deve ser a última em que ele escreveu. O nome de Washington está circundado.

Ela folheou o diário a partir do fim até encontrar a página certa. Arrancou-a e guardou-a no bolso do avental. Então começou a colocar tudo de volta no lugar.

Ouvi uma cadeira sendo arrastada na sala de jantar. Corri e desci a escada até o meio.

— Dê o resto para o cachorro — ouvi o capitão dizer.

Vi quando ele emergiu do corredor dos fundos. Estava indo para a porta. Nyangu não chegaria a tempo. Mas ele se deteve no meio do caminho. Apalpou os bolsos. Não achou o que procurava, e virou-se na direção da escada.

— Sai daí! — gritei para Nyangu. — Já! Ele está vindo!

Ela correu, os pés descalços saindo pela porta e virando para o corredor que ia para a esquerda. O capitão ouviu o sussurro daquelas passadas suaves correndo. Ele subiu a escada até o patamar mais baixo, esticando o pescoço para olhar o balcão, e então galgou os degraus seguintes de dois em dois. Mesmo invisível, encolhi-me de medo. Ele foi até seu quarto e parou na porta.

De onde eu estava, junto à balaustrada, vi Nyangu fugindo no fim do corredor. A cabeça do capitão projetou-se para diante; ele havia notado algo. Cheguei mais perto quando ele se adiantou vários passos, até parar defronte a sua escrivaninha. Ele se curvou de leve para a frente, tocando o tampo com um dedo. Então ergueu o dedo e esfregou no polegar a mancha vermelha que havia nele. Sangue.

Ele saiu correndo do quarto, a arma erguida. Checou a porta do quarto de Deirdre, ainda trancada, olhou dentro do Quarto Náutico e parou diante da porta mais próxima à escada. Então começou a descer, andando de lado e de costas, mantendo os olhos no corredor do andar de cima.

Desceu até o térreo e eu o ouvi abrindo a porta da cozinha. Então ele voltou até o degrau mais baixo e parou, ainda com a arma erguida.

Nyangu havia voltado até o meio do corredor e subido no banco que havia ali. Seus dedos tatearam ao longo do alto da guarda de madeira da parede, procurando pela porta secreta.

— Sei que você está aí em cima — o capitão rugiu lá de baixo. — Saia já e me devolva o que roubou e você só vai ser açoitada. Se me fizer ir atrás de você... — o painel deslizante diante de Nyangu se projetou para a frente — ... vou matá-la assim que a encontrar.

Ela abriu a porta, tão devagar que o ruído foi como um suspiro. O capitão subiu mais um degrau, a cabeça levemente virada, para ouvir. Ele subiu mais um, e outro mais.

— Ele está subindo — eu disse a ela.

Ela estremeceu e deu um empurrãozinho no painel. As roldanas fizeram um pequeno ruído metálico. O capitão começou a correr.

— Ah, meu Deus, ele está vindo! — berrei.

Nyangu pulou para a abertura da escada oculta e fechou o painel. O capitão atingiu o alto da escada, viu o corredor vazio e virou-se, praguejando para descer de novo. Corri atrás dele.

— Estamos na escada — gritei. — Descendo.

No patamar inferior, o capitão saltou os degraus restantes. Corri atrás dele. Vi quando ele se deteve na porta da cozinha e baixou a arma.

O cano cuspiu fumaça e fogo; Nyangu deu um grito de dor. Cheguei à porta e vi que ela estava tentando subir de novo pela escada secreta. O capitão arremeteu e agarrou o pé dela, puxando-a. Enquanto deslizava para baixo, ela se virou e então o atacou com as unhas em garras, rasgando-lhe o rosto. Ele praguejou e limpou a face com a manga, que ficou toda manchada de sangue. Ela impulsionou-se para cima, de costas, e ele a atacou de novo. Ela agarrou a parte de cima do batente e saltou, jogando para a frente as pernas dobradas e acertando o capitão no meio do corpo com os calcanhares. Ele se dobrou em dois, sem fôlego, e ela se soltou, rastejando escada acima, para longe. Ele pegou uma faca na mesa e foi atrás dela, a toda velocidade.

Não pude ir atrás. Em meu tempo, a porta oculta estava fechada. Virei-me e corri para a escada principal, ofegando e tremendo e fazendo um esforço para manter a visão.

Quando cheguei ao segundo andar, o painel secreto estava aberto. O banco abaixo dele estava caído; havia quadros tortos e, mais adiante no corredor, um vaso tinha se estilhaçado no chão. Ouvi o capitão rugindo logo após a esquina.

— Abra essa porta, maldição! Vou lhe dar uma surra, filha, se você não a destrancar!

Cheguei até a curva do corredor e vi o capitão enfiando o ombro na porta do quarto de Sarah-Louise. Ela resistiu. Ele deu um chute logo abaixo da maçaneta. A borda da fechadura cedeu, e a porta se escancarou.

Ele avançou para dentro do quarto. Corri até a porta, mas não podia fazer nada. O capitão manteve a faca abaixada, e inclinou-a para a frente e para trás, de modo que a luz refletia em sua lâmina.

Sarah-Louise ficou na frente de Nyangu.

— Não toque nela, pai.

O capitão golpeou a filha e ela se chocou contra a parede, caindo depois no chão.

Nyangu atacou, gritando, um bisturi na mão. Sem o menor esforço, o capitão aparou o golpe dela e a empurrou para trás. Ela se chocou contra a mesa sob a janela, onde Sarah-Louise mantinha seus espécimes; ouviu-se um estrondo de vidro se quebrando quando a redoma de vidro com a aranha Boa Mãe bateu no assoalho.

Nyangu rastejou para longe da redoma estilhaçada, arrancando uma farpa de vidro de seu braço. Ela ficou de pé, apoiando-se à parede, e olhou de relance para baixo, logo a seu lado.

O capitão tirou a moeda da sorte, mostrou-a a Nyangu e então a lançou. Ela girou, brilhante, no ar, antes que ele a pegasse. Ele a olhou e sorriu.

— Finalmente. Hora de morrer, bruxa — ele disse, deliciado.

Em um movimento fluido, Nyangu abaixou-se e pegou um graveto no chão. O graveto que estivera dentro do vidro. Ela o agitou e o sacudiu no ar, na direção do capitão. Alguma coisa voou e grudou-se na lapela dele.

Ele olhou. E riu, os dentes à mostra.

— Uma aranha?

Sua mão baixou sobre a lapela, esmagando o animal.

Mas sua risada morreu, e ele ergueu a mão para olhar mais de perto.

— Não — ele sussurrou, espanando a lapela e o ombro com as mãos. Dando tapas em seu pescoço, na face. — Me ajude. Sarah, me ajude, menina!

Nyangu passou correndo por ele, agarrou a mão de Sarah-Louise e arrastou a menina para o corredor. A porta bateu, fechando-se. O capitão girou a maçaneta e puxou, ainda batendo em si mesmo. Vi aranhas minúsculas andando por seu rosto, às centenas, talvez mais. Elas enchiam as marcas de unhas em sua face. Rastejavam ao longo dos cílios de seus olhos arregalados.

Ele caiu de joelhos.

Eu podia imaginar o que ele devia estar sentindo. Uma pulsação se transformando em dor, uma dor irrefutável. Queimando por todos os lados. Eu *sabia* o que ele estava sentindo. Minha mão doía.

A tormenta já havia começado, e eu não sabia quando. O furacão da mudança do tempo. A escuridão ia se infiltrando pelos lados, e o vento começava a rugir.

Baixei os olhos para minhas mãos, meus dedos. Partículas de mim dançavam como brasas, brilhando, flutuando, erguendo-se. Doía quando elas se afastavam e se tornavam difusas, em uma nuvem de fumaça. E cada uma delas carregava uma lembrança que ficava mais tênue à medida que se afastava: *a derrota arrasadora dos coloniais em Nova York.*

O que nunca foi, pensei.

A Segunda Revolta Colonial, em 1832. A vitória da Alemanha Nazista na Normandia. O saque da Cidade Imperial da China. A destruição de Londres. A invasão da Austrália.

Tudo isso, pensei: *O que nunca foi.*

E eu estava satisfeita. Parte de mim tinha esperança, por mamãe e papai, por Sammy, por Richard e sua família, mas eu não pararia esse processo, mesmo que pudesse.

Eu a vi então, da forma como Maggie a descrevera. Estava banhada em energia: cor de laranja envolvendo um violeta que continha um núcleo brilhante como um diamante. Ela era velha, muito velha, mas eu a reconheci de imediato porque a luz se parecia com quem ela de fato era.

— Conseguimos, criança — disse-me Nanga. — Ela está chegando mais perto.

Quem?, pensei, e senti, mais do que soube, a resposta.

Fiquei parada no centro, na casa, *com* a casa, e o Tempo espalhou-se a nossa volta, tudo acontecendo a uma só vez — passado, presente e futuro. E mais uma vez a casa me mostrou o que eu precisava ver. Mostrou-me as coisas como ela deveria vê-las: cada momento conhecido da forma mais íntima possível. Eu *era* a garotinha chorosa com cachos dourados que pegava uma moeda de prata do corpo de um homem, inchado pelo veneno. Eu *era* uma jovem que retornava para casa, sabendo que alguma parte de mim tinha sido deixada para trás naquele lugar onde haviam tentado impedir minhas visões. Eu *era* a mãe que viu uma bola de fogo encolhendo e diminuindo de tamanho, para tornar a ser um carro onde estavam seu marido e seu filho, vi o carro voltando atrás, derrapando para longe da última macieira de um pomar centenário. Eu *era* a escrava que mandava minha filha para o norte porque a amava, mas amava também todos os netos enfileirados como pérolas futuro adentro. Eu *era* uma mulher sentada em um veleiro conduzido por um homem de olhos verdes com nossa filhinha de olhos verdes.

Eu era eu mesma, quase dissolvida, soprada como fumaça, e estava satisfeita. Pensei com as últimas palavras que me restaram. *O Tempo sem ele não será...*

A mão dele segurou a minha com firmeza.

— Acorde, Sarah — ele disse.

E eu obedeci.

Agradecimentos

Nossos profundos e sinceros agradecimentos a todos que leram e resenharam *Amber House*. Seu generoso entusiasmo nos incentivou durante a batalha para produzir este segundo livro.

Agradecimentos reiterados à nossa sempre sagaz agente, Jennifer Weltz, e seus maravilhosos compatriotas na Jean V. Naggar Literary Agency: Tara Hart, Laura Biagi, Jessica Regel e toda a equipe, que contam já com 35 anos de descoberta e representação literárias.

E nossos agradecimentos à pessoa a quem nunca poderemos agradecer o suficiente, a incrível Cheryl Klein, nossa inestimável editora, cuja clareza de visão quanto a todos os aspectos do mundo literário nos deixam constantemente assombradas. Nossa profunda gratidão, também, a Elizabeth Starr Baer, nossa editora de produção.

Um obrigada muito especial a um querido amigo que usou todos os seus anos de estudo de História em Yale para alimentar o entusiasmo por histórias alternativas. Nós consultamos David Leiwant em busca de uma justificativa para o resultado de nosso "general morto" e ele nos forneceu uma história alternativa completa, que postaremos no website oficial de *Amber House*.

Por fim, nosso muito obrigada à nossa avó, Lore Moore, e a nosso "Garoto", Sinjin Reed, que lê e sugere e nos encoraja incessantemente. A próxima vez é sua, Garoto. Amamos você.

Próximos Lançamentos

Para receber informações sobre os lançamentos da
Editora Jangada, basta cadastrar-se
no site: www.editorajangada.com.br

Para enviar seus comentários sobre este livro,
visite o site www.editorajangada.com.br ou
mande um e-mail para atendimento@editorajangada.com.br